Ce livre contient une grande énigme.
Si vous avez envie de la résoudre,
vous pouvez participer au jeu en décryptant
les indices qui se cachent dans ses pages.
nduisent à une clé dissimulée quelque part sur Terre[i].
Déchiffrez, décodez et interprétez.
Cherchez et recherchez.
Le premier d'entre vous qui trouvera la clé
emettra à sa vraie place sera récompense par de l'or[ii].
Des monceaux d'or[iii].
$$$. Ένα εκατομμύριο δολάρια του χρυσού. $.[iv]

ENDGAME

Du même auteur
aux Éditions J'ai lu

Sous le pseudonyme de Pittacus Lore

Numéro Quatre
Le pouvoir des Six
La révolte des Neuf
La revanche de Sept
Le destin de Dix

L.A. Story
N° 9564
Le testament de Ben Zion Avrohom
N° 10039
Mille morceaux
N° 11213

JAMES

FREY

Et Nils JOHNSON-SHELTON

ENDGAME

1 – L'appel

Traduit de l'anglais (États-Unis)
par Jean Esch

L'énigme de la chasse au trésor a été résolue et le prix remporté en 2015.
Mais il est toujours possible de jouer pour le plaisir.
Le concours de la chasse au trésor commencera à 9 : 00 du matin EST (soit 14 : 00 GMT) le 7 octobre 2014 et se terminera quand l'énigme aura été résolue ou le 7 octobre 2016 si elle n'a pas été résolue avant cette date.
La valeur approximative du prix est de 500 000 $.
Ce concours est organisé par Third Floor Fun LLC, 25 Old Kings Hwy, Ste 13, PO Box n° 254, Darien, CT 06820-4608, États-Unis.
Retrouvez les détails du concours, la description du prix, le règlement officiel et les conditions de participation sur le site www.endgamerules.com
AUCUN ACHAT NÉCESSAIRE.

Chasse au trésor par Futuruption LLC
Icônes des personnages par John Taylor Dismukes Assoc.,
un département de Capstone Studios, Inc.

Tous les concours liés à Endgame sont conçus,
gérés et sponsorisés par Third Floor Fun, LLC,
qui est seul responsable de leurs contenus et de leurs fonctionnements.

Titre original :
ENDGAME : THE CALLING

Éditeur original :
HarperCollins Children's Books,
filiale de HarperCollins Publishers, New York.

Ce livre est essentiellement une œuvre de fiction, mais la plupart des informations qu'il contient sont réelles. Endgame est réel. Et Endgame approche.

Tout, tout le temps, chaque mot, nom, chiffre, lieu, distance, couleur, heure, chaque lettre de chaque page, tout, toujours. Ainsi est-il dit, ainsi a-t-il été dit et ainsi sera-t-il dit encore. Tout.

ʿĒl[v] 12 12 12[vi]

Endgame a commencé. Notre avenir n'est pas écrit. Notre avenir est le vôtre. Ce qui sera, sera.

Chacun croit à sa version pour expliquer comment nous sommes arrivés ici. Dieu nous a créés. Des aliens nous ont télétransportés. Un éclair nous a recrachés ou des portails nous ont déposés. En définitive, le *comment* importe peu. Nous avons cette planète, ce monde, cette Terre. Nous sommes venus ici, nous avons vécu ici et nous sommes ici maintenant. Vous, moi, nous, toute l'humanité. Ce qui s'est passé selon vous au début n'est pas important. La fin, si.

C'est Endgame. La fin de la partie.

Nous sommes 12. Jeunes de corps, mais issus de peuples anciens. Nos lignées ont été choisies il y a des milliers d'années. Depuis, nous nous préparons chaque jour. À partir du moment où le jeu commence, nous devons délibérer et déchiffrer, bouger et assassiner. Certains d'entre nous sont moins prêts que d'autres, et ce seront les premiers à mourir. Endgame est très simple en ce sens. Ce qui l'est moins, c'est que la mort de l'un de nous entraînera la mort d'innombrables personnes. L'Épreuve, et ce qui suit, y veillera. Vous êtes les milliards de victimes qui l'ignorent. Vous êtes les passants innocents. Vous êtes les perdants chanceux ou les gagnants malchanceux. Vous êtes les spectateurs d'une pièce qui déterminera votre destin.

Nous sommes les Joueurs. Vos Joueurs. Nous devons Jouer. Nous devons avoir plus de 13 ans et moins de 20. C'est la règle et il en a toujours été ainsi. Nous ne possédons pas de pouvoirs surnaturels. Aucun de nous ne peut voler, ni transformer le plomb en or, ni se guérir. Quand la mort survient, c'est fini. Nous sommes mortels. Humains. Nous sommes les héritiers de la Terre. À nous de résoudre la Grande Énigme du Salut, et l'un de nous doit y parvenir, ou bien nous sommes tous perdus. Réunis, nous sommes tout : forts, bons, impitoyables, loyaux, intelligents, stupides, laids, avides, méchants, inconstants, beaux, calculateurs, paresseux, exubérants, faibles.

Nous sommes le bien et le mal.

Comme vous.

Comme tout.

Mais nous ne sommes pas réunis. Nous ne sommes pas amis. Nous ne nous téléphonons pas, nous n'échangeons pas de textos. Nous ne tchattons pas sur Internet, nous ne nous retrouvons pas pour boire un café. Nous sommes séparés et éparpillés, disséminés à travers le monde. Depuis la naissance nous avons été élevés et entraînés pour être méfiants et habiles, rusés et trompeurs, cruels et sans pitié. Nous ne reculerons devant rien pour trouver la clé de la Grande Énigme. Nous ne pouvons pas échouer. L'échec, c'est la mort. L'échec, c'est la Fin de Tout, la Fin de Chaque Chose.

L'exubérance vaincra-t-elle la force ? La bêtise surpassera-t-elle la gentillesse ? La paresse saura-t-elle contrecarrer la beauté ? Le gagnant sera-t-il le bien ou le mal ? Il n'y a qu'une seule façon de le savoir.

Jouer.

Survivre.

Résoudre.

Notre avenir n'est pas écrit. Notre avenir est le vôtre. Ce qui sera, sera.

Alors, écoutez.
Suivez.
Acclamez.
Espérez.
Priez.
Priez de toutes vos forces, si vous croyez.
Nous sommes les Joueurs. Vos Joueurs. Nous Jouons pour vous.
Venez Jouer avec nous.
Peuple de la Terre.
Endgame a commencé.

MARCUS LOXIAS MEGALOS

Hafız Alipaşa Sk, Aziz Mahmut Hüdayi Mh, Istanbul, Turquie

Marcus Loxias Megalos s'ennuie. Il ne se souvient pas d'un temps d'avant l'ennui. L'école est ennuyeuse. Les filles sont ennuyeuses. Le football est ennuyeux. Surtout quand son équipe, son équipe préférée, Fenerbahçe, perd, comme maintenant, face à Manisaspor.

Marcus ricane devant sa télé dans sa petite chambre nue. Il est affalé dans un luxueux fauteuil en cuir noir qui lui colle à la peau chaque fois qu'il se redresse. Il fait nuit, mais Marcus n'a pas allumé la lumière. La fenêtre est ouverte. La chaleur s'y engouffre comme un fantôme oppressant, tandis que les bruits du Bosphore – les longs appels sourds des bateaux, les sonnettes des balises – gémissent et tintent au-dessus d'Istanbul.

Marcus porte un short de sport noir ample et rien d'autre. On voit ses 24 côtes à travers sa peau hâlée. Ses bras sont musclés et durs. Sa respiration est régulière. Son ventre est plat, ses cheveux noirs sont coupés ras et ses yeux sont verts. Une goutte de sueur tombe du bout de son nez. Tout le monde à Istanbul est en ébullition ce soir et Marcus ne fait pas exception.

Un livre est ouvert sur ses genoux, un livre ancien, relié cuir. Les mots imprimés sur les pages sont grecs. Marcus a écrit quelque chose en anglais sur un bout de papier posé en travers du livre. *Né dans la vaste Crète, je déclare être le descendant d'une lignée, le fils d'un homme riche.* Il a lu et relu ce vieux livre. C'est une histoire de guerre, d'exploration, de trahison, d'amour et de mort. Elle le fait toujours sourire.

Ce qu'il ne donnerait pas pour voyager lui aussi, pour échapper à la chaleur écrasante de cette ville terne. Il imagine une mer infinie qui s'étend devant lui ; le vent frais sur sa peau, les aventures et les ennemis déployés à l'horizon.

Marcus soupire et caresse le bout de papier. Dans son autre main, il tient un couteau vieux de 9 000 ans, fait d'une seule pièce de bronze forgée dans les feux de Cnossos. Il fait glisser la lame sur son corps et laisse le fil reposer sur son avant-bras droit. Il l'appuie contre sa peau, mais pas trop fort. Il connaît les limites de ce couteau. Il s'entraîne avec depuis qu'il est en âge de le tenir. Il dort avec sous son oreiller depuis qu'il a six ans. Il s'en est servi pour tuer des poules, des rats, des chiens, des chats, des cochons, des chevaux, des faucons et des agneaux. Et 11 personnes. Il a 16 ans, la fleur de l'âge pour Jouer. À 20 ans, il sera inéligible. Il veut Jouer. Plutôt mourir que d'être inéligible.

Mais ses chances sont quasiment nulles et il le sait. Contrairement à ce qui se passe dans l'*Odyssée*, la guerre ne trouvera jamais Marcus. Il n'y aura pas de grand voyage.

Sa lignée attend depuis 9 000 ans. Depuis le jour où ce couteau a été forgé. Autant qu'il puisse en juger, sa lignée attendra encore 9 000 ans, longtemps après qu'il aura disparu et que les pages de son livre se seront désintégrées.

Alors, Marcus s'ennuie.

À la télé, la foule exulte, et il détache les yeux de son couteau. Le goal de Fenerbahçe a envoyé un long dégagement sur le côté droit, le ballon trouve la tête d'un solide milieu de terrain. Le ballon bondit vers l'avant, par-dessus une ligne de défenseurs, près des deux derniers joueurs avant le gardien de Manisaspor. Les joueurs foncent vers le ballon et l'avant est le premier à s'en saisir, à 20 mètres du but qui n'est plus protégé. Le goal se prépare.

Marcus se penche en avant. On en est à 83 : 34 de match. Fenerbahçe n'a toujours pas marqué et inscrire un but de façon aussi remarquable permettrait de sauver la face. Le vieux livre glisse sur le sol. Le bout de papier s'en échappe et flotte un instant comme une feuille morte. Dans le stade, la foule se lève. Soudain, le ciel s'éclaire, comme si les dieux, les Dieux du Ciel eux-mêmes, descendaient pour apporter leur aide. Le goal recule. L'avant se concentre et tire. Le ballon jaillit.

Au moment où il percute le filet, le stade s'illumine et la foule hurle, de joie tout d'abord, à cause du but, mais de terreur et de confusion immédiatement après, une terreur et une confusion profondes, authentiques et intenses. Une boule de feu gigantesque, une énorme météorite enflammée, explose au-dessus de la foule et traverse le terrain, éliminant la défense de Fenerbahçe et creusant un trou à une extrémité de la tribune.

Les yeux de Marcus s'écarquillent. Il assiste à un carnage absolu. C'est une boucherie digne des films catastrophe américains. La moitié du stade, des dizaines de milliers de personnes sont mortes ou en train de brûler.

Il n'a jamais rien vu d'aussi beau.

Il a du mal à respirer. La sueur coule sur son front. Dans la rue, des gens crient, hurlent. Dans le café en bas, une femme gémit. Des sirènes retentissent dans toute la vieille ville construite sur le Bosphore, entre la mer de Marmara et la mer Noire.

À la télé, le stade est inondé de flammes. Des joueurs, des policiers, des spectateurs et des entraîneurs en feu courent dans tous les sens, telles des allumettes devenues folles. Les commentateurs appellent au secours et implorent Dieu car ils ne comprennent pas. Ceux qui ne sont pas morts, ou sont sur le point de mourir, se piétinent pour essayer de fuir. Une autre explosion se produit et l'écran devient noir.

Le cœur de Marcus veut sortir de sa poitrine. Son cerveau est aussi brûlant que le terrain de football. Son estomac est rempli de pierres et d'acide. Ses paumes sont chaudes et collantes. Il baisse les yeux et découvre qu'il s'est planté le vieux couteau dans l'avant-bras. Un filet de sang coule de sa main, sur le fauteuil, sur le livre. Le livre est fichu, mais ça n'a pas d'importance, il n'en aura plus besoin. Car maintenant, Marcus aura son Odyssée. Il se retourne vers l'écran noir du téléviseur. Il sait que quelque chose l'attend là-bas, au milieu de ces décombres. Il doit le trouver.

Une pièce unique.

Pour lui, pour sa lignée.

Il sourit. Il s'est entraîné toute sa vie en vue de cet instant. Quand il ne s'entraînait pas, il rêvait à l'Appel. Toutes les visions de destruction nées de son esprit d'adolescent ne peuvent rivaliser avec ce qu'il a vu ce soir. Une météorite qui détruit un stade de football et tue 38 676 personnes. Les légendes parlaient d'une annonce grandiose. Pour une fois, les légendes sont devenues une belle réalité.

Toute sa vie Marcus a désiré, attendu, il s'est préparé pour Endgame. Il ne s'ennuie plus, et il ne s'ennuiera plus jamais, jusqu'à ce qu'il gagne ou qu'il meure.

C'est arrivé.

Il le sait.

C'est arrivé.

CHIYOKO TAKEDA

22B Hateshinai torii, Naha, Okinawa, Japon

Les trois carillons d'une petite cloche en étain tirent Chiyoko Takeda du sommeil. Sa tête roule sur le côté. Son réveil à affichage digital indique 5 : 24. Elle en prend note. Ce sont des chiffres importants maintenant. Significatifs. Elle imagine qu'il en va de même pour ceux qui accordent une signification aux chiffres comme 11 : 03 ou 9 : 11 ou 7 : 07. Toute sa vie elle verra ces chiffres 5 : 24, et toute sa vie ils seront chargés d'importance, de sens, de signification.

Chiyoko tourne le dos au réveil posé sur la table de chevet et contemple l'obscurité. Elle est couchée sur les draps, nue. Elle passe sa langue sur ses lèvres pleines. Elle scrute les ombres au plafond comme si un message allait apparaître.

La cloche n'aurait pas dû sonner. Pas pour elle.

Depuis sa naissance on lui parle d'Endgame et de ses ancêtres étranges et fantastiques. Avant que la cloche sonne, c'était une fille de 17 ans, une paria scolarisée à domicile, une excellente navigatrice, une jardinière de talent, une grimpeuse agile. Douée pour les symboles, les langues et les mots. Une déchiffreuse de signes. Une tueuse qui savait manier le *wakizashi*, le *hojo* et le *shuriken*. Maintenant que la cloche a sonné, elle a l'impression d'avoir 100 ans. D'avoir 1 000 ans. D'avoir 10 000 ans, et de vieillir à chaque seconde. Le lourd fardeau des siècles pèse sur elle.

Chiyoko ferme les yeux. L'obscurité revient. Elle a envie d'être ailleurs. Dans une caverne. Sous l'eau. Dans la plus vieille forêt du monde. Mais elle est ici et elle doit s'y habituer. Bientôt, l'obscurité sera partout, et tout le monde le saura. Elle doit la maîtriser. La prendre en amitié. L'aimer. Elle s'y est préparée pendant 17 ans et elle est prête, même si elle ne l'avait pas voulu et ne s'y attendait pas. L'obscurité. Ce sera comme un silence affectueux, ce qui ne pose pas de problème pour Chiyoko. Le silence fait partie de son identité.

Car si elle entend, elle n'a jamais parlé.

Elle regarde par la fenêtre ouverte et respire. Il a plu cette nuit, elle sent l'humidité dans son nez, sa gorge, sa poitrine. L'air sent bon.

On frappe tout doucement à la porte coulissante de sa chambre. Chiyoko s'assoit dans son lit à l'occidentale, son dos frêle face à la porte. Elle tape deux fois du pied. Deux fois pour dire *Entrez*.

Le bruit du bois qui glisse sur le bois. Le silence du panneau qui s'arrête. Le léger frottement des pieds.

— J'ai sonné, dit son oncle, tête baissée vers le sol pour accorder à la jeune Joueuse la plus haute marque de respect, comme le veut la coutume, la règle.

— Il le fallait, ajoute-t-il. Ils arrivent. Tous.

Chiyoko hoche la tête.

Son oncle garde le regard baissé.

— Je suis désolé. C'est l'heure.

Chiyoko tape cinq fois du pied, sur un rythme saccadé. *OK. Un verre d'eau.*

— Oui, bien sûr.

Son oncle ressort à reculons et s'en va sans bruit.

Chiyoko se lève, hume l'air de nouveau et se dirige vers la fenêtre. La faible lueur des lumières de la ville enveloppe sa peau pâle. Elle regarde Naha. Il y a le parc. L'hôpital. Le port. Il y a la mer, noire, vaste et calme. Il y a la brise. Les palmiers sous sa fenêtre murmurent. Les nuages gris et bas commencent à s'éclairer, comme si un vaisseau spatial venait en visite. *Les personnes âgées doivent être réveillées*, pense-t-elle. *Les personnes âgées se lèvent tôt.* Elles boivent du thé, mangent du riz et des radis en saumure. Des œufs, du poisson, avec du lait chaud. Certaines se souviendront de la guerre. Le feu descendu du ciel qui a tout détruit et décimé. Et a permis une renaissance. Ce qui est sur le point de se produire leur rappellera cette époque. Mais une renaissance ? Leur survie et leur avenir dépendent entièrement de Chiyoko.

Un chien se met à aboyer comme un forcené.

Des oiseaux chantent.

Une alarme de voiture se déclenche.

Le ciel s'illumine, les nuages se brisent et s'effondrent, tandis qu'une énorme boule de feu explose au-dessus de la périphérie de la ville. Elle hurle, se consume et s'écrase sur la marina. Une gigantesque explosion et un tourbillon de vapeur bouillante éclairent le petit matin. Une pluie de poussière, de pierre, de plastique et de métal s'abat sur Naha. Des arbres meurent. Des poissons meurent. Des enfants, des rêves et des destins meurent. Les plus chanceux sont balayés dans leur sommeil. Les malchanceux sont brûlés ou estropiés.

Tout d'abord, on croira à un tremblement de terre.

Puis ils verront.

Ce n'est que le début.

Les débris pleuvent sur la ville. Chiyoko sent venir le morceau qui lui est destiné. Elle s'éloigne de la fenêtre, d'un grand pas, et une braise éclatante en forme de maquereau tombe sur son plancher, creusant un trou dans le tatami.

Son oncle revient frapper à la porte. Chiyoko tape deux fois du pied. *Entrez.* La porte est restée ouverte. Son oncle garde la tête baissée lorsqu'il s'arrête près d'elle et lui tend, d'abord, un kimono en soie bleue tout simple, qu'elle enfile, puis un verre d'eau très froide.

Elle verse l'eau sur la braise. Celle-ci grésille, crachote et produit de la vapeur, l'eau se met à bouillir immédiatement. Il ne reste qu'une pierre noire, brillante et dentelée.

Chiyoko regarde son oncle. Ce dernier la regarde, d'un air triste. C'est la tristesse de nombreux siècles, des vies qui s'achèvent. Elle s'incline très légèrement pour le remercier. Il essaye de sourire. Il était comme elle jadis, il voulait qu'Endgame commence, et le jeu l'a ignoré, comme d'innombrables autres, depuis des milliers et des milliers d'années.

Mais pas Chiyoko.

— Je suis désolé, dit-il. Pour toi, pour nous tous. Ce qui sera, sera.

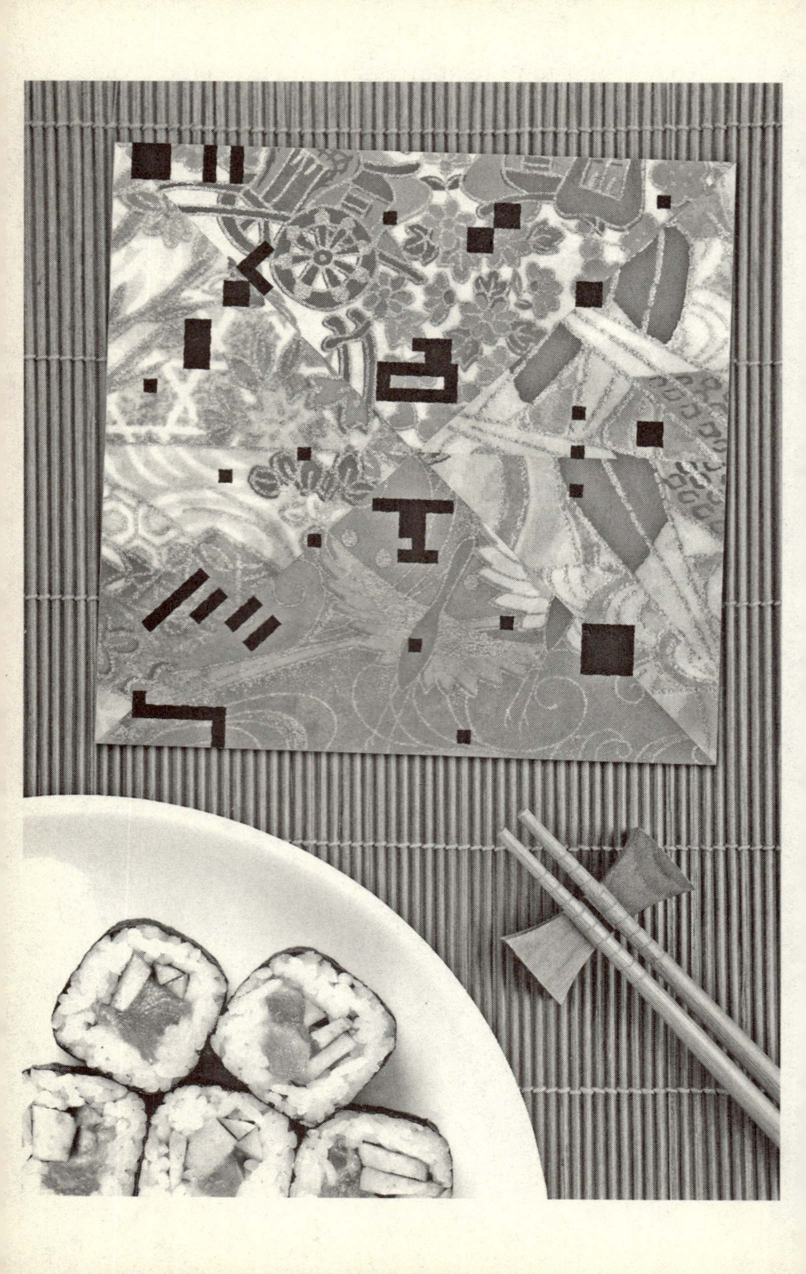

SARAH ALOPAY

Lycée Bryan, Omaha, Nebraska, États-Unis

La directrice se lève, souriante, et balaye l'assistance du regard.

— C'est donc un grand honneur pour moi de vous présenter le major de votre promotion, Sarah Alopay !

L'assistance applaudit, crie, siffle.

Sarah se lève. Elle porte une toque et une toge rouges, l'écharpe bleue des majors barre sa poitrine. Elle sourit. Elle a souri toute la journée. Elle a mal au visage à force. Elle est heureuse. Dans moins d'un mois, elle aura 18 ans. Elle va passer son été à effectuer des fouilles archéologiques en Bolivie, avec son petit ami, Christopher, et à l'automne, elle ira à l'université, à Princeton. Dès qu'elle aura 20 ans, elle pourra commencer le restant de sa vie.

Dans 742,43625 jours, elle sera libre.

Inéligible.

Elle est au 2e rang, derrière un groupe d'administrateurs, de représentants des parents d'élèves et d'entraîneurs de football. À quelques sièges de l'allée. À côté d'elle se trouve Reena Smithson, sa meilleure amie depuis le cours élémentaire, Christopher est assis quatre rangs derrière elle. Elle lui jette un petit regard en douce. Cheveux blonds, barbe naissante, yeux verts. Doté d'un caractère égal et d'un cœur immense. Le plus beau gars de l'école, de la ville, peut-être même de l'État et, aux yeux de Sarah, du monde.

— Vas-y, ma belle, assure ! dit Christopher avec un grand sourire.

Ils sont ensemble depuis la cinquième. Inséparables. La famille de Christopher est une des plus riches d'Omaha. Si riche à vrai dire que son père et sa mère n'ont pas pris la peine de revenir de leur voyage d'affaires en Europe pour assister à la remise des diplômes. Quand leur fils montera sur l'estrade, ce sera la famille de Sarah qui applaudira le plus fort. Christopher aurait pu aller dans une école privée, ou dans l'internat qu'avait fréquenté son père, mais il a refusé, il ne voulait pas être séparé de Sarah. C'est une des nombreuses raisons pour lesquelles elle l'aime et pense qu'ils resteront ensemble toute la vie. Elle le souhaite et elle sait que lui aussi. Et dans 742,43539 jours, ce sera possible.

Sarah s'avance dans l'allée. Elle porte une paire de Ray-Ban Wayfarer roses que son père lui a offertes pour Noël et qui cachent ses yeux marron écartés. Une queue-de-cheval serrée maintient ses longs cheveux auburn. Sa peau lisse, couleur bronze, est éclatante. Sous sa toge, elle est habillée comme tous ses camarades.

Mais combien d'élèves de sa classe supporteront le poids d'un objet ancien sur scène ? Sarah le porte autour du cou, comme Tate quand il était éligible, transmis de Joueur en Joueur depuis 300 générations. Au bout de la chaîne pend une pierre noire polie qui a connu 6 000 ans d'amour, de chagrin, de beauté, de lumière, de tristesse et de mort. Sarah porte ce collier depuis le jour où Tate s'est blessé et où le conseil de la lignée de Sarah a décidé que ce devait être elle la Joueuse. Elle avait 14 ans. Elle n'a jamais ôté l'amulette et a fini par s'y habituer, à tel point qu'elle ne la remarque presque plus.

Alors qu'elle marche vers l'estrade, des élèves, aux derniers rangs, se mettent à scander : « Sa-rah ! Sarah ! Sa-rah ! » Elle sourit, se retourne et regarde tous ses amis, ses camarades de classe. Tate son frère aîné, ses parents et Christopher. Sa mère a pris son père par la taille et ils ont l'air fiers, heureux. Sarah fait une grimace qui signifie *Je suis nerveuse* et son père lui sourit, pouces dressés. Elle monte sur l'estrade et Mme Shoemaker, la directrice, lui tend son diplôme.

— Vous allez me manquer, Sarah.

— Je ne pars pas pour toujours, madame Shoe ! Vous me reverrez !

Mme Shoemaker sait à quoi s'en tenir. Sarah Alopay n'a jamais eu de note inférieure à A. Elle a été sélectionnée dans l'équipe de football et d'athlétisme pour représenter l'État et elle a obtenu d'excellents résultats à son examen d'entrée à l'université. Elle est drôle, gentille, généreuse, serviable, et visiblement destinée à de grandes choses.

— Montrez-leur de quoi vous êtes capable, Alopay, dit-elle.

— Toujours, répond Sarah.

Elle approche du micro et regarde vers l'ouest, vers sa classe, son école. Derrière la dernière rangée des 319 élèves se dresse un bosquet de grands chênes aux feuilles vertes. Le soleil brille, il fait chaud, mais elle s'en fiche. Les autres aussi. Ils achèvent une partie de leur vie, une autre est sur le point de commencer. Ils sont tous excités. Ils imaginent l'avenir, leurs rêves, qu'ils espèrent réaliser. Sarah a longuement travaillé son discours. Elle est la voix de ses camarades et elle veut leur offrir des paroles qui les inspireront, qui les pousseront vers l'avant, au moment d'embarquer pour ce nouveau chapitre. La pression est forte, mais Sarah a l'habitude.

Elle se penche en avant et se racle la gorge.

— Félicitations et bienvenue au meilleur jour de notre vie, jusqu'à maintenant du moins !

Les élèves ne se sentent plus. Certains lancent prématurément leur toque en l'air. D'autres rient. La plupart scandent : « Sa-rah ! Sa-rah ! »

— En préparant mon discours, dit-elle, le cœur battant, j'ai décidé d'essayer de répondre à une question. Immédiatement, je me suis dit : « Quelle est la question que l'on me pose le plus souvent ? » et même si c'est un peu gênant, j'ai trouvé facilement. Les gens me demandent toujours si j'ai un secret !

Rires. Parce que c'est la vérité. S'il y a eu un jour une élève parfaite dans cette école, c'est Sarah. Une fois par semaine au moins, quelqu'un lui demandait quel était son secret.

— Après avoir longuement et durement réfléchi, je me suis aperçue que la réponse était très simple. Mon secret, c'est que je n'ai pas de secret.

Évidemment, c'est un mensonge. Sarah a de grands secrets. Profondément enfouis. Des secrets conservés parmi les siens depuis des milliers et des milliers d'années. Et si elle a fait toutes ces choses qui l'ont rendue populaire, si elle a obtenu tous ces A, ces trophées, ces récompenses, elle a accompli beaucoup plus encore. Des choses qu'ils ne peuvent même pas imaginer. Comme faire du feu avec de la glace. Chasser et tuer un loup à mains nues. Marcher sur des braises incandescentes. Elle est restée éveillée pendant une semaine ; elle a tué un cerf à un mile, elle parle neuf langues, possède cinq passeports. Si, pour eux, elle est Sarah Alopay, reine du lycée, incarnation de la jeune Américaine, dans la réalité, elle est aussi bien entraînée et aussi mortelle que n'importe quel soldat sur Terre.

— Je suis telle que vous me voyez. Je suis heureuse et douée parce que je m'autorise à être heureuse. Très jeune j'ai appris que le fait d'être actif génère de l'activité. Que le don pour les études est synonyme de savoir. Que voir élargit la vision. Et que si vous ne nourrissez pas la colère, vous ne serez jamais en colère. La tristesse et la frustration, et même la tragédie, sont inévitables, mais cela ne signifie pas que le bonheur ne nous tend pas les bras, à chacun de nous. Mon secret, c'est que je choisis d'être la personne que je veux être. Je ne crois pas au destin ni à la prédétermination, mais au choix, je crois que chacun choisit d'être la personne qu'il est. Vous pouvez être celui que vous voulez être, vous pouvez faire ce que vous avez envie de faire, vous pouvez aller là où vous voulez aller. Le monde et votre vie future vous attendent. L'avenir n'est pas écrit. Vous pouvez en faire ce que vous voulez qu'il soit.

Les élèves se sont tus. Plus personne ne parle.

— Je regarde vers l'ouest. Derrière vous, derrière les gradins, il y a un bosquet de chênes. Et derrière ces chênes, il y a les plaines, la terre de mes ancêtres, la terre ancestrale de tous les humains en vérité. Au-delà des plaines, il y a les montagnes, d'où coule l'eau. Au-delà des montagnes, il y a la mer, source de vie. Au-dessus, il y a le ciel. En dessous, il y a la terre. Tout autour, il y a la vie et la vie est…

Sarah est interrompue par un bang. Tout le monde se dévisse le cou. Un trait éclatant jaillit derrière les chênes, balafrant le ciel bleu. Il ne bouge pas, semble-t-il, il grossit simplement. Tout le monde le regarde, impressionné. Certaines personnes ont le souffle coupé. L'une d'elles demande, très distinctement : « C'est quoi, ça ? »

Tout le monde regarde jusqu'à ce qu'un cri solitaire s'élève au dernier rang et frappe l'assistance d'un seul coup. C'est comme si quelqu'un avait appuyé sur un bouton pour déclencher la panique. On entend des chaises se renverser, des gens hurler, c'est le chaos. Sarah retient son souffle. Instinctivement, elle glisse la main sous sa toge pour saisir la pierre qui pend à son cou.

Elle est plus lourde que jamais. L'astéroïde, le météore, la comète ou elle ne sait quoi est en train de la transformer. Sarah est pétrifiée. Elle regarde le trait lumineux se déplacer vers elle. La pierre au bout de la chaîne change de nouveau : elle semble légère soudain. Sarah s'aperçoit qu'elle se soulève sous sa toge. Elle se libère des vêtements et se tend vers cette chose qui vient vers eux.

Voilà à quoi ça ressemble.

Voilà l'impression que ça donne.

Endgame.

Les bruits de terreur désertent ses oreilles, remplacés par un silence stupéfait.

Bien qu'elle se soit préparée presque toute sa vie en vue de cet instant, elle n'a jamais cru que cela arriverait.

Elle espérait que ça n'arriverait pas. 742,42898 jours. Elle était censée être libre.

La pierre tire sur son cou.

— SARAH !

Quelqu'un la saisit brutalement par le bras. La boule de feu est fascinante, terrible et audible soudain. Sarah l'entend véritablement se déplacer dans les airs, ardente, furieuse.

— Viens ! VITE !

C'est Christopher. Le gentil, le courageux, le robuste Christopher. Tout rouge sous l'effet de la panique et de la chaleur, les yeux qui pleurent, postillonnant. Elle voit ses parents et son frère au pied des marches.

Il leur reste quelques secondes.

Peut-être moins.

Le ciel matinal s'assombrit, puis devient noir, la boule de feu est sur eux. La chaleur est insoutenable. Le bruit paralysant.

Ils vont mourir.

Au tout dernier moment, Christopher saute de l'estrade en entraînant Sarah. Des odeurs de cheveux, de bois, de plastique brûlés envahissent l'atmosphère. Le collier tire si fort en direction de la météorite que la chaîne s'enfonce dans la peau du cou de Sarah.

Ils ferment les yeux et s'écroulent dans l'herbe. Sarah sent la pierre se libérer. Elle s'envole, à la recherche de la météorite, et à la dernière minute, la gigantesque boule de feu change de direction ; elle s'arrête à un millier de pieds et ricoche au-dessus d'eux comme une pierre plate sur un lac calme. Cela se produit si vite que personne ne s'en aperçoit, mais bizarrement, d'une certaine façon, cette petite pierre très ancienne leur a sauvé la vie.

La météorite survole la tribune en béton et s'abat un quart de mile plus loin, à l'est. Là où se trouve l'école. Le parking. Quelques terrains de basket. Les courts de tennis.

Plus maintenant.

La météorite détruit tout.

Bang.

Disparus.

Ces lieux réconfortants et familiers où Sarah a passé sa vie – sa vie normale, du moins – ont disparu en une fraction de seconde. Tout a été effacé. Un nouveau chapitre s'est ouvert, mais ce n'est pas celui qu'espérait Sarah.

Une onde de choc déferle sur le terrain, charriant poussière et obscurité. Elle les frappe de plein fouet, les écrase, les assomme et fait éclater leurs tympans.

L'air est brûlant, saturé de particules grises, marron et noires. On ne voit plus rien. Christopher n'a pas lâché Sarah. Il la protège. Il la serre contre lui, tandis qu'ils sont bombardés de pierres et de terre, de morceaux d'on ne sait quoi, gros comme un poing. Il y a d'autres personnes autour d'eux, certaines blessées. Elles toussent. Elles ne peuvent s'arrêter de pleurer. Ni de trembler. Difficile de respirer. Une autre onde de choc les submerge et les enfonce un peu plus dans le sol. Sarah a le souffle coupé. Des traits de lumière fugitive illuminent la poussière. Le sol tremble alors que des choses commencent à tomber autour d'eux. Des blocs de ciment et d'acier, des voitures tordues, des meubles. Ils ne peuvent qu'attendre, en priant pour que rien n'atterrisse sur eux. Christopher serre si fort Sarah qu'il lui fait mal. Elle plante ses ongles dans son dos. Ils ignorent combien de temps s'est écoulé quand l'atmosphère commence à s'éclaircir et que de petits bruits se font entendre. Des gens gémissent de douleur. Crient des noms. Dont le sien.

C'est son père.

— Sarah. SARAH !

— Ici ! hurle-t-elle.

Sa voix lui paraît étouffée et lointaine. Ses oreilles bourdonnent encore.

— Je suis là !

Son père émerge du nuage de poussière. Son visage est couvert de sang et de cendres. Le blanc de ses yeux, brillant et clair, ressort de la crasse. Il sait ce qu'elle sait.

Endgame.

— Sarah !

Son père trébuche vers eux et tombe à genoux, il les prend dans ses bras. Ils pleurent. Leurs corps sont secoués de sanglots. Partout, des gens crient. Sarah ouvre les yeux une seconde et voit Reena devant elle, hébétée, en état de choc. Le bras gauche de sa meilleure amie a disparu au-dessus du coude, il ne reste que du sang, de la chair lacérée et de l'os déchiqueté. Sa toge de remise des diplômes a été arrachée, mais bizarrement, sa toque est restée en place. La jeune fille est noire de suie. Sarah crie : « Reena ! Reena ! », mais son amie ne l'entend pas. Elle disparaît de nouveau dans la poussière et Sarah sait qu'elle ne la reverra plus jamais.

— Où est maman ? murmure-t-elle, les lèvres collées à l'oreille de son père.

— J'étais avec elle. Je ne sais pas.

— La pierre, elle... elle...

— Je sais.

— Sarah ! crie sa mère.

— Ici ! répondent-ils tous les trois en chœur.

La mère de Sarah rampe vers eux. Sur le côté droit de sa tête, tous ses cheveux ont disparu. Son visage est brûlé, mais pas trop grièvement. Quand elle les voit, elle semble très heureuse. Son regard est différent de celui qu'elle a adressé à Sarah quand celle-ci marchait vers l'estrade.

Je faisais un discours, se dit Sarah. *Je faisais un discours lors de la remise des diplômes. Les gens étaient heureux. Très heureux*.

— Olowa, dit Simon tout bas en tendant la main vers sa femme. Et Tate ?

Olowa secoue la tête.

— Je ne sais pas.

Une explosion au loin.

Maintenant que l'atmosphère s'éclaircit, le carnage devient plus évident. Il y a des corps partout. Les Alopay et Christopher font partie des chanceux. Sarah aperçoit une tête. Une jambe. Un torse. Une toque tombe sur le sol près d'eux.

— Sarah, c'est commencé. Pour de vrai.

C'est Tate, qui marche vers eux, bras tendus. Il serre le poing, dans son autre main il tient une pierre vert et doré, de la taille d'un pamplemousse, veinée de métal noir.

Il est incroyablement propre, comme s'il avait échappé à tout ça. Il sourit. Sa bouche est pleine de sang. Tate a été un Joueur autrefois, plus maintenant. Aujourd'hui, il semble presque excité pour sa sœur, en dépit de tout ce qui s'est passé autour d'eux. La mort, la destruction et ce qui, savent-ils, va arriver.

— Je les ai trouvées !

Tate n'est plus qu'à 10 pieds. Une autre explosion mineure se produit quelque part. Il ouvre le poing et introduit la petite pierre qui était autour du cou de Sarah dans la grosse pierre multicolore.

— Ça rentre parfaitement.

— *Nukumi*, dit Simon, avec révérence.

— *Nukumi*, répète Sarah, d'un ton beaucoup moins révérencieux.

— Quoi ? fait Christopher.

— Rien… dit Sarah.

Elle s'interrompt lorsqu'une explosion projette des éclats de métal dans tous les coins. Un morceau d'acier de six pieds de long se plante dans la poitrine de Tate. Il est mort. Tué instantanément. Il tombe à la renverse. Il tient toujours dans sa main le pendentif de Sarah et la pierre multicolore. Sa mère hurle, son père s'écrie : « Non ! »

Sarah est incapable de parler. Christopher est sous le choc. Le sang coule de la poitrine de Tate. Ses yeux grands ouverts, inanimés, regardent fixement le ciel. Ses pieds se contractent convulsivement, les dernières parcelles de vie quittent son corps. Mais la pierre et le pendentif sont sains et saufs.

Ce n'est pas accidentel.

Les pierres ont une signification.

Elles portent un message.

C'est Endgame.

100 %
80
120
60
140
40
160
20
180
0
200 %

JAGO TLALOC

Domicile des Tlaloc, 12 Santa Elisa, Juliaca, Puno, Pérou

Les baskets de Jago Tlaloc font crisser le verre brisé. C'est la nuit et les lampadaires sont éteints. Des sirènes gémissent au loin, mais à part ça, le calme règne à Juliaca. Un peu plus tôt, c'était le chaos, quand Jago s'est dirigé vers le cratère, dans le centre-ville, pour récupérer ce qu'on lui avait envoyé. Dans l'affolement général, les survivants ont envahi les rues pour briser les vitrines des magasins et emporter ce qu'ils voulaient.

Le père de Jago, chargé de la protection d'un grand nombre d'entreprises locales, ne va pas digérer ces actes de pillage. Mais Jago n'en veut pas à ses concitoyens. Qu'ils s'offrent quelques petits plaisirs, pendant qu'ils le peuvent. Lui possède son propre trésor : la pierre, encore tiède, rangée dans son sac et balancée sur son épaule.

Un vent chaud s'engouffre à travers les immeubles, transportant des cendres et l'odeur du feu. Juliaca a été baptisée la Windy City[1] du Pérou, non sans raison. Contrairement à la plupart de ses concitoyens, Jago a voyagé bien au-delà des limites de la ville. Il a tué au moins deux fois sur chaque continent et il est toujours surpris de visiter un endroit où le vent ne souffle pas.

---

1. La « Ville venteuse », surnom donné à Chicago *(N.d.T.)*.

Jago est le Joueur de la 21e lignée. Fils de Guitarrero et de Hayu Marca, il est né il y a un peu plus de 19 ans. Anciens Joueurs eux-mêmes, à plusieurs années d'écart, ses parents dirigent maintenant cette partie de la ville. Qu'il s'agisse des commerces légaux ou des produits illicites qui transitent par les ruelles du quartier, ils perçoivent un pourcentage sur tout. Ce sont également des philanthropes, d'une certaine façon, puisqu'ils utilisent leur argent souvent mal acquis pour ouvrir des écoles et entretenir des hôpitaux. La justice les laisse tranquilles, elle refuse de s'approcher d'eux : la famille Tlaloc est trop précieuse. Dans quelques mois seulement, Jago serait devenu inéligible et il aurait rejoint l'entreprise familiale. Mais tous les empires s'écroulent un jour ou l'autre.

Un trio d'ombres se détache de l'entrée d'une ruelle toute proche. Les silhouettes à l'aspect agressif bloquent le trottoir devant Jago.

— Qu'est-ce que tu transportes là-dedans, mon pote ? murmure une des ombres en désignant le sac de Jago d'un mouvement de tête.

En guise de réponse, Jago montre les dents, parfaitement alignées et blanches. Ses incisives latérales supérieures sont recouvertes de couronnes en or incrustées d'un petit diamant. Les pierres brillent au clair de lune.

Les trois charognards reculent.

— Désolé, Feo, dit le chef, on t'avait pas reconnu.

Ils devraient avoir peur, mais pas de Jago, ni du pouvoir de sa famille, même si Jago est fort et impitoyable, et sa famille encore plus. Ils devraient avoir peur de ce qui va arriver. Ils ne le savent pas, mais Jago est leur seul espoir. Autrefois, la puissance de sa famille suffisait à assurer la survie et le bonheur des habitants de ce quartier. Désormais, cette responsabilité repose sur les seules épaules de Jago.

Il passe devant les voyous sans un mot. Il songe aux 11 autres Joueurs éparpillés à travers le monde, chacun ayant sa météorite. Il se demande à quoi ils ressemblent, de quelle lignée ils sont. Car chaque lignée ne connaît pas les autres. Elles ne peuvent pas se connaître. Pas avant l'Appel.

Et l'Appel approche.

L'un d'eux sera-t-il plus fort que lui ? Plus intelligent ? L'un d'eux sera-t-il plus laid ?

Peut-être, mais peu importe.

Car Jago sait qu'il peut tous les tuer et qu'il le fera.

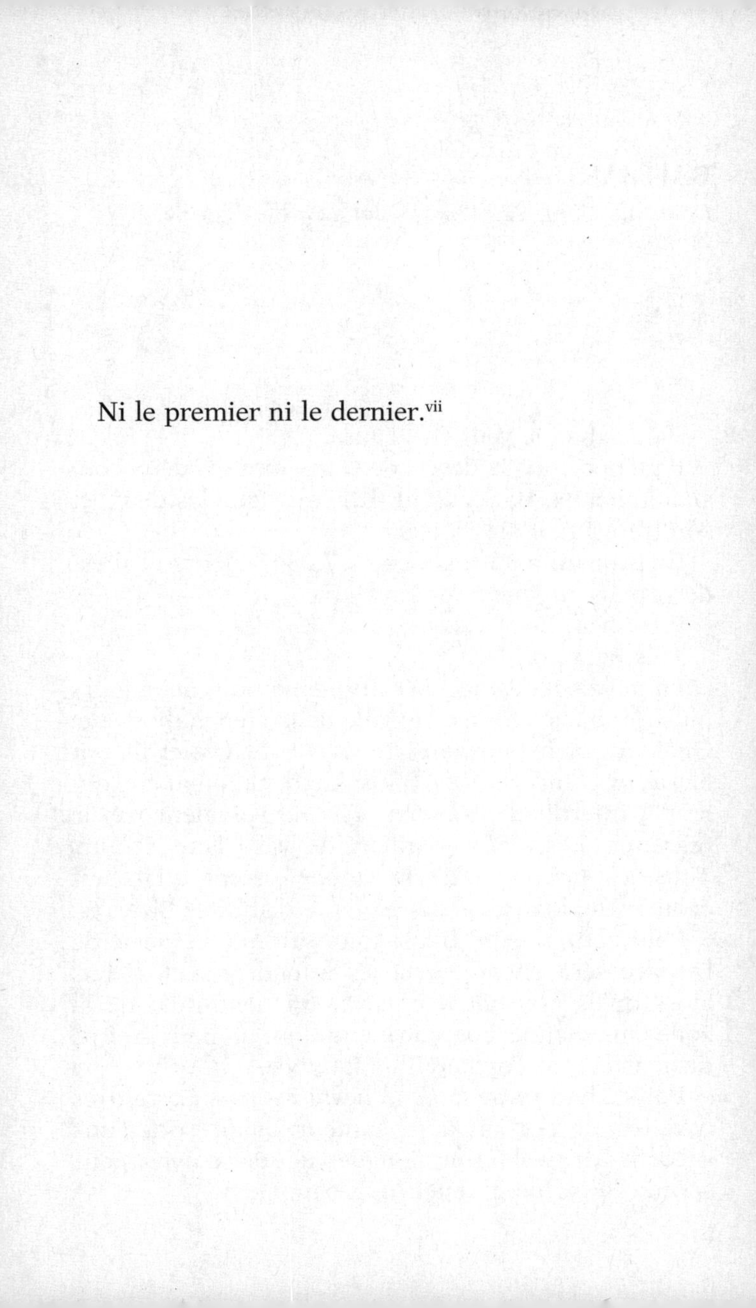

Ni le premier ni le dernier.[vii]

BAITSAKHAN

Désert de Gobi, 222 km au sud d'Oulan-Bator, Mongolie

Baitsakhan le veut et il l'aura.

Il galope dans le désert de Gobi avec ses deux cousins jumeaux, Bat et Bold, 12,5 ans tous les deux, et son frère Jalair, 24,55 ans.

Baitsakhan a 13 ans depuis 7,23456 jours et il est désormais éligible pour Endgame.

Il est heureux.

Très heureux.

La météorite est tombée en pleine nuit, deux jours plus tôt, dans l'immensité vide de la steppe mongole. Quelques vieux gardiens de yaks l'ont vue et ils ont alerté le grand-père de Baitsakhan, Suhkbataar, qui leur a interdit d'y toucher, s'ils ne voulaient pas le regretter. Les vieux gardiens de yaks l'ont écouté. Tous les habitants de la steppe savent qu'il faut écouter Suhkbataar dans ce genre d'affaires bizarres.

Pour cette raison, Baitsakhan sait que la pierre de l'espace sera encore là, à les attendre, seule. Mais alors qu'ils arrivent à environ un demi-mile de la zone d'impact, ils aperçoivent au loin un petit groupe de gens et une Toyota Hilux fatiguée.

Baitsakhan ramène son cheval au pas. Les autres cavaliers se portent à sa hauteur. Jalair sort d'une sacoche de selle une longue-vue en cuivre pour scruter la plaine. Il émet un grognement.

— C'est qui ? demande Baitsakhan.

— Je ne sais pas. L'un d'eux porte une *ouchanka*. Un autre tient un fusil. Le pick-up transporte trois jerrycans d'essence. Un des types appuie de tout son poids sur un grand pied-de-biche. Deux autres sont penchés vers le sol. Le type au fusil se dirige vers la Toyota.

Bat pose un arc sur ses genoux. Bold consulte son smartphone distraitement. Pas de réseau, évidemment. Pas si loin. Il ouvre *Temple Run* et commence une nouvelle partie.

— Ils ont la pierre ? demande Baitsakhan.

— Difficile à dire… Attends. Oui. Il y en a deux qui portent quelque chose. Petit, mais lourd. Enveloppé dans une peau.

— Ils nous ont vus ? demande Bat.

— Pas encore, répond Jalair.

— Allons nous présenter, dit Baitsakhan.

Il éperonne sa monture et la lance au galop. Les autres le suivent. Tous les chevaux ont une robe beige, la queue noire et la crinière tressée. Ils soulèvent de la poussière dans leur sillage. Les hommes rassemblés autour de la météorite les ont repérés maintenant, mais ils ne semblent pas inquiets.

Lorsqu'ils arrivent à proximité, Baitsakhan tire sur les rênes de son cheval et saute à terre avant même qu'il s'arrête.

— Bonjour, mes amis ! lance-t-il. Qu'avez-vous découvert ?

— Pourquoi on vous le dirait ? répond avec effronterie l'homme au pied-de-biche.

Il a une voix grave et rauque et une épaisse moustache trop bien taillée. À côté de lui se tient l'homme coiffé d'une toque russe. Entre eux, sur le sol, est posé le paquet enveloppé d'une peau.

— Parce que je vous le demande, répond poliment Baitsakhan.

Bat descend de son cheval lui aussi et entreprend d'examiner nonchalamment ses sabots pour voir s'il n'y a pas de cailloux. Bold, toujours en selle, sort son téléphone et recommence une partie de *Temple Run*.

Un petit homme grisonnant à la peau affreusement vérolée s'avance.

— Pardonnez-le. Il est comme ça avec tout le monde, dit-il.

— La ferme, Terbish, dit Pied-de-Biche.

— On pense avoir trouvé une étoile filante, dit Terbish, ignorant l'ordre de l'autre.

Baitsakhan se penche vers le paquet.

— On peut jeter un œil ?

— Ouais, c'est pas tous les jours qu'on peut voir une météorite, ajoute Jalair du haut de son cheval.

— Qu'est-ce qui se passe ? lance quelqu'un.

C'est le type qui revient du pick-up. Il est grand et tient négligemment un .30-06 le long du corps.

— Ces gamins veulent voir la pierre, dit Terbish en observant Baitsakhan. Et y a pas de raison de refuser.

— Cool ! s'exclame Baitsakhan. Hé, Jalair, vise un peu ce cratère !

— J'ai vu.

Baitsakhan l'ignore, mais cette météorite est la plus petite des 12. Moins de 0,2112 mètre. La plus petite pierre pour le plus jeune Joueur.

Terbish sourit.

— J'en ai trouvé une comme ça quand j'avais à peu près ton âge, dit-il à Baitsakhan. Près de la frontière chinoise. Les Soviétiques me l'ont reprise, évidemment. Ils prenaient tout en ce temps-là.

— C'est ce qu'on dit.

Baitsakhan enfonce les mains dans ses poches de jean. Jalair descend de cheval, ses pieds font crisser le sable.

Terbish se retourne vers le paquet.

— Altan, déballe ce truc.

L'homme à l'*ouchanka* se penche pour défaire la peau de poney. Baitsakhan regarde à l'intérieur. La chose est un morceau de métal noir de la taille d'une boîte à chaussures, criblé d'un éclatant treillis de lingots dorés et vert-de-gris, tel un vitrail extraterrestre. Baitsakhan sort les mains de ses poches et met un genou à terre. Terbish se tient au-dessus de lui. Pied-de-Biche soupire. Le type au fusil s'avance de quelques pas. Le cheval de Bat hennit quand son cavalier ajuste la sangle.

— Magnifique, hein ? dit Terbish.

— Ça a l'air d'avoir de la valeur, commente Baitsakhan faussement innocent.

Jalair montre la chose du doigt.

— C'est de l'or ?

— Je savais qu'on n'aurait pas dû leur montrer, grogne Pied-de-Biche.

— C'est des gamins, dit Terbish. C'est comme un rêve qui se réalise. Ils pourront en parler à leurs copains à l'école.

Baitsakhan se relève.

— On va pas à l'école.

— Ah bon ? s'étonne Terbish. Vous faites quoi, alors ?

— On s'entraîne, dit Jalair.

— À quoi ? demande Pied-de-Biche.

Baitsakhan sort un paquet de chewing-gums de son gilet et gobe une tablette.

— Ça vous ennuie pas si on vérifie un truc, Terbish ?

Celui-ci fronce les sourcils.

— Quoi donc ?

— Vas-y, Jalair, dit Baitsakhan.

Mais Jalair s'est déjà avancé. Très vite, il se penche au-dessus de la météorite. Il tient dans la main une petite pierre noire percée de plusieurs trous en forme de T, parfaitement découpés. Il promène sa main sur le bloc, dessous. Soudain, ses yeux s'écarquillent.

— C'est bien ça, dit-il.

Bold éteint son smartphone, le range dans la poche latérale de son pantalon cargo et crache.

— Chewing-gum ?

Baitsakhan tend le paquet à Terbish.

Le type au fusil fronce les sourcils et fait glisser son arme devant lui, en la tenant à deux mains. Terbish secoue la tête.

— Non merci. Faut qu'on y aille maintenant.

Baitsakhan range ses chewing-gums.

— OK.

Jalair se relève pendant qu'Altan remballe le bloc de pierre.

— Pas la peine, le somme Jalair.

Pied-de-Biche intervient :

— Vous n'êtes pas en train de nous dire que vous allez emporter ce truc, bande de petits merdeux ?

Baitsakhan fait une bulle rose avec sa bouche. Elle éclate sur son visage et il la ravale aussitôt.

— Si, c'est exactement ça.

Terbish tire de sa ceinture un couteau de chasse et recule d'un pas.

— Désolé, petit, mais ça ne va pas être possible. On l'a trouvé en premier.

— C'est des gardiens de yaks qui l'ont trouvé en premier.

— Je vois aucun gardien de yaks dans les parages, dit Pied-de-Biche.

— On leur a dit de pas y toucher. Et ils savent écouter. Cette pierre nous appartient.

— Il est modeste, ajoute Jalair. En fait, elle est à lui.

— À toi ? demande Terbish, sceptique.

— Oui.

— Ha ! fait Pied-de-Biche en tenant son arme à la manière d'un bâton de combat. J'ai jamais rien entendu d'aussi ridi…

Jalair lui coupe la parole en agrippant le pied-de-biche. Il le lui arrache des mains d'un mouvement de torsion et lui enfonce l'extrémité aplatie dans le sternum, lui coupant le souffle. Le type au fusil épaule son .30-06, mais avant qu'il puisse tirer, une flèche lui transperce la gorge.

Ils avaient oublié Bat derrière son cheval.

Altan, le type à la toque, pose les mains sur le paquet, mais Bold lui lance une fléchette de métal noir, d'environ huit pouces de long sur un demi-pouce de diamètre. Elle traverse l'oreillette du chapeau et s'enfonce de plusieurs pouces dans sa tête. Il s'écroule et l'écume lui vient aux lèvres. Ses bras et ses jambes s'agitent. Ses yeux se révulsent.

Terbish est envahi de terreur et d'incrédulité. Il fait demi-tour et fonce vers le pick-up.

Baitsakhan émet un bref sifflement entre ses dents. Son cheval le rejoint au trot, il l'enfourche et l'éperonne. En quelques secondes, il a rattrapé Terbish. Il tire d'un coup sec sur les rênes, le cheval se cabre, puis retombe sur les épaules et la nuque de Terbish. Celui-ci se retrouve écrasé et enfoncé dans le sol, pendant que le cheval tourne sur lui-même, dans un sens puis dans l'autre, caracolant sur le corps de l'homme, lui broyant les os.

Quand Baitsakhan revient vers le cratère, Pied-de-Biche est assis par terre, les jambes étendues devant lui, le nez en sang, les mains ligotées dans le dos. Le pied-de-biche est glissé sous ses coudes et Jalair tire dessus.

Baitsakhan descend de cheval.

L'homme crache.

— Qu'est-ce qu'on a fait pour…

Baitsakhan met ses doigts sur ses lèvres.

— Chut.

Il lève l'autre main et Bat surgit de nulle part pour déposer dans sa paume un long couteau scintillant.

— Ne parle pas.
— Qu'est-ce que tu fais ? gémit l'homme.
— Je Joue.
— Hein ? Pourquoi ?
Baitsakhan appuie la lame du couteau contre le cou de l'homme et, lentement, il lui tranche la gorge.
— C'est Endgame, dit-il. Il n'y a pas de pourquoi.

I
23
7'N
C6H806
II
III

SARAH ALOPAY

Domicile des Alopay, 55 Jefferson Street, Omaha, Nebraska, États-Unis

Sarah ne veut pas que son frère soit mort ni que sa meilleure amie soit aux urgences avec un bras en moins ni que son école ait disparu. Elle ne veut pas que la plupart de ses camarades de classe aient été éliminés. Elle ne veut pas participer à tout ça. Elle ne veut pas être la Joueuse.

Dommage pour elle.

Elle est assise devant une table au plateau en linoléum, les doigts croisés. Simon et Olowa se tiennent derrière elle. Christopher est retourné sur les lieux du crash pour aider à extraire les survivants des décombres et faire ce qu'il pouvait. C'est un brave garçon. Brave, courageux et fort.

Christopher ignore qui est Sarah et ce qu'elle va devoir faire. Il ignore que la météorite est tombée du ciel pour lui apporter un message. D'une certaine façon, toutes ces morts ont été causées par la présence de Sarah. Et il y en aura d'autres si Sarah ne Joue pas. Tout le monde dans un rayon de centaines, de milliers de miles mourra si elle ne gagne pas. Les Alopay sont encore en état de choc. Ils ressemblent à des acteurs dans un film de guerre. Sarah ne dit pas un mot. Simon pleure discrètement. Olowa se blinde pour affronter ce qui s'est passé et ce qui va arriver.

La météorite multicolore est posée sur la table, dans un très vieux plat en céramique. Olowa leur a expliqué qu'on appelait ça une pallasite : une sorte de pierre faite de nickel et de fer, veinée d'une substance verte nommée olivine. Malgré sa petite taille, elle pèse 9,91 kg. La pallasite est percée d'un trou triangulaire absolument parfait.

La pierre qui s'est arrachée du cou de Sarah et leur a sauvé la vie est posée sur la table elle aussi. D'un noir d'encre, elle est plus sombre que l'intérieur des yeux de Sarah.

À côté se trouvent une feuille de parchemin jaune aux bords irréguliers et un gobelet en verre contenant un liquide clair.

Sarah prend la pierre. Ils ont évoqué cet instant pendant des années. Sarah n'a jamais cru qu'il arriverait un jour, elle pense que ses parents non plus, et pourtant, il est venu. Ils doivent suivre chaque étape, dans l'ordre. Quand ils étaient plus jeunes, avant de devenir éligibles, Tate et elle s'amusaient à faire comme s'ils accomplissaient ce rituel. C'étaient des enfants. Comme des idiots, ils pensaient qu'Endgame serait un truc cool.

Eh bien, non.

Sarah fait tourner la pierre dans sa main. C'est un tétraèdre. Les quatre triangles qui composent les côtés ont exactement les mêmes dimensions que le trou creusé dans la météorite. Cette petite pierre pyramidale est à la fois familière et étrangère. Aucun document n'atteste son âge exact, mais les Alopay savent qu'elle a au moins 30 000 ans. Elle provient d'une période de l'histoire humaine à laquelle, estime-t-on, les humains ne possédaient pas les outils capables de créer une telle chose. Elle vient d'une époque où, estime-t-on, les humains n'avaient même pas conscience des proportions parfaites des triangles d'or. Pourtant, elle est là. Transmise encore et encore et encore. Un objet historique fabriqué avant l'Histoire. Une Histoire dont on ne pense pas qu'elle a existé.

— C'est parti, dit Sarah.

On y est.

L'avenir n'est pas écrit.

Ce qui sera, sera.

Elle tient la pierre au-dessus de la météorite. La pierre jaillit de sa main pour s'encastrer dans la pallasite et s'y fondre. L'interstice mince comme un fil qui les sépare disparaît. Tout d'abord, rien ne se produit. Une pierre est une pierre est une pierre est une pierre. Mais sous leurs yeux, la pierre que Sarah portait autour du cou se transforme en poussière, ainsi que 3,126 pouces de la météorite tout autour. La poussière se mélange, danse, puis retombe au bout de 11 secondes.

Elle a appris ce procédé à l'âge de cinq ans. Chaque étape doit être effectuée dans le bon ordre.

Elle verse la poudre sur le parchemin.

— *Ahama muhu lopeke tepe*, récite son père à travers ses sanglots silencieux.

Il préférerait pleurer la mort de son fils, mais sait qu'il n'en a pas le temps.

Sarah étale la poussière.

— *Ahama muhu gobekli mu*, récite sa mère avec plus de conviction.

Sarah verse le liquide dessus.

— *Ahaman jeje. Ahaman kerma*, récitent en chœur ses parents.

La poussière se met à fumer, une odeur âcre envahit l'air, les bords du papier se racornissent, transformant la feuille plate en bol.

— *Ahaman jeje. Ahaman kerma*, récitent en chœur ses parents.

Sarah le soulève et mélange le contenu.

Le liquide s'évapore et la poussière devient rouge.

Et il apparaît.
Le message.
L'Appel.

١١١٥٢٦٠٢٢٢٠٩٠٨١٢٢١٠٧١٩٢٢٠٧٠٤٢٢١٥٠٥٢٢١٥١٨١٣٢٢٠
٨٠٧١٢٠٧١٩١٨٠٩٠٧٠٢٠٨١٨٠٣٠٨١٨٠٣٠٧٢٢٢٢٢١٣١٢١٣٢٢١٩٠٦
١٣٢٣٠٩٢٢٢٣٢٢١٨٢٠١٩٠٧٢١١٨٢١٠٧٠٢٢١١٢٠٦٠٩١٤١٨٢٣١٣١
٨٢٠١٩٠٧٠٨٠٦١٤١٤٢٢٠٩٠٨١٢١٥٠٨٠٧١٨٢٤٢٢٢٤١٩٢٦٠٨٢٢٠٧
١٩٢٢٠٤١٨١٥٢٣٢٠١٢١٢٠٨٢٢

Sarah examine les signes. Bien qu'elle ne fût pas censée être la Joueuse, elle a toujours eu une attirance pour les codes et les langages. Elle les a étudiés sous toutes ses formes, depuis l'âge de quatre ans. Les signes commencent à s'ordonner.

Elle voit les nombres qui lui indiquent où et comment elle va commencer à gagner.

Elle pense à son frère. À la façon dont Tate n'a pas pu accepter d'être exclu d'Endgame pour avoir perdu un œil. À son errance durant ses années d'inéligibilité, à sa douleur de ne pas pouvoir continuer et à la passation de responsabilité entre eux. Il paraissait si heureux cet après-midi quand il avait retrouvé la météorite pour elle. Sarah n'arrive pas vraiment à croire que c'est elle, et non lui, qui va Jouer à Endgame. Elle se dit qu'elle va devoir Jouer seule, sans le soutien de Tate.

Elle pense à Reena et à son bras en moins, elle revoit la confusion sur son visage. Elle pense à Christopher en train de sortir des corps des décombres. Elle pense à son discours. *J'ai choisi d'être la personne que je veux être.* Ces paroles lui semblent terriblement vides maintenant qu'elle n'a plus le choix.

Elle veillera à ce que sa famille et ses amis ne soient pas morts en vain.

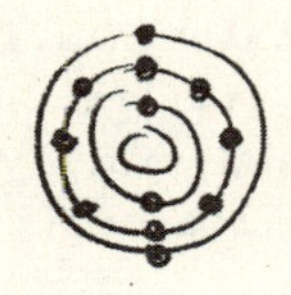

Les 12 Joueurs des 12 lignées reçoivent le message.
Les 12 Joueurs des 12 lignées
participeront à l'Appel.
Les 12 Joueurs des 12 lignées sont :

١ Marcus Loxias Megalos[viii], Minoen[ix], 16,24 ans
٢ Chiyoko Takeda[x], Mu[xi], 17,89 ans
٣ Sarah Alopay[xii], Cahokienne[xiii], 17,98 ans
٤ Alice Ulapala[xiv], Koori[xv], 18,34 ans
٥ Aisling Kopp[xvi], Laténienne[xvii], 19,94 ans
٦ Baitsakhan[xviii], Donghu[xix], 13,02 ans
٧ Jago Tlaloc[xx], Olmèque[xxi], 19,14 ans
٨ An Liu[xxii], Shang[xxiii], 17,46 ans
٩ Shari Chopra[xxiv], Harappéenne[xxv], 17,82 ans
١٠ Kala Mozami[xxvi], Sumérienne[xxvii], 16,50 ans
١١ Maccabee Adlai[xxviii], Nabatéen[xxix], 16,42 ans
١٢ Hilal ibn Isa al-Salt[xxx], Aksoumite[xxxi], 18,69 ans

MACCABEE ADLAI

Vol Aeroflot 3501, siège 4B
Départ : Varsovie
Arrivée : Moscou

Maccabee, le Joueur de la 8e lignée, prend place en 1re classe à bord du vol Aeroflot 3501 de Varsovie à Moscou, d'une durée de 93 minutes. À Moscou, il prendra un autre avion pour Pékin, qui durera 433 minutes. Il n'a que 16 ans, mais il est bâti comme un athlète de 10 ans son aîné. Il mesure six pieds cinq pouces et pèse 240 livres. Il a une barbe de plusieurs jours et fait partie de ces enfants qui n'ont jamais vraiment ressemblé à des enfants. À sept ans déjà, il était plus grand et plus fort que ses camarades.

Il aime être plus grand et plus fort que ses semblables.

Cela lui confère des avantages.

Il ôte la veste trois boutons d'un costume en soie sur mesure. Il s'installe dans son siège côté couloir. Sa chemise à poignets mousquetaire est en vichy bleu pastel et blanc. Sa cravate à motifs de roses est fixée à l'aide d'une pince. Ses boutons de manchette sont en ivoire de mammouth fossilisé. Ils représentent des têtes de mort tibétaines, avec des éclats de rubis à la place des yeux. À l'auriculaire gauche, il arbore une grosse bague en cuivre incrustée d'une pierre brun terne en forme de fleur.

Maccabee sent la lavande et le miel. Ses cheveux noirs ondulés et épais sont lissés en arrière. Il a le front large et l'on devine son crâne comme si sa peau était trop fine. Ses tempes sont un peu creuses et ses pommettes saillantes. Il a les yeux bleus. Son nez est étroit, long, son arête est crochue.

Il a été cassé cinq fois.

Il aime se battre. Et alors ? Quand vous avez la carrure de Maccabee, ce sont généralement les bagarres qui vous cherchent. Les gens veulent se mesurer à vous. Dans le cas de Maccabee, ils ne sont jamais à la hauteur.

Son seul bagage, une sacoche en cuir monogrammée, est dans le compartiment au-dessus de lui. Il s'attend à ce que les autres Joueurs soient chargés de sacs, de valises et d'espérances. Maccabee n'aime pas se charger. Il préfère être agile, rapide pour pouvoir bouger et frapper à volonté. Et puis, le monde n'a pas encore été détruit. D'ici là, l'argent suffit.

Beaucoup d'argent.

Il boucle sa ceinture, allume un smartphone et écoute un message enregistré. Il l'a déjà écouté des dizaines de fois :

NASA/ESA/ROSCOSMOS Communiqué de presse commun, 15 juin :

À *22 : 03 GMT, le 11 juin un astéroïde géocroiseur (NEA) non détecté précédemment et désigné depuis sous le nom de CK46B est passé à moins de 500 000 miles de la Terre. Cet astéroïde parent était accompagné de plusieurs centaines d'enfants de diverses magnitudes. Nous avons la confirmation qu'au moins 100 de ces objets ont été attirés dans le champ de gravitation de la Terre. À l'instar de la majorité des « étoiles filantes », la plupart se sont calcinés en pénétrant dans l'atmosphère, ne laissant que des traces visuelles de leur descente et de leur mort. Toutefois, comme l'ont montré les organes de presse du monde entier, 12 de ces corps, au moins, ont survécu à l'épreuve de l'entrée dans l'atmosphère.*

Si l'apparition inattendue d'un NEA aussi important que CK46B est troublante, le but de ce communiqué de presse est d'apaiser les craintes relatives à un futur impact plus important. Des impacts de ce type, particulièrement ceux survenus à Varsovie, en Pologne, Jodhpur, en Inde, Addis-Abeba, en Éthiopie et Forest Hills, dans le Queens, État de New York, aux États-Unis, sont excessivement rares. Grâce aux efforts conjoints de nos agences, et à ceux de l'ISA, de la JAXA, de l'UKSA et de l'AEB, soyez certains que d'autres NEA et objets géocroiseurs (NEO) sont identifiés et suivis régulièrement, et qu'à cet instant nous sommes tous d'accord pour dire que notre planète ne court pas le risque d'être frappée par des objets plus gros que les météorites mentionnées ci-dessus.

Enfin, nous estimons également que la pluie de météorites provoquée par CK46B est terminée et qu'il n'y en aura pas d'autres. La trajectoire de CK46B a été calculée et l'on peut affirmer qu'elle ne réapparaîtra pas dans le secteur avant 403,56 ans. Pour l'instant le danger éventuel posé par ce NEA est passé. Toute autre information–

— Oh, pardon, dit un homme en polonais.

Il a bousculé Maccabee et a arraché les écouteurs de ses oreilles en tirant sur le cordon.

— Je vous en prie, répond Maccabee dans un anglais parfait avec autant d'assurance que d'agacement.

— Vous parlez l'anglais ? demande l'homme, en anglais lui aussi, et il se laisse tomber sur son siège près du hublot.

Il a environ 40 ans, il transpire et il est trop gros.

— Oui, dit Maccabee.

Il regarde de l'autre côté de l'allée. Une très jolie femme vêtue d'un tailleur noir moulant lève ses yeux verts au ciel derrière ses lunettes. Maccabee l'imite.

— Alors, je parlerai l'anglais aussi, déclare l'homme. Pour m'exercer. Oui ? Sur vous ?

— Avec moi, corrige Maccabee en enroulant le cordon de ses écouteurs autour de sa main.

— Oui. Avec vous.

L'homme parvient à glisser la valise sous le siège devant lui. Il a du mal à trouver sa ceinture, il tire sur la boucle, qui ne vient pas.

— Il faut libérer la boucle. Comme ça.

Maccabee défait sa ceinture pour lui montrer comment ça marche.

— Ah, quel idiot ! dit l'homme en polonais.

— Si vous voulez mon avis, ils devraient les supprimer, dit Maccabee en continuant à parler en anglais, tout en bouclant sa ceinture. Si l'avion s'écrase, ça ne servira à rien.

— Je suis d'accord, dit la jolie femme, en anglais, sans quitter des yeux le magazine qu'elle est en train de feuilleter.

L'homme se penche devant Maccabee et regarde la femme.

— Ah. Vous bonjour.

Il est repassé à l'anglais.

Maccabee se penche à son tour pour intercepter le regard insistant de son voisin.

— On dit « Bonjour vous ». Et elle ne s'adressait pas à vous.

L'homme se recule.

— Doucement, jeune homme. Elle est jolie femme. Elle le sait. Je lui dis juste que je le sais aussi. Quel est le mal ?

— C'est grossier.

L'homme repousse cette remarque d'un geste.

— Ah ! Grossier ! Un bon mot anglais ! J'aime. C'est vouloir dire « pas bien », non ? Comme… « impolite ».

— Impoli, suggère la femme. Ce n'est rien. J'ai connu pire.

— Ah ! Vous voyez ? Vous avez le beau costume, moi j'ai… l'*expérience*.

Ce dernier mot a été prononcé en polonais.

Maccabee traduit.

L'homme lui enfonce son doigt dans l'épaule.

— Oui, expérience.

Maccabee regarde le doigt de l'homme, toujours enfoncé dans son épaule. Maccabee est sous-estimé à cet instant et il s'en réjouit.

— Ne faites pas ça, dit-il calmement.

L'homme recommence son geste.

— Quoi, ça ?

Au moment où Maccabee va réagir, une hôtesse apparaît et demande, en polonais :

— Un problème ?

— Ah, une autre, dit l'homme en la dévorant des yeux.

Elle est jolie elle aussi.

— Oui, il y a un problème justement.

Il abaisse brutalement sa tablette et tape dessus de la paume.

— J'ai pas encore eu à boire.

L'hôtesse joint les mains devant elle.

— Que désirez-vous, monsieur Duda ?

De l'autre côté de l'allée, la femme pouffe en entendant ce nom approprié, qui signifie habituellement « nigaud », mais Duda ne l'entend pas.

— Deux champagnes et deux Stolichnaya. Dans des bouteilles bouchées. Deux verres. Sans glace.

L'hôtesse ne se formalise même pas. Travaillant pour Aeroflot, elle en a vu, des ivrognes. Elle adresse un signe de tête à Maccabee.

— Et pour vous, monsieur Adlai ?

— Un jus d'orange, je vous prie. Dans un verre. Avec des glaçons.

— Adlai ? Vous êtes juif ? demande Duda en polonais.

— D'une certaine façon, oui, répond Maccabee et il se tourne de l'autre côté.

— Logique. Ça explique toutes les parures.

Ses yeux glissent du haut en bas de la chemise de Maccabee.

Duda s'en tient au polonais, sans doute pour la même raison qui fait que Maccabee s'en tient à l'anglais.

L'hôtesse revient et se penche en avant avec un plateau. La pesanteur et la pression entrouvrent son chemisier.

Maccabee prend son jus d'orange, pendant que Duda lui adresse un clin d'œil, s'empare de ses verres et de ses bouteilles et murmure :

— Penche-toi un peu plus la prochaine fois et je te donnerai un bon pourboire.

L'hôtesse sourit et se redresse.

— Nous n'acceptons pas les pourboires, monsieur Duda.

— Dommage, dit-il en ouvrant les deux petites bouteilles de Stolichnaya pour en verser une dans chaque verre.

Elle fait demi-tour et s'en va.

Duda se penche et tend le bras devant Maccabee.

— Et vous ? demande-t-il à la femme assise dans la rangée voisine. Vous accepteriez un pourboire en échange de quelques services ?

— Ça suffit, dit Maccabee et son cœur se met à battre plus vite, passant de 41 à 77 pulsations par minute. Si vous ouvrez encore la bouche, vous allez le regretter.

Duda vide d'un trait un des verres de vodka et dit à voix basse pour que Maccabee seul l'entende :

— Oh, mon petit garçon, je vois que tu t'es habillé comme un homme, mais je suis pas dupe.

Maccabee inspire profondément pour ralentir son rythme cardiaque, comme on lui a appris à le faire. Quand tuer devient nécessaire, il vaut mieux le faire calmement, avec des gestes fluides et décontractés. Il l'a fait pour la première fois à 10 ans et, depuis, il l'a refait 44 fois.

L'homme s'enfonce dans son siège, boit l'autre vodka, puis les deux petites bouteilles de champagne. Il bascule vers le hublot et ferme les yeux.

L'avion roule sur la piste, décolle et atteint son altitude de croisière. La jolie femme reste dans son coin. Et Maccabee aussi, pendant un certain temps.

Au bout d'une heure environ, il se penche dans l'allée et dit en anglais :

— Je suis désolé pour tout ça, mademoiselle…

Elle sourit.

— Mlle Pawlek.

Il voit qu'elle lui donne au moins 22 ou 23 ans. Comme la plupart des femmes, surtout les plus jeunes.

— Mademoiselle Pawlek.

— Pourquoi seriez-vous désolé ? Vous vous êtes très bien conduit.

— J'avais envie de le frapper.

— Nous sommes dans un avion, vous ne pouvez pas.

Ils commencent à bavarder. Maccabee s'aperçoit vite qu'elle en a assez de parler de la météorite qui a effrayé Varsovie ou des 11 autres qui ont ébranlé le monde. On ne parle que de ça et ne pense qu'à ça depuis une semaine, alors ça suffit.

Au lieu de cela, Maccabee se livre à une subtile forme d'interrogatoire. On lui a appris à utiliser des techniques qui révèlent des informations sensibles sur les gens sans qu'ils en aient conscience. Elle vient de Goleniów, une cité médiévale proche de la frontière avec l'Allemagne. Elle travaille pour une société d'investissement en ligne. Elle a rendez-vous avec un client à Moscou. Sa mère est morte. Son frère est comptable à Cracovie. Elle aime l'opéra et regarde le Tour de France à la télé tous les ans. Elle est allée à l'Alpe-d'Huez. Elle a été amoureuse une fois, à 19 ans, et espère retomber amoureuse, dit-elle en souriant.

Maccabee ne dit rien de vrai sur lui, à part qu'il fait un voyage d'affaires qui va le conduire jusqu'à Pékin. Mlle Pawlek n'y est jamais allée. Elle aimerait bien y aller un jour.

Ils commandent à boire. Maccabee opte pour du ginger-ale. Pendant qu'ils trinquent, ils ne remarquent pas que Duda est réveillé et les observe.

— Tu empiètes sur mes plates-bandes, hein ? lance-t-il sans décoller la tête de son oreiller.

Il montre Mlle Pawlek d'un air amusé.

— Laissez tomber ce gamin. Les femmes comme vous ont besoin d'un homme, un vrai.

— Vous êtes un porc, répond-elle d'un ton méprisant.

— C'est pas ce que vous direz après, rétorque Duda avec un sourire.

Soudain, l'avion tressaute. Il vole à une altitude de 31 565 pieds. Le vent de nord – nord-ouest souffle à 221 mph. Le signal *Attachez vos ceintures* s'allume. La secousse a été si violente que 167 des 176 passagers agrippent leurs accoudoirs et 140 d'entre eux se tournent vers la personne assise à leur côté pour se rassurer. Dix-huit prient en silence. Depuis la météorite, l'idée d'une mort horrible et soudaine occupe tous les esprits.

Maccabee se moque des turbulences. Pour citer un de ses livres préférés : *La peur tue l'esprit*. Il s'est entraîné à vaincre la peur, inlassablement. Il s'est entraîné à rester calme, mesuré et efficace. Et même si Duda est fondamentalement inoffensif, ça ne fait jamais de mal de continuer à s'entraîner.

Il se penche vers son voisin en appuyant sur un petit bouton situé sur la bague de son auriculaire, contre sa paume. Une petite aiguille en argent sort de la fleur de pierre.

— Si vous m'adressez encore une fois la parole, ou à n'importe qui à bord de cet avion…

L'appareil tremble de nouveau. La vitesse du vent est maintenant de 231 mph. D'autres passagers laissent échapper des gémissements de peur, d'autres prient.

— Ne me menace pas, espèce de petit…

Le rythme cardiaque de Maccabee est retombé à 41. D'un geste suffisamment rapide pour que personne ne le voie, il plante l'aiguille dans la peau du cou de Duda.

— Qu'est-ce que tu…

— Vous auriez dû m'écouter, dit tout doucement Maccabee, froidement, avec un sourire cependant.

Duda sait ce qui lui est arrivé, mais il ignore si c'est le sommeil ou la mort qu'il sent venir.

Il ne peut plus parler pour poser la question.

Il ne peut plus bouger.

Ses yeux s'emplissent de confusion et de terreur.

L'avion tangue violemment. Les bourrasques s'amplifient. Les gens ne prient plus en silence maintenant. Ils font appel à Dieu. Maccabee laisse monter son rythme cardiaque.

Un bébé se met à pleurer en classe économique.

Tandis que les yeux de Duda se révulsent, Maccabee cale un oreiller contre le hublot et y enfonce la tête du Polonais. Il fait glisser ses doigts sur ses paupières. Il croise ses mains sur ses genoux.

Il se renfonce dans son siège. Il a connu tellement de gens étranges dans sa vie. Il se demande qui il va rencontrer en arrivant en Chine.

Six minutes plus tard, les turbulences s'arrêtent. Mlle Pawlek se tourne vers lui et sourit. Une pellicule de sueur, due à la nervosité, fait briller son front, elle a les joues rouges. Maccabee aime bien l'image qu'elle renvoie à cet instant : du soulagement mélangé à autre chose.

Elle penche la tête vers Duda.

— Qu'est-il arrivé à notre ami ?

— Il a fermé les yeux et s'est endormi. Il y en a que rien n'empêche de dormir.

Elle hoche la tête. Le vert de ses iris est captivant.

— Sacrées turbulences, hein ?

Maccabee détourne la tête et fixe son regard sur le dossier du siège de devant.

— Oui, dit-il. Mais c'est terminé maintenant.

52.294888, 20.950928[xxxii] 7 459 morts ;
$1,342 milliard de dégâts
26.297592, 73.019128[xxxiii] 15 321 morts ;
$2,12 milliards de dégâts
40.714411, -73.864689[xxxiv] 4 416 morts ;
$748,884 millions de dégâts
9.022736, 38.746799[xxxv] 18 888 morts ;
$1,33 milliard de dégâts
– 15.49918, -70.135223[xxxvi] 10 589 morts ;
$1,45 milliard de dégâts
40.987608, 29.036951[xxxvii] 39 728 morts ;
$999,24 millions de dégâts
– 34.602976, 135.42778[xxxviii] 14 morts ;
$124,39 millions de dégâts
34.239666, 108.941631[xxxix] 3 598 morts ;
$348,39 millions de dégâts
24.175582, 55.737065[xl] 432 morts ;
$228,33 millions de dégâts
41.265679, -96.431637[xli] 408 morts ;
$89,23 millions de dégâts
26.226295, 127.674179[xlii] 1 473 morts ;
$584,03 millions de dégâts
46.008409, 107.836304[xliii] 0 mort ; $0 de dégâts

SARAH ALOPAY

Café-pâtisserie Gretchen, salons Frontier Airlines, aéroport d'Eppley, Omaha, Nebraska, États-Unis

Sarah est assise avec Christopher autour d'une petite table en plastique, devant un muffin aux myrtilles qu'ils n'ont pas touché. Ils se tiennent la main, se touchent les genoux et essayent de faire comme si ce n'était pas le jour le plus étrange de leur jeune vie. Les parents de Sarah sont assis à 30 pieds de là, à une autre table, ils observent leur fille d'un air méfiant. Ils ont peur de ce qu'elle peut dire à Christopher et de ce que le garçon – qu'ils ont toujours traité comme un fils – peut faire. Leur véritable fils, le frère de Sarah, Tate, attend la crémation dans un salon funéraire. Tout le monde ne cesse de répéter qu'ils auront le temps de pleurer Tate plus tard, mais ce n'est peut-être pas vrai.

Dans 57 minutes, Sarah va prendre un avion qui la conduira d'Omaha à Denver, puis de Denver à San Francisco, de San Francisco à Séoul et enfin de Séoul à Pékin. Elle n'a pas de billet de retour.

— Tu es obligée de partir pour participer à ce jeu, c'est ça ? lui demande Christopher, pour la 17e fois au moins.

Sarah est patiente. Ce n'est pas facile de comprendre sa vie secrète. Longtemps elle a rêvé de parler d'Endgame à Christopher, sans vraiment croire qu'elle devrait le faire un jour. Aujourd'hui, elle est soulagée de pouvoir enfin lui parler franchement. Alors, tant pis s'il répète sans cesse les mêmes questions. Ce sont ses derniers instants avec lui et elle les chérira toute sa vie, même s'il est un peu obtus.

— Oui, répond-elle. Endgame. Le monde n'est pas censé connaître son existence, ni celle des gens comme moi.

— Les Joueurs.

— Oui, les Joueurs. Les conseils. Les lignées secrètes de l'humanité…

Sa voix s'éteint.

— Pourquoi le monde ne doit-il pas savoir ?

— Personne ne pourrait mener une vie normale en sachant qu'Endgame plane au-dessus de sa tête, explique Sarah en éprouvant un pincement de tristesse pour sa propre « vie normale » partie en fumée quelques jours plus tôt.

— Tu mènes une vie normale, insiste Christopher.

— Non.

— Oui, d'accord, dit-il en roulant des yeux. Tu as tué des loups et tu as survécu seule en Alaska, tu pratiques le karaté et un tas de conneries dans ce genre. Parce que tu es une Joueuse. Comment tu trouvais le temps de participer aux entraînements de foot ?

— J'avais un emploi du temps très chargé. Surtout ces trois dernières années, car le Joueur, ça devait être Tate, pas moi.

— Mais il a perdu un œil.

— Exact.

— Comment il l'a perdu, d'ailleurs ? Vous ne me l'avez jamais dit.

— Au cours d'une épreuve de douleur. Il devait supporter les piqûres de mille abeilles. Malheureusement, l'une d'elles l'a piqué à l'iris, il a fait une vilaine réaction et il a perdu son œil. Le conseil l'a déclaré inéligible et a décrété que je devais le remplacer. Alors, forcément, mon emploi du temps est devenu un peu dingue.

Christopher la regarde comme si elle avait perdu la raison.

— Si tes parents n'étaient pas là, je croirais que c'est une plaisanterie de mauvais goût. Si cette météorite ne s'était pas écrasée et si Tate… Désolé, c'est dur à avaler.

— Je sais.

— En fait, tu appartiens à une secte.

Sarah entrouvre les lèvres, sa patience diminue. Elle s'attendait à un soutien de la part de Christopher ; du moins, lorsqu'elle imaginait cette conversation.

— Non, ce n'est pas une secte. Ce n'est pas une chose que j'ai choisie. Et je n'ai jamais voulu te mentir, Christopher.

— Peu importe, dit-il.

Ses yeux brillent comme s'il venait de prendre une décision.

— Comment je fais pour m'inscrire ?

— À quoi ?

— Endgame. Je veux faire partie de ton équipe.

Sarah sourit. C'est une idée adorable. Adorable et impossible.

— Ça ne marche pas comme ça. Il n'y a pas d'équipes. Les autres, les onze, n'amèneront pas d'équipiers à l'Appel.

— Les autres ? Des Joueurs comme toi ?

— Oui. Des descendants des premières civilisations du monde, qui n'existent plus aujourd'hui. Chacun de nous représente une lignée de la population mondiale, et nous Jouons pour la survie de cette lignée.

— Comment s'appelle la tienne ?

— Les Cahokiens.

— Comme les Amérindiens. Je crois qu'il y a un peu d'algonquin du côté de mon père. Ça veut dire que je fais partie de ta lignée ?

— Oui, logiquement. La plupart des habitants d'Amérique du Nord ont du sang cahokien, même s'ils n'en sont pas conscients.

Christopher se tapote le menton avec son pouce. Sarah connaît tous ses tics, elle sait donc qu'il va se lancer dans une argumentation, mais il ne sait pas comment formuler ce qu'il a à dire. Il reste 52 minutes avant le décollage de son avion. Elle attend patiemment, même si elle commence à redouter qu'ils passent leur dernière heure ensemble de cette façon. Elle avait espéré fausser compagnie à ses parents et trouver un coin tranquille pour qu'ils puissent s'embrasser une dernière fois.

— OK, dit Christopher en se raclant la gorge. Il y a douze anciennes tribus, soumises à ces règles bizarres, qui attendent un signe. Et c'est ainsi que tu as choisi d'interpréter la chute de la météorite qui, de l'avis général, n'est qu'une coïncidence complètement dingue. Et si ce n'est rien d'autre que ça ? Juste une coïncidence ? Et toi une prétendue machine à tuer, enflammée, à qui on a bourré le crâne avec une prophétie débile qui n'existe pas ?

Christopher retient son souffle. Sarah le regarde en souriant tristement.

— Elle existe, Christopher.

— Comment tu le sais ? Est-ce qu'il y a une sorte de commissaire qui dirige ce jeu ? Comme la NFL pour le football ?

— Eux.

— Eux ?

— Ils ont un tas de noms, dit Sarah qui ne cherche pas à se montrer si mystérieuse.

Simplement, elle a du mal à expliquer la suite avec des mots sensés.

— Cite-m'en un, demande Christopher.

— Les Cahokiens les appellent le Peuple du Ciel.

— Le Peuple du Ciel ?

— Oui.

Sarah l'arrête d'un geste avant qu'il puisse l'interrompre.

— Écoute… Tu sais que toutes les cultures dans le monde aiment croire que leur Dieu, leurs divinités, leurs forces supérieures ou leur source d'élévation, quel que soit le nom qu'on leur donne, viennent d'en haut ?

Christopher hausse les épaules.

— Oui, peut-être.

— Elles ont raison. Dieu, les dieux, les forces supérieures… Ils sont tous venus d'en haut. Ils sont descendus du ciel dans la fumée et le feu, ils nous ont créés, ils nous ont donné des règles de vie et ils sont partis. Tous les dieux et les mythes du monde entier ne sont que des variantes de la même légende, des variantes de la même *histoire*, dans les deux sens du terme.

Christopher secoue la tête.

— C'est dément. Genre Jésus à cheval sur un dinosaure.

— Non, absolument pas. C'est logique quand tu y réfléchis.

— Comment ça ?

— Tout cela s'est produit il y a si longtemps que toutes les cultures ont adapté cette histoire à leur expérience. Mais l'élément central, le fait que la vie est venue d'en haut, que l'humanité a été créée par des dieux, c'est la vérité.

Christopher la regarde d'un air hébété.

— Le Peuple du Ciel. Tu veux dire…

Il secoue la tête.

— C'est *dément.* Tout ce que tu racontes ne peut pas être vrai. C'est le truc le plus dingue que j'ai jamais entendu ! Et toi aussi tu es dingue si tu y vas.

— Je suis navrée, Christopher. À ta place, je réagirais sans doute de la même façon. Ou de manière bien pire. Pour toi, je suis Sarah Alopay, ta petite amie, mais je suis aussi quelqu'un d'autre, et même si c'était Tate qui devait Jouer initialement, j'ai toujours été quelqu'un d'autre. Comme tous les miens, depuis 300 générations, j'ai été élevée pour être Joueuse. Tout ce qui s'est passé – la météorite, le bloc de pierre que nous avons trouvé, mon pendentif qui s'y encastre parfaitement –, tout cela a été prédit très exactement par nos légendes.

Elle guette la réaction de Christopher. Son visage est empreint de gravité ; il n'essaye plus de la convaincre de ne pas participer à Endgame, de toute façon, cette tactique était vouée à l'échec dès le départ.

— Pourquoi maintenant ?

— Comment ça ?

— Pourquoi est-ce que ça commence maintenant ?

— Je me poserai sans doute la question jusqu'à ma mort, Christopher. Je ne connais pas la réponse. Je sais ce que dit la légende, mais je ne connais pas *Leurs* véritables raisons.

— Que dit la légende ?

— Qu'Endgame débutera quand la race humaine aura prouvé qu'elle ne mérite pas d'être humaine. Qu'elle a gâché le savoir qu'Ils nous ont donné. La légende dit aussi que, si nous considérons la Terre comme une chose acquise, si nous devenons trop nombreux et si nous épuisons cette planète bénie, alors Endgame débutera. Pour mettre fin à ce que nous sommes et rétablir l'ordre sur Terre. Quelle que soit la raison, ce qui sera, sera.

— Nom de Dieu.

— Oui.

— Comment on fait pour gagner ?

— Nul ne le sait. C'est ce que je vais découvrir.

— En Chine.

— Oui.

— Et ce sera dangereux ?

— Oui.

— Dans ton discours, tu as parlé de choix. Choisis de ne pas le faire.

Sarah secoue la tête.

— Non. Mes parents sont nés pour ça, mon frère est né pour ça, et je suis née pour ça moi aussi. Cette responsabilité incombe à mon peuple, depuis que nous sommes apparus sur cette planète, et je choisis de le faire.

Christopher ne trouve plus les mots. Il ne veut pas qu'elle parte. Il ne veut pas qu'elle soit en danger. Sarah est sa petite amie. Sa meilleure amie. Sa partenaire, sa complice, la dernière personne à laquelle il pense avant de s'endormir, et la première quand il se réveille. Elle est la fille de ses rêves, sauf qu'elle est réelle. À l'idée que quelqu'un puisse lui faire du mal, son ventre se noue. Et le fait qu'elle se trouvera à des milliers de kilomètres quand cela se produira rend la chose encore plus terrible.

— Les enjeux sont élevés, Christopher. Tu ne me reverras peut-être plus jamais. Maman et papa, Omaha, Tate… Tout cela appartient déjà au passé. Je t'aime, je t'aime de tout mon cœur, mais il se peut qu'on ne se revoie plus.

— Qu'est-ce que ça veut dire ?

— Il est possible que je ne revienne pas.

— Pourquoi ?

— Si je ne gagne pas, je mourrai.

— Tu vas mourir ?

— Je me battrai pour rester en vie, je te le promets. Mais oui, ça pourrait arriver. Facilement. N'oublie pas que je suis une solution de rechange. Tate était censé être à ma place. Les autres Joueurs s'entraînent sans doute depuis qu'ils sont en âge de marcher.

Ils se regardent. Les bruits de l'aéroport – les annonces des portes d'enregistrement, le chuintement des roues des valises, le crissement des baskets sur les sols en granit – tournoient autour d'eux.

— Je ne te laisserai pas mourir, dit Christopher. Et si tu dois gagner pour rester en vie, je viendrai avec toi. Je me contrefous des règles.

Le cœur de Sarah se brise. Elle savait que les adieux ne seraient pas faciles, mais elle ne s'attendait pas à cela. Et d'une certaine façon, elle l'aime encore plus. Christopher : bon, généreux, fort et beau.

Elle secoue la tête.

— Les Joueurs doivent se rendre seuls à l'Appel.

— Tant pis pour les autres. Je pars avec toi.

— Écoute, dit-elle en changeant de ton. Il faut que tu cesses de me considérer comme ta petite amie. Même si tu *pouvais* venir, je ne te laisserais pas faire. Je n'ai pas besoin de ta protection. Et franchement, tu n'es pas à la hauteur.

Elle qui pensait trouver un endroit tranquille où se peloter. Mais Sarah savait qu'ils pourraient en arriver là, qu'elle serait peut-être obligée de se montrer brutale avec lui. Elle voit que ses paroles l'ont vexé, il est atteint dans sa fierté. Elle en est désolée, mais ce qu'elle a dit est la vérité.

Christopher secoue la tête, il insiste.

— Je m'en fiche. Je t'accompagne.

Sarah soupire.

— Je vais me lever dans une minute. Si tu tentes de me suivre, ils t'en empêcheront.

Elle montre ses parents d'un mouvement de tête.

— C'est pas eux qui vont m'arrêter.

— Tu ne sais pas de quoi ils sont capables. Tous les trois, nous pourrions tuer tout le monde dans cet aéroport, vite fait bien fait, et nous enfuir sans aucun problème.

Christopher laisse échapper un petit ricanement incrédule.

— Bon sang, Sarah, tu ne ferais pas ça.

— Comprends-moi bien, dit la jeune fille en se penchant en avant, les dents serrées. Je ferai tout ce qu'il faut pour gagner. Si je veux que toi, mes parents, et tous les gens que nous connaissons survivent, je dois faire ce qui doit être fait.

Christopher ne dit rien. Il jette un coup d'œil aux Alopay, qui le regardent eux aussi, fixement. Simon lui lance un regard froid et dur. Il n'a jamais rien vu de tel. Il croyait connaître ces gens. Il était plus proche d'eux que de sa propre famille, et maintenant...

Sarah voit le changement sur le visage de Christopher, elle voit monter la peur, et elle craint d'être allée trop loin. Elle baisse d'un ton.

— Si tu veux m'aider, reste ici et apporte ton aide à ceux qui en ont besoin. Aide mes parents à affronter la mort de Tate, et la mienne peut-être. Si je gagne, je reviendrai te chercher et nous pourrons finir notre vie ensemble. Je te le promets.

Christopher plonge son regard dans celui de Sarah. D'une voix tremblante, il dit :

— Je t'aime, Sarah Alopay.

Elle essaye de sourire, mais en vain.

— Je t'aime, répète-t-il en toute franchise. Et je jure que je ne cesserai jamais, jamais, de t'aimer.

Ils se lèvent en même temps et s'enlacent. Ils s'embrassent, et même s'ils ont échangé d'innombrables baisers, aucun n'a jamais représenté autant ni paru aussi fort. Mais comme tous les baisers de ce genre, il ne dure pas assez longtemps.

Ils se séparent. Sarah sait que c'est certainement la dernière fois qu'elle le voit, qu'elle lui parle, qu'elle le touche.

— Moi aussi, je t'aime, Christopher Vanderkamp. Moi aussi, je t'aime.

30.3286, 35.4419[xliv]

AN LIU

Domicile d'An Liu, propriété souterraine non enregistrée, Tongyuanzhen, comté de Gaoling, Xi'an, Chine

An Liu a un désavantage et il en a honte.
Cligneligne.
Un tic.
CligneFRISSON.
FRISSONFRISSON.
Mais An Liu a également des avantages :
1. Les Joueurs viennent à Xi'an, en Chine.
2. An Liu vit à Xi'an, en Chine.
CligneFRISSON.
FRISSONcligne.
3. Il possède donc l'avantage du terrain.
4. An est un hacker de classe internationale.
5. An est un expert en explosifs.
CligneFRISSONclignecligne.
Cligneligne.
ClignecligneFRISSON.
6. An sait trouver les gens.

Après avoir décodé le message, An n'a cessé de pirater les listes des passagers dans les aéroports proches des autres zones d'impact en filtrant les résultats en fonction de l'âge, de la date d'achat des billets, des dates d'obtention des billets et en supposant *cligne-cligne-cligne* qu'il y aurait plus ou moins une répartition égale entre les sexes.

SEXEFRISSONSEXE.

Il devine que *frisson-cligne* les Joueurs situés près des zones d'impact en Mongolie et en Australie, compte tenu de leur éloignement, posent plus de problèmes, alors il les laisse de côté. Le ou la Mongole viendra par voie de terre *cligne* de toute façon et l'Australien ou l'Australienne débutera son voyage *cligne* en Jeep ou à bord d'un petit avion. Impasses immédiates.

Il écarte également Addis-Abeba, Istanbul, Varsovie et Forest Hills, à New York, car ce sont *frisson-frisson-FRISSON* des endroits très peuplés. Il se concentre sur Juliaca, Omaha, Naha et Al Ain. Ces endroits plus petits facilitent le piratage et le filtrage.

Les premières recherches donnent 451 candidats. Il compare ces résultats aux achats de billets de train et/ou d'avion pour se déplacer à l'intérieur de la Chine. An *cligne* n'est *cligne* pas *cligne* optimiste.

Clignecligneclignecligneclignecligneclignecligne clignecligneclignecligneclignecligneclignecligne.

S'il avait dû voyager pour répondre à l'Appel, il aurait pris des précautions évidentes : nom d'emprunt, faux visas et au moins deux passeports. Mais il sait que tout le monde n'est pas aussi paranoïaque que lui. Même les Joueurs.

Et regardez ça. *Frisson*. Il a une touche : Sarah Alopay.

FRISSONclignecligne.

Clignecligne.

Cligne.

JAGO TLALOC, SARAH ALOPAY

Train T41, voiture 8, traversant Shijiazhuang, Chine
Départ : Pékin
Arrivée : Xi'an

Jago Tlaloc se trouve à bord d'un train de nuit qui relie Pékin à Xi'an. Il lui a fallu presque trois jours pour arriver là. De Juliaca à Lima, de Lima à Miami, de Miami à Chicago, de Chicago à Pékin. 24 122 km 13 024,838 milles nautiques. 79 140 413,56 pieds.

Et maintenant, 11,187 heures de train.

Plus en cas de retard.

Il espère qu'il n'y en aura pas car Endgame n'attend pas.

Jago a réservé un compartiment couchette privé, mais il est agité et le matelas est dur. Il se redresse, croise les jambes et compte ses respirations. Il regarde par la fenêtre en pensant aux plus belles choses qu'il a vues dans sa vie : une fille qui s'endort sur le sable alors que le soleil se couche sur une plage de Colombie, le clair de lune se reflétant à la surface ondoyante de l'Amazone, les lignes du géant de Nazca le jour où il est devenu Joueur. Mais son esprit refuse de se calmer. Sa respiration est irrégulière. Les visualisations positives se désintègrent sous la pression.

Il ne cesse de repenser à l'horreur qui s'est abattue sur sa ville natale. Le feu de l'enfer, l'odeur de plastique et de chair brûlés, les pleurs des hommes, des femmes brûlées et des enfants en train d'agoniser.

L'impuissance des pompiers, de l'armée, des politiciens. L'impuissance de chacun et de chaque chose face à la violence.

Le lendemain du jour où Jago a récupéré son morceau de météorite, le soleil s'est levé sur une masse de gens rassemblés devant la villa de ses parents. Certains avaient tout perdu et espéraient que sa famille pourrait les aider. Pendant que Jago faisait sa valise, ses parents faisaient leur possible. À la télé, des astrophysiciens affirmaient de manière dérisoire qu'un tel événement ne se reproduirait jamais plus.

Ils se trompent.

D'autres vont se produire.

Plus puissants, plus dévastateurs.

Des gens souffriront.

Des gens brûleront.

Des gens mourront.

La météorite qui est tombée sur Juliaca a été baptisée *el puño del diablo*. Le Poing du Diable. Onze autres poings ont frappé la Terre, tuant beaucoup, beaucoup plus de gens.

Les météorites sont tombées et le monde est différent.

Vulnérable.

Terrorisé.

Jago sait qu'il devrait être au-dessus de ce genre de sentiments. Il s'est entraîné pour cela, et pourtant il n'arrive pas à dormir, à se détendre, à se calmer. Il balance ses jambes par-dessus le bord de la couchette et pose ses pieds nus sur le tapis fin et froid. Il fait craquer son cou et ferme les yeux.

Les météorites n'étaient qu'un préambule.

Todo, todo el tiempo, pense-t-il. *Todo.*

Il se lève. Ses genoux craquent. Il a besoin de quitter ce compartiment, de bouger, d'essayer de mettre de l'ordre dans ses pensées. Il enfile un pantalon cargo vert. Il a des cuisses fines, mais puissantes. Elles ont effectué plus de 100 000 squats. Il s'assoit dans le fauteuil pour enfiler ses chaussettes en laine, puis ses mocassins en cuir. Ses pieds ont frappé dans un punching-ball plus de 250 000 fois. Il fixe un petit couteau à son avant-bras et passe une chemise à carreaux. Il a fait plus de 15 000 pompes sur une seule main. Il prend son iPod et s'enfonce une paire de mini-écouteurs noirs dans les oreilles. Il met la musique. Violente, et forte. Du metal. Comme ses armes. Du heavy heavy metal.

Il se dirige vers la porte de son compartiment. Avant de sortir, il se regarde dans le miroir en pied. Grand, mince et sec, il semble fait de fil à haute tension. Ses cheveux d'un noir de jais sont courts et ébouriffés. Sa peau a la couleur du caramel, la couleur de son peuple, restée pure depuis 8 000 ans. Ses yeux sont noirs. Son visage est vérolé, conséquence d'une infection de la peau à l'âge de sept ans, et traversé par une longue cicatrice qui part du coin de l'œil gauche, descend sur la joue et la mâchoire, jusque dans le cou. Souvenir d'une bagarre au couteau, quand il avait 12 ans. Contre un autre garçon à peine plus âgé. Jago s'en est tiré avec cette cicatrice, mais l'autre a perdu la vie. Jago est laid et menaçant. Il sait que les gens le craignent à cause de son physique, ce qui l'amuse. Ils devraient le craindre à cause de ce qu'il sait. De ce qu'il peut faire. De ce qu'il a fait.

Il ouvre la porte, sort dans le couloir, marche. La musique hurle dans ses oreilles, violente, lourde, couvrant les grincements métalliques des roues sur les rails.

Il entre dans le wagon-restaurant. Cinq personnes sont assises à trois tables : deux hommes d'affaires chinois assis seuls, l'un endormi dans son box, la tête sur la table, l'autre buvant du thé devant son ordinateur ; un couple de Chinois qui discute à voix basse, intensément ; une fille aux longs cheveux auburn tressés qui lui tourne le dos.

Jago achète un sachet de cacahouètes, un Coca et se dirige vers une table inoccupée, en face de la fille aux cheveux auburn. Elle n'est pas chinoise. Elle lit la dernière édition du *China Daily*. La une est occupée par des photos en couleurs montrant les scènes de dévastation autour du cratère de Xi'an. Le cratère où se dressait la Petite Pagode de l'Oie Sauvage. Il s'assoit. Elle est à moins de cinq pieds de lui, plongée dans le journal ; elle ne lève pas la tête.

Il épluche les cacahouètes et les gobe, sirote le Coca. Il la dévisage. Elle est jolie, elle ressemble à une touriste américaine ; un sac à dos de taille moyenne est posé à côté d'elle. Il a vu d'innombrables filles comme elle s'arrêter à Juliaca sur le chemin du lac Titicaca.

— C'est malpoli de dévisager les gens, dit-elle sans lever les yeux de son journal.

— Je ne pensais pas que tu l'avais remarqué, répond-il avec son anglais teinté d'un fort accent.

— Si.

Elle ne l'a toujours pas regardé.

— Je peux m'asseoir avec toi ? Je n'ai parlé à personne, ou presque, depuis quelques jours et ce pays peut être *bien loco*, hein ?

— Ne m'en parle pas, dit-elle en levant la tête.

Ses yeux le pénètrent. C'est certainement la plus belle Américaine, peut-être même la plus belle femme, qu'il a jamais vue.

— Viens.

Il se lève à moitié et se glisse dans le box en face d'elle.

— Cacahouètes ?

— Non merci.

— C'est malin.

— Hmmm ?

— De ne pas accepter de la nourriture d'un étranger.

— Tu voulais m'empoisonner ?

— Possible.

Elle sourit, puis semble se raviser, comme s'il venait de lui lancer un défi.

— Tant pis, je prends le risque.

Son sourire l'anéantit. Généralement, c'est lui qui doit charmer les femmes, ce qui lui est arrivé des dizaines de fois, mais là, c'est elle qui le charme. Il lui tend le sachet de cacahouètes, elle en prend une poignée, qu'elle étale sur la table devant elle.

— Tu es ici depuis combien de temps ? demande-t-elle.

— Dans ce train ?

— Non. En Chine.

— Un peu plus de trois semaines, ment-il.

— Ah oui ? Moi aussi. Environ trois semaines.

Jago a appris à déceler quand quelqu'un ment, comme cette fille. Intéressant. Pourrait-elle être l'un d'eux ? se demande-t-il.

— Tu viens d'où ? interroge-t-il.

— D'Amérique.

— Sans rire ? D'où exactement ?

— Omaha.

Elle ne ment pas, cette fois.

— Et toi ?

— Du Pérou, près du lac Titicaca.

Alors, il ne ment pas non plus.

Elle hausse les sourcils, avec un petit sourire en coin.

— Je ne pensais pas que cet endroit existait vraiment jusqu'à ces…

Elle montre le journal.

— Les météorites.

— Oui. C'est un drôle de nom. Lac Titty Caca.

Elle sépare le nom en deux, comme tous les touristes amusés.

— Vous n'avez rien trouvé de mieux ?

— Selon les personnes que tu interroges, ça signifie « Pierre du Puma » ou « Rocher de Plomb », et c'est pour beaucoup de gens un lieu mystique et puissant. Les Américains semblent croire qu'il reçoit la visite d'ovnis et qu'il a été créé par des extraterrestres.

— Rien que ça, dit la fille en souriant. Omaha n'a rien de mystique. À vrai dire, la plupart des gens trouvent qu'on s'y ennuie à mourir. Mais on y mange de bons steaks. Et on a Warren Buffet.

Jago rit. Il suppose qu'il s'agit d'une plaisanterie. Il ignore qui est ce Warren Buffet, mais il a un nom de gros Américain débile.

— C'est bizarre, non ? demande-t-elle en épluchant une autre cacahouète.

— Quoi donc ?

— Je viens d'Omaha, tu viens de la région du lac Titicaca et on voyage à bord d'un train qui se rend à Xi'an. Tous ces endroits ont été frappés par des météorites.

— Oui, c'est étrange.

— Comment tu t'appelles ?

— Feo.

Il gobe une cacahouète.

— Enchantée, Feo. Moi, c'est Sarah.

Elle gobe une cacahouète à son tour.

— Dis-moi… tu vas à Xi'an pour voir le cratère ?

— Moi ? Non. Je visite seulement. Je doute que le gouvernement chinois laissera quiconque s'en approcher, de toute façon.

— Je peux te poser une autre question, Feo ?

— Bien sûr.

— Tu aimes jouer ?

Elle s'est démasquée. Il n'est pas sûr que ce soit très prudent. Va-t-il être démasqué lui aussi ? Tout dépend de sa réaction.

— Pas vraiment, répond-il rapidement. Mais j'aime bien les énigmes.

Elle se renverse contre le dossier de la banquette. Son ton change, les intonations charmeuses disparaissent.

— Pas moi. J'aime savoir à quoi m'en tenir. Je déteste l'incertitude. J'ai tendance à l'éliminer le plus vite possible, à la chasser de ma vie.

— C'est sûrement une bonne méthode, si on y arrive.

Elle sourit, et alors que Jago devrait être tendu, prêt à la tuer, le sourire de cette fille le désarme.

— Feo… Ça veut dire quelque chose ?

— Ça veut dire « laid ».

— C'est tes parents qui t'ont appelé comme ça ?

— Mon vrai nom est Jago, mais tout le monde m'appelle Feo.

— Tu ne l'es pas, même si tu essayes de l'être.

— Merci, répond-il, incapable de cesser de sourire.

Les diamants incrustés dans ses dents étincellent. Il décide de lui lancer un appât. Si elle le saisit, ils seront fixés l'un et l'autre. Il n'est pas sûr que ce soit la meilleure chose à faire, mais il sait qu'il faut prendre des risques pour gagner Endgame. Les ennemis sont un fait acquis. Pas les amis. Pourquoi ne pas profiter de cette rencontre fortuite et précoce pour savoir dans quelle catégorie se classe cette belle Américaine ?

— Dis-moi, Sarah d'Omaha qui es ici en vacances, pendant que tu seras à Xi'an, est-ce que tu voudrais visiter la Grande Pagode de l'Oie Sauvage avec moi ?

Avant qu'elle ait le temps de répondre, un éclair blanc se produit à l'extérieur. Le train tangue et freine. Les lumières tremblent, puis s'éteignent. Un son puissant, semblable à une corde qui vibre, leur parvient de l'autre extrémité du wagon-restaurant. Le regard de Jago est momentanément attiré par le léger clignotement d'une lumière rouge sous la table. Il se retourne vers la fenêtre, tandis que la lumière au-dehors s'intensifie. Sarah et lui se lèvent et marchent dans cette direction. Au loin, un trait éclatant traverse le ciel d'est en ouest. On dirait une étoile filante, mais elle est trop basse et sa trajectoire est aussi rectiligne que le fil d'une lame de rasoir. Jago et Sarah regardent, comme paralysés, le trait lumineux traverser à toute allure l'obscurité de la nuit chinoise. Au dernier moment, juste avant qu'elle disparaisse de leur champ de vision, elle change brutalement de direction et bifurque du nord au sud selon un angle de 88 degrés, pour disparaître à l'horizon. Jago et Sarah s'éloignent de la fenêtre, la lumière revient à bord du train et il accélère. Dans le wagon-restaurant, les voyageurs parlent avec animation, mais aucun ne semble avoir remarqué ce phénomène au-dehors.

— Viens avec moi, dit Jago.

— Où ?

— Viens avec moi si tu veux vivre.

— De quoi tu parles ?

Il lui tend la main.

— Tout de suite.

Elle le suit, mais met un point d'honneur à ne pas lui donner la main. En chemin, il demande :

— Si je t'annonçais que je suis le Joueur de la 21e lignée, ça te dirait quelque chose ?

— Je te répondrais que je suis la Joueuse de la 233e.

— On fait la paix, pour le moment du moins ?

— Oui, pour le moment.

Ils atteignent la table sous laquelle Jago a vu clignoter la lumière rouge. Celle où est assis le couple de Chinois. Ils cessent de parler et regardent les deux étrangers d'un air interrogateur. Sans leur prêter attention, Jago s'agenouille et Sarah se penche pour jeter un coup d'œil par-dessus son épaule. Un boîtier métallique noir est fixé au mur, au milieu une LED rouge clignote faiblement. Au-dessus figure le caractère 驚. Dans le coin du boîtier, un affichage numérique indique AA : AA : AQ. Une seconde plus tard, AA : AA : AP. La seconde suivante, AA : AA : AO.

— C'est ce que je pense ? demande Sarah en reculant d'un pas.

— Je n'ai pas l'intention d'attendre pour le savoir, répond Jago.

— Moi non plus.

— Va chercher ton sac.

Ils reviennent vers leur table et Jago s'empare du sac à dos. Ils se dirigent vers l'arrière du wagon, ouvrent la porte et enjambent l'espace entre les voitures.

Si les lettres correspondent à des secondes, il leur en reste 11.

Sarah tire le signal d'alarme.

Il ne fonctionne pas.

Le paysage en mouvement leur tend les bras.

— Allez, dit Jago en s'écartant.

Huit secondes.

Sans hésiter, elle saute.

Sept secondes.

Jago serre le sac à dos contre lui, en espérant qu'il adoucira la chute, et il saute.

L'atterrissage est douloureux, mais on lui a appris à ignorer la douleur. Il dévale un talus de graviers et se retrouve dans la terre ; il avale un peu d'herbe, s'égratigne le visage et les mains. Il ne peut pas en être sûr, mais il pense s'être déboîté l'épaule droite.

Trois secondes.

Il cesse de rouler.

Deux secondes.

Sarah se trouve à quelques mètres de là, elle s'est déjà relevée, comme si elle avait atterri indemne.

— Ça va ? demande-t-elle.

Une seconde.

Le train les a dépassés.

— Oui, répond-il en se demandant si elle peut deviner qu'il ment.

Zéro seconde.

Elle s'accroupit près de lui, attendant que le train explose.

Rien ne se produit.

Les étoiles brillent.

Ils regardent fixement.

Attendent.

Jago scrute le ciel au-dessus du train et aperçoit le Lion et le Cancer à l'horizon, à l'ouest.

— Peut-être qu'on a réagi de façon excessive… commence Sarah, juste au moment où le wagon-restaurant s'illumine.

Toutes les fenêtres sont soufflées. La voiture décolle d'au moins 50 pieds, dans un nuage de feu orange. L'onde de choc secoue tout le train. Les wagons de derrière, emportés par leur élan, se plient et s'empilent, dans un crissement assourdissant, et forment un amas de ferraille. Les wagons de devant sont masqués par la fumée et l'obscurité, mais Jago aperçoit les lumières de la locomotive à moitié couchée hors des rails. Le bruit grinçant du frottement du métal déchire la nuit, et une seconde explosion, moins forte, se produit à l'avant du train. Il s'ensuit un bref instant de silence, juste avant les hurlements.

— *Mierda*, lâche Jago, le souffle coupé.

— Je crois que nous allons devoir nous habituer à ce genre de choses, non ?

— Oui, grimace-t-il.

— Un problème ?

— Mon épaule.

— Laisse-moi voir.

Il se tourne vers Sarah. Son bras droit pend à l'intérieur de sa manche de chemise.

— Tu peux bouger les doigts ?

Il le peut.

— Et le poignet ?

Aussi.

— Bien.

Délicatement, Sarah lui prend le bras à deux mains et le soulève légèrement. La douleur irradie dans son épaule, jusque dans son dos, mais il ne dit rien. Il a connu bien pire.

— Elle est juste démise. Ce n'est pas trop grave, je pense, dit-elle.

— Tu penses ou tu en es sûre ?

— Je pense. Je n'ai remis une épaule qu'une seule fois. À mon frère.

— Tu peux la remettre en place ?

— Évidemment, Feo. Je suis une Joueuse, répond-elle en essayant de ne pas donner l'impression qu'elle cherche à se convaincre elle-même. Je suis capable de faire un tas de choses extraordinaires.

Elle lui soulève le bras de nouveau.

— Ça va quand même faire mal.

— Je m'en fiche.

Sarah tire sur le bras, le tourne et le pousse, et l'épaule se remet en place. Jago inspire profondément en serrant les dents. Il teste son épaule. Ça marche.

— Merci, Sarah.

Les hurlements s'amplifient.

— Tu en aurais fait autant pour moi.

Jago sourit. Sans savoir pourquoi, il pense aux gens qui sont venus voir ses parents après que la météorite s'est abattue sur Juliaca. Certaines dettes doivent être honorées.

— Non, je ne l'aurais pas fait, avoue-t-il. Mais maintenant, je le ferai.

Sarah se relève et regarde en direction du drame.

— Il faut filer d'ici. Avant que les autorités rappliquent. Avant qu'elles commencent à poser des questions.

— Tu crois que c'était destiné à l'un de nous deux ? demande Jago.

— Forcément. C'est Endgame, dit-elle en lui tendant la main. Je m'appelle Sarah Alopay. Je suis la Cahokienne.

Il lui prend la main et ça lui fait du bien, il a l'impression que cette main est faite pour la sienne, comme si c'était une chose qu'il attendait. Ça l'effraie également, car il sait que ces sentiments peuvent être dangereux, ils peuvent le rendre vulnérable, surtout face à quelqu'un qui possède les talents qu'il devine en elle. Mais pour l'instant, il s'autorise à le savourer.

— Moi, c'est Jago Tlaloc. Je suis l'Olmèque.

— Enchantée, Jago Tlaloc. Merci de m'avoir sauvé la vie. J'ai une dette envers toi.

Jago lève les yeux vers le ciel sans nuages, il repense au trait de lumière qui est passé au-dessus de leurs têtes et qui a coupé l'électricité à bord du train juste assez longtemps pour lui permettre de voir la lumière clignotante du détonateur. Il s'attribuera le mérite d'avoir sauvé Sarah, évidemment. Il est bon qu'un autre Joueur vous soit redevable. Mais il connaît la vérité : cette traînée dans le ciel était un avertissement. Venant d'Eux. Pour s'assurer qu'ils restent en vie au moins jusqu'à l'Appel.

— Je t'en prie, dit-il.

Sans rien ajouter, Sarah met son sac sur son dos et s'élance dans l'obscurité. Elle est rapide, puissante, gracieuse. Jago sourit en regardant sa natte se balancer. Il a une nouvelle amie.

La jolie Joueuse de la 233e.

Une nouvelle amie.

Peut-être plus.

43.98007, 18.179324[xlv]

CHRISTOPHER VANDERKAMP

Vol Air China 9466, siège 35E
Départ : San Francisco
Arrivée : Pékin

Le père de Christopher est éleveur de bœufs dans les prairies de l'Ouest. Un très gros éleveur. Il possède plus de 75 000 têtes de bétail.

Christopher a dit au revoir à Sarah. Il n'en avait pas envie, mais il l'a fait. À côté de la famille de sa petite amie, il l'a regardée franchir les contrôles de sécurité. Il est resté à l'aéroport jusqu'à ce que l'avion décolle.

Il l'a laissée partir.

Il n'a pas l'habitude de céder.

Et c'est la première fois qu'il doit renoncer à quelque chose.

Christopher était le *quarterback* titulaire de l'équipe de football américain. C'est un excellent sportif. Il a été recruté par l'équipe du Nebraska à la rentrée. Il a accepté, mais il a demandé s'ils pouvaient accorder la bourse à quelqu'un d'autre, un étudiant qui en avait vraiment besoin.

Sur le terrain, il n'hésite jamais à agir, il se montre souvent décisif, son bras envoie des boulets de canon, il a des jambes de pur-sang et un cœur de lion. Il est physiquement supérieur à la plupart des jeunes de son âge et à presque toutes les personnes qu'il a pu rencontrer.

Christopher est amoureux. Amoureux de Sarah Alopay. Amoureux d'une Joueuse d'Endgame. Tous les autres ne cessent de parler de la météorite, de la destruction de l'école, des morts, de la disparition de Sarah. De la signification de tout ça. Ils ne savent pas, ils n'ont aucune idée, ils ne peuvent même pas imaginer la vérité.

Mais Christopher, lui, sait. Et il continue à croire que ce sont des conneries.

Il a 18 ans. Il est libre. Il a un passeport. Il est déjà allé en Europe, en Amérique du Sud et en Asie. Il a déjà voyagé seul.

Christopher est un battant. Son frère cadet, John, souffre du syndrome de Down. À l'école primaire, les autres élèves l'avaient pris pour tête de Turc. Ils se moquaient de lui. Christopher s'était occupé d'eux et à partir de ce jour, plus personne n'avait embêté John.

Christopher est riche.

Déterminé.

Rapide.

Fort.

Et Christopher est amoureux.

Christopher sait où va Sarah, il connaît son numéro de téléphone satellitaire et l'existence d'Endgame.

Christopher aime jouer.

Il a passé presque toute sa vie à gagner.

Il croit être capable de remporter n'importe quelle épreuve.

Il s'aperçoit qu'il a menti à la fille qu'il aime. Il ne va pas rester sans réagir. Il ne va pas attendre.

Deux jours après le départ de Sarah, Christopher part à son tour.

Il va la retrouver.

L'aider.

Et ils gagneront.

Ensemble.

Le tremblement de terre s'est produit près de Huaxian, Shaanxi (anciennement Chen-si), en Chine, environ 50 miles (80 km) à l'est – nord-est de Xi'an, capitale du Shaanxi. Les dégâts se sont étendus jusqu'à Taiyuan, capitale du Shanxi (anciennement Chan-si), et environ 270 miles (430 km) au nord-est de l'épicentre. La secousse a été ressentie jusqu'à Liuyang, dans la province du Hunan, à plus de 500 miles (800 km). Ce tremblement de terre a eu diverses conséquences géologiques : fissures, soulèvements, affaissements, projection de sable, liquéfactions et glissements de terrain. Dans la plupart des villes situées à l'intérieur de la zone touchée, on a signalé des effondrements de murs d'enceinte, la grande majorité des maisons se sont écroulées et de nombreuses fissures ont provoqué des jaillissements d'eau (d'où les liquéfactions et les projections de sable). Selon Gu et *al.*, « le nombre de victimes identifiées parmi les soldats et les civils s'élève à 830 000 et il est impossible de dénombrer les victimes non identifiées ». Le tremblement de terre a été ressenti dans l'ensemble ou dans certaines parties des neuf[xlvi] provinces : Anhui, Gansu, Hebei, Hubei, Henan, Hunan, Shaanxi, Shandong et Shanxi.

CHIYOKO TAKEDA

Grande Pagode de l'Oie Sauvage, Xi'an, Chine

Avant l'arrivée de la météorite, il y avait deux Pagodes de l'Oie Sauvage à Xi'an. La Petite et la Grande.

Il n'en reste qu'une.

La Grande Pagode de l'Oie Sauvage.

Chiyoko la visite le matin du 20 juin.

Il y a là des touristes venus de partout, mais surtout de Chine. C'est un pays énorme dans tous les sens du terme. Le Japon est un pays surpeuplé, mais en Chine, ce qualificatif prend d'autres proportions. Depuis son arrivée, Chiyoko a l'impression qu'il n'existe que la Chine dans le monde, et rien d'autre. Pas de calottes glaciaires, pas d'Empire State Building, pas de Parthénon, pas de gigantesques forêts boréales, pas de Mecque, pas de Kremlin, pas de pyramides, pas de Temple d'Or, pas d'Angkor Vat, pas de Stonehenge.

Pas d'Endgame.

Uniquement la Chine.

Chiyoko s'assoit sur un banc. La Grande Pagode de l'Oie Sauvage est entourée d'un parc paysager. Chiyoko consulte son guide touristique et regarde les photos. La Petite Pagode de l'Oie Sauvage possédait des lignes douces et un toit arrondi. Elle mesurait 141 pieds de haut, avant la météorite. Construite vers l'an 708 de notre ère, elle avait été régulièrement reconstruite au fil des siècles. Lors du tremblement de terre de 1556, elle avait subi des dégâts qui, jusqu'à sa destruction récente, n'avaient pas encore été réparés.

La Grande Pagode de l'Oie Sauvage – la survivante qui se dresse devant elle – a un aspect plus sévère, elle ressemble davantage à une forteresse. Sa forme fuselée est définie par un chiffre, et Chiyoko estime que chaque étage est environ 0,8 fois plus petit que le précédent. Elle mesure 210 pieds de hauteur. Elle a été construite en l'an 652 de notre ère et restaurée en 704. Le même tremblement de terre de 1556 l'a considérablement endommagée, la faisant pencher vers l'ouest de 3,4°.

Dans moins de 48 heures, Chiyoko y pénétrera en douce pour découvrir ce qui l'attend à l'intérieur.

Ce qui attend tous les Joueurs d'Endgame.

Elle observe la foule de touristes en grignotant des crackers de riz épicés dans un petit sac en papier blanc. Elle est convaincue que d'autres Joueurs sont ici, en train de faire la même chose qu'elle. Quelques étrangers sont disséminés au milieu de cette foule de Chinois et chacun d'eux l'intrigue. Surtout les plus jeunes.

Le garçon africain avec la sucette.

La fille du Sud-Est asiatique habillée en Hello Kitty.

La Blanche au teint pâle et aux cheveux roux flamboyants avec un casque à écouteurs en forme de tête de mort.

Le jeune Indien à la mine sombre avec sa chemise bleu centaurée.

La fille d'Asie centrale qui fume une cigarette ultrafine en passant son pouce sur l'écran de son iPhone.

La blonde courtaude qui porte un jean blanc moulant et des Birkenstock en cuir.

Le garçon tout sec, à la peau vérolée, avec une longue cicatrice sur le visage.

Tous ne sont pas des Joueurs, évidemment, mais certains, si, sans le moindre doute.

Chiyoko se lève et marche vers la tour. Elle est bien décidée à demeurer seule d'un bout à l'autre d'Endgame. Si elle conclut des alliances, elles seront temporaires et opportunistes. Les amitiés ressemblent pour elle à des fardeaux, alors pourquoi se charger inutilement avant cette épreuve qui les attend ? Pas plus qu'elle ne se démènera pour se faire des ennemis. Ils sont encore plus exaspérants que les amis. Son plan consiste simplement à suivre les autres le plus longtemps possible. Elle mettra à profit tous ses talents et ses qualités : silence, furtivité, aspect quelconque.

Elle marche jusqu'à la pagode. Elle est si discrète que les gardes ne la remarquent pas et ne lui demandent pas son ticket.

Elle entre. Il fait plus frais à l'intérieur. Les bruits sont plus clairs. S'il n'y avait pas autant de monde, ce lieu lui plairait. Il y a tellement de bruit en Chine. Rares sont ceux qui connaissent la valeur du silence comme Chiyoko.

Elle se dirige vers l'escalier, sans aucun bruit.

Je dois faire le bon choix, se dit-elle. Elle doit choisir le ou les Joueurs qui, selon elle, ont le plus de chances au départ. Ensuite, elle les suivra comme une ombre. Et quand ils regarderont ailleurs, elle prendra ce qu'elle veut, ce dont elle a besoin, avant de poursuivre son chemin.

Elle monte, encore et encore. Enfin, elle arrive au sommet de la Grande Pagode de l'Oie Sauvage. Il y a une petite porte au fond de la pièce. Elle s'en approche et l'examine l'air de rien. De petites marques gravées dans le bois forment le mot *ROBO*.

Un code facile à déchiffrer. Mais étant donné qu'il évoque un morceau de mot anglais, personne ne le remarque.

Sauf Chiyoko.

Et Chiyoko le comprend.

Les autres aussi le comprendront, si ce n'est déjà fait.

Tournant le dos à la porte, elle se dirige vers la fenêtre orientée à l'ouest. Elle contemple l'étendue de Xi'an. Elle voit le cratère, là où se trouvait l'autre pagode, encore fumant six jours après l'impact. Le vent emporte la fumée vers le sud sous forme de vrilles noires et grises.

Un petit groupe de moines arrive, vêtus de robes orange et rouge. Comme elle, ils ne font aucun bruit. Peut-être ont-ils fait vœu de silence eux aussi.

Elle se demande s'ils hurleront quand tout s'écroulera.

Chiyoko, elle, ne hurlera pas. Quand le monde sombrera, elle fera ce qu'elle a toujours fait. Elle filera en douce.

CHRISTOPHER VANDERKAMP

Xi'an Garden Hotel, quartier de Dayan, Xi'an, Chine

Christopher contemple la Grande Pagode de l'Oie Sauvage. Il n'a pas vu Sarah. Mais il observe et il sait qu'elle est dans les parages. Il aimerait se dire qu'elle peut sentir son amour, mais ce serait de la folie. Il doit garder la tête froide, réfléchir de manière rationnelle. Il n'a pas sillonné la moitié du globe afin de courir après sa petite amie, impliquée dans un jeu apocalyptique, prétendument conçu par des extraterrestres, pour se laisser distraire de son objectif par un sentimentalisme idiot.

Son hôtel est situé en face de la pagode. Christopher possède un télescope et deux paires de jumelles installées sur des pieds. Et un appareil reflex avec un téléobjectif de 400-mm. Tous sont braqués sur la pagode.

Il observe.

Il attend.

Il rêve de la voir, de la toucher, de la sentir, de l'embrasser.

De voir se refléter dans ses yeux l'amour qu'il a pour elle.

Il observe.

Il attend.

Et la nuit du solstice, ça se produit.

Il voit sept personnes se faufiler à l'intérieur de la pagode. La plupart sont déguisées, cachées, incognito. Impossible de dire si Sarah est l'une d'elles. Elle a dit qu'il y avait 12 Joueurs, il en déduit que les cinq autres sont passés par une autre entrée ou sans qu'il les repère. De sa chambre, il ne peut pas couvrir tous les angles.

Clic clic clic.

Il prend des photos.

Beaucoup de photos.

Une seule personne lui offre une image nette. Une fille. À la peau mate. Vêtue d'une combinaison moulante et de foulards colorés. Celui qui couvre sa tête laisse voir d'épais cheveux noirs. Et l'éclat de ses yeux verts brillants.

Il est tenté de les rejoindre. Il ne veut pas se l'avouer, mais il a peur. Des autres Joueurs. D'Endgame. Et même – il n'arrive pas à y croire – du Peuple du Ciel. Mais surtout, il a peur de voir le visage de Sarah, de ce qu'elle dirait, de ce qu'elle éprouverait, si elle le voyait maintenant.

Il sait que ce n'est pas le bon moment.

Pas encore.

Il doit attendre le moment où il pourra voler à son secours, lui prouver sa valeur et son amour. Il ne veut pas donner l'impression de la harceler, de traîner autour de la pagode comme une sorte de groupie d'Endgame. Ce serait gênant. Alors, il attend. Pendant une heure. Deux. Deux heures et demie.

Rien.

Il attend.

Ses paupières sont lourdes. Son menton repose dans sa main. Son coude sur son genou. Rien, personne.

Il ne peut plus lutter contre le sommeil.

Il est debout depuis 27 heures.

Et brusquement, il s'endort.

35.2980, 25.1632[xlvii]

MARCUS LOXIAS MEGALOS

Grande Pagode de l'Oie Sauvage, Xi'an, Chine

Monter, monter, monter.

Marcus ne cesse de regarder sa montre.

Continuer à monter.

12 : 10 du matin.

Il est en retard.

Monter.

Comment a-t-il pu être aussi stupide ?

Monter.

Il aurait dû rester à proximité au lieu de choisir un hôtel situé dans une partie fortifiée de la ville.

Monter.

Pour ne pas être obligé de prendre un taxi.

Monter, monter.

Un taxi qui a percuté un autre taxi, qui a renversé un couple au bord de la route, en train de manger des gâteaux au kaki dans un sac en plastique rouge. Tous les deux sont morts sur le coup. Et le chauffeur de Marcus a emporté ces foutus gâteaux par-dessus le marché.

Monter.

Son cœur cogne, cogne dans sa poitrine.

Monter encore.

Il s'arrête enfin. Devant une porte basse au sommet de la Grande Pagode de l'Oie sauvage. Dessus est gravé le mot *ROBO*. Est-ce vraiment si facile ?

Apparemment.

Personne ne l'a vu, ou si quelqu'un l'a vu, personne ne l'a apostrophé. Les gardes ont peut-être été soudoyés. Par l'un d'Eux.

C'est sur le point de commencer. À supposer qu'il n'ait pas manqué le début, vu qu'il a… Il regarde sa montre encore une fois… 11 minutes de retard, déjà.

Quelle bêtise d'être en retard !

Marcus pose la main sur la porte. Les autres Joueurs sont déjà arrivés. Forcément.

Il pousse la porte.

Juste derrière, il y a un escalier étroit. Marcus sort le couteau glissé dans un fourreau à l'intérieur de sa jambe de pantalon. Il entre et ferme la porte derrière lui. Il fait sombre. L'escalier monte d'un demi-étage avant de tourner.

Son cœur bat de plus en plus fort.

Ses vêtements sont trempés de sueur.

Marcus est le fils de Cnossos. Un enfant de la Grande Déesse. Libre de naissance. Un témoin ancestral du Souffle du Feu.

Il est le Minoen.

Il serre dans son poing le manche de son couteau. Celui-ci est orné de signes compris de lui seul et de l'homme qui lui a tout enseigné. Tous les autres sont morts.

Le vieil escalier grince. Dehors, le vent souffle sur les tuiles du toit. L'odeur de fumée provenant du cratère pénètre dans la pagode toujours debout. L'escalier prend fin.

Marcus se tient sur le seuil d'une petite pièce, plongée dans l'obscurité, et il distingue à peine les détails. Il n'y a aucun mouvement.

Il respire.

— Hello ?

Rien.

— Il y a quelqu'un ?

Rien.

Il sort de sa poche un briquet Bic.

Clic clic clic.

Une faible flamme jaillit.

Son cœur s'emballe.

Les Joueurs sont empilés au fond de la pièce comme des bûches. Chacun est enveloppé dans un linceul argenté et a les yeux bandés par un simple morceau d'étoffe noire. Malgré la chaleur étouffante, il voit leur souffle dans l'air, comme si l'on était en hiver.

Un piège ? se demande-t-il.

Il avance d'un pas hésitant.

Il distingue les traits de trois d'entre eux. Une fille semble originaire du Moyen-Orient, elle est peut-être perse. Elle a une jolie peau cuivrée, d'épais cheveux noirs, un nez busqué et des pommettes saillantes. Un garçon, manifestement jeune, a des joues rondes et la peau bronzée. Une grimace déforme son visage. Une fille assez grande a des cheveux roux coupés court, des taches de rousseur et des lèvres si fines, si pâles, qu'elles semblent presque inexistantes. Elle donne l'impression de rêver à des arcs-en-ciel et à des chatons, et non à la fin du monde.

Marcus avance encore d'un pas, attiré vers l'amas de Joueurs comme un papillon de nuit par une flamme.

Tu es en retard.

La voix résonne dans la tête de Marcus, comme l'expression de ses pensées, mais ce n'est pas l'expression de ses pensées.

Il veut dire qu'il est désolé, mais avant que les mots franchissent ses lèvres, la voix se manifeste de nouveau.

Ce n'est pas souhaitable, mais c'est acceptable.

La voix est agréable, profonde, ni masculine ni féminine.

— Vous entendez…

J'entends tes pensées.

— J'aimerais mieux parler.

Soit.

Les autres aussi.

Sauf un.

— Pourquoi sont-ils enveloppés comme ça ?

Pour que je puisse les emmener.

— Vous voulez que j'enfile un de ces trucs, c'est ça ?

Marcus est impatient. Son retard aggrave les choses.

Oui.

— OK. Où dois-je aller ?

Ici.

— Où ça ?

Marcus ne voit rien. Il cligne des yeux – un clignement de routine, allant de soi, d'une fraction de seconde – et quand il les rouvre, un des linceuls argentés flotte devant lui. Il distingue de légères marques dorées, vertes et noires à l'intérieur du tissu. Il reconnaît certains caractères – arabes, chinois, minoens, grecs, égyptiens, méso-américains, sanskrits –, mais la plupart lui sont inconnus. Certains doivent appartenir aux autres Joueurs. Certains à la personne qui lui parle.

— Où êtes-vous ? demande Marcus en prenant le linceul.

Ici.

— Où ?

L'étoffe a une substance, mais elle ne pèse quasiment rien, et elle est froide, glaciale même.

Partout.

— Qu'est-ce que je dois faire ?

Enfile-le, Marcus Loxias Megalos. Comme tu le sais, il est essentiel de faire vite.

Il pose le linceul sur ses épaules et c'est comme s'il sortait d'un sauna pour pénétrer dans l'Antarctique. La sensation provoque un choc qui serait débilitant, si deux mains invisibles ne nouaient pas un bandeau autour de sa tête. Car dès qu'il est en place, Marcus plonge dans un sommeil immédiat. Si profond qu'il ne sent plus son corps. Il n'y a plus ni chaleur ni froid. Ni douleur ni plaisir. Il ne se sent ni bien ni mal. C'est comme si son corps avait cessé d'exister.

Ce qui le consume, c'est l'image d'un gigantesque néant noir percé de points lumineux formant un arc-en-ciel de couleurs. Ce voile cosmique est masqué par un rocher percé de cratères qui dégringole et se rapproche de plus en plus, sans jamais arriver.

Impossible de déterminer s'il est très gros.

Ou petit.

Il est, simplement.

Il dégringole.

Et se rapproche, encore, encore et encore.

« J'ai contourné une montagne et nous sommes arrivés au-dessus d'une vallée. Juste en dessous de nous se dressait une gigantesque pyramide blanche. Elle semblait sortie d'un conte de fées. La pyramide était enveloppée d'un blanc étincelant. Ça aurait pu être du métal ou une pierre quelconque. C'était blanc de tous les côtés. Le plus curieux, c'était le couronnement : un énorme morceau de matériau ressemblant à une pierre précieuse. J'étais profondément ému par les dimensions colossales de cette chose. »

James Gaussman[xlviii], pilote de l'US Air Force, mars 1945, quelque part au-dessus du centre de la Chine.

KEPLER 22B

Grande Pyramide Blanche, monts Qinling, Chine

Vous pouvez regarder.

Chaque Joueur ouvre les yeux.

Ils sont assis en cercle, en tailleur, le dos bien droit, les mains jointes sur les genoux. Les bandeaux sur les yeux, les linceuls et le froid engourdissant qui les enveloppaient ont disparu. Tous les 12 sont libres de bouger la tête, les mains et le buste, mais toute tentative pour se lever est contrecarrée par la paralysie.

Vos jambes n'ont rien. Elles fonctionneront quand j'aurai terminé.

L'être qui les a guidés demeure invisible, même si la voix est présente, comme s'il se tenait derrière chacun d'eux en même temps.

Plusieurs Joueurs essayent de parler, mais à l'instar de leurs jambes, leurs bouches sont paralysées.

Ils regardent autour d'eux. Ils sont dans une forêt entourée de collines et de montagnes. L'air est frais et vif, le sol est mou, les bruits assourdis.

Au-delà du cercle, 754 pieds au nord, se dresse une gigantesque pyramide. Elle ne présente ni ouverture ni inscription visibles. Les arêtes sont parfaitement taillées. Aucune variation ne trouble sa surface lisse, pas la moindre ligne laissant deviner un travail de maçonnerie ou autre. La base mesure 800 pieds de côté. Elle est presque aussi haute. Le sommet est blanc et éclatant.

Ils balayent le cercle du regard. Ils se voient pour la première fois. Les autres Joueurs qu'ils vont traquer, suivre, combattre, aimer, trahir, craindre et tuer. Ils enregistrent tout : la couleur des yeux, les tatouages visibles, les marques de naissance, les coupes de cheveux, les postures, les formes de visage, les fossettes, les tics… tout. Ils jugent, font des suppositions, élaborent des hypothèses. Chacun d'eux a été formé à cela : l'identification rapide des ennemis, l'analyse des faiblesses.

Ils sont encore plus fascinés les uns par les autres que par l'immense pyramide.

Ils sont les 12.

Nous sommes dans les monts Qinling. Au sud-est de la ville connue maintenant sous le nom de Xi'an. Ce que vous voyez, c'est la Grande Pyramide Blanche. Plus grande que celle de Gizeh. Comme ceux de mon espèce, elle est longtemps restée cachée aux yeux des humains.

Les Joueurs cessent de s'observer, leurs regards sont attirés par la pyramide. La surface miroite et trois silhouettes vêtues de capes sortent d'une porte noire qui apparaît pendant moins d'une seconde. Deux silhouettes demeurent près de la pyramide, tels des gardes. Le 3e personnage rejoint les Joueurs en une seconde, comme si l'espace entre la pyramide et la forêt n'existait pas. Il se place derrière Sarah Alopay. Celle-ci se dévisse le cou pour le regarder.

La cape sombre du personnage est constellée de points lumineux comme si elle était faite d'espace étoilé. Autour de son cou pend un disque plat et rond couvert de glyphes. Il est grand, au moins 7,5 pieds, et mince, avec des épaules larges et de longs bras. Il porte des chaussures brillantes qui semblent être faites de la même matière que la Grande Pyramide Blanche. Il a des pieds très longs et très plats. Et une longue tête étroite. À l'image de sa voix, son visage n'est ni masculin ni féminin. Sa peau ressemble à de la nacre. Ses longs cheveux ont la couleur du platine. Ses yeux sont totalement noirs.

De toute évidence, il n'appartient pas à ce monde. Même s'ils sentent qu'ils devraient avoir peur, les Joueurs sont à l'aise face à cette créature. Ils n'ont jamais rien vu de semblable, et pourtant ils éprouvent une étrange impression de familiarité. Certains trouvent même cet être envoûtant, beau.

Je suis kepler 22b. Vous êtes venus ici pour apprendre ce qu'est Endgame. Je vous l'enseignerai. Pour commencer, la coutume veut que vous vous présentiez.

kepler 22b baisse les yeux sur Sarah. Elle sent que, pour le moment, elle peut parler, mais elle ne sait pas quoi dire.

Ton nom. Ton rang. Ta tribu.

Sarah prend une inspiration et ralentit son rythme cardiaque à 34 bpm. Un chiffre incroyablement bas. Elle ne veut rien dévoiler, elle sait que les autres peuvent relever des indices dans les phrases les plus simples.

— Je suis Sarah Alopay, de la 233e. Je suis cahokienne.

La capacité de parler se déplace vers sa droite, comme un cadeau invisible.

— Jago Tlaloc. 21e. Olmèque.

Jago est calme, ravi d'être assis à côté de Sarah.

— Aisling Kopp, la 3e, Celte laténienne.

Aisling est la grande rouquine maigre que Marcus a vue dans la pagode. Elle est sèche et directe.

— Je suis Hilal ibn Isa al-Salt, de la 144e. Je suis votre frère aksoumite.

Hilal est un garçon raffiné qui parle doucement, à la peau très sombre, majestueux. Ses yeux sont d'un bleu éclatant, ses dents bien droites d'un blanc aveuglant. Ses mains sont croisées sur ses genoux, tranquillement. Il paraît grand et fort, il incarne l'image même d'un Joueur, à la fois menaçant et paisible.

— Maccabee Adlai. Je représente la 8e lignée. Je suis nabatéen.

Maccabee est costaud, mais pas énorme, et impeccablement vêtu d'un costume en lin décontracté et d'une chemise en coton, sans cravate. Certains Joueurs interprètent ses beaux vêtements comme un signe de faiblesse.

— Baitsakhan ! aboie un garçon aux joues rondes et bronzées et aux yeux marron brûlants.

Il s'en tient là.

Dis la suite.

Baitsakhan secoue la tête d'un air obstiné.

Il le faut.

kepler 22b insiste sans pour autant paraître agacé, et Baitsakhan secoue de nouveau la tête.

Sale gamin entêté, pense Sarah. *Des problèmes, sans doute.*

kepler 22b lève une main chétive à sept doigts et le corps du garçon commence à trembler. Contre son gré, il se met à vomir les mots :

— 13e lignée. Donghu.

Quand il a fini, il regarde kepler 22b avec un mélange égal de fureur et de respect, teinté de crainte.

Le Joueur suivant est maigre, sa poitrine concave, ses frêles épaules se referment sur lui comme des ailes. Des cernes noirs bordent ses yeux. Une larme rouge est tatouée dans le coin de son œil gauche. Il a rasé ses cheveux sur deux centimètres de large, comme une iroquoise inversée. En l'observant, les Joueurs s'aperçoivent que sa tête ne cesse de faire de petits mouvements saccadés.

Il cligne des yeux une dizaine de fois avant de bafouiller :

— A-A-An Liu. Trois-trois-trois-trois-trois cent soixante-soixante-soixante-soixante-dix-sept. Shang.

Il produit une première impression effroyable. Une mauviette bredouillante parmi les tueurs expérimentés.

— Shari Chopra, dit une jolie fille à la peau ocre d'une voix calme et méditative. 55e. Je suis l'Harappéenne.

— Je m'appelle Marcus Loxias Megalos, de la 5e lignée combattante. Faites gaffe à vous, je suis le Minoen.

Les fanfaronnades de Marcus sonnent faux, comme les balivernes que débiterait un boxeur dans une conférence de presse d'avant-match. Les autres Joueurs n'ont que faire de ces bravades. Quelques-uns ricanent en douce.

— Je m'appelle Kala Mozami, dit avec un fort accent persan une fille menue, la tête enveloppée d'un foulard rouge et bleu brillant.

La fermeté et l'assurance de son ton contrastent avec son apparence. Ses yeux sont verts comme des pierres de jade mouillées.

— 89e, sœurs et frères, ma lignée remonte au très ancien cœur d'or de Sumer.

Elle aime les mots, se dit Jago. *Une poétesse. Sans doute une menteuse.*

— Alice Ulapala. 34e. Koori, annonce Alice avec un accent australien engageant.

Elle est imposante, musclée, un peu grassouillette. Une lutteuse. Une lanceuse de poids. Une culturiste. Elle a la peau foncée, et les yeux encore plus, une touffe de cheveux noirs bouclés aussi indisciplinés qu'un nid de serpents. Elle a au-dessus de l'œil droit une marque de naissance en forme de croissant qui disparaît dans ses cheveux. Sans scrupule ni colère, elle crache par terre avant que la personne suivante prenne la parole.

Mais la personne suivante ne dit rien.

Chiyoko Takeda.

Tous les regards se tournent vers la muette. Elle a une peau d'ivoire et des cheveux mi-longs avec une frange qui forme une ligne parfaite au-dessus de ses sourcils. Ses lèvres épaisses sont d'un rouge profond, ses pommettes hautes et rondes. Le parfait stéréotype de la jeune Japonaise réservée, mais ses yeux sont effrontés, remplis d'assurance et de détermination.

Chiyoko Takeda ne parle pas. Elle est de la 2e. Sa lignée est plus qu'ancienne. Sans nom et oubliée. Nous l'appellerons Mu.

kepler 22b lève la main droite, tend le bras et écarte les doigts. Un hologramme blanc surgit de sa paume : un cercle parfait de 8,25 pouces de diamètre.

Un gong au son grave résonne dans les poitrines des 12 et un trait de lumière, fin et éclatant, jaillit du sommet de la pyramide, traçant un point dans le ciel noir.

kepler 22b se met à lire, et pendant ce temps, l'hologramme tourne lentement sur lui-même.

« ***Tout est ici. Chaque mot, nom, chiffre, lieu, distance, couleur et heure. Chaque lettre, symbole et glyphe, sur chaque page, chaque éclat, chaque fibre. Chaque protéine, molécule, atome, électron, quark. Tout, toujours. Chaque souffle. Chaque vie. Chaque mort. Ainsi est-il dit, ainsi a-t-il été dit et ainsi sera-t-il dit encore. Tout est ici.*** »

Le gong résonne de nouveau dans leurs poitrines et la lumière de la pyramide disparaît.

« ***Vous êtes les douze. Tous destinés à mourir, sauf un. Celui qui l'emportera.*** »

kepler 22b lève les yeux de l'hologramme et les observe attentivement.

« ***Comme dans tous les jeux, le premier coup est capital.*** »

Il reporte son attention sur l'hologramme.

« ***Pour gagner, vous devez acquérir trois clés, et ces clés doivent être trouvées dans l'ordre. La Clé***

de la Terre. La Clé du Ciel. La Clé du Soleil. Toutes ces clés sont cachées ici, sur Terre. »

kepler 22b se saisit du disque holographique suspendu dans le vide et le lance à la manière d'un frisbee. Celui-ci s'arrête net au centre du cercle et se met à grossir, des motifs se répandent à la surface. Douze fils de lumière en jaillissent et viennent frapper chaque Joueur en plein front. Ils voient tous la même chose mentalement : la Terre, vue du ciel.

« ***Voici la Terre.*** »

L'image change. Le bleu des océans vire au gris. Des traînées noires traversent les continents. Des cicatrices rouges fleurissent. Les pôles pâlissent. Les étendues bleues, les bandes vertes et les taches brunes ont disparu. Les couleurs vibrantes d'une Terre vivante n'apparaissent plus que sous la forme de minuscules têtes d'épingle rassemblées par grappes.

« ***Ainsi sera la Terre après l'Épreuve. L'Épreuve approche et elle fait partie d'Endgame. L'Épreuve détruira tout. Le vainqueur d'Endgame remporte la survie. Pour lui et pour tous les membres de sa tribu.*** »

kepler 22b s'interrompt.

L'image de la Terre ravagée disparaît.

« ***Endgame est l'énigme de la vie, la cause de la mort. Il renferme les origines de chaque chose et la réponse à la fin de chaque chose. Trouvez les clés, dans l'ordre indiqué. Rapportez-les-moi, et vous gagnerez. Quand je partirai, chacun de vous recevra un indice. Et Endgame débutera. Les règles sont simples. Trouvez les clés dans l'ordre et rapportez-les-moi. À part ça, il n'y a aucune règle.*** »

Bienvenue[xlix]

TOUS LES JOUEURS

Quelque part dans les monts Qinling, Chine

kepler 22b disparaît. Les gardes postés devant la pyramide également. La pyramide demeure, brillante, imposante, irréelle. La porte réapparaît, mais nul ne sait où elle mène.

Peu à peu, les Joueurs sentent leurs membres renaître. Ils ont des fourmis dans les doigts et les orteils, mais aussi dans le cerveau. kepler 22b leur a fait quelque chose, a fait rentrer des informations dans leur tête, qui leur fait mal, maintenant. Ils ont le regard trouble. Mais ils savent qu'ils doivent se ressaisir rapidement. Un retard pourrait être synonyme de fin.

Il n'y a aucune règle.

Jago regarde autour de lui. Ils se trouvent dans une petite clairière. À quelques mètres de l'endroit où ils sont assis, la forêt devient plus dense ; dans la direction opposée, la pyramide attend. La forêt pourrait offrir un bon abri. La pyramide… Jago ne veut même pas deviner ce qu'elle peut renfermer, ni où peut mener la porte.

À côté de lui, Sarah cligne des paupières pour retrouver ses esprits. Sa présence est étrangement réconfortante : une chose familière au milieu d'un océan de questions qui le submerge. Il remarque quelque chose par terre, à quelques pas du sac à dos de Sarah. Le disque de pierre grise qui pendait autour du cou de kepler 22b. *Chacun de vous recevra un indice.*

Jago se précipite.

Chiyoko remarque son geste. Il est le premier à réagir. *Impressionnant.* Elle sent que ses muscles sont encore raides, apathiques.

Luttant contre cette fatigue, elle fonce vers le disque elle aussi, mais Jago est plus rapide. Les doigts de Chiyoko frôlent la surface froide de la pierre au moment où Jago s'en saisit.

Il se relève d'un bond. Sarah prend son sac sur son épaule et vient se placer à côté de lui. Chiyoko plonge la main dans ses affaires et en sort une corde enroulée. Elle ne peut pas dévoiler aux autres que Jago détient un disque de Baian-Kara-Ula, sinon elle ne pourra jamais s'en emparer. Lentement, très lentement, elle recule vers l'extrémité de la clairière.

Jago détache son regard de Chiyoko. La muette le voit prendre le disque, mais elle le laisse faire. C'est astucieux. À ce stade, mieux vaut éviter les conflits ouverts. Jago sait qu'il devra l'avoir à l'œil. Très vite, il glisse le disque dans un petit sac à dos acheté à Xi'an et prend Sarah par le bras. Il sent ses muscles raidis, durs.

— Lâche-moi, murmure-t-elle.

Jago se penche vers son oreille.

— J'ai le disque de kepler. Fichons le camp d'ici.

Avoir trouvé ce disque est un coup de chance, même si aucun d'eux ne sait ce qu'il représente exactement. Ils ont une alliance, et maintenant, ils ont un avantage. *Mieux vaut que les autres ne le sachent pas*, pense Sarah. *Nous pourrions devenir des cibles.* Elle aurait préféré que Jago ne lui prenne pas le bras. Elle le repousse d'un haussement d'épaule et fait un pas de côté, en espérant qu'ils ne se sont pas trahis.

Mais Kala a assisté à la scène.

— Qu'est-ce que tu viens de lui dire ?

Elle tient une courte lance dorée, prête à frapper.

Jago croise son regard, sans ciller, et il sourit en montrant ses dents incrustées de diamants, des fossettes creusent ses joues vérolées.

— Tu veux mourir si tôt, petite ?

Jago et Kala se font face, décontractés, sûrs d'eux, inflexibles. C'est le premier affrontement d'une longue série qui décidera de l'issue d'Endgame.

Autour du cercle, l'une après l'autre, des armes font leur apparition. Voilà exactement ce que redoutait Chiyoko, et la raison pour laquelle elle a pris du recul. La paranoïa est palpable dans l'air. Elle recule encore d'un pas, vers l'abri des arbres.

An se met à trembler. Il glisse la main à l'intérieur de son gilet, un vêtement de pêcheur plein de petites poches et de fermetures Éclair. Marcus s'en aperçoit. Il a dégainé son poignard et celui-ci a hâte de faire couler le sang. Mais si ce petit salopard agité possède une arme à feu quelconque, il va devoir agir vite.

— À quoi tu joues ? lui lance Marcus en faisant passer son poignard d'une main à l'autre.

An se fige.

— M-m-m-m-médocs. Je dois prendre mes m-m-m-m-médocs.

Sans bruit, Chiyoko recule dans l'obscurité. Personne ne la voit disparaître.

Sarah consulte sa montre. Il est 3 : 13 : 46 du matin.

Si Jago a le disque, je vais avec lui, décide-t-elle. *Outre l'avantage stratégique, je ne suis pas certaine d'être prête. Peut-être qu'il m'aidera à rester en vie.*

Hilal avance vers ce qui était le centre du cercle. Il tend les mains, elles sont vides. Il est un des rares Joueurs à être venu sans armes.

— Frères et sœurs d'Endgame, parlons, dit-il d'une voix douce. Nous avons énormément de choses à nous dire. Cette nuit ne doit pas forcément s'achever dans un bain de sang.

Baitsakhan ricane, ce froussard l'amuse. Tous les autres ignorent Hilal. Kala ne quitte pas Jago des yeux et n'abaisse pas sa lance.

Remarquant la disparition de Chiyoko, Shari s'exclame, avec son accent indien :

— Où est la muette ?

Alice scrute les alentours.

— Elle a fichu le camp. C'est une rusée.

Hilal semble triste, déçu. Il savait qu'il serait difficile d'établir la paix, mais il pensait qu'ils l'écouteraient au moins.

— Frères et sœurs, ne nous battons pas. Pas tout de suite. Vous avez entendu ce qu'a dit cet être. Il n'y a aucune règle. Nous pouvons mettre nos forces en commun, pour le bien des peuples et des créatures de la Terre. Nous pouvons travailler en commun, au moins jusqu'à ce que nous soyons obligés d'agir les uns contre…

Il est interrompu par un swoosh quand une corde lestée d'un objet métallique fixé à l'extrémité jaillit de l'obscurité. Elle s'enroule autour de sa gorge, solidement. Il porte sa main à son cou. La corde se tend. Hilal tournoie sur lui-même et tombe par terre, en suffoquant.

— C'est quoi, ça ? s'exclame Maccabee en se retournant prestement.

Baitsakhan n'attend pas de le savoir. Il fonce vers la forêt. Une autre corde surgit de l'obscurité, d'un endroit différent, comme lancée par une autre personne. Elle vole vers Jago, mais au moment où elle s'approche, le garçon fait un bond en arrière et la corde retombe mollement sur le sol, avant de reculer à l'intérieur des bois.

Une branche craque. Les Joueurs entrevoient la peau claire et les cheveux noirs de Chiyoko qui filent dans les fourrés.

— C'est cette saleté de muette ! s'écrie Alice.

Alors que tous les autres se tournent vers elle, une flèche jaillit en sifflant de la forêt obscure et se plante dans la cuisse droite de Maccabee. Il titube et baisse les yeux : une longue flèche a transpercé sa jambe de part en part, le sang s'accumule et se met à couler. C'est ce petit bâtard de Baitsakhan qui les canarde à l'abri des arbres. Sans réfléchir, Maccabee brise la flèche et la retire. La douleur est insoutenable, mais il ne crie pas. Il est furieux. Ce sale petit connard a abîmé son beau costume.

— Et puis, merde, je me barre, dit Kala, oubliant Jago.

Elle fonce vers la pyramide.

— Arrêtez cette folie !

Hilal s'est libéré de la corde et a retrouvé son souffle.

— Ça ne doit pas forcément se passer comme ça !

En guise de réponse, une flèche se plante dans le sol entre ses jambes. Hilal détale, en direction des bois lui aussi.

— Garde ton sermon pour une autre fois, prêcheur ! lui lance Aisling, avant de le suivre dans la forêt.

Un autre sifflement déchire l'air. L'instinct de Sarah reprend le dessus : elle tend le bras vers la tête de Jago et, à main nue, elle arrête la flèche qui allait se planter dans le crâne du garçon.

Jago la regarde d'un air hébété. Il n'a jamais vu quelqu'un faire une chose pareille. Il est aussi stupéfait que reconnaissant.

— Comment tu as…

— Il faut filer d'ici, le coupe Sarah.

Elle non plus n'en revient pas. Elle s'est entraînée inlassablement, elle s'est lacéré les mains à force d'essayer d'attraper des flèches au vol, sans y parvenir. Jusqu'à aujourd'hui.

Elle jette la flèche au sol et prend Jago par la main.

— Allons-y !

Ils se tournent vers la forêt et se mettent à courir.

An Liu ne cherche plus son flacon de médicaments. Le dos bien droit, les épaules dressées, il regarde ce qu'il reste du groupe. Avec un sourire sinistre.

Une troisième flèche provenant de la forêt le frappe en pleine poitrine. An baisse les yeux, amusé, et arrache la flèche plantée dans le gilet pare-balles que personne n'a remarqué sous son gilet de pêcheur. D'un geste nonchalant, il lance une petite boule noire, de la taille d'une noix, vers les Joueurs restants. Marcus, le plus proche, est pris par surprise. Son instinct le pousse à tendre la main pour rattraper le cadeau d'An. Mais juste avant d'atterrir dans la paume de Marcus, il explose.

La puissance de la déflagration est sans commune mesure avec les dimensions de la bombe. Des corps volent. Sarah perd l'ouïe, et pendant un instant, tout n'est que chaos. Levant la tête, elle aperçoit la silhouette zombiesque de Marcus. Ses deux bras ont été arrachés à la hauteur des épaules, sa mâchoire pend, à moitié séparée de son crâne. Du sang couvre sa tête et le haut de son corps. Sur le côté gauche de son visage, sa peau est râpée comme du fromage et son oreille se balance dans son cou.

Quelque chose tombe du ciel en tournoyant et atterrit aux pieds de Sarah. Un doigt. Pointé en direction de 167°49'25".

Elle sent son estomac se soulever ; elle repense à la météorite, à la remise des diplômes et à Christopher.

Elle repense à sa meilleure amie, Reena.

À son frère, Tate.

C'était il y a une semaine seulement.

Une semaine.

Elle devrait être en train de pleurer son frère, avec sa famille, dans leur salon, en mangeant, en s'étreignant et en se tenant par la main.

Au lieu de cela, elle est ici.
Seule.
En train de Jouer.
Elle regarde brièvement Jago.
Peut-être pas seule.

Marcus tombe à genoux, son visage s'enfonce dans le sol. Pour Marcus Loxias Megalos, Joueur minoen de la 5e lignée, Endgame est terminé.

An tournoie sur lui-même et un feu s'allume derrière lui au moment où il disparaît dans les bois. Il vient de lancer un autre engin incendiaire. La forêt s'enflamme. Sarah sent la chaleur sur son visage, bien que le feu soit à 59 pieds de là.

— Viens ! s'écrie Jago.

Il la remet sur ses pieds et ils s'enfuient en trébuchant. Il faut qu'ils repassent par la pyramide. En franchissant la porte qui a réapparu, sans savoir où elle va les mener. Ils ne peuvent pas prendre le risque de pénétrer dans les bois, pas avec le feu, pas avec An, Chiyoko, Baitsakhan et tous ceux qui peuvent y être tapis. Arrivés à la pyramide, ils s'arrêtent devant la porte.

Sa surface incandescente reflète l'éclat du feu, l'obscurité des bois. Sarah tend la main. Une série d'images dorées défile dans l'encadrement de la porte. Certaines sont reconnaissables : les pyramides de Gizeh, Karahunj, l'entrelacs des pierres géométriques de Pumapunku, Chogha Zanbil.

Les autres représentent des mégalithes, des signes, des idoles et des statues, des nombres et des formes que Sarah ne reconnaît pas.

Une autre explosion secoue l'air derrière eux.

— Je pense qu'elle nous demande où nous voulons aller, dit Sarah.

Jago jette un coup d'œil par-dessus son épaule.

— N'importe où sauf ici, dit-il.

Il serre la main de Sarah dans la sienne et ensemble ils avancent d'un pas pour franchir l'étrange portail. Ils ne voient pas que juste derrière eux se trouve Maccabee Adlai, en sang, furieux et avide de tuer.

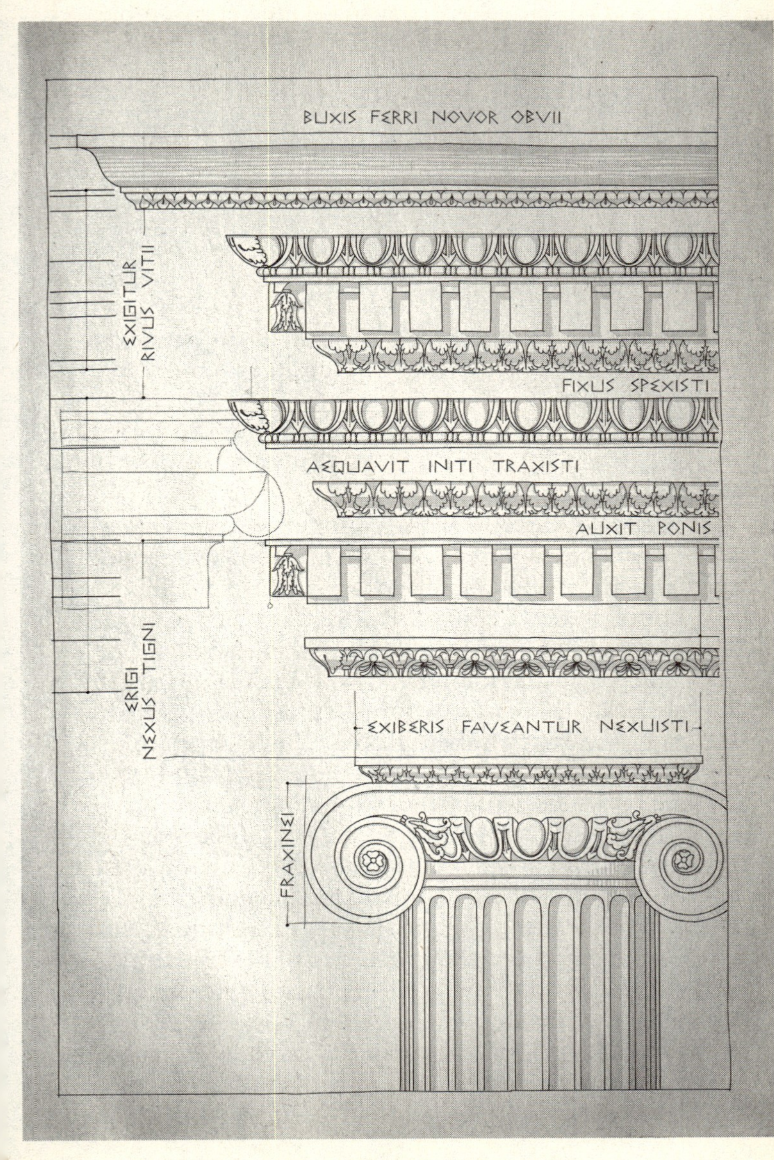
BUXIS FERRI NOVOR OBVII
EXIGITUR
RIVUS VITII
FIXUS SPEXISTI
AEQUAVIT INITI TRAXISTI
AUXIT PONIS
ERIGI
NEXUS TIGNI
EXIBERIS FAVEANTUR NEXUISTI
FRAXINEI

CHRISTOPHER VANDERKAMP

Xi'an Garden Hotel, quartier de Dayan, Xi'an, Chine

Christopher se réveille en sursaut. Il ne peut pas croire qu'il s'est endormi. Il regarde sa montre : 3 : 13 du matin.

Tout est peut-être déjà terminé. Sarah et les autres ont fait ce qu'ils avaient à faire dans cette pagode et ils sont passés à autre chose.

Il prend le sac à dos qui contient son passeport, son argent, ses cartes de crédit, son téléphone, quelques provisions et un couteau de poche acheté à la boutique de la Grande Pagode de l'Oie Sauvage. Ainsi qu'une lampe frontale, des sous-vêtements de rechange et un dictionnaire d'expressions chinoises. Il prend une des paires de jumelles, la fourre dans le sac et quitte sa chambre. Il abandonne le matériel d'une valeur de 5 000 dollars, acheté la veille. Il sait qu'il ne reviendra jamais. Il a l'intention d'entrer dans la pagode. Il veut savoir si Sarah est toujours là ou si elle est déjà partie. Il dévale les cinq étages à pied et sort dans la nuit ; les lampadaires baignent la ville d'une lueur orangée. Il y a très peu de voitures dans les rues, aucun passant. Il regarde sa montre : 3 : 18.

Il court aussi vite qu'il en est capable, et il court très vite. Son sac cogne contre son dos. Des projecteurs installés au sol illuminent la pagode. Il espère qu'il n'y a pas de garde, mais s'il y en a un, il est prêt à tout car il sait, au plus profond de lui, qu'il agit par amour. Il doit absolument entrer. Retrouver Sarah. L'aider à gagner.

En arrivant devant la pagode, il cherche le garde, sans le voir. L'endroit est étrangement désert. Ce qui se passe ici doit se dérouler dans l'intimité. Il marque un temps d'arrêt avant d'avancer vers la porte, en regardant à droite et à gauche. Soudain, il se fige. Un mouvement a attiré son regard. Il demeure bouche bée.

Une jeune femme saute d'une fenêtre située au sommet de la pagode, à 200 pieds du sol. Elle tombe dans le vide, ses foulards multicolores flottent et claquent autour d'elle. Alors qu'elle se rapproche du sol, elle écarte les bras et les jambes, déployant ses foulards qui gonflent sous l'effet du vent. Elle dégringole à toute allure, mais elle semble ralentir.

Christopher secoue la tête, il n'en croit pas ses yeux.

Elle ne tombe plus.

Elle vole.

KALA MOZAMI

Grande Pagode de l'Oie Sauvage, 5e étage, Xi'an, Chine

Kala apparaît dans le grenier de la pagode en exécutant une roulade sur le plancher brut. Elle a plongé dans l'ouverture de la porte de la pyramide et c'est là que celle-ci l'a recrachée. Elle est essoufflée, mais soulagée d'être loin des autres Joueurs.

Pour le moment, ça lui convient.

Pour le moment, elle veut se retirer, respirer et décoder la suite aléatoire de chiffres arabes et de lettres sumériennes que kepler 22b a tatouée sur sa conscience comme une folie soudaine et violente.

Elle se demande si les codes sont aussi intenses pour les autres. Elle espère que oui. Car elle trouve cela étrange et troublant ; elle est désarmée autant que désorientée.

Elle ne veut pas être la seule à éprouver cette sensation d'avoir un message indéchiffrable gravé au premier plan de son esprit. Cela la désavantagerait grandement. Or elle déteste se trouver en position de désavantage, dans n'importe quel domaine. Elle fera tout ce qu'elle peut pour remédier à cette situation. Le plus tôt possible. Immédiatement.

La pièce est semblable au souvenir qu'elle en a : sombre, petite et ancienne. Mais les Joueurs ne sont plus entassés dans un coin comme des tapis et elle n'entend plus la voix spectrale de kepler 22b. *Que l'Annunaki soit béni,* pense-t-elle. Elle n'a pas envie d'être là quand un autre Joueur arrivera et elle ne sait pas trop ce qui risque de se produire, alors elle se ressaisit et dévale le petit escalier dérobé qui conduit à la pièce principale de l'avant-dernier étage de la pagode, celle qui possède des fenêtres donnant sur la Chine, et le reste du monde.

Le monde qui va prendre fin.

Rempli de gens qui vont mourir.

Kala s'arrête, enroule ses foulards autour de ses poings et exécute une petite pirouette en examinant la fenêtre ouverte. Il faut qu'elle s'enfuie. Elle secoue tout son corps, violemment, et deux panneaux de toile à sangles tombent de sa combinaison, un sous les bras, l'autre entre les jambes. Elle regarde fixement la nuit au-dehors. Après avoir inspiré à fond, elle s'élance.

Elle saute dans le vide la tête la première. Elle a fait ses calculs, elle sait de quelle distance elle a besoin. Elle sait qu'elle dispose seulement de 200 pieds avant que le sol se précipite à sa rencontre. C'est tout juste suffisant. Ses foulards flottent et claquent, les toiles emprisonnent le vent qui fonce à sa rencontre, et ça se produit. Au lieu de tomber, la voilà qui glisse dans les airs, elle vole. L'espace d'un instant, trop bref, elle se sent libre.

Soyez bénis.

Le code marqué au fer rouge dans son cerveau a disparu. Les autres aussi. La pression également. Subitement.

Elle vole.

Mais pas pour longtemps.

Voici venir le sol.

Elle secoue la tête et les épaules et projette son bassin vers l'avant. Sa combinaison a été spécialement conçue pour voler, mais aussi pour atterrir. Un ensemble de parachutes miniatures s'ouvre le long des panneaux de toile qui ralentissent sa chute.

Kala appuie sur un bouton fixé à une boucle de tissu passée autour de son majeur et tout le devant de sa combinaison se gonfle en produisant un sifflement sonore. Elle heurte le sol, ça fait mal, mais elle est indemne. Les coussins se dégonflent aussi vite qu'ils se sont gonflés, et comme lors de ses 238 essais, Kala s'est déjà relevée pour se mettre à courir. Loin de tout cela et vers tout cela en même temps.

Tout est ici. Elle se souvient de la phrase de kepler 22b. Que signifie-t-elle ? Quand cet être l'a prononcée, Kala s'est sentie petite et insignifiante. Elle n'a pas aimé ça. Mais elle n'a pas le temps de s'y attarder. Au moment où ses pieds se remettent en mouvement, le code réapparaît au premier plan de son esprit, comme une supernova.

Distraite, elle ne remarque même pas le jeune homme qui la suit.

Faux[1]

CHRISTOPHER VANDERKAMP

Grande Pagode de l'Oie Sauvage, rez-de-chaussée, Xi'an, Chine

Immobile, Christopher a vu les vêtements de la fille enfler comme un ballon et il l'a vue, dans un même mouvement, heurter le sol et se mettre à courir. Que ce soit la fille qu'il a réussi à identifier de sa chambre lui apparaît comme un heureux présage. La fille à la peau mate, aux foulards multicolores et aux yeux verts.

Autre heureux présage : elle n'a pas remarqué sa présence.

Elle essaye de rattraper les autres, se dit-il en tentant de la poursuivre sans bruit. *Je dois supposer qu'elle est la dernière à partir, que les autres ont déjà quitté le lieu de l'Appel. Je dois la suivre. Elle est mon unique et mon meilleur lien avec la fille que j'aime.*

Alors, il la suit. Sans songer que Kala est en fait la première du groupe des Joueurs à quitter la Grande Pagode de l'Oie Sauvage. Et que, s'il avait attendu quelques minutes de plus, il aurait peut-être vu Sarah Alopay, la Joueuse cahokienne de la 233e lignée.

SARAH ALOPAY, JAGO TLALOC

Grande Pagode de l'Oie Sauvage, 5e étage, Xi'an, Chine

Sarah et Jago arrivent dans la même salle que Kala. Il est 3 : 29 : 54 du matin. Kala a sauté par la fenêtre il y a exactement 10 minutes et 14 secondes. Ils ne savent pas qu'elle a sauté. Sarah ignore que Christopher est si proche. Si elle pensait à lui, elle l'imaginerait dans la sécurité relative d'Omaha, en train de participer activement aux travaux de nettoyage. Mais elle ne pense pas à lui, elle a chassé Christopher de son esprit. Cette partie de sa vie est révolue.

Franchir aveuglément une porte inconnue a constitué une étrange expérience. Quasiment magique, lui a-t-il semblé, même si elle sait qu'il n'en est rien. Les premiers hommes ont dû éprouver la même chose vis-à-vis du feu. Cette porte n'avait rien de magique, c'était de la science. De la technologie tout bonnement, une technologie sophistiquée et avancée, une chose que les humains n'ont jamais apprise, ou qu'ils n'ont jamais été autorisés à apprendre.

Pendant des siècles, cela a représenté la puissance et l'attrait du Peuple du Ciel. Ce sont leurs machines, leur technologie et leurs capacités qui ont fait d'eux des dieux aux yeux d'innombrables peuples anciens à travers le monde. Sarah sait que le Peuple du Ciel pourrait en faire autant avec les humains d'aujourd'hui s'il le souhaitait. Les impressionner, les intimider, les réduire en esclavage. Tous les Joueurs savent que les humains ne sont qu'une distraction pour le Peuple du Ciel. Même avec le séquençage contemporain de l'ADN, les réacteurs nucléaires et la géotechnique, les stations spatiales, les humains ne sont qu'un amusement grossier, comme des fourmis qui font du feu avec n'importe quoi, qui s'entre-tuent sans raison et se regardent trop longtemps dans les miroirs.

Mais des fourmis auxquelles, pour une raison quelconque, les dieux s'intéressent.

— Tu l'as encore ? demande Sarah, qui a la tête qui tourne.

— Oui, répond Jago en montrant son sac à dos.

Il a mal à la tête, le souffle coupé, des vertiges. L'onde de choc de la bombe se fait sentir.

— Ça va ?

Sarah tend la main vers lui.

— Oui, ça va, grogne-t-il en se redressant.

— Il faut partir d'ici. On n'est pas en sécurité.

— Sans blague ?

Au moment où Jago se tourne vers la porte qui mène à l'escalier, Maccabee apparaît derrière lui. Sarah est témoin de la scène. C'est comme si Maccabee émergeait de derrière un rideau d'encre noire suspendu dans le vide.

Il ne semble pas avoir souffert des effets de l'explosion ni de la téléportation. Il se jette sur Jago et referme ses mains autour de son cou. Sarah pense immédiatement au disque. Sans qu'elle puisse dire comment ni pourquoi, elle est certaine qu'il l'aidera, *les* aidera, à prendre une sérieuse avance dans Endgame.

Sarah lève le poing pour frapper Maccabee à l'arrière du crâne et Jago lui décoche un grand coup de talon dans le tibia. Maccabee pousse un cri de douleur et bascule vers l'avant, projetant Jago vers le sol. Le poing de Sarah manque de peu la tête du

Nabatéen. Jago ne parvient pas à se libérer de l'étau de ses bras. Il le frappe à l'aveuglette avec son pouce, espérant atteindre l'oreille. Enfin, il touche sa cible et l'on entend un pop ! lorsqu'il retire son doigt, comme une bouteille que l'on débouche.

Maccabee lâche prise en hurlant. Il plaque une main sur son oreille, tandis que l'autre frappe le vide sauvagement. D'abord une flèche dans la cuisse, et maintenant un coup vicieux de la part de cet Olmèque repoussant. Maccabee n'est pas habitué à tant de souffrances, d'humiliations. Cela le rend furieux.

Sans lui laisser le temps de se ressaisir, Sarah s'approche et lui balance un coup de pied dans la cuisse, juste à côté de sa plaie. Il s'effondre sur le sol.

La voie est libre maintenant vers l'escalier qui descend et permet de quitter cet entonnoir de Joueurs, ce goulot d'étranglement rempli de meurtriers. Sarah se demande s'ils ont le temps d'achever Maccabee, ou s'il en vaut la peine.

Jago, lui, ne s'interroge pas. La lame de son couteau étincelle dans sa main, prête à trancher la gorge du Nabatéen.

— Attention ! s'écrie Sarah au moment où Aisling Kopp apparaît dans la pièce.

Les cheveux roux d'Aisling sont ébouriffés, son visage couvert de suie provenant de l'incendie de la forêt. Elle a été obligée de faire demi-tour pour revenir vers la pyramide quand An a mis le feu aux arbres. Elle se sent paniquée et encerclée, c'est pourquoi elle ne pose pas de questions. Elle tend son arbalète et tire.

Grâce à la mise en garde de Sarah, Jago a juste le temps de plonger sur le côté. Le carreau file au-dessus de sa tête.

Le bras levé, il déplie son couteau, le prend par la lame anodisée et le lance en direction d'Aisling. La Celte lâche son arbalète qui ne peut tirer qu'une seule fois, joint les mains et saisit le couteau au vol. Elle sourit. Elle est fière de ce que lui a enseigné son grand-père.

Tandis que Jago et Sarah dévalent l'escalier, le couteau de Jago siffle au-dessus de leurs têtes et va se planter dans le mur du fond.

Quelques secondes plus tard, ils émergent dans la grande salle située vers le haut de la pagode. Jago continue à courir, mais Sarah fait un pas sur le côté et le retient par le bras. Elle montre le plafond. Des chevrons. Entre ces chevrons et le dessous du toit, il y a un espace d'un pied.

Jago hoche la tête. Il a compris. Simultanément, côte à côte, ils sautent pour agripper les poutres en bois mal dégrossi et s'enroulent tout autour. Ils se regardent intensément et cessent de respirer pour obliger leurs cœurs à ralentir, ralentir, ralentir.

Aisling fait irruption dans la pièce et fonce vers l'escalier qui conduit à l'étage inférieur. Mais juste avant de franchir la porte, elle s'arrête. Elle sent quelque chose dans l'air, elle tend l'oreille dans le vide. Elle fait un demi-tour dans leur direction et, pendant un court instant, Sarah se demande pourquoi ils prennent la peine de se cacher. La Celte est seule et ils sont deux. Ils pourraient l'éliminer rapidement. Elle regarde Jago. C'est alors que tous les trois entendent Maccabee beugler dans l'escalier :

— Je vais tous vous tuer, bande d'enfoirés !

En une fraction de seconde, Aisling a disparu. Maccabee descend lourdement les marches. Il apparaît en grognant et en gémissant. Il est dans un sale état : à l'exception de Marcus, bel et bien mort, c'est lui qui a subi le plus de violences au cours de l'Appel.

Il se traîne jusqu'au milieu de la pièce et regarde tout autour de lui, sans penser à lever la tête. La souffrance, le caractère imprévu d'Endgame et l'indice implanté dans son cerveau affectent son jugement. Il se déplace dans la pièce pendant 22 secondes – 12 battements de cœur de Sarah seulement –, avant que tous les trois entendent un autre Joueur arriver dans la pièce du dessus. Maccabee crache par terre et descend.

Sarah et Jago attendent encore trois minutes. Celui ou celle qui vient d'apparaître au-dessus doit s'y trouver encore, aux aguets. Sans un mot, l'Olmèque et la Cahokienne sautent à terre, en silence, se dirigent vers l'escalier et s'en vont.

— Dommage qu'on n'ait pas pu en liquider au moins un, se lamente Jago pendant qu'ils descendent l'escalier à pas feutrés.

Il se masse le cou, là où les doigts de Maccabee ont laissé un collier d'hématomes.

— On aura d'autres occasions, répond Sarah.

Elle sait qu'ils forment une bonne équipe, mais elle n'est pas sûre qu'Endgame soit fait pour les équipes. N'empêche, Jago a su la séduire. Il s'est montré utile et, surtout, loyal. Elle sent qu'elle lui plaît. Elle se demande si elle peut s'en servir. Elle se demande si elle *veut* s'en servir.

— La prochaine fois que je vois le Nabatéen…

Jago crache par terre, sans achever sa phrase.

Ils descendent encore et encore.

Arrivés enfin en bas, ils s'assurent que la voie est libre et sortent de la Grande Pagode de l'Oie Sauvage. Ils se dirigent vers la rue en demeurant dans l'obscurité. Sarah est loin de se douter que, moins de 30 minutes plus tôt, le garçon d'Omaha qui est toujours amoureux d'elle était juste là. Et ni Sarah ni Jago ne savent qu'An Liu, l'artificier fourbe, le dernier à émerger du portail, les observe d'une fenêtre, en haut de la pagode.

Il les observe en pointant un long objet métallique dans leur direction.

Une baguette.
Une antenne.
Un micro.
Une petite *cligne* petite *cligne* petite manœuvre *cligne* sournoise.

CHIYOKO TAKEDA

Grande Pyramide Blanche, monts Qinling, Chine

Chiyoko Takeda se faufile entre les arbres. Elle regarde – en souriant – An Liu qui dynamite littéralement l'Appel. Elle trouve ça génial. Absolument génial.

Rien de tel que la mort et le chaos pour obscurcir les idées et masquer les intentions.

Chiyoko suit l'Olmèque et la Cahokienne qui se dirigent vers la pyramide. Elle avance sur leur droite, vers l'est, sans bruit. Le Nabatéen se dirige lui aussi vers la pyramide, mais l'Olmèque et la Cahokienne ne l'ont pas remarqué.

Chiyoko, si. Elle a vu la Sumérienne filer en passant par la pyramide mystique. Elle l'a vue se fondre dans sa paroi vif-argent.

La Grande Pyramide Blanche est un monument riche de significations pour Chiyoko Takeda, la très ancienne et muette Joueuse Mu de la 2e lignée.

Le simple fait de la regarder est un honneur. Elle se dresse comme un jalon dans l'espace, l'histoire et la standardisation. Chiyoko sait que les pyramides servaient de points d'attache aux Gardiens du Jeu dans un lointain passé, pour leurs vaisseaux, leurs portails, leurs sources d'énergie, et peut-être qu'un jour elles le redeviendront quand tout aura pris fin et recommencé. Les constructions ou leurs vestiges se trouvent en Chine, en Égypte, à Sumer, en Europe, en Inde, et en Amérique. La plupart se sont écroulées ou ont disparu sous des montagnes de terre ou de feuillage. Ou bien elles ont été désacralisées par des humains ignorants qui ne méritent pas de survivre à ce qui va se passer. D'autres, à l'image de cet exemple parfait, n'ont toujours pas été découvertes. Mais aucune ne ressemble à celle-ci.

Elle n'a pas été polluée par la main ou l'esprit de l'homme. Elle n'a pas été érodée par le vent ou la pluie. Dévorée par les racines ou la terre. Brisée par un tremblement de terre ou un volcan en éruption.

Celle-ci est spéciale.

Si Chiyoko en avait la possibilité, elle resterait là, à la contempler, pendant une semaine, voire deux ou trois. Pour s'émerveiller de ses dimensions. Mesurer son empreinte. Relever ses marques. Tenter de les déchiffrer. Mais elle ne peut rien faire de tout ça.

Le jeu a commencé.

Et elle est sur une piste.

Ses cordes – ses *hojo* – pendent sur ses épaules. Leur déploiement était une diversion, comme les explosifs d'An. Pas aussi efficaces, évidemment, mais elles ont rempli leur fonction. Elles lui ont permis d'échapper aux regards pendant qu'elle lançait la fléchette mouchard qui s'est plantée dans le cou de Jago Tlaloc. La fléchette qui bourdonnait dans son oreille comme un moustique.

Jago Tlaloc, l'Olmèque. Associé à Sarah Alopay la Cahokienne, de toute évidence. Les Joueurs des anciennes tribus des Amériques. Chiyoko les regarde marcher vers la pyramide. Elle est assez proche pour entendre leurs voix, mais pas leurs paroles. Maccabee les suit en boitant. Jago et Sarah n'ont toujours pas repéré sa présence. Juste derrière le Nabatéen se trouve Aisling Kopp. Qui attrapera qui, qui affrontera qui, qui mourra ?

L'Olmèque précède la Cahokienne à l'intérieur. Ils disparaissent comme par magie. Chiyoko s'avance à son tour en espérant franchir la porte avant Maccabee, mais il est trop près. Elle sait ce que les autres ignorent : l'Olmèque détient le disque. Chez le peuple Mu, les disques sont vénérés comme des symboles sacrés et mystérieux. Chiyoko a reconnu immédiatement celui-ci : un disque de Baian-Kara-Ula. Des disques tombés du ciel il y a fort longtemps. Des disques qui contiennent des informations, des connaissances, des indices et des directions.

Elle doit le suivre. Si jamais un autre Joueur s'empare de ce disque, elle suivra ce Joueur. Elle continuera à suivre le disque jusqu'à ce qu'une occasion se présente et elle le volera. Car elle sait qu'il conduit à la Clé de la Terre.

Et elle sait qu'elle est la seule à le savoir.

Voici l'indice que kepler 22b a imprimé dans son esprit. Dans un langage très simple, il lui a dit : *Comme le peuple Mu, toi seule comprends où mène le disque.*

Chiyoko regarde Maccabee atteindre l'entrée, franchir la porte d'un pas mal assuré, puis disparaître. Aisling se trouve à moins d'une minute derrière. Aucun des deux n'a remarqué Chiyoko. Elle entrera après la Celte.

Elle attend. Elle devine qu'elle n'a plus qu'une seule minute devant elle, avant la fin de l'Appel. Juste une minute en présence de cette magnifique pyramide étincelante. Elle s'incline en signe de respect et d'admiration, partage avec elle un moment de quiétude, et la remercie d'exister. Au loin, une légère vibration secoue son tympan, interrompant sa rêverie. Instinctivement, elle se jette à terre, au moment où une flèche transperce l'air, là où se trouvait son cœur.

L'un d'eux l'a repérée.

Le garçon.

Baitsakhan.

Chiyoko calcule que sept longues enjambées de terrain dégagé séparent la limite des bois du portail. Pas question de courir le risque de se faire tirer dessus pour l'atteindre. Mais elle sait qu'elle doit bouger, sinon le garçon la tuera. Tandis qu'elle avance en rampant, une autre flèche se plante dans le sol tout près d'elle, mais c'est un tir au hasard car elle est certaine que le garçon ne peut plus la voir.

Arrivée devant un gros arbre, elle se cache derrière et se représente mentalement le tracé invisible des flèches qui l'ont visée. Elle trouve l'endroit d'où elles ont été tirées et le voit, accroupi dans l'herbe.

À 90 pieds de là.

Largement à sa portée.

Chiyoko sort de sa poche cinq *shuriken* en titane aiguisés comme des rasoirs. Ses doigts habiles les déploient à la manière d'un jeu de cartes. D'une main, elle en lance un en l'air et le rattrape avec l'autre main.

Elle n'est pas impétueuse. Pour elle, le meurtre naît du mariage de l'occasion et de la nécessité et elle n'aime pas tuer à la légère. Nous sommes des êtres humains. Nous ne possédons qu'une seule vie qui doit être honorée. Supprimer une vie devrait toujours être le fruit d'une décision réfléchie.

Elle descend discrètement la colline, en tournant le dos à la pyramide. Elle oblige ses pupilles à se dilater, face à la lueur persistante des flammes de l'explosion. Elle s'arrête à côté d'un arbre abattu, plante son pied gauche dans le sol et lance son projectile.

Baitsakhan est presque surpris.

Presque.

Au tout dernier moment, il se baisse et l'étoile manque sa cible. Elle va se planter dans un tronc d'arbre.

Chiyoko expire.

Immobile.

Elle attend.

Elle entrevoit Aisling Kopp au moment où elle franchit le portail.

Elle regarde Baitsakhan se lever, à découvert, et bander son arc en la cherchant frénétiquement.

L'imbécile.

Elle lance une nouvelle étoile. Celle-ci atteint le garçon à l'épaule et disparaît dans sa chair.

Il hurle.

Chiyoko se déplace. Elle rejoint un chemin qui mène directement à la porte. Et lance une autre étoile : les six pointes tournoient dans l'air comme une lame de scie silencieuse, filant droit vers le milieu du front du garçon. Mais juste avant qu'elle atteigne sa cible, une rafale de vent la dévie de sa course et elle rebondit sur son crâne, emportant au passage un morceau de cuir chevelu et des cheveux.

Il hurle de nouveau, comme s'il poussait un cri de défi, et décoche désespérément une flèche dans la nuit. Chiyoko expire. Le vent retombe. Elle se retourne vers la pyramide, exécute un saut périlleux avant au-dessus d'une grosse pierre, et pendant qu'elle a la tête en bas, elle lance le dernier des *shuriken* en direction de ce garçon exaspérant simplement nommé Baitsakhan, le Donghu de la 13e lignée. Elle retombe sur ses deux pieds et franchit à toute vitesse la porte mystique, sans savoir si elle a atteint sa cible. Elle s'en fiche. Ce garçon est trop primaire pour durer très longtemps. Si elle ne l'a pas tué, quelqu'un d'autre s'en chargera.

Chiyoko réapparaît dans la pièce secrète où ils se sont tous rassemblés pour la première fois. Contrairement aux autres, elle n'est pas désorientée. À pas feutrés, elle s'approche de la porte, descend le vieil escalier et voit Aisling s'en aller. Chiyoko attend, longe le mur et fait le tour de la pièce comme un fantôme. Elle ne remarque pas les deux autres cachés sur les poutres, et eux non plus ne la voient pas.

Subitement, elle disparaît.

HILAL IBN ISA AL-SALT

Village de Hsu, monts Qinling, Chine

Hilal ibn Isa al-Salt a de belles mains.

Qu'importe combien de murs il a escaladés, de couteaux il a lancés, de machettes il a maniées, de pierres il a déplacées, d'os il a brisés, de fils il a soudés, de pages il a tournées, de pompes, de tractions et d'équilibres il a exécutés, de coups de poing il a donnés, de planches il a fendues, d'armes à feu il a nettoyées, il a toujours pris soin de ses belles mains.

Huile de noix de coco.

Teinture de romarin.

La graisse des jeunes agneaux qui viennent d'être abattus.

Une lime à manche d'ivoire.

Ses ongles sont des disques parfaits, blancs sur le fond de la peau mate. Pas d'envies. Pas de cals. Une peau comme du velours.

Au lieu de franchir le portail de la Grande Pyramide Blanche, enveloppée d'un mystère et d'une époque mystiques, il choisit les bois. Tout d'abord, il se déplace rapidement pour ne pas se laisser rattraper par la fumée et les flammes, ni par les autres Joueurs. Ces fous qui ont refusé de l'écouter, qui ne lui ont même pas accordé cinq minutes avant de commencer le massacre. Hilal soupire.

Lorsqu'il quitte l'orbite de la pyramide sans âge, les bois deviennent silencieux et immobiles. Ils deviennent familiers, comme n'importe quelle forêt pour ceux qui y ont passé de longs moments. Il ne rencontre aucun de ceux qui ont également choisi le chemin des bois, et après 12 heures de marche, il atteint un petit avant-poste qui ne figure pas sur sa carte. Ce n'est qu'un croisement de terre, avec une vache, quelques poules, et un ensemble de cabanes en bois.

Il s'arrête au milieu du croisement. Personne ne sort des cabanes, mais de la fumée s'échappe des cheminées artisanales et il sent une odeur de nourriture.

Finalement, une petite fille émerge d'une des habitations ; une voix étouffée l'exhorte à rentrer. Elle l'ignore. Intriguée, elle s'avance sur la route. Elle n'a jamais vu un homme à la peau sombre. Ses yeux bleus éclatants – legs de son héritage ancien – paraissent encore plus choquants.

Ça pourrait tout aussi bien être un extraterrestre.

La fillette, sept ou huit ans, s'arrête devant Hilal.

Autour de son cou, une ficelle rouge est lestée par une petite croix en argent.

Hilal tend ses belles mains, en forme de coupe. Il les baisse et la fillette regarde à l'intérieur. Elles sont vides. Il l'observe pendant qu'elle apprécie la finesse de sa peau, plus claire du côté de la paume. Puis elle remarque la petite cicatrice sur le talon de la main droite. Ses yeux s'écarquillent et elle se dresse sur la pointe des pieds.

C'est une petite croix qui marque cette peau par ailleurs sans défaut.

— Je viens en paix, ma sœur, dit-il en anglais.

La fillette n'a jamais entendu ces sons, mais Hilal a une voix si douce que ses lèvres fines ébauchent un sourire.

Celui-ci disparaît très vite quand Hilal entend un bruit de pas derrière lui.

La fillette agite les mains, comme pour chasser un mauvais esprit, et recule prestement de quelques pas.

Hilal ne bouge pas.

Il n'a pas besoin de se retourner pour savoir qui approche.

Il ferme les yeux. Il tend l'oreille. C'est un homme. Pieds nus. Qui essaye, sans y parvenir, de courir en silence. Il a les bras levés. Il tient dans ses mains quelque chose qui ressemble à une batte de base-ball ou à un bâton. Sa respiration est oppressée, nerveuse, chargée d'émotion.

Hilal fait un écart sur la droite à la dernière seconde et une hache fend l'air à quelques millimètres de son épaule. La tête aiguisée s'enfonce dans le sol. Calmement, Hilal tend le bras, saisit le pouce droit de son agresseur et le brise d'un coup sec. La hache se libère et Hilal décrit un arc de cercle avec le pouce. L'homme suit sa trajectoire.

Hilal s'autorise un petit froncement de sourcils. Cet homme aurait dû se méfier. Il exécute un saut périlleux lorsque Hilal tombe à genoux, sans lâcher le pouce, et il heurte violemment le sol, le souffle coupé.

L'homme tente de frapper avec sa main gauche, mais Hilal esquive cette faible tentative et tend la main une fois de plus pour montrer la croix gravée dans sa paume à cette bande de chrétiens bannis.

— Je viens en paix, répète-t-il en anglais. Comme l'a fait jadis notre frère commun, le Christ.

L'homme se fige, une expression de confusion plisse ses paupières, avant qu'il tente encore une fois de frapper. *La violence, toujours la violence, comme premier recours*. Hilal secoue la tête d'un air désapprobateur et il décoche un coup de poing dans le cou de l'homme, qui le paralyse temporairement.

Il lâche enfin son pouce et l'homme glisse sur le sol, telle une poupée de chiffon. Hilal se redresse et annonce aux habitants du petit village, en chinois cette fois :

— Je suis un voyageur d'un autre monde, affamé. Aidez-moi et je ferai tout ce que je peux pour vous aider le moment venu.

Une porte s'ouvre en grinçant. Puis une autre.

— Et il viendra, mes sœurs et mes frères chrétiens, il viendra.

12.0316, 39.0411li

SARAH ALOPAY, JAGO TLALOC

Taxi n° 345027, enregistré au nom de Feng Tian, franchissant le mur d'enceinte de la vieille ville de Xi'an, Chine

Il est 11 : 16 du matin. Sarah et Jago n'ont pas dormi. Ils n'ont vu aucun autre Joueur depuis qu'ils ont quitté la pagode. Pour le petit déjeuner, ils ont acheté du riz, du thé et des oranges, et ils ont mangé en chemin. Ils ont pris soin d'éviter la pagode, le cratère de la météorite et le centre de la vieille ville. Ils ont fini par trouver un taxi. En montant à bord, ils ont simplement dit : « Hôtel. » Et cela fait maintenant plus d'une heure que le chauffeur roule vers le sud, en essayant de les convaincre de descendre, mais ils ne cessent de lui tendre des billets en lui disant de continuer à rouler, pour s'éloigner encore plus de la ville. Ils cherchent un endroit discret, isolé. Ils ne l'ont pas encore trouvé. Alors, le chauffeur roule encore.

Jago fouille dans son sac et en sort le disque pour la première fois depuis l'Appel. Il le fait tourner dans la lumière du milieu de matinée qui traverse les vitres du taxi, il essaye de comprendre à quoi il sert. Le chauffeur l'a aperçu dans le rétroviseur, et il se met à parler de cet étrange objet.

Ils n'ont pas la moindre idée de ce qu'il raconte.

C'est un homme bizarre. Il sait bien qu'ils ne comprennent pas un seul mot, mais il continue à parler. Il lâche le volant pour gesticuler et la voiture se met à tanguer. Sarah en a marre de tout ça, du chauffeur, du bruit, de la voiture. Elle tourne la tête pour regarder dehors, elle voit la ville céder la place à la banlieue puis à la campagne. Elle a besoin d'apaiser son esprit.

Pour cela, elle tente de visualiser quelque chose d'agréable, un endroit loin d'ici. Elle finit par penser à Christopher. Elle se souvient de la nuit qui a précédé la remise des diplômes, avant que la météorite détruise son école et tue son frère. Christopher est passé la chercher chez elle et l'a conduite dans un coin tranquille au bord du fleuve Missouri, où il avait organisé un pique-nique. Et même s'il y avait de quoi manger, ils avaient passé presque tout leur temps sous une couverture, à s'embrasser, à se tenir enlacés et à échanger des murmures entre deux baisers. Ce fut une nuit magnifique, une des plus belles de sa vie. Et elle a beau se répéter qu'elle doit oublier Christopher, au moins jusqu'à ce qu'Endgame soit terminé, dès qu'elle a besoin d'un peu de réconfort, c'est à lui qu'elle pense.

Et si forte soit son envie de conserver cette image dans son esprit, l'indice imprimé par kepler 22b dans son cerveau prend le dessus sur toutes ses pensées. C'est une longue succession de nombres sans signification. Même si elle pense à autre chose, même si elle s'efforce de les oublier, si heureux soient ses souvenirs, si agréables soient ses visions, les nombres sont là.

498753987.24203433333503405748314984.574398
7523487203984999329.29292389370213754893567.
24985723412346754893422677434537777773923046
805.3652566245362209845710230467233100438.138
57210102000209357482[lii]

Sarah est une spécialiste du déchiffrage des codes, mais celui-ci n'a aucun sens pour elle. Elle ne décèle pas le moindre schéma, le moindre indice, impossible de trouver le rythme qui se cache derrière chaque code. Elle y consacre tout son temps et son énergie et ressent une profonde tristesse quand l'image de Christopher disparaît.

— Tout va bien ? demande Jago.

— Je ne sais pas, répond Sarah, étonnée de voir combien il lui est facile d'être franche avec Jago.

— Tu as l'air triste.

— Ça se voit tant que ça ?

— Oui.

Le garçon hésite.

— Tu as envie d'en parler ?

Sarah sourit, un peu déstabilisée à l'idée d'avoir une conversation intime avec ce garçon qu'elle vient juste de rencontrer. Un Joueur, par-dessus le marché. Au lieu de se confier à lui, elle devrait probablement chercher un moyen de le tuer. Ne voulant pas lui parler de Christopher, elle ne lui livre qu'une partie de la vérité.

— Je n'arrive pas à me sortir mon indice de l'esprit. C'est comme une mauvaise chanson qui passe en boucle.

— Ah, fait Jago en acquiesçant. C'est pareil pour moi. Impossible de l'oublier.

— C'est une longue suite de chiffres sans queue ni tête.

— Le mien, c'est une image, une sorte d'ancien guerrier asiatique.

— C'est mieux que les chiffres.

Jago fait claquer sa langue contre ses dents, agacé.

— Tu as déjà regardé la même chose pendant douze heures d'affilée ? C'est comme se retrouver coincé dans une salle de musée, devant une œuvre d'art débile.

Sarah s'autorise un autre sourire. Si elle aidait Jago, elle pourrait peut-être oublier un peu son propre indice.

— Je peux essayer de te donner un coup de main. Décris-moi cette image.

— On dirait une photo. Je vois chaque détail. Dans une main, il tient une lance, et dans l'autre…

Il montre le sac à ses pieds.

— Le disque ?

— Oui.

— C'est peut-être pour cette raison que tu t'en es emparé.

— Non. C'est uniquement une question de chance si je l'ai trouvé avant les autres.

— À ton avis, c'est quoi, ce truc ?

— Aucune idée. Mais c'est important. La muette le savait. C'est pour ça qu'elle a flippé quand je l'ai pris.

Sarah acquiesce. Et détourne le regard. *Christopher avait raison,* pense-t-elle. Et elle dit :

— Toute cette histoire est complètement folle.

Jago regarde fixement devant lui. On n'entend plus que le bruit de la voiture. Finalement, il demande :

— Tu ne voulais pas participer à Endgame, hein ?

Elle ne peut pas lui dire la vérité. Elle ne peut pas lui parler de Tate. Elle ne peut pas lui dire qu'elle s'entraîne sérieusement depuis moins de quatre ans. Elle ne peut pas.

— Je n'ai jamais cru que ça arriverait, dit-elle.

— À dire vrai, moi non plus.

Jago touche la longue cicatrice qui barre son visage.

— Et j'étais presque inéligible.

— Ouais. Il ne me restait que deux ans.

— *Dios mío.*

— Des milliers et des milliers d'années se sont écoulées sans Endgame. Pourquoi maintenant ? Tu le sais, toi ?

Jago soupire.

— Non, pas vraiment. Mami dit que c'est parce qu'il y a trop de monde sur Terre. Comme si on était un fléau. Mais franchement, peu importe, Sarah. Tu as vu ce kepler, *el cuco*. Il nous a clairement fait comprendre qu'Endgame était bien réel et qu'on n'avait pas le choix. La seule chose qui compte, c'est que ça arrive. Et on est obligés de Jouer.

— Mais *pourquoi* ? insiste Sarah.

— Pourquoi cette créature a-t-elle sept doigts ? répond sèchement Jago, repoussant la question de Sarah. Tu t'es entraînée. On t'a parlé d'Endgame, des Créateurs, des lignées et de la véritable histoire de l'humanité, non ?

— Évidemment, je me suis entraînée aussi dur que tu peux l'imaginer.

Encore plus dur même, pense-t-elle, *pour rattraper le temps perdu. Pour apprendre à toute vitesse*.

— Mais j'étais normale aussi. J'ai vu les autres pour la première fois hier soir... Je ne sais pas. Peut-être que je suis la seule qui sois normale. Toi, Chiyoko, Baitsakhan, An ? Vous avez été élevés en vue de tout ce cirque. Moi...

Elle secoue la tête et laisse sa phrase en suspens.

— Il y a quelques jours, tu as sauté d'un train en marche. Tu as remis mon épaule en place. Hier soir, tu m'as sauvé la vie en *arrêtant une flèche*. Ne te raconte pas d'histoires, tu as été élevée pour ça, toi aussi.

Jago lui sourit bêtement.

— Et je suis plus normal que j'en ai l'air. Je conduisais les jolies touristes américaines comme toi sur la plage, je leur servais de guide. Comme si tu étais la seule qui menais une vie normale, franchement.

Ce que dit Jago est vrai, et elle le sait, mais cela lui paraît quand même irréel. Elle prend conscience pour la première fois du gouffre profond qui a séparé sa vie en deux. D'un côté, Sarah Alopay, reine du lycée et major de sa promotion. De l'autre, une dure à cuire, élevée pour tuer, décoder et tromper. Avant que tout cela commence, elle avait toujours pu réconcilier les deux moitiés car Endgame n'était qu'une vilaine farce qui occupait ses étés et ses week-ends. Mais ce n'est plus une farce.

L'espace d'un instant, l'image de Christopher – souriant et transpirant dans son maillot d'entraînement, quittant le terrain pour venir vers elle – s'infiltre dans son esprit. Mais le code la repousse aussitôt.

— J'étais heureuse, dit-elle avec nostalgie. Je détenais les clés du monde. Je croyais être normale, Feo. Je croyais être comme tout le monde, bordel.

— Si tu veux avoir une chance de gagner, arrête de raisonner de cette façon.

— Je veux plus qu'une chance. Je veux gagner. Il n'y a pas d'autre option que la victoire.

— Alors, l'ancienne Sarah Alopay est morte.

Elle hoche la tête, tandis que le taxi ralentit et s'engage sur une piste de terre. Au bout d'un quart de mile, ils franchissent un portail et suivent une allée bordée de citronniers. Le chauffeur s'arrête dans un cul-de-sac et montre une pension de famille, une maison de un étage, en béton, avec un toit de tuiles rouges et des bacs à fleurs copieusement remplis. Les barreaux aux fenêtres sont peints en jaune. Un coq arpente le seuil carrelé.

Il n'y a pas d'autre construction dans les environs. En revanche, il y a une impressionnante collection d'antennes paraboliques sur le toit, synonyme de liaison Internet. Derrière le bâtiment, un petit pré en friche s'étend jusqu'au pied des collines.

— Parfait, dit Jago au chauffeur.

Il lui tend une poignée de yuans et ouvre la portière. Il se tourne vers Sarah.

— Ça te paraît bien ?

Elle examine les lieux. Son entraînement prend le dessus et repousse son appréhension. C'est un endroit isolé, sûr. Un endroit qui en vaut bien un autre pour affronter le tour suivant.

— Oui, dit-elle.

Elle descend du taxi et inspire à fond. Jago avait raison. Il est temps qu'elle laisse de côté sa vie normale. La Sarah reine du lycée et major de sa promotion. En regardant Jago marcher devant elle, elle comprend, une bonne fois pour toutes, qu'il est temps d'oublier également sa vie avec Christopher.

CHIYOKO TAKEDA

Taxi n° 345027[liii]*, enregistré au nom de Feng Tian, district de Chang'an, Xi'an, Chine*

Feng Tian secoue la tête, enclenche la marche avant et démarre, bien content d'être débarrassé de ces étrangers bizarres et de mauvaise humeur. Il ne comprenait pas un mot de ce qu'ils disaient, mais peu importe ; il a transporté suffisamment de couples étrangers à l'air renfrogné pour reconnaître une querelle d'amoureux. Gamins idiots. Au moins, ils n'étaient pas avares de pourboires.

Il introduit un CD dans le lecteur et, pendant que hurle une musique pop, il cahote sur la piste de terre et allume une cigarette. En tournant sur la route pavée, il passe devant une moto rouge qui n'était pas là précédemment. Sans y prêter attention.

Un peu plus loin, il s'étonne de voir une jeune Japonaise vêtue d'un minishort en jean, maquillée et portant une perruque d'un bleu éclatant. Un grand sac à main, élégant, pend sur son épaule. Elle lui fait signe de s'arrêter. À la japonaise, l'index pointé vers le sol, en balançant le poignet d'avant en arrière. Pour lui, c'est un geste qui signifie : « Fiche le camp. »

Il s'arrête.

Il n'y a personne d'autre aux alentours.

La route est bordée d'un côté d'un champ de blé ; de l'autre, d'un bosquet de bambous.

D'où sort-elle ?

Elle se penche par la vitre ouverte et lui tend une carte. Il baisse la musique. Elle a un joli sourire, des lèvres brillantes, des fossettes. Sur la carte, dans un chinois parfait, est écrit : *Pardonnez-moi, je suis muette. Voulez-vous bien me ramener à Xi'an ?*

Quelle chance ! Une course retour. Il hoche la tête et montre la banquette arrière. Elle le surprend en ouvrant la portière avant pour s'installer à côté de lui. On dirait une collégienne enthousiaste. Les pensées qui traversent son esprit ne sont pas totalement saines. Elle referme la portière, montre la route d'un signe de tête et prend le paquet de cigarettes posé sur le tableau de bord.

Une fille entreprenante.

Et encore plus bizarre que les deux clients précédents.

Plus gaie, au moins.

Peut-être que le trajet du retour jusqu'à Xi'an ne sera pas si ennuyeux, finalement.

Feng Tian redémarre. La fille se tourne vers lui et montre la cigarette. Elle veut du feu. Il sort son Zippo, l'ouvre et actionne la molette d'un mouvement du pouce. Il garde un œil sur la route, l'autre sur l'extrémité de la cigarette.

Il ne voit donc pas le Taser modifié qu'elle appuie contre son cou avant de lui décocher une décharge électrique meurtrière de 40 000 volts.

Chiyoko s'empare du volant et tire sur le frein à main. Elle maintient la pression du Taser contre la peau et regarde l'homme se contorsionner pendant 11 secondes. Elle relâche la détente. Vérifie le pouls. Inexistant.

Elle se penche par-dessus le corps pour incliner le siège. Elle lui ôte ses lunettes de soleil et les pose sur le tableau de bord. Elle arrache le briquet prisonnier des doigts électrocutés, saute à l'arrière du véhicule, soulève un loquet qui abaisse la banquette et fait apparaître le coffre. Elle hisse le corps sur ses genoux – elle est incroyablement forte pour sa taille – et le pousse dans la malle arrière. Elle retourne à l'avant, ôte sa perruque et la jette à ses pieds. Elle sort de son sac une chemise habillée, une autre perruque et un paquet de lingettes. Elle enfile la chemise et la perruque qui la fait ressembler à un homme. Elle l'ajuste en se regardant dans le rétroviseur, tire une lingette du paquet et se démaquille. Finalement, d'un petit sac hermétique, elle sort une fine moustache qu'elle colle sur son visage.

Tout cela a duré moins de deux minutes.

Elle démarre et repart. Elle regarde dans les rétroviseurs. Personne dans les parages. Personne n'a rien vu. Pas de témoin, elle n'a donc pas besoin de tuer quelqu'un d'autre. Elle chausse les lunettes de soleil du mort, sort une autre cigarette du paquet, l'allume avec le Zippo et avale la fumée. C'est seulement la 4e cigarette de toute sa vie, mais elle est agréable. Délicieuse. Ça la détend, ça la calme, ça lui permet de faire face au meurtre qu'elle vient de commettre. Cet homme devait mourir parce qu'il avait vu le disque. Chiyoko récite une prière muette pour lui, elle lui explique qu'elle ne peut courir aucun risque. Même s'il avait été le chauffeur de taxi le plus débile de la planète, elle ne peut courir aucun risque.

À part Jago et Sarah, elle seule peut savoir.

Code King[liv]

SHARI CHOPRA

Bus de 3e classe approchant de Chengdu, province du Sichuan, Chine

Shari Chopra a un nouveau problème, un problème imprévu.

29, 9, 8, 2, 4.

Impossible de retrouver sa tranquillité d'esprit.

29, 9, 8, 2, 4.

Toute sa vie, elle a connu la paix intérieure, mais quelque chose a changé. Quelque chose s'est produit après l'Appel, après qu'elle a reçu son indice. Quelque chose a commencé à s'insinuer en elle, à la ronger, et cherche à sortir.

Les chiffres.

29, 9, 8, 2, 4.

Ils serpentent dans son esprit.

Shari essaye d'oublier ses attentes, de trouver refuge dans sa respiration, de voir à travers ses paupières closes.

Rien ne marche.

29, 9, 8, 2, 4.

Que veulent-ils dire ?

Que veulent-ils ?

29, 9, 8, 2, 4.

Ce que veut Shari, c'est un thé *chai* dans une tasse en terre cuite. Elle veut boire le liquide sucré qui réchauffe, lancer la tasse vide par terre, voir les éclats rouges. Elle veut entendre le préposé au thé au second plan pendant qu'elle repart d'un pas nonchalant. Elle veut un *dum aloo* et un *dalchini pualo* pour le dîner. Elle veut le chutney à la noix de coco de son *papa*. Elle veut sa maison. Elle veut son amour, l'amour de sa vie. Elle veut le voir. Le toucher.

Quelle que soit la signification de ces chiffres, elle passe avant toute autre considération. Ils encombrent son esprit et chassent tout le reste.

29, 9, 8, 2, 4.

Shari voyage dans le bus de 3e classe qui approche de la périphérie de Chengdu, la capitale du Sichuan. Elle est montée à bord car elle suivait Alice Ulapala. Elle a vu la grande Koori dans les bois et l'a suivie jusqu'à Xi'an. Moins de 30 heures se sont écoulées depuis l'Appel. Alice ne l'a pas vue, ou du moins elle n'a rien laissé paraître. Alice est assise à l'avant. Shari passe près d'elle furtivement et se retrouve au milieu. Le bus est plein.

Son esprit aussi.

Il déborde.

Il bouillonne.

Comment cela a-t-il pu se produire ? Elle qui a toujours exercé un contrôle si rigoureux sur son esprit. Alors que d'autres Joueurs d'Endgame se sont concentrés sur leurs talents physiques, Shari a affûté son esprit comme une lame, la méditation étant sa pierre à aiguiser. Sa mémoire est proche de la perfection. Son esprit s'abreuve des détails comme un homme assoiffé boirait de l'eau dans le désert. C'est peut-être cette ouverture d'esprit qui est la cause d'une telle douleur, peut-être était-elle trop réceptive à l'indice.

29, 9, 8, 2, 4.

Derrière elle, une passagère se met à pleurer. Elle dit qu'elle a mal à l'estomac. Il n'y a pas de climatisation dans le bus et la température ne cesse de monter, amplifiée par la chaleur du moteur crachotant qui se répand à l'intérieur, accompagnée de la puanteur de l'huile et du gas-oil.

Faut-il les inverser ? *4, 2, 8, 9, 29*. Est-ce une suite ? *4, 2, 8, 9, 29*. Et après ? Ou bien un chiffre unique ? Une formule ? 2 au carré, ça donne 4, élevé au cube ça donne 8, plus 1 ça fait 9, on ajoute le chiffre 2 devant pour obtenir 29. Et alors ?

Quoi ?

Quoi quoi quoi.

Shari transpire. À cause de la chaleur, évidemment, et de la pression qui monte dans son esprit.

Elle a envie de le voir. Elle a eu envie de le voir dès le début de l'Appel, et dès qu'il a pris fin.

Elle a envie de le voir maintenant.

Elle a envie de voir Jamal. Son meilleur ami. Son *jaanu*.

Les autres Joueurs ne doivent rien savoir de lui.

Ni d'*eux*.

Son mari et sa petite fille, prénommée Alice, comme la Koori que suit Shari. Elle a vu un bon présage dans le fait qu'elles partagent le même prénom, sa fille et cette Joueuse.

Shari n'a que 17 ans, mais c'est déjà une femme. Une mère et une épouse. Cela doit demeurer secret. *Ils* doivent demeurer secrets. Sinon, ils risquent de la mettre en péril. Parce qu'elle les aime. Ils doivent continuer à vivre. Il le faut.

Les autres ne doivent pas savoir.

La femme à l'arrière continue à geindre : la douleur s'accentue. D'autres passagers braillent.

Shari essaye de repousser ces voix, de se concentrer sur les chiffres.

29, 9, 8, 2, 4. 29, 9, 8, 2, 4. 29, 9, 8, 2, 4. 29, 9, 8, 2, 4.

Mais la femme ne se calme pas. Au contraire, elle crie de plus en plus fort et tambourine à la vitre, si violemment qu'elle risque de la briser. En se retournant, Shari découvre une grappe de passagers debout et gesticulants. On dirait qu'ils commencent à s'inquiéter. Le chauffeur, lui, demeure impassible, il continue à rouler à toute allure sur la route défoncée. Soudain, Shari voit une main jaillir de derrière un siège, un poing serré. Quelqu'un demande s'il y a un médecin à bord.

Les médecins ne prennent pas les bus de 3e classe.

La personne réclame autre chose. Shari saisit un mot : *sage-femme*. Y a-t-il une sage-femme à bord ?

Shari n'est pas sage-femme, mais elle est mère et elle a 13 petites sœurs et sept frères, 29 (encore ces chiffres !) neveux et nièces, des dizaines de cousins et cousines. Son père a eu cinq épouses. C'est ainsi dans sa lignée. Une lignée compliquée et étendue et, Dieu soit loué, pleine de ressources. Et pleine de petites bouches à nourrir.

À l'arrière du bus, une nouvelle petite bouche se débat pour sortir, pour essayer de respirer, manger et crier.

Calme.

Reste calme.

Il y a une petite bouche là-bas qui essaye de vivre.

Shari regarde Alice. Elle voit sa touffe de cheveux qui dépasse du dossier du siège. La Koori semble endormie. Avec cette chaleur, dans ce bus qui cahote, et les hurlements de cette femme… Shari n'en revient pas que quelqu'un puisse dormir. Sans doute l'esprit d'Alice est-il moins encombré que le sien. Shari aimerait pouvoir dormir elle aussi. Alice ne risque pas d'aller quelque part.

Elle est ailleurs.

Alors, Shari décide d'aider.

Elle se lève et remonte l'allée encombrée. En chemin, elle sort de son sac banane un petit flacon de gel désinfectant. Elle en verse dans sa paume une noisette avec laquelle elle se frictionne les mains.

— Excusez-moi, dit-elle dans un mandarin médiocre, en rangeant le flacon.

L'odeur de l'alcool est étrangement rafraîchissante.

Quelques personnes se retournent vers elle et secouent la tête. Elles s'attendaient à autre chose.

— Je sais que je suis jeune et étrangère, mais je peux aider, dit-elle. J'ai un enfant moi aussi et j'ai assisté à vingt et une naissances. Je vous en prie, laissez-moi voir.

Les passagers s'écartent. La femme qui va accoucher n'est pas une femme, mais une fille. De 13 ans peut-être.

Comme Shari à une époque.

Sauf que Shari n'a pas donné naissance à sa Petite Alice à bord d'un bus bondé et étouffant. C'était une belle journée et Jamal était là pour lui tenir la main. Elle aimerait qu'il soit là maintenant.

La tête du bébé apparaît. Il va bientôt sortir. Il serait déjà là s'il n'y avait pas un problème.

— Je peux aider ? demande Shari à la fille.

Celle-ci a peur. Des vaisseaux ont éclaté sur son nez et ses pommettes. Elle hoche la tête.

Toute cette souffrance.

Toute cette transpiration et toutes ces larmes, toute cette peur.

Shari a retrouvé son calme soudain. L'espace d'un instant, elle oublie Alice, elle oublie Endgame. Sa tête est débarrassée de tous ces fichus nombres.

— Je m'appelle Shari.

— Lin.

— Respire à fond, Lin. Je vais poser mes mains à cet endroit. Quand tu auras inspiré, je sentirai. Ne pousse pas. J'emploie les bons mots ? Mon mandarin n'est pas très bon.

— Je comprends, je ne pousserai pas. Tu vas sentir.

— Oui. Parfait. Allez, un, deux, trois… Une grande inspiration.

Lin remplit ses poumons et gonfle ses joues.

Shari touche sa peau : elle est brûlante, moite. Elle palpe son abdomen. Elle sent les bras du bébé. Il est coincé. Emprisonné par le cordon. Si le cordon est trop court, il va mourir et la mère aussi probablement. S'il est assez long, il reste de l'espoir. Un homme approche, les bras chargés de bouteilles d'eau provenant d'une boîte située à l'avant du bus.

Shari le regarde.

Lui aussi a peur.

Ce n'est pas un homme.

Mais un garçon de 14 ou 15 ans.

Le père.

Elle lui prend le poignet.

— Tout ira bien.

Il hoche la tête rapidement, nerveusement, sans même un regard pour Shari. Il ne regarde que Lin, qui regarde fixement Shari.

Shari demande au garçon de déboucher une bouteille et de lui verser de l'eau sur les mains pour ôter l'alcool.

Pendant ce temps, elle plonge ses yeux dans ceux de la jeune mère.

— Le cordon retient le bras. Je dois essayer de le libérer.

Lin acquiesce, terrorisée.

Shari scrute les visages autour d'elle. Là, telle une apparition, Alice Ulapala domine de sa hauteur les Chinois de petite taille. Leurs regards se croisent pendant un moment chargé d'intensité.

— Que se passe-t-il ? demande la Koori d'un ton détaché, presque amical.

Shari est choquée.

— J'essaye d'aider cette fille, répond-elle en anglais.

Les autres passagers observent Alice comme si c'était une géante venue d'une autre planète. Dans un sens, c'est le cas.

— Il faut arrêter le bus, déclare Alice.

Shari hésite. S'ils arrêtent le bus, ce sera plus facile pour Alice de s'enfuir. Mais s'ils ne l'arrêtent pas, la fille et le bébé risquent de mourir.

— Oui, décide Shari. S'il te plaît, Alice, va demander au chauffeur de s'arrêter.

— OK.

Alice se retourne. Shari ne sait pas ce qui lui prend alors. C'est un sentiment impétueux, mais, curieusement, cela lui apparaît comme une évidence. Elle sait que l'existence de sa famille doit demeurer un secret, et pourtant, son instinct lui indique que c'est la bonne chose à faire. Elle lance à Alice :

— Ma fille aussi s'appelle Alice !

La Koori se fige. Et regarde par-dessus son épaule. Shari voit la marque de naissance en forme de croissant, pareille à une lune qui se lève sur la peau sombre. Elle semble se demander si elle doit croire ou non ce qu'elle vient d'entendre. Si elle doit faire confiance à Shari.

— Ah bon ?

— Oui ! Je ne sais pas pourquoi je te raconte ça.

— Je comprends. Les enfants sont des anges. J'espère que tu reverras le tien bientôt, sincèrement.

— Merci.

— De rien.

La Koori continue à marcher vers l'avant du bus et les paysans s'écartent devant elle comme la mer Rouge devant Moïse.

Shari observe Alice qui parle au chauffeur. Moins d'une minute plus tard, le bus s'est arrêté. À bord, tout le monde s'intéresse à ce qui se passe maintenant ; certains passagers espèrent que Lin va s'en tirer, d'autres sont agacés par ce retard.

Shari regarde Lin. Elle oublie Alice, Endgame, l'Appel, Jamal et même son Alice à elle. Elle est entièrement concentrée sur cette tâche. Son esprit est vif, clair.

— Ça va faire mal, prévient-elle en mandarin. Mais ce sera bientôt terminé.

D'une manière ou d'une autre, ce sera bientôt terminé, pense-t-elle.

— Respire !

La fille inspire. Shari se penche en avant et fait glisser sa main vers la tête du bébé. Elle sent le cœur qui bat, qui bat, qui bat. C'est un gros bébé. La fille hurle. Craignant pour Lin, le père tend le bras vers Shari, mais un homme d'un certain âge avec des lunettes rondes et un vieux chapeau de toile le retient. Deux femmes restent bouche bée. La fille hurle de plus belle.

Shari sent le cordon. Elle parvient à glisser un doigt en dessous, au niveau du bras, puis un deuxième. Le bébé se cambre et appuie son visage contre le poignet de Shari. Elle sent leurs deux cœurs maintenant, celui de la mère et celui de son enfant, qui battent l'un contre l'autre. Elle essaye de faire passer le cordon par-dessus ses doigts. Lin halète. Ses jambes se mettent à trembler.

— Tiens bon, j'y suis presque !

Une voiture passe en klaxonnant, quelqu'un crie par une vitre ouverte. Shari jette un coup d'œil pardessus son épaule. Alice Ulapala est de l'autre côté de la route, en face du bus. Les yeux fixés sur Shari, elle porte la main à son front dans une parodie de salut respectueux et monte dans la voiture. Shari sait qu'elle devrait lui courir après. Elle devrait la suivre et Jouer.

Mais elle ne peut pas.

Elle déplace son doigt. Le cordon glisse de un centimètre. Les deux cœurs font la course. Celui de Shari se joint à eux en galopant comme un pur-sang.

Alice a fichu le camp.

Shari est encore ici.

Et elle va rester ici.

Le cordon est serré, il coince son index. Elle abaisse son épaule. Lin est prise d'un haut-le-cœur, sa respiration est irrégulière, tout son ventre est bloqué par une contraction.

— Respire !

Le cœur du bébé ralentit. Ralentit. Ralentit.

— Respire ! Respire !

Lin essaye, mais la douleur est insoutenable.

Shari se baisse encore un peu et soulève le cordon en repliant son doigt, enfonçant douloureusement la jointure dans le pelvis de la jeune fille.

Lin est sur le point de s'évanouir.

— Versez-lui de l'eau sur le visage !

Une femme s'exécute. Lin revient à elle. Mais elle est épuisée, elle ne peut plus réagir.

Shari est calme. Elle trouve ça étrange. Elle tient une vie – deux vies –, littéralement, entre ses mains. Mais elle est détendue, paisible.

Je suis en train de Jouer, pense-t-elle.

C'est l'énigme de la vie, a dit kepler 22b en parlant du jeu. *L'énigme de la vie.*

29. 9. 8. 2. 4.

Ils vont s'assembler.

C'est une Joueuse et elle Joue.

Le bébé pousse contre son poignet. Shari retourne sa main et le cordon est enfin libéré. Lentement, elle tend son doigt et retire sa main. Ce faisant, elle sent le cœur du bébé accélérer, accélérer, accélérer.

— Ça y est.

L'homme d'un certain âge avec des lunettes et un chapeau de toile lui sourit et lui verse de l'eau sur les mains. Shari nettoie le sang et le liquide amniotique sur le plancher du bus.

— Lin. Tu m'entends, Lin ?

La fille hoche faiblement la tête.

— Le bébé est presque là. Après la prochaine…

Elle ne connaît pas le mot pour contraction, alors elle en mime une en pliant les bras et le ventre et en grimaçant. Lin comprend.

— Après ça, tu inspires et tu pousses, tu inspires et tu pousses, tu inspires et tu pousses.

— OK.

Elle a encore peur.

Elles attendent. Shari lui tend sa main pour qu'elle la tienne. Lin la prend. Essaye de sourire. Le père du bébé lui prend l'autre main.

La contraction commence.

— Vas-y !

Shari lâche la main de la fille et se prépare.

— Pousse pousse pousse !

Lin fait ce qu'on lui demande, et elle recommence, encore, encore et le bébé vient, il vient, il pleure.

— Un garçon ! Un garçon ! Un garçon ! s'écrient les gens en le voyant.

La nouvelle ricoche dans tout le bus. Le chauffeur remet le contact, mais une vieille femme lui donne un coup avec un journal roulé et il coupe le moteur aussitôt.

Shari tient le bébé. Lin pleure des larmes de tout : d'espoir, de joie, de tristesse, de douleur. Shari passe le bébé au père rayonnant. Quelqu'un lui tend un foulard et le bébé se retrouve emmailloté. Shari sort de sa banane un canif. Elle l'ouvre et coupe le cordon.

La foule se presse autour des nouveaux parents. Shari recule. Son cœur continue à battre la chamade.

Il n'y a pas qu'une seule façon de Jouer à Endgame.

Elle sourit.

Et tandis qu'elle regagne son siège, les gens s'écartent devant elle. C'est une héroïne. Ils lui font de la place. Elle s'assoit et remercie en silence la Koori d'avoir été là. Quelque chose dans sa présence l'a aidée. Et alors que l'adrénaline commence à retomber, elle s'aperçoit que les chiffres qui la harcelaient, qui la torturaient, ont disparu.

Ils ont été remplacés par une suite de lettres en sanskrit. Un fatras. Elle les déplace mentalement et ils finissent par s'assembler.

L'enfant fait partie de ta lignée maintenant.

Gagne ou sinon il mourra.

SARAH ALOPAY, JAGO TLALOC

Bīnguǎn de Wei, district de Chang'an, Xi'an, Chine

Le propriétaire de la pension, un homme d'une cinquantaine d'années nommé Wei, accueille les voyageurs désireux d'échapper à l'agitation de Xi'an. La plupart de ses clients, explique-t-il, font des excursions en ville ou partent visiter quelques-unes des pyramides locales. Il est fier de souligner que c'est lui qui a pris la photo encadrée et accrochée derrière son bureau. Elle représente une pyramide baignée de la lumière orangée du soleil couchant, avec un fin nuage blanc au loin.

Wei parle un anglais parfait et croit que ces deux voyageurs étranges sont en couple. Jago s'applique à renforcer cette impression en prenant Sarah par la taille, mais elle lui donne un petit coup de coude et il fait marche arrière aussitôt.

Wei rit.

— Voyager n'est pas toujours facile, mes amis. Soyez sûrs que je prendrai bien soin de vous. Je suis là pour ça. Je vois que vous avez besoin de vous reposer.

— Vous n'avez pas idée, répond Sarah.

Wei rit de nouveau et dit à Jago, d'un air entendu :

— Quand vous vous serez reposés, plus de coup de coude, peut-être ?

Jago et Sarah échangent un bref regard. Il lui adresse son sourire éclatant, mais elle demeure de marbre. Il décide alors de changer de sujet.

— Avez-vous un accès Internet, monsieur Wei ?

— Il y a un ordinateur commun près de la salle à manger. J'ai une liaison satellite et un groupe électrogène en cas de coupure de courant, ce qui fait que nous ne sommes jamais déconnectés, annonce-t-il fièrement.

Ils payent trois jours d'avance et se dirigent vers leur chambre. Pendant qu'ils montent l'escalier, Sarah demande :

— Pourquoi tu as essayé de me prendre par la taille ?

— Il a envie de voir un couple, je voulais lui donner ce qu'il attend.

Jago hausse les épaules.

— C'est mieux pour passer incognito.

— Jago, nous n'avons aucune chance de passer incognito dans ce pays.

— Oui, tu as raison. Désolé. Je n'aurais pas dû.

— Tu n'arriveras pas à tes fins, tu sais, dit-elle d'un ton taquin.

— Ah bon ? Pourquoi ?

— On n'est pas dans un film de James Bond.

Elle pointe son doigt sur lui et décrit un petit cercle dans le vide.

— Et toi, tu n'es pas Bond.

— Je pourrais lui filer une raclée, je te signale.

Elle rit.

— Moi aussi.

Ils sont arrivés devant leur chambre. Jago ouvre la porte.

— J'ai juste envie de m'allonger, dit-il. J'ai le droit, au moins ?

— Du moment que c'est sur ton lit.

Dormir figure en très bonne place sur la liste des choses qu'ils veulent faire. Avec prendre une douche. Mais la première des priorités, c'est d'examiner le disque.

Ils entrent dans la chambre. De grandes fenêtres donnent sur une cour intérieure, il y a deux lits jumeaux et une petite salle de bains avec une baignoire.

Sarah fait couler l'eau immédiatement. Elle sourit de bien-être en plaçant sa main sous le jet : elle est chaude. Jago sort le disque de son sac à dos, mais il s'intéresse surtout à Sarah. Il l'imagine dans cette baignoire et pense à ce qui pourrait se passer dans cette chambre. Mais il a l'intelligence de ne faire aucune remarque et de la jouer cool. James Bond ? Pfft, il n'a rien de plus que Jago Tlaloc.

Sarah ressort de la salle de bains et examine le disque avec Jago. Ils sont penchés l'un vers l'autre, leurs têtes se touchent presque. Il est en pierre grise. Il mesure huit pouces de diamètre sur deux d'épaisseur. Sur une face est gravée une spirale d'1/8e de pouce de large qui part du centre. Il y a également de petites encoches et des traits. Jago retourne le disque : sur l'autre face figure une série de 20 cercles concentriques. À l'intérieur de certains de ces cercles, un texte mystérieux non pictural forme des chapelets. Il est plein d'enjolivures, de points formant des lettres et de courts dièses en diagonale.

Si ancien que soit ce disque, les caractères semblent avoir été tracés à l'aide d'une machine.

— Tu as déjà vu ce genre d'inscriptions ? demande Sarah.

— Non. Et toi ?

— Non. Je peux le tenir ?

Jago lui passe le disque. Et c'est alors que ça se produit. Comme une décharge dans son cerveau. Jago lui demande si tout va bien, mais sa voix est lointaine et elle est incapable de lui répondre. Les nombres incompréhensibles de son indice se modifient. La plupart des chiffres tremblent puis disparaissent. Ceux qui restent se déplacent, devant ses yeux, comme s'ils flottaient dans l'air.

— Jago, prends ça !

Elle montre un petit bloc et un crayon posés sur la table de chevet entre les deux lits.

— Qu'est-ce qui se passe ?

— Prends vite de quoi écrire !

Jago s'exécute.

— Tyran, grommelle-t-il.

— Vas-y, note. 34638986310987728 5812. Tu as tout ?

— 346389863109877285812.

Jago regarde cette succession de chiffres sans queue ni tête.

— Qu'est-ce que ça signifie ?

— Aucune idée, avoue Sarah. C'est mon indice... Quelque chose s'est modifié quand j'ai touché le disque.

— Formidable. Encore des énigmes, peste Jago.

À ses yeux, il n'y a pas assez de bagarre dans Endgame. De bagarre ou bien... Il regarde Sarah... Une autre activité physique.

Tandis qu'ils contemplent ces chiffres sur le papier, le téléphone de Sarah sonne.

Jago fronce les sourcils.

— Qui t'appelle ?

Elle hausse les épaules, pose le disque au bout du lit et sort son portable de son sac. Elle regarde le numéro qui s'affiche.

— Oh, bon sang !

— C'est qui ?

— C'est... mon petit copain.

Jago hausse un sourcil.

— Tu as un petit copain ?

— J'en avais un. J'ai rompu après la chute de la météorite. Quand j'ai compris que tout cela était bien réel.

— Tu lui as expliqué pourquoi ? demande Jago. Ou alors, tu lui as juste dit…

Il cherche la formule généralement employée.

— « Tu n'y es pour rien, c'est moi » ?

Le téléphone continue de sonner. *Christopher.* Que veut-il ? Sarah secoue la tête, en colère. Elle lui en veut de l'appeler, elle s'en veut d'avoir tellement envie de répondre.

— Je lui ai dit que je partais, qu'il ne me reverrait sans doute plus et qu'il devait m'oublier.

— Apparemment, il n'a pas bien saisi le message.

— Si je ne réponds pas, peut-être qu'il comprendra.

— Tu ne donnes pas l'impression d'être une fille qu'on oublie facilement.

Sarah ne répond pas. Elle en a assez de ce badinage. La sonnerie finit par s'arrêter.

— Je vais prendre un bain, déclare-t-elle sèchement en s'éloignant du lit. Je m'occuperai de ces chiffres plus tard.

Un petit copain, songe Jago. *Encore une compétition, mais d'un autre genre.*

Sarah ferme la porte de la salle de bains.

Au bout d'un petit moment, il l'entend entrer dans l'eau.

J'aime la compétition.

J'ai passé presque toute ma vie à éliminer mes rivaux.

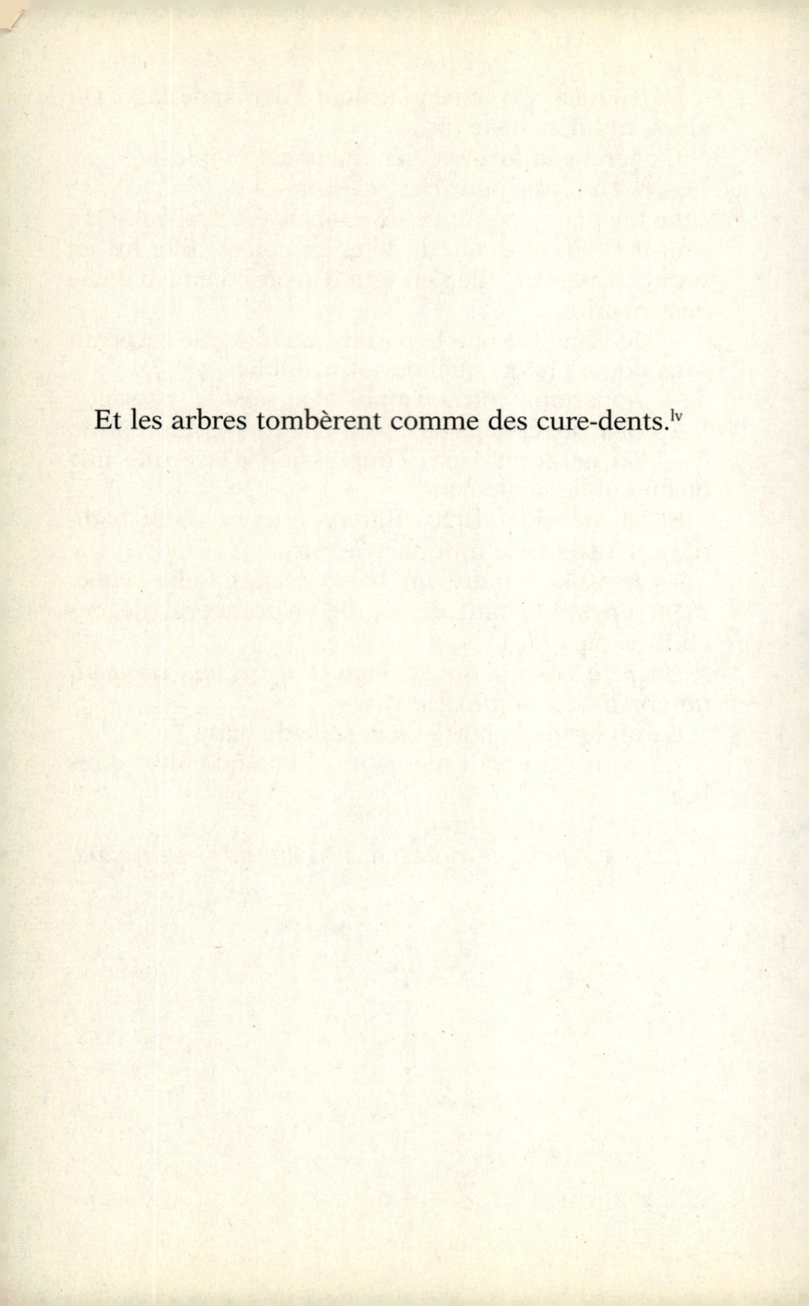

Et les arbres tombèrent comme des cure-dents.[lv]

CHRISTOPHER VANDERKAMP

Hôtel Grand Mercure, chambre 172, place Huímín, Xi'an, Chine

Christopher s'étonne de la facilité avec laquelle il suit Kala. Elle semble constamment préoccupée et distante, joyeusement indifférente à son environnement. Comme si elle était concentrée sur une création de son imagination ou une cible quelconque qu'elle essayait de localiser.

Si Sarah est confrontée à ce genre de personnes, elle ne devrait avoir aucun mal à gagner.

Après 36 heures passées à filer Kala, Christopher est si à l'aise dans son rôle de suiveur qu'il n'a plus qu'une seule crainte : qu'elle saute du haut d'un autre immeuble.

Car il est totalement incapable d'en faire autant.

Mais pour l'instant, tout va bien. Là, il est dans le même cybercafé qu'elle. Là, il est dans le même salon de thé. Là, il est devant la boutique d'électronique dans laquelle elle fait des achats. Là, il est dans le même hôtel, très agréable, au même étage. Là, il observe le couloir par le trou de la serrure. Là, il soudoie les concierges pour qu'ils l'appellent s'ils la voient sortir. Là, il est devant le même cybercafé que la veille. Là, il suit son taxi dans son propre taxi. Là, il est à l'aéroport. Il est dans la queue, juste derrière elle, et elle ne l'a toujours pas repéré. Il espionne sa discussion avec l'employé du bureau de Qatar Airways. Il achète un billet pour la même destination qu'elle : un endroit baptisé Urfa, en Turquie. Ils doivent d'abord prendre l'avion pour Changzhou, puis Dubaï, puis Istanbul.

Le premier vol est dans 45 heures.

Là, ils quittent l'aéroport.

Sarah lui a confié qu'elle s'était entraînée pendant des années pour affronter cette histoire d'Endgame. Certes, Christopher n'a pas encore été obligé de se battre, mais il est excité de voir avec quelle aisance il s'adapte à ce rôle de super-espion. Il aimerait que Sarah puisse en être témoin. Peut-être qu'elle accepterait de faire équipe avec lui, finalement.

Maintenant qu'il sait où et quand Kala doit partir, Christopher décide de s'accorder une journée de repos. Il retourne à l'hôtel, regarde la télé et lit les nouvelles sur son ordinateur. Il défait et refait son sac plusieurs fois. Il dort par intermittence. Ses rêves sont assaillis d'images de Sarah torturée et pourchassée, battue ou brûlée. Il ne cesse de la voir au milieu des 11 autres Joueurs, qui tous tentent de la tuer.

Il se réveille à 4 : 17 du matin, se tourne et se retourne dans son lit pendant une heure, sans parvenir à chasser ces rêves de son esprit. Finalement, il se lève, se rend dans la salle de bains et s'asperge le visage d'eau froide. Il se demande où est Sarah, ce qu'elle fait, si elle va bien, si elle est en vie. Il décide de l'appeler. Il l'a déjà appelée une fois et son téléphone a sonné jusqu'à ce que l'appel soit transféré sur la boîte vocale.

Et une annonce informatisée.

Impersonnelle.

Il n'a pas laissé de message.

Il voulait juste entendre sa voix.

L'entendre dire : « Bonjour. »

L'entendre rire.

L'entendre dire : « Je t'aime. »

Elle lui manque.

Il voulait juste entendre sa voix.

AN LIU

Domicile d'An Liu, propriété souterraine non enregistrée, Tongyuanzhen, comté de Gaoling, Xi'an, Chine

An se trouve dans une pièce obscure. Quatre écrans d'ordinateur sont disposés devant lui, en carré. L'un diffuse une chaîne d'infos chinoise, un autre BBC World News. Le son est *cligneligne* coupé. Les deux montrent des images des météorites et des *cligne-FRISSON* carnages qu'elles ont provoqués.

An aime les carnages.

Ça date d'un peu plus d'une semaine et ces images continuent à le captiver. D'autres Joueurs attendaient peut-être Endgame avec impatience, mais pas aussi ardemment que lui.

Le moment venu, An sera tels les météores. *CLIGNECLIGNE.* Il les captivera tous.

Il regarde un des écrans du bas. Un graphique. Tout un réseau de lignes qui descendent et qui plongent sans *cligne* sans avoir *cligneligne* sans avoir aucun foutu kepler foutu Endgame foutu *cligneligne* sens.

Longitude vs latitude.

Lieu vs lieu.

Ici vs là.

cligneligneFRISSONcligne.

An frappe furieusement sur un clavier. Il entre des chiffres, des suites et un code dans une console. Les fait défiler. Il regarde l'écran *cligneligne* regarde l'écran *cligneligne* changer. Il se penche en avant, regarde, se gratte la nuque à la base des cheveux, violemment, pendant cinq secondes, 10 secondes, 20 secondes. Il regarde le graphique en fronçant les sourcils. L'algorithme est magnifique. Comme souvent. Il arrête de se gratter et examine ses ongles. Des pellicules et de la peau sèche, écaillée et blanche. Il introduit un doigt dans sa bouche et suce les petits bouts de peau. Il ressort son doigt en produisant un pop !, l'essuie sur son jean et le pose sur l'écran pour parcourir le graphique. Il suit une *cligne* suit une *cligne* suit une ligne verte.

Il s'arrête.

Là ?

Cligneclignecligneciligne.

Oui.

Là.

Mais la position *cligne* la position *cligne* la position n'est pas exacte.

Il doit d'abord la localiser.

Il pivote dans son fauteuil et frappe à grands coups sur un autre clavier. Il charge un agrégateur d'adresse IP avec les coordonnées approximatives du téléphone. *Cligneclignecligne.* Il lance une vaste recherche *cligne* et sélectionne des critères. Réservations d'avion et de train, sites anciens, pyramides *FRISSON* culture olmèque, kepler 22b. Le programme lui indiquera quels ordinateurs recherchent quoi et quand. *FRISSON. CLIGNE.* Si An pense que l'un d'eux est Jago, il aura la confirmation avec un *cligne* appel automatisé sur le téléphone de Jago et une triangulation.

An *cligne* An *clignecligne* les trouvera.

Il les trouvera et les arrêtera.

Pas de gagnants.

ClignεFRISSONFRISSONcligne.

Aucun.

An pivote de nouveau sur son fauteuil et saisit au vol un montage rapide des destructions météoriques sur BBC World. En surimpression, un titre avec des traînées lumineuses et un effet *lens flare* demande : *La fin du monde ?*

Les gens s'interrogent ; oui, ils s'interrogent.

An sourit.

Il se lève et monte, il quitte son sous-sol, traverse la cuisine et sort. C'est une journée ensoleillée et gaie. Il a besoin *cligneligne* il a besoin d'air. Il a besoin d'air et de *cligne* transistors, de fil à soudure et d'une nouvelle paire de pinces *cligne* de pinces à bec fin qu'il trouvera à la quincaillerie.

Et puis, il aime bien regarder les gens courir dans tous les sens.

Tous ces gens qui vont mourir mourir mourir. Tous ces gens qui vont *clignecligneclignecligneligne* qui vont mourir.

Certains essayeront d'empêcher l'Épreuve.

Essayeront d'être des héros.

Essayeront de gagner.

Au diable les autres.

Des gens mourront. Des millions, des centaines de millions, des milliards de gens mourront.

Il n'y a aucun espoir pour l'avenir, et An aime ça.

I
23
7'N
5ML
ιοειδής (2%)
℞
5ML
II
III
IV

CHIYOKO TAKEDA

Marché de la rue Huímín, Xi'an, Chine

Chiyoko se fraye un chemin au milieu de la foule d'un marché installé juste à l'extérieur du centre de Xi'an. Elle a abandonné le taxi et le chauffeur mort, récupéré ses affaires dans sa petite chambre d'hôtel humide et froide. Elle va s'installer à la campagne, mais avant cela, elle doit effectuer quelques achats. Un pull en laine polaire, du maquillage et de la teinture pour les cheveux. Elle doit également trouver une quincaillerie où elle pourra se procurer le matériel dont elle aura besoin pour voler des voitures, des motos, des bateaux ou tout ce qu'elle voudra voler.

Elle déménage pour être plus près de Jago et de Sarah. Plus près du disque.

Ce disque semblable à ceux découverts en 1938 dans une grotte près de la frontière entre la Chine et le Tibet : les disques de Baian-Kara-Ula.

On a tout d'abord cru qu'ils avaient été fabriqués par une tribu locale de Pygmées, isolée, les Dropas, mais la technologie est intervenue et, grâce à la datation au carbone 14, on a appris qu'ils avaient au moins 12 000 ans.

Chiyoko sait que ces disques ne représentent qu'une infime partie de tous ceux qui existaient dans l'Antiquité, il y a bien plus de 12 000 ans. En réalité, ils datent d'il y a 20 000, 30 000, 40 000 ans. À l'époque de la dernière ère glaciaire, quand les frontières côtières de la Terre étaient bien différentes de ce qu'elles sont aujourd'hui. Quand les immenses calottes glaciaires donnaient l'impression que les mers étaient peu profondes. Quand les cités antiques avancées, submergées depuis par le Grand Déluge, emportées par l'eau et l'ignorance, se dressaient sur les côtes comme des balises.

Quand tout le monde savait que ces disques représentaient le pouvoir.

Voici comment Chiyoko le sait. En 1803, un étrange vaisseau flottant dans le nord de la mer du Japon fut découvert par des pêcheurs japonais. Ce vaisseau en forme d'œuf, de 5,45 mètres de diamètre, ne ressemblait à rien de connu. Aujourd'hui, on pourrait penser qu'il s'agit d'un submersible, une capsule spatiale ou même une soucoupe volante potelée, mais à l'époque, personne ne savait ce que c'était. Il était fait de cristal, de métal et de verre. En regardant à l'intérieur, les pêcheurs constatèrent que le sol était rembourré et les murs abondamment ornés de papiers peints représentant des choses inconnues. Il y avait des inscriptions partout, dans une langue mystérieuse.

Mais le plus étrange, c'était la femme – oui, la femme – qui se trouvait à l'intérieur. Peau claire, grande, cheveux roux, yeux en amande. Impossible de savoir depuis quand elle se trouvait à bord de ce vaisseau, ni comment elle avait réussi à survivre en pleine mer.

Les pêcheurs remorquèrent le tout, le vaisseau et la femme, jusqu'à terre. La femme débarqua. Elle transportait une boîte vif-argent contenant, à en croire la rumeur qui circulait parmi les villageois, la tête tranchée de son mari. Elle parlait leur langue avec un curieux accent, mais jamais elle n'expliqua d'où elle venait, ni pourquoi elle était venue ici. Pour une raison quelconque, les villageois se prirent d'affection pour elle et, finalement, elle s'installa parmi eux et épousa le forgeron. Elle demeura là jusqu'à sa mort, et pas une seule fois elle n'ouvrit la boîte. Du moins, pas en présence d'un villageois, ni même de son mari japonais. Nul ne sut jamais ce qu'il y avait à l'intérieur. S'il y avait quelque chose à l'intérieur.

Cette femme était une Mu.

Peut-être était-elle la première, ou peut-être était-elle condamnée à être la dernière. Quand les pêcheurs japonais la récupérèrent au large et la ramenèrent à terre, ils devinrent des Mu à leur tour. Elle choisit un garçon du village, un solide gaillard nommé Hido, apprenti de son mari, et lui rendit visite une fois par semaine. Elle lui enseigna les secrets de sa très ancienne lignée, que l'on croyait éteinte depuis longtemps.

Finalement, il devint un Joueur.

La 2e lignée fut restaurée.

Pour Hido, la femme ouvrit sa boîte. Elle sortit le disque qui se trouvait à l'intérieur. Elle le lui donna, en disant simplement : « Il a été fait par les anciens pour les anciens. Il contient tout et rien. Ce n'est pas une des clés, mais il te mènera directement à la première. Le premier coup est capital. »

Hido ne comprit pas et il n'eut pas droit à une explication. La femme le chargea de transmettre le disque de génération en génération, accompagné de ses paroles, et le moment venu, elles prendraient tout leur sens.

Comme aujourd'hui. Pour Chiyoko Takeda, 7 947e Joueuse de la 2e lignée. Il lui manque juste le disque.

Le disque sur lequel veillait sa lignée a été perdu. Chiyoko ne l'a vu que sur une photo couleur sépia montrant son arrière-arrière-grand-mère, Sachiko Takeda, qui le brandissait fièrement comme un trophée. Sur ce cliché, elle est jeune et robuste. Elle porte une tenue de travailleur. Un *katana* pend à sa ceinture. Elle est prête pour Endgame, là sur cette photo prise en 1899. Il y a si longtemps.

Mais Sachiko a disparu. Quand un bateau qui ralliait Edo à Manille a sombré au cours d'une tempête.

Et le disque a disparu également.

Plus maintenant. Chiyoko sait, au plus profond de son être, que le disque détenu par l'Olmèque et la Cahokienne est celui qui a appartenu à sa lignée. Elle ignore de quelle façon kepler 22b l'a récupéré, mais c'est sans importance.

Elle doit le leur reprendre.

Il lui revient de droit.

Chiyoko traverse le marché méthodiquement et discrètement. Elle est vêtue de manière sobre, comme une domestique qui fait des courses pour sa maîtresse. Les commerçants qui la servent lui adressent à peine la parole. En payant la teinture pour les cheveux, elle glisse au vendeur un petit bout de papier sur lequel est écrit, en mandarin, le mot *quincaillerie*.

Le vendeur lui montre la porte, puis la gauche, en lui disant qu'il y en a une cinq boutiques plus loin.

Chiyoko le remercie d'un bref hochement de tête, puis sort de la droguerie.

Elle trouve sans peine la quincaillerie, entre et se met en quête d'un voltmètre, de piles, d'une pince coupante, d'un assortiment de fusibles d'automobile, de cisailles à métaux et d'un rouleau de papier aluminium épais. Au fond du magasin, une matrone qui fume comme un pompier aboie des ordres à ses employés. Chiyoko est la seule autre femme. Elle dépose ses achats sur le comptoir et paye. Elle fait demi-tour. En gardant la tête baissée. Toujours discrète. Elle suit l'allée étroite qui conduit à la porte. Juste au moment où elle va sortir, quelqu'un tourne au coin précipitamment et la percute.

— Excusez-moi, dit-il.

Elle lève la tête.

Et découvre la larme tatouée à l'encre rouge du Joueur Shang, An Liu. Les yeux injectés de sang du garçon s'écarquillent.

Le cœur de Chiyoko s'emballe.

Une veine sur la tempe du garçon indique que son cœur aussi s'accélère.

Pendant un court instant, aucun des deux ne bouge.

AN LIU

Quincaillerie Wŭjīnháng, Xi'an, Chine

La Joueuse Mu, à quelques centimètres de lui et débordante d'énergie, est belle, fragile et sereine. An sait que leur affrontement devra être bref et décisif. Il ne peut pas courir le risque de se faire arrêter.

Il va la tuer rapidement et s'enfuir.

Retourner sous terre et disparaître.

La tension perceptible dans les yeux profonds et ronds de la Joueuse semble indiquer qu'elle ressent la même chose. Elle recule d'un pas. Il rassemble son *chi* dans l'extrémité de ses doigts et vise le plexus solaire. Elle bloque aisément ce coup, de la paume, et laisse l'énergie de l'attaque d'An se disperser dans sa main, se répandre dans tout son corps, puis dans le sol et dans l'électricité statique de l'air qui les entoure. Elle inspire et contre-attaque en poussant sa paume vers l'avant.

An n'a jamais rien ressenti de tel. Sans même qu'elle le touche, il recule d'au moins un pied. Il doit faire appel à toute la force de ses muscles fessiers et de ses cuisses, à toute la concentration qui monte à travers ses pieds, ses jambes, ses poumons, son cou et son crâne pour ne pas être projeté contre le mur une douzaine de pieds plus loin.

Ils entendent la matrone houspiller un employé. Personne ne les a encore remarqués.

An avance en deux mouvements rapides, dans un bruissement. Chiyoko recule. Ils sont à l'entrée d'une allée sombre contenant des pots de peinture. An songe qu'une allée de pots de peinture dans une quincaillerie devrait être mieux éclairée : sinon, comment les clients peuvent-ils savoir quelle couleur ils achètent ? Mais il ne s'attarde pas sur la question. Chiyoko s'est débarrassée de ses sacs et elle tend les deux paumes vers lui. Ses pouces sont accrochés comme si elle voulait mimer un papillon en ombres chinoises. Sa jambe droite est placée en retrait. An cherche le petit interstice qui permettra à sa prochaine attaque de franchir la garde de son adversaire.

Il l'a vu.

Le creux du sternum.

Il fait monter son *chi* du fond de son ventre et frappe avec la vivacité de l'éclair. Il n'est pas certain d'avoir jamais été aussi rapide, mais elle l'est encore plus que lui. Elle lève les mains, emprisonne son doigt entre ses pouces et rabat ses doigts sur les siens. Il recule au moment où elle ferme les poings, avec une telle férocité qu'ils produisent un léger souffle d'air qui balaye son visage.

S'il ne s'était pas retiré, elle lui aurait broyé la main. Aucun doute.

Alors qu'elle essaye de le frapper dans le cou, il esquive et fait glisser un pied vers l'avant dans l'espoir de la faire tomber, mais elle recule juste à temps. À croire qu'elle a des yeux sur tout le corps. Elle voit tout ce qu'il fait avant même qu'il le fasse. Il vise son visage. Elle se renverse en arrière, complètement, puis ses pieds se tendent vers le menton d'An, obligé de se pencher en arrière lui aussi, mais il ne peut exécuter la même figure qu'elle, alors il se redresse en reculant d'un bond. Dans le même mouvement, il donne un petit coup sur sa manche et un couteau papillon fermé glisse dans sa paume.

Il le fait tournoyer. Les charnières et les broches sont enveloppées de nanotubes de carbone de haute qualité et la lame est totalement silencieuse quand elle jaillit. Il va la poignarder entre la 6e et la 7e côte, sur le flanc gauche.

Mais avant même qu'il puisse ouvrir son couteau, elle enfonce un doigt dans le mécanisme et l'arme tournoie dans le mauvais sens. Pendant trois secondes, ils se retrouvent en train de contempler le couteau qui danse dans le vide entre eux. Les bouts de leurs chaussures se touchent. An s'entraîne avec ce couteau, celui-ci précisément, depuis l'âge de cinq ans et voilà que face à cette fille qui déjoue ses tentatives, c'est comme s'il n'avait jamais vu un couteau papillon de toute sa vie !

Encore une seconde et l'impensable se produit : elle s'est emparée du couteau et la pointe de sa lame appuie contre sa peau, sous le nombril.

La matrone braille de nouveau : elle veut savoir ce qui cause tout ce chahut à l'entrée de la boutique.

An souffle et recule, elle avance, il recule encore, elle glisse vers l'avant.

Leur *chi* combiné est inimaginable.

Enivrant.

Écrasant.

Il s'aperçoit alors que, depuis qu'il est en sa présence, ses tics ont disparu. Plus de *clignes* ni de *FRISSONS*, plus de mouvements de tête ni de tressaillements.

Rien.

Pour la première fois depuis longtemps, avant même que débute son entraînement ; avant qu'il soit battu, affamé, terrorisé et promené au bout d'une chaîne comme un chien, il ressent une impression de calme.

Un des employés s'écrie :

— Ils ont un couteau !

An saisit les poignets de Chiyoko et ordonne :

— ARRÊTE !

Et par le Créateur, le Créateur de tous les Créateurs, elle obéit.

— Comment tu fais ça ? demande-t-il.

Son bégaiement a disparu, lui aussi.

Elle penche la tête sur le côté. *Quoi donc ?* demande son geste.

— Je n'ai plus de tics. Je me sens… jeune.

Il lui lâche les poignets.

Elle abaisse la lame du couteau.

L'énergie jaillit du corps d'An.

Une nouvelle forme d'énergie.

Son ouïe lui indique que la matrone vient vers eux, en lançant des jurons et des menaces. An ne peut s'empêcher de regarder dans sa direction. Elle est énorme, obèse, la bave aux lèvres, elle agite une batte de base-ball en bois au bout de laquelle dépasse un gros clou. Elle ne veut pas d'histoires dans son magasin.

An sent de nouveau le courant d'air.

Il se retourne.

La porte se referme déjà. Le couteau tombe sur le sol, replié. Les sacs de Chiyoko ont disparu.

Et *cligne* elle *cligne* elle *cligneFRISSONFRIS-SONcligne.*

Elle aussi.

47.921378, 106.90554[lvi]

JAGO TLALOC

Hall du Bīnguǎn de Wei, district de Chang'an, Xi'an, Chine

Jago se réveille en sursaut le lendemain matin, très tôt. Ses draps sont trempés. Il a la peau en feu. Et les yeux qui palpitent comme s'ils voulaient sortir de leurs orbites.

Il se redresse en grognant.

Sarah n'est pas dans son lit.

La porte de la salle de bains est ouverte.

Ses affaires sont là, mais pas elle.

Jago se penche pour prendre le stylo et le bloc sur la table de chevet. Il arrache la feuille sur laquelle sont inscrits les chiffres de Sarah et la jette par terre. Il fait sortir la mine du stylo et se met à tracer furieusement des lignes sur le papier. Sa main bouge toute seule et Jago prend conscience de lui-même d'une manière inconnue jusqu'alors. Il a l'impression de s'observer d'en haut. Son esprit est à la fois détaché et lucide. C'est comme la plus profonde des méditations. Le passé, tout ce qu'il a fait pour arriver à ce stade, est ici, dans le présent.

Tout.

Ici.

Il n'y a rien ailleurs.

Son dessin n'a aucun sens. Tourmenté. Abstrait. Les lignes sont incurvées ou aussi droites qu'une lame de rasoir, ou tordues par la perspective forcée, ou entortillées comme une boucle de cheveux. Mais elles sont toutes courtes. Pas plus de trois centimètres de long. Elles sont indépendantes, éparpillées sur la feuille, au hasard. Elles ne signifient rien.

L'espace d'un instant, Jago ferme véritablement les yeux pendant que sa main continue d'aller et venir au-dessus du bloc. Quand il les rouvre, il voit quelque chose. Le contour d'un nez, la courbe d'une oreille. La ligne de la lame d'une épée. Une étoffe froissée sur un muscle. Une mèche de cheveux semblable à un trait de pinceau. L'angle tranchant d'une armure. Des doigts. Une moustache et des sourcils hauts, arqués. Des yeux enfoncés qui contemplent le passé inconnu.

Il referme les siens.

Il laisse aller son esprit, sa main.

Jusqu'à ce qu'il ait terminé.

Que son esprit réintègre son corps.

Que sa peau refroidisse et qu'un souffle d'air entre par la fenêtre, le faisant frissonner.

Il ouvre les yeux.

Le dessin occupe toute la page. Il représente, de 3/4, un guerrier chinois vêtu d'une lourde armure. Ses cheveux forment une sorte de coiffure ornée de rubans. Son épée est courte et droite. Il a des épaules larges, mais un visage délicat.

Il tient un disque exactement semblable à celui dont Jago s'est emparé lors de l'Appel.

Sa main a dessiné l'indice que kepler 22b a introduit dans sa tête.

Jago se lève, remplit le lavabo d'eau et s'asperge le visage. Il s'habille et récupère le dessin. Il prend le sac à dos qui contient le disque en jetant un coup d'œil au réveil. Il est 6 : 47 du matin. En sortant de la chambre, il découvre Sarah assise en tailleur dans la petite cour. Elle lui tourne le dos.

Elle est totalement immobile.

Elle réfléchit.

Elle attend.

Elle respire.

Il ne veut pas la déranger.

Il veut accéder à l'ordinateur pour effectuer une recherche concernant le dessin. Il est tellement précis qu'il existe forcément, quelque part, une illustration qui y ressemble.

Il trouve Wei en train de balayer dans le hall. Le Chinois se redresse et dit :

— Vous êtes levé, vous aussi ? Je croyais que les jeunes aimaient faire la grasse matinée.

Jago s'arrête.

— Non, pas moi. Je ne fais jamais la grasse matinée.

— Moi non plus. C'est bon pour l'âme. C'est toujours bien de commencer la journée en paix. De la paix découle la paix.

Wei a peut-être raison, mais Jago a de la peine pour ce type. Pour sa vie ennuyeuse qui sera bientôt finie.

— Oui, sûrement, grommelle-t-il.

Wei prend appui sur le manche de son balai pour tenter d'apercevoir le dessin que Jago tient dans sa main.

— C'est quoi ?

Jago tend la feuille.

— Ça ? Euh... un truc que j'ai dessiné.

Wei l'examine.

— Remarquable.

— Oui.

Jago observe le dessin lui aussi, encore un peu surpris qu'il soit né de sa main.

— Merci.

— C'est vraiment très ressemblant, même si je n'en ai jamais vu qui tenaient une assiette comme lui.

— Vous reconnaissez ce dessin ?

Jago sent son pouls s'accélérer.

— Bien sûr. Vous êtes très doué.

— Merci, répète Jago.

Mensonge total. Seul, il est tout juste capable de dessiner un personnage stylisé. Les matières artistiques ne faisaient pas partie de son entraînement pour Endgame.

Les yeux de Wei cessent d'étudier le dessin pour étudier Jago.

— Mais vous ne savez pas ce que c'est, hein ? Même si vous l'avez dessiné ?

Quelque chose dans son regard met Jago mal à l'aise. Il hausse les épaules, il mime l'indifférence.

— J'ai copié une photo que Sarah a découpée dans un magazine.

Il ment sans se démonter.

— Pourquoi ? Qu'est-ce que c'est ?

— Un général de l'Armée de terre cuite.

— Ah, oui ! Quel idiot.

Il savait qu'il avait déjà vu ce personnage quelque part. L'Armée de terre cuite est célèbre dans le monde entier. Plus de 8 000 statues de guerriers, grandeur nature, gardent la dépouille du premier empereur de Chine. Sa tombe est une attraction locale qui date du IIe ou IIIe siècle av. J.-C.

— Sarah envisageait d'aller la voir pendant qu'on est ici.

kepler 22b veut me faire comprendre que je... que nous devons nous rendre là-bas. Avec le disque.

— Évidemment, dit Wei. Tout le monde va admirer l'Armée de terre cuite. C'est très impressionnant.

Sur ce, il se remet à balayer.

— Moi-même, j'en suis fou.

— Vraiment ?

— Oui.

Et de manière totalement inattendue, il demande :

— Mais pourquoi me mentez-vous, d'abord ?

— Pardon ?

Jago sent les muscles de son cou se raidir.

— Vous n'avez pas pu copier ce dessin à partir d'une photo.

Jago secoue la tête.

— Je vous assure que si.

— Aucun soldat de l'empereur Qín Shı̌ Huángdì n'a jamais tenu un disque comme celui-ci.

Jago avale sa salive.

— Oh, c'est un détail que j'ai inventé. J'ai rêvé de frisbees.

— De frisbees ? Ça ne ressemble pas à un frisbee.

— Que voulez-vous que je vous dise ? Je ne sais pas les dessiner. Personne n'est parfait.

— Non, sans doute.

Wei se remet à balayer.

— Je suis désolé, je ne voulais pas vous importuner. Vous ne deviez pas utiliser l'ordinateur ?

— Si, si, répond Jago et il se dirige vers l'alcôve.

Après avoir trouvé l'ordinateur, il s'assoit devant l'écran, ouvre un logiciel de navigation et lance une recherche. Il lit un tas de choses sur l'Armée de terre cuite, les pyramides chinoises et l'empereur Qín. Il tombe également sur des rumeurs énigmatiques, dans le genre de toutes les conneries qui circulent sur Internet, concernant la Grande Pyramide Blanche.

Jago continue à surfer et en profite pour consulter une vieille boîte mail. Que des pubs. Il prend connaissance des nouvelles en provenance de Juliaca et d'Omaha ainsi que de quelques autres sites frappés par les météorites. Il entre les mots *disque extraterrestre* dans Google et obtient des tonnes d'inepties inutiles rédigées par des cinglés.

Au bout de 17 minutes, son téléphone sonne.

Il n'attend aucun appel.

Seules quatre personnes connaissent ce numéro.

Il sort le portable de son sac, en prenant soin de ne pas montrer le disque caché à l'intérieur, et regarde le numéro qui s'affiche.

Un numéro local.

Il fronce les sourcils et appuie sur la touche « répondre ».

— Allô !

Un silence avant qu'une voix de femme enregistrée s'adresse à lui en mandarin sur un ton jovial.

Une erreur d'appel informatisé.

Jago coupe la communication, un peu mal à l'aise. En temps normal, il se demanderait si son téléphone n'a pas été piraté, mais il possède le plus sécurisé et le plus performant des smartphones.

Il efface l'historique de ses consultations, quitte le navigateur et retourne vers sa chambre, en espérant que Sarah a fini de méditer. Il est temps de repartir.

Alors qu'il traverse le hall, Wei lui lance :

— Vous savez, j'ai un cousin qui effectue des fouilles sur ce site. Je pense qu'il aimerait beaucoup votre dessin. Je vais l'appeler pour savoir s'il peut vous servir de guide, à vous et à votre fiancée. Il pourra certainement vous faire entrer dans des zones interdites aux touristes.

Jago n'est pas certain d'avoir confiance en Wei, mais ce sera un bon moyen de pénétrer à l'intérieur du site, si tel est le message de cet indice.

— Merci, Wei. Ce serait formidable.

Wei s'incline.

— De rien.

AN LIU

Domicile d'An Liu, propriété souterraine non enregistrée, Tongyuanzhen, comté de Gaoling, Xi'an, Chine

Les disques durs travaillent. Les chiffres filent. Des coordonnées sont assemblées et comparées. Des adresses IP sont triées. Des datagrammes sont envoyés à des émetteurs, puis vers des satellites, et retour. Une vieille imprimante matricielle déroule des longueurs de feuilles aux bords perforés. Un écran s'allume. Le script se déploie en une multitude de codes d'une ligne de long.

Le mécanisme d'An Liu vient de pirater le téléphone de Jago Tlaloc.

Le Joueur Shang fait des bonds dans la pièce, exalté par la rue, par son affrontement avec Chiyoko, par le déferlement du pouvoir de cette fille. Exalté d'avoir parcouru les rues pendant plus de deux heures pour essayer de la retrouver, en vain.

An se dirige vers le document imprimé. *FRISSON*. Il consulte l'écran. *Clignecligne*. Il va *cligne* rassembler ses *cligne* jouets et aller les rejoindre.

Quand ils seront retirés *cligne* seront retirés *FRISSON* retirés du plateau de jeu, il recherchera cette Chiyoko Takeda. L'indice que *cligne* kepler 22b *clignecligne* a placé dans son esprit ne compte pas. Il n'a pas l'intention de Jouer à Endgame de la même façon que les autres, en courant après des *cligne* énigmes, en se comportant comme un idiot.

cligneFRISSONcligne.

Ce qui compte, c'est la force apaisante *cligne* apaisante *cligne* la force apaisante, réconfortante et silencieuse de *cligne* la Joueuse charmante *cligne* la Joueuse charmante *cligne* la Joueuse charmante de la 2e lignée.

Les autres Joueurs attendront.

Le cadeau qu'il leur prépare n'est pas encore prêt.

Mais il le sera bientôt.

Et quel cadeau *cligne* quel cadeau ça va être.

MACCABEE ADLAI

Service des urgences de l'hôpital Xī Jīng, Xi'an, Chine

Maccabee Adlai sort de l'hôpital. Il y est resté deux jours et 15 heures, sous le nom d'emprunt de Paul Allen Chomsky. Il ne pouvait pas courir le risque de se faire repérer en apparaissant sous son vrai nom. Pas question de recevoir la visite nocturne d'un assassin pendant que, allongé dans son lit, il rêvait de tuer le jeune Baitsakhan, Jago et ce sale taré d'An.

Il émerge dans la lumière du jour et se place dans la queue des taxis. Il veut se rendre à la gare. Sa jambe le fait souffrir, il doit changer son pansement chaque jour et ne doit pas le mouiller pendant une semaine, mais sur un plan fonctionnel, tout va bien. La blessure provoquée par la flèche de Baitsakhan était bien nette et n'a pas nécessité d'opération chirurgicale, miraculeusement.

L'oreille, en revanche, c'est une autre histoire. Jago Tlaloc lui a brisé le tympan droit avec son pouce et, pour l'instant, Maccabee doit supporter un tintement aigu permanent. Le médecin lui a affirmé que son tympan guérirait tout seul et que le tintement disparaîtrait peu à peu. Mais cela peut prendre deux ou trois mois.

Super.

Le médecin lui a également déconseillé de prendre l'avion pendant au moins deux semaines. Non pas qu'il risque d'endommager un peu plus son tympan, mais ce serait sans doute très douloureux. Il avisera le moment venu. Dans l'immédiat, il doit suivre son indice en deux parties. Il est essentiel de faire vite.

La première partie est la suivante :

έναςέναςέναςέναςέναςέναςμηδένέναςέναςμηδένμηδένμηδένμηδένέναςένας.

Et la 2de :

47 : 4f : 42 : 45 : 4b : 4c : 49 : 54 : 45 : 50 : 45 : 54 : 45 : 4d : 50 : 4c : 45 : 4f : 46 : 54 : 48 : 45 : 43 : 4f : 4e : 53 : 55 : 4d : 49 : 4e : 47 : 56 : 55 : 4c : 54 : 55 : 52 : 45

Il a dû se creuser la cervelle pour la déchiffrer, et le fait d'être couché dans un lit d'hôpital s'est avéré bénéfique, même si ce n'était pas très compliqué. Après avoir vérifié trois fois le résultat, il a allumé sa tablette et interrogé Google pour savoir où il devait se rendre afin de récupérer la Clé de la Terre.

La Turquie.

Près d'un endroit nommé Urfa.

Maccabee monte dans le taxi. Au diable les recommandations du médecin. Il va prendre le premier avion pour Urfa.

Les médecins cherchent toujours à se couvrir, et puis, qu'est-ce qu'une légère douleur à l'oreille si c'est pour remporter Endgame ?

Rien.

Baitsakhan et les autres devront attendre.

À moins, évidemment, que leurs indices les conduisent à Urfa eux aussi.

וְיִגַּל כַּמַּיִם, מִשְׁפָּט ; וּצְדָקָה, כְּנַחַל אֵיתָן

עמוס ה :כד

BAITSAKHAN

Entrepôt de la fabrique de perruques Fashion Europe, Chengdu, Chine

Baitsakhan s'autorise un petit plaisir. Un biscuit au sucre avec des zestes de citron confit dessus. C'est délicieux.

Il est assis avec son frère Jalair devant une pile de ces pâtisseries et de petits verres de thé au jasmin, dans un entrepôt abandonné de Chengdu. Bat et Bold sont partis en mission. Une mission capitale.

L'esprit de Baitsakhan s'est détourné de ce problème immédiat pour revenir sur Maccabee. Le traqueur implanté par sa flèche dans la cuisse du Nabatéen fonctionne. Il a survécu au séjour à l'hôpital. Baitsakhan peut l'affirmer car Maccabee a enfin bougé.

Il va lui accorder un jour avant de le suivre.

Revoir Maccabee sera un autre plaisir délicieux. Comme les biscuits. Tout aussi doux, mais plus mortel.

C'est Endgame.

Et ce n'est pas difficile.

C'est facile.

Amusant.

Comme cet indice, incroyablement simple et direct. Traduit de l'oïrate, cela donne : *PRENDRE TUER GAGNER*.

L'indice est si facile à déchiffrer que Baitsakhan – 13 ans, froid, dur, impitoyable et meurtrier – y voit un signe de favoritisme.

Oui.

C'est bien ça.

Baitsakhan le sait.

Lors de l'Appel, cet être a respecté son souhait de ne pas indiquer sa lignée ni sa tribu. Il a respecté sa force et sa résistance. Et il appréciera la façon dont il participe à Endgame.

Baitsakhan a beau être le plus jeune et le plus petit, il n'est pas le plus faible. Les plus faibles, ce sont ceux qui n'ont pas conscience d'avoir été poussés à l'intérieur d'un abattoir. Ceux qui explorent de vieilles ruines, nouent des alliances et discutent tranquillement. Tout Joueur qui fait autre chose que tuer est un idiot.

Comme elle, là.

Il tourne lentement la tête pour observer la fille. Il ôte une miette de biscuit au coin de sa bouche. Il appuie sur la touche « *play* » d'un iPod connecté à un dock. Les Beatles attaquent *All You Need Is Love*. Le son est fort, très fort.

Il regarde Jalair et hoche la tête. Jalair abat la lame de son couteau sur le majeur gauche de Shari, celui qui porte la bague offerte par son mari, Jamal, le jour de la naissance de leur fille.

La belle et souriante Petite Alice.

Où est-elle ? se demande Shari. *En train de jouer dans le jardin*. Elle imagine la scène. *En train de jouer dans l'herbe avec Jamal.*

Shari est calme. Même après l'embuscade, sa capture et les coups reçus. Elle est calme à cause de tout cela. Ils lui ont offert l'occasion de mettre à profit son entraînement, de se reconcentrer. Elle n'a pas pleuré une seule fois depuis qu'ils se sont emparés d'elle, alors qu'elle descendait du bus pour acheter quelque chose à grignoter. À en juger par les apparences, Shari ne ressent rien.

Jalair se tourne vers Baitsakhan. Cette fille l'impressionne. On dirait qu'elle est faite de pierre. Baitsakhan ne remarque pas le regard de son frère. Lui n'est pas impressionné. Il regarde le sang qui s'échappe du doigt amputé et sourit.

La blessure lui fait mal, son doigt l'élance, mais cette douleur n'est rien comparée à celle de l'accouchement. *Ces gamins stupides ne connaissent rien à la souffrance*, pense-t-elle et elle dresse un mur mental pour protéger son esprit de la douleur.

Baitsakhan sirote son thé. Shari le regarde. Fixement. Elle n'a jamais tué une seule personne, mais elle pourrait tuer ce garçon sans la moindre hésitation.

Car ce n'est pas une personne.

Baitsakhan repose sa tasse et baisse le son de la musique.

— Dis-moi quel est ton indice, Harappéenne, et ta mort sera rapide, promet-il en anglais, telle une sorte de roi des ténèbres.

Mais Shari reste muette. Elle ne trahit aucune émotion autre que l'indifférence. Elle continue à le regarder fixement.

Il n'est pas humain.

Ce n'est même pas un animal.

Il n'est pas digne de cette vie ni d'aucune autre.

Pour elle, il est déjà mort.

HILAL IBN ISA AL-SALT

Église de l'Alliance, royaume d'Aksoum,
Éthiopie septentrionale

Hilal quitte la petite ville située à un croisement. Il laisse aux habitants un talisman en pierre rouge pour les remercier de leur hospitalité. C'est une croix finement sculptée, incrustée d'un filament de platine pur, qui vient d'Éthiopie. Il ne leur précise pas sa valeur. C'est inutile. Ils seront tous morts bientôt et la Terre reprendra tout ce que l'humanité a construit, tout ce que l'humanité croit posséder.

Un char à bœufs le conduit dans une plus grande ville. Un pick-up dans une plus grande encore. Une Jeep dans une plus grande encore. Un bus. Un taxi. Un train. Un avion. Il se rend à Hong Kong, à Bruxelles et à Addis-Abeba. Là, il prend la Nissan Maxima de son oncle pour se rendre sur le site du cratère. Il s'assoit au bord et prie pour les victimes et leurs familles, il prie pour l'avenir, pour qu'il soit bon, pour qu'il soit tout simplement.

Car c'est Endgame, pense-t-il, debout devant le gouffre qui empeste encore. *L'avenir va prendre fin et le temps va recommencer.*

Il abandonne le cratère, regagne la Nissan et roule vers le nord. Vers l'ancien royaume d'Aksoum, le royaume des ancêtres de ses ancêtres. Il est l'arrière-petit-fils d'Ezana, le petit-fils de Gebre Mesqel Lalibela, le chef inconnu de Timqet, la présentation du Christ.

Il connaît bien les pierres, les prophéties et la bonté de la mort.

Il descend de voiture et marche au milieu des siens. Il marche pendant des kilomètres, enveloppé d'étoffes d'un blanc pur et d'un rouge éclatant. Aux pieds, il porte des sandales en cuir. Les gens, éparpillés autour de lui, cultivent le sol, s'occupent de leurs chèvres, tuent des poulets, battent le blé. Quelques anciens le reconnaissent et font une génuflexion. Il lève une de ses belles et jeunes mains, paume ouverte, comme pour dire : *Non, mon frère, je suis toi et tu es moi. Tiens-toi debout près de moi. À mes côtés.*

Et ils obéissent.

— Vivez, leur dit-il.

Et ils obéissent.

Ils le voient dans ses yeux doux et brillants : il est à eux, ils sont à lui.

Il franchit les collines nues, marron et rouge. Et il l'atteint : une des églises de pierre clandestines, en forme de croix, taillées dans la roche volcanique souterraine.

Celle-ci est secrète, cachée, entourée d'un épais bosquet de cèdres.

Elle a 3 318,6 ans.

Hilal avance dans le labyrinthe de fossés qui descendent vers l'église. L'air fraîchit, la lumière s'atténue. Il arrive devant la porte principale, taillée dans la pierre comme le reste. Son mentor est là. Son guide spirituel. Son conseiller.

L'ex-Joueur Eben ibn Mohammed al-Julan.

Hilal s'agenouille et baisse la tête.

— Maître.

— Tu es le Joueur, je ne suis donc plus le maître. Entre et dis-moi ce que tu as vu.

Hilal se relève, prend Eben par la main et ils pénètrent dans l'église humide et froide.

— J'ai vu un dieu, et il nous a parlé du jeu.

— Oui.

— J'ai vu les autres. Ils sont grossiers, pour la plupart.

— Oui.

— J'en ai vu un mourir. Plusieurs ont tenté de tuer. J'en ai vu dix s'échapper.

— Oui.

— Le dieu a dit s'appeler kepler 22b.

— Oui.

— C'est une planète, si ma mémoire est bonne.

— Oui.

— Il a dit que nous devions récupérer les clés : la Clé de la Terre, la Clé du Ciel, la Clé du Soleil. Le gagnant doit posséder les trois.

— Oui.

— Il a laissé un disque de pierre, sans attirer notre attention dessus. C'est l'Olmèque qui s'en est emparé. Il était avec une fille, la Cahokienne. Ils étaient suivis par la représentante du peuple Mu. Personne n'a remarqué que j'ai vu le disque, ni que l'Olmèque l'a pris.

— Fais attention à lui, Joueur.

— Oui, maître.

— Je ne suis plus le maître. Je ne suis plus qu'Eben, maintenant.

— Oui, Eben. Il nous a laissé un indice à chacun, dans notre tête.

— Oui.

— Le mien est un cercle.

— Un cercle de ?

— Juste un cercle. Une ligne. Vide à l'intérieur et à l'extérieur.

Ils atteignent un autel. Eben s'agenouille devant et Hilal l'imite. Ils baissent la tête. Le Christ est là, au-dessus d'eux, saignant éternellement, souffrant éternellement, agonisant éternellement, offrant la vie, l'amour et le pardon éternellement.

Eben demande lentement :

— Et tu ne connais pas sa signification ?

— Je pense qu'il était destiné au disque pris par l'Olmèque. Il aurait dû recevoir mon indice. Il lui aurait été plus utile. Ou peut-être que j'aurais dû avoir le disque.

— Tu ne peux pas le savoir. Pour l'instant, pars du principe que tout est comme il devrait être et que les dieux ne se trompent pas. Que te dit ce cercle ?

— Il me fait penser au disque, mais aussi à autre chose. À un cercle de pierre. À un cercle de pierres.

— Oui.

— Il fait référence à une construction. Réalisée dans l'ancien monde, celui qui existait ici, quand les dieux sont venus.

— Oui.

— Une construction faite pour durer, comme tant d'autres choses à cette époque. De roc et de pierre. Un monument dédié à l'espace, au temps et au cosmos. Une chose qui cherchait la mémoire et la permanence de la pierre. Le pouvoir ancien de la pierre.

— Oui.

— Mais quel cercle de pierres ? Il y en a tant.

Eben se relève. Pas Hilal.

Eben dit :

— Je vais t'apporter du vin et des hosties.

— Merci, Eben. Je dois méditer. Ce simple indice recèle des choses cachées. Des choses que je dois discerner.

— Oui.

Eben se retourne et s'en va, dans un bruissement de robes.

Hilal, l'Aksoumite de la 144e lignée, joint ses mains sur ses genoux.

Et ferme les yeux.

Il voit le cercle.

SARAH ALOPAY, JAGO TLALOC, CHIYOKO TAKEDA, AN LIU

Musée des Guerriers de terre cuite, district de Lintong, Xi'an, Chine

Sarah et Jago descendent d'un taxi devant l'entrée principale du site de la grande et ancienne Armée de terre cuite. Ils sont immédiatement accueillis par le cousin de Wei, Cheng Cheng Dhou. C'est un tout petit homme d'à peine 153 centimètres, affable, aux yeux brillant derrière ses lunettes épaisses comme des culs de bouteille. Il ne fait que 17 degrés Celsius dehors et pourtant il transpire dans sa chemise blanche.

— Oui ! Oui ! Hello ! s'exclame-t-il.

Il tend sa main droite devant lui, ouverte, et, d'un drôle de geste, il saisit son poignet droit avec sa main gauche comme s'il avait besoin d'un bras pour bouger l'autre. Ils se serrent la main et se présentent. Sarah et Jago donnent leurs véritables noms. Cheng Cheng les conduit ensuite vers l'entrée et les fait passer avec son badge. Ils se retrouvent à l'intérieur du site, comme ça.

— Alors, qu'est-ce qu'on cherche, au juste ? murmure Sarah à l'oreille de Jago.

À quelques mètres de là, Cheng Cheng ne les écoute pas.

Jago fait rouler ses épaules paresseusement.

— Aucune idée.

— Si tu nous fais perdre notre temps, tu vas avoir affaire à moi.

— J'ai hâte, répond Jago.

À vingt mètres de là, Chiyoko Takeda avance au milieu d'un groupe de touristes. Elle s'est arrêtée à la pension après le départ de Sarah et de Jago, en espérant qu'ils aient été assez bêtes pour laisser le disque. Hélas, non. Alors elle s'est jointe à ce groupe pour visiter le site de la grande Armée de terre cuite. Elle porte une perruque blonde, un pantalon cargo et un T-shirt noir et tient sur son épaule un petit sac à dos de randonnée.

Elle regarde Sarah et Jago discuter avec une sorte de troll. Un micro enfoncé dans son oreille lui permet d'entendre ce que disent Jago et ceux qui se trouvent à côté de lui. Contrairement au localisateur, le micro ne fonctionne que lorsqu'elle est à proximité de l'Olmèque. Elle consulte le localisateur fixé à son poignet, camouflé en montre analogique. Grâce à un système de polarisation installé à l'intérieur des verres blancs de ses lunettes qui font partie de son déguisement, elle peut voir ce qui s'affiche sur le cadran de la montre.

Le localisateur fonctionne. Elle pénétrera à l'intérieur du site avec son billet de touriste, faussera compagnie au groupe et suivra l'Olmèque et la Cahokienne partout où ils iront.

Là où, devine-t-elle, ce Cheng Cheng Dhou leur apprendra quelque chose au sujet du disque.

Quand ils seront repartis, elle sera obligée de tuer ce pauvre homme.

Il ne peut y avoir aucun témoin d'Endgame.

Ce qui sera, sera.

An Liu *cligne* descend de sa *cligne* Kawasaki ZZR1200 noir mat. Il est *cligne* à deux kilomètres *FRISSON* de l'entrée du site de l'Armée de terre cuite. Il a étalé du fond de teint sur sa larme tatouée. *Cligneclignecligne*. Son crâne est rasé de près. Son sac à dos est rempli de *cligne* choses amusantes. Plein de choses *FRISSON* choses *FRISSON* amusantes. Il porte une oreillette qui lui annonce toutes les 30 secondes où se trouve le *cligne* téléphone de Jago.

Clignecligneclígne.

Il va se faufiler *cligne* devant les gardes *cligne* et pénétrer dans le mausolée.

Aujourd'hui, Endgame *cligne* Endgame *cligne* Endgame va perdre deux Joueurs.

Clignecligneclígne.

Il a ratissé *FRISSONCLIGNE* Internet pour localiser les *cligne* autres. Il a déniché des pistes intéressantes pour Kala Mozami et Maccabee Adlai et Hilal ibn Isa al-Salt. Les autres sont de vrais fantômes, mais peu importe. Ils *cligne* ils *cligne* finiront par se montrer.

ClígneFRISSONcligne.

Une fois ces deux-là éliminés, il doit trouver Chiyoko Takeda. Il doit la trouver et découvrir son *clignecligneclignecligneclígne* son secret. S'il doit boire son *cligne* sang encore chaud ou *FRISSON* faire une chemise de sa peau ou *cligne* la garder prisonnière jusqu'à la fin de l'Épreuve, il le fera. Il fera tout *cligne* fera tout *cligne* fera tout pour se guérir de sa maladie.

— C'est stupéfiant, énorme, vous voyez. Fini vers l'an 240 av. J.-C., on pense. Sept cent mille hommes travaillent trente ans ! Quatre fosses, une inachevée, plus un tumulus non mis au jour qui renferme richesses indescriptibles. Seule Fosse Un a été mise au jour et seulement partiellement, vous voyez. La plus grande. Elle mesure deux cent trois pieds sur sept cent cinquante-cinq pieds. Dix rangées de guerriers, de chariots, de chevaux, de porte-drapeaux, de piquiers, d'écuyers, de généraux et d'archers alignés.

Généralement sur trois ou quatre de front. Entre les rangs, vous voyez les larges colonnes qui séparent les grades et qui forment la structure de la tombe. Plus de mille guerriers mis au jour, mais des milliers encore à venir ! On estime huit mille au total ! Huit mille ! Tout ça pour protéger un seul mort des hordes de l'au-delà. C'est fou, vous voyez !

Cheng Cheng se tient devant eux, les bras écartés, pointant le doigt ici ou là, comme s'il était un chef d'orchestre et les statues, ses musiciens. Tous les trois se trouvent sur une plateforme surélevée et Sarah et Jago doivent bien avouer que c'est une des choses les plus stupéfiantes qu'ils ont jamais vue, en dépit de leur formation et de leur connaissance approfondie des sites anciens de leurs propres cultures. Même après avoir vu la Grande Pyramide Blanche.

— Tous ces personnages avaient de la peinture, jolie peinture. Récemment, on a découvert certains parfaitement conservés ! Très secrets, ceux-là, très secrets. Ils utilisent peinture faite de malachite, azurite, cinabre, oxyde de fer, os broyés, et ils ont même trouvé comment faire du silicate de baryum pour le mélanger avec le cinabre et obtenir belle couleur lavande éclatante, vous voyez ? Et c'est pas tout : les armes en bronze ! Certaines ont des lames enveloppées d'acier inoxydable. Stupéfiant ! Elles sont comme neuves, sorties de chez le forgeron. Aussi tranchantes que le jour de leur naissance. Et les arbalètes sont de première qualité. Elles tirent des carreaux à plus de huit cents mètres !

— Fascinant, dit Sarah.

Elle est impressionnée, mais elle adresse à Jago un regard qui semble dire : *Et le disque ?*

Jago hausse les épaules.

Il ne sait pas.

Cheng Cheng se retourne vers eux et dit, avec un grand sourire :

— Wei me dit que vous avez un joli dessin. Vous avez un joli dessin, oui ?

— Euh, oui, dit Jago.

Sarah est soulagée. Peut-être qu'ils ne sont pas venus jusqu'ici uniquement pour rencontrer un petit bonhomme rigolo.

— Montrez-moi.

Sarah sort la feuille de papier pliée d'une poche extérieure du sac à dos de Jago et la tend à Cheng Cheng. Il la déplie et la tient devant son visage. Si près qu'ils ne voient pas son expression. Pendant 13 secondes, il examine le dessin détaillé de Jago. Finalement, il abaisse la feuille. Un de ses doigts potelés est posé sur le disque. À voix basse, avec gravité, il demande :

— Où vous avez vu ça ?

— Ça ? répond Jago. Je l'ai inventé.

— Non. C'est faux. Où avez-vous vu ça ?

— Dis-lui, murmure Sarah.

Jago sait qu'elle a raison. C'est Endgame. Cheng Cheng n'est pas un rival. Durant tout son entraînement, son oncle et son père lui ont dit d'être réceptif à la chance, au hasard, à l'aide. « Sois prêt à tuer, évidemment, si ça tourne mal, mais reste ouvert. »

Un groupe de visiteurs se rassemble près d'eux, à 12 pieds. Jago dit à voix basse :

— On en a un.

Cheng Cheng laisse retomber ses bras, incrédule.

— Avec vous ?

— Oui, répond Sarah.

Cheng Cheng les regarde intensément, avant de dire :

— Suivez-moi tous les deux.

Il s'éloigne du groupe d'un pas vif, en direction d'une corde où pend une pancarte : ENTRÉE INTERDITE.

An *cligne* est caché dans un buisson impeccablement taillé au bord du *cligne* site. Une voix asexuée, informatisée, dit dans son oreille :

« Cent trente-deux mètres, ouest–sud-ouest. Stationnaire. »

Il *cligne* attend *cligne* attend 30 secondes.

« Cent trente-deux mètres, ouest–sud-ouest. Stationnaire. »

Il *cligne* attend 30 secondes.

« Cent trente-deux mètres, ouest–sud-ouest. Stationnaire. »

Il attend *cligne* attend 30 secondes.

« Cent vingt-six mètres, ouest–sud-ouest. Se déplaçant est. »

Il attend 30 *cligne* secondes.

« Cent un mètres, ouest–sud-ouest. Se déplaçant est–nord-est. »

Il *cligne* attend *cligne* 30 secondes.

« Quatre-vingt-deux mètres, plein est. Se déplaçant nord. »

Il *cligne* attend *cligne* 30 secondes.

« Soixante et onze mètres, est–nord-est. Se déplaçant nord. »

Il attend 30 secondes.

« Cinquante-huit mètres, est–nord-est. Stationnaire. »

Il attend *cligne* attend 30 secondes.

« Cinquante-cinq mètres, est–nord-est. Stationnaire. »

Il attend 30 secondes. *Cligne.*

« Cinquante-cinq mètres, est–nord-est. Stationnaire. »

An *FRISSON* An consulte sa carte. *ClignеFRISSONcligne*. Ils se sont arrêtés *cligne* arrêtés *cligne* arrêtés sur ou près de la Fosse *cligne* Fosse Quatre.

Qui n'a pas *FRISSON* été mise au jour.

C'est du moins *cligne* ce que tout le monde croit.

Il se déplace à son tour.

Chiyoko attend que l'Olmèque et la Cahokienne s'éloignent avec le petit homme pour s'écarter discrètement du groupe de touristes. Pendant que les gardes et la guide regardent ailleurs, elle saute par-dessus la barrière et atterrit sur le sol. Le sol où les guerriers silencieux observent et attendent.

Pendant un instant, elle en regarde un droit dans les yeux. Ce sont des créations bouleversantes. Chiyoko se sent proche d'elles, plus qu'elle ne l'a jamais été d'une créature vivante.

Silencieux.

Le regard fixe.

Des guerriers qui attendent.

Tous.

Surtout elle.

Elle consulte sa montre.

Voit la lumière bleue qui clignote.

Et se met à courir.

— Venez.

Cheng Cheng soulève le rabat d'une tente blanche plantée dans l'herbe. Jago et Sarah y pénètrent. Une barrière en bois a été installée autour d'un trou dans le sol de 3,5 pieds de diamètre. Il est recouvert d'une porte en métal à deux battants. Cheng Cheng sort de sa poche une petite télécommande dotée d'un seul bouton, rouge. Il appuie dessus et la porte s'ouvre, laissant apparaître un escalier de pierre rudimentaire qui s'enfonce dans les ténèbres.

— Qu'est-ce qu'il y a en bas ? demande Sarah.

— Des réponses, annonce Cheng Cheng en descendant dans le trou. Et d'autres questions. Suivez-moi.

— Y en a marre de leurs putains d'énigmes, grommelle Jago en suivant Sarah.

Sur leur passage, des détecteurs de mouvements allument une série de lumières jaunes faiblardes.

— C'est la Fosse Quatre, annonce Cheng Cheng par-dessus son épaule.

Sarah dit :

— La Fosse Un n'est donc pas la seule à avoir été mise au jour ?

— Non. Des études géologiques montrent caractéristique très intéressante de la Fosse Quatre. Tenue secrète. Très secrète. On commence creuser seulement août dernier.

— Si c'est aussi secret, pourquoi vous le cachez sous une tente au milieu d'un champ ?

Cheng Cheng rigole.

— Cacher sous les yeux de tous. Meilleure cachette.

Chiyoko Takeda, qui vient d'entrer sous la tente et qui espionne leur conversation dans son oreillette, est on ne peut plus d'accord.

— De plus, bouton sur télécommande déclenche toutes sortes de pièges. Alors, attention !

Cheng Cheng dit cela sur un ton si détaché qu'ils ne savent pas s'ils doivent le croire. Pas même Jago, qui est une sorte de détecteur de mensonges humain. Il observe les murs d'un air inquiet, guettant l'apparition de fléchettes empoisonnées ou autre menace tout droit sortie d'*Indiana Jones*. Il ne voit rien.

Ils continuent dans une étroite galerie de terre soutenue par des poutres en bois et émergent finalement dans une salle en forme d'étoile. Le sol est en albâtre blanc. Les murs de pierre sont peints d'un rouge éclatant. Tout autour de la pièce, à hauteur de poitrine, sont accrochés 12 tableaux représentant des disques. Si réalistes que l'on dirait des photos. À l'exception de quelques différences, ce sont les sosies du disque qui se trouve dans le sac de Jago.

Au centre de la salle se tient un unique guerrier de terre cuite brandissant une épée étincelante.

Ils s'en approchent. Jago remarque alors encore une galerie, de l'autre côté de la salle.

— On est où, ici ?

— Dans la salle de l'Étoile, répond Cheng Cheng. On ne sait pas trop à quoi elle sert.

Chiyoko Takeda atteint l'entrée de la salle. Elle risque un coup d'œil. Elle les voit. Le guerrier lui tourne le dos. Elle a besoin d'en voir plus. Mieux. Elle avise un recoin sombre dans la salle. C'est là qu'elle va aller.

Elle porte un petit tube à ses lèvres et souffle dedans. Ses gestes sont silencieux, tout comme le minuscule projectile qui traverse la salle, mais lorsqu'il heurte le mur opposé, il produit un léger cliquetis en retombant sur le sol. Ils se retournent. Chiyoko en profite pour se faufiler dans le recoin sombre.

— C'était quoi ? demande Sarah.

— Bah, sûrement une pierre. Des pierres toujours tomber ici.

Ils reportent leur attention sur le guerrier. Chiyoko est invisible.

— Quand on ouvre la salle pour la première fois, on trouve un autre guerrier, mais il est fracassé, sans doute à cause tremblement de terre. Il n'est plus là. Il est à l'atelier. Moi et trois autres, on le rassemble, morceau par morceau. Un soir après beaucoup faire la fête, je viole les règles, j'en parle à Wei et lui montre une photo. Wei adore les guerriers de terre cuite, peut-être encore plus que moi.

Un silence, puis :

— La photo que je lui montre, c'était le même homme que sur votre dessin.

— Vraiment ?

— Vraiment.

— Donc, vous avez un disque, vous aussi, dit Sarah. Puisque le type sur le dessin en tient un dans la main.

— Non.

Cheng Cheng semble hésiter.

— Le disque est comme la statue, pas comme l'épée. Les armes des guerriers de terre cuite sont vraies. Pas le disque. C'est juste de l'argile.

Cheng Cheng tend la main vers l'épée et touche la partie exposée de la garde.

— Mais il y a d'autres disques comme celui sur le dessin.

— Où ? demande Jago d'un ton pressant.

— Ici, en Chine. Dans les archives. On les appelle les disques de Baian-Kara-Ula. On les a découverts en 1938, près de la frontière tibétaine. Personne sait d'où ils viennent, ni ce qu'ils font. Beaucoup pensent ce sont des cadeaux venant directement des dieux eux-mêmes ! Fou, non ? Nous pensons un des disques doit aller là...

Il touche de nouveau la garde de l'épée.

— Mais aucun ne va. Alors, je me demandais... Je peux voir le vôtre ?

Sarah et Jago se regardent. Jago hoche la tête. Sarah l'imite. Jago tire sur le cordon de son sac à dos.

— OK.

Il l'ouvre, en sort le disque de kepler 22b et le tend à Cheng Cheng.

La respiration de Chiyoko est aussi silencieuse qu'une feuille sur une branche par un jour sans vent.

Cheng Cheng prend le disque avec révérence.

— C'est... c'est parfait.

CLIGNE.

An Liu se faufile vers l'entrée *cligne* de la salle. Il porte *cligne* il porte *cligne* son gilet pare-balles. Son casque de moto. Le col épais est relevé pour protéger sa nuque. Son *cligne* son *FRISSON* son cœur bat à tout rompre.

C'est Endgame, enfin. Ici. *Cligneligne.* Maintenant. Juste avant le bruit et *cligne* et *cligne* la mort.

An ne remarque pas Chiyoko. Chiyoko ne le remarque pas non plus.

Cheng Cheng continue :

— Où l'avez-vous eu ?

Jago regarde le petit homme d'un air sévère. Les pierres précieuses de ses dents étincellent.

— Un ami me l'a donné.

Cheng Cheng comprend que Jago ne veut pas en dire plus.

— Oui, évidemment.

Il examine le disque. Le retourne.

— Je ne peux pas... C'est incroyable. Il faut que mon ami Musterion voie ça.

— Qui est Musterion ? demande Sarah.

— Musterion Tsoukalos. Un homme obsédé par les visites des anciens. Il vit à Capo di Ponte, dans le nord de l'Italie. Il pourra vous aider. Il connaît bien ces disques, très bien. Il sait qu'ils sont venus du ciel au temps d'avant le temps, dans un passé avant le passé. Il sait qu'ils ont aidé à faire ce que nous sommes. Il saura d'où vient ce disque.

An *cligne* sort un *cligne* un objet noir de la taille et de la forme d'une balle de softball d'un *cligne* sac. Il *cligne* le pose sur le sol et *cligne* appuie sur un bouton. Il le fait rouler *clignecligneligne* à l'intérieur de la pièce, sans bruit.

Sarah et Jago ne voient pas la balle, mais Chiyoko, si. Elle tourne la tête vers l'entrée de la salle et entrevoit An au moment où il s'enfuit. Elle sort de l'obscurité. Jago et Sarah la reconnaissent immédiatement. *Comment peut-elle être ici ?* Sarah s'apprête à lui sauter dessus, mais la Joueuse du peuple Mu les regarde avec des yeux exorbités, tape trois fois dans ses mains et montre le sol.

ClignecligneclignеFRISSON. Qu'est-ce *cligne* qu'est-ce que c'était ? An se retourne et *clignecligneclignecligne-clignecligne* voit Chiyoko, la précieuse, inestimable et essentielle Chiyoko, qui montre la balle !

FRISSONcligne.

FRISSONFRISSONFRISSON.

Sept secondes.

Sept courtes secondes avant la destruction.

Sept courtes secondes et plus de Chiyoko Takeda, la seule qui peut le guérir.

Une heure vient de sonner et je vois l'élan
De l'aube à l'Est chargé ; il est temps
Que je disparaisse ; je n'ai pas fini de parler
Mais ici la nuit décide ; (Assez ![lvii]

SHARI CHOPRA, BAITSAKHAN

Entrepôt de la fabrique de perruques Fashion Europe, Chengdu, Chine

La musique s'est arrêtée.

Bat et Bold reviennent, chacun avec une mallette.

Jalair est penché au-dessus de Shari. Il lui arrache les poils du nez un par un avec une pince à épiler en argent.

Shari a les larmes aux yeux, mais elle n'a toujours pas émis un seul son.

En voyant ses cousins, Baitsakhan frappe dans ses mains, tout excité.

— Formidable ! Approchez, vous deux. Montrez-nous les jouets que vous avez apportés.

Bat et Bold posent les mallettes sur la table. Sur celle-ci se trouvent déjà des tenailles, une petite scie égoïne, diverses pinces, un rouleau de câble fin. Une bouteille en plastique contenant un liquide indéfinissable. Un briquet. Deux gros casques servant à étouffer les bruits.

Bat actionne les fermoirs d'une des mallettes et l'entrouvre.

Baitsakhan se penche en avant. À l'intérieur, il y a deux Sig Sauer P225 tout noirs, identiques, et quatre chargeurs.

Baitsakhan en sort un de la garniture en mousse et libère le chargeur. Qui glisse dans sa main. La chambre est vide. Jalair s'écarte lorsque Baitsakhan pointe l'arme non chargée sur le front de Shari et presse la détente. Elle ne cille même pas. Il est satisfait du mécanisme. Il réintroduit le chargeur en le faisant claquer. Il actionne la culasse pour insérer une balle dans la chambre, vérifie que le cran de sécurité est bien mis et pose le pistolet sur la table. Le canon face à Shari.

— Réfléchis, Harappéenne. Réfléchis.

Rien.

— Si tu parles, cette chose…

Il indique l'arme avec ses yeux.

— … mettra fin à la partie pour toi.

Rien.

— Si tu ne parles pas, c'est ça…

Ses mains balayent les outils, la bouteille, le briquet.

— … qui mettra fin au jeu pour toi.

Shari crache par terre. Son œil gauche est gonflé et fermé. Elle se demande si sa Petite Alice est en train de faire la sieste. Si elle serre dans ses bras son lapin gris.

Baitsakhan commence à perdre patience avec cette fille, dont les yeux ne dévoilent rien, qui ne crie même pas. Il a l'impression de s'adresser à l'un de ses chevaux. Ils lui manquent. Malgré son agacement, il s'oblige à sourire.

— Je te laisse jusqu'à ce soir pour te décider.

Pendant qu'il tourne le dos à Shari, Bat et Bold mettent chacun un des gros casques.

— Viens, mon frère, dit Baitsakhan à Jalair.

Il prend le doigt coupé de Shari. Il est gris, enflé et porte encore la bague offerte par son mari. Il s'en sert pour appuyer sur la touche « *play* » de son iPod. Un cri assourdissant, terrifiant, sort des enceintes.

Peut-être que ça va briser sa concentration, pense-t-il.

Un frère, note Shari en regardant s'éloigner deux de ses tortionnaires. *Encore une faiblesse.*

Bat et Bold l'observent. Elle aussi. Le hurlement se poursuit, sans faiblir, tel un fleuve de peur rugissant. Shari sait qu'il ne s'arrêtera pas.

Peu importe. Elle va se retirer dans son esprit, jouir de son calme redécouvert.

Elle observe les deux garçons. Baitsakhan et son frère sont partis. Elle ne craint rien dans l'immédiat. Et pour la première fois, elle prie. Elle prie Pashupati, Shiva et le Grand Tigre.

Elle réclame de la chance et la délivrance.

Mais surtout, elle réclame la vengeance.

24.4322, 123.0161[lviii]

AN LIU, CHIYOKO TAKEDA,
SARAH ALOPAY, JAGO TLALOC

Musée des Guerriers de terre cuite, salle secrète de l'Étoile, district de Lintong, Xi'an, Chine

Six secondes.

— D'où elle vient ? demande Cheng Cheng, affolé par l'apparition soudaine de Chiyoko.

Il serre le disque contre sa poitrine, effrayé par cette inconnue qui a surgi juste au moment où il allait résoudre l'énigme du travail de toute sa vie. Il n'a pas remarqué le petit cadeau laissé par An, car il aurait une autre raison de s'inquiéter.

La balle s'arrête aux pieds du très vieux guerrier.

— An Liu ! s'écrie Sarah.

Clignecligneclignecligneligne.

Le voilà qui se rue à l'intérieur de la salle de l'Étoile et plaque Chiyoko au sol.

Cinq secondes.

— Qu'est-ce que… bafouille Cheng Cheng.

Sarah se saisit de lui et l'entraîne vers la galerie située de l'autre côté de la salle. Elle a vu ce qu'An Liu a fait à Marcus lors de l'Appel et elle sait ce dont il est capable. Ils doivent faire vite.

Jago arrache le disque des mains de Cheng Cheng, qui tombe à genoux à l'entrée de la galerie. Sarah veut retourner le chercher, mais Jago la retient par la main et la tire vers l'avant.

— Oublie-le !

Trois secondes.

An entraîne Chiyoko vers l'autre galerie, en prenant soin de placer son corps, protégé par le gilet pare-balles, entre elle et la bombe.

— Cours ! lui dit-il.

Ils sont tout près l'un de l'autre, ils se touchent et ses tics ont complètement disparu. Tandis qu'ils s'enfuient, Chiyoko jette un coup d'œil par-dessus son épaule, en espérant que le disque est à l'abri.

Une seconde.

Jago et Sarah se précipitent dans l'obscurité, pliés en deux.

Zéro seconde.

Bang.

La violence de l'explosion propulse Jago et Sarah 23 pieds plus loin. Heureusement pour eux, Cheng Cheng, toujours replié sur lui-même à l'entrée de la galerie, fait office de bouclier sacrificiel et les protège de la déflagration.

Ils redressent la tête, soulagés d'être toujours en vie. C'est alors que les premières pierres commencent à dégringoler autour d'eux.

La galerie s'écroule.

— Vite ! s'écrie Sarah.

Elle court devant maintenant et elle entend Jago tousser à quelques pieds derrière elle.

Ils courent aussi vite que possible dans le noir le plus complet, entre les parois qui tremblent, sous une pluie de terre et de pierres. Pendant 30, 40, 50 pieds, il n'y a aucune lumière et Sarah, les bras tendus devant elle, ne cesse de se cogner dans les murs, avant de comprendre dans quelle direction ils doivent aller.

— Il fait trop sombre ! braille-t-elle.

Elle sent la main de Jago qui empoigne le dos de sa chemise.

L'atmosphère est envahie de poussière. Respirer devient difficile. Un grondement sourd enfle derrière eux. Jago est obligé de coller sa bouche à l'oreille de Sarah pour qu'elle l'entende :

— Continue si tu ne veux pas être enterrée vivante !

Dans l'autre galerie, Chiyoko est évanouie. Couché sur elle, An tousse. Il lui palpe le cou. Son cœur bat toujours, sa respiration est régulière, mais il sent quelque chose de chaud et de visqueux sous ses doigts. Du sang.

Oh, mon Dieu, qu'ai-je fait ? se lamente-t-il en léchant le sang sur ses doigts. *Pourtant, mes tics n'ont pas réapparu, son* chi *est tellement puissant. Il me le faut.*

Il se redresse. Il sort de son gilet un stick fluorescent, l'agite et le brise. Le stick éclaire la galerie. Il perçoit un grondement, mais cette galerie est plus éloignée de la zone de déflagration que celle vers laquelle les autres se sont précipités. Chiyoko et lui devraient donc échapper à l'effondrement. Il espère que les autres n'auront pas cette chance.

Il contemple la Joueuse du peuple Mu. Elle a une bosse sur le front, au-dessus de l'œil droit, et des égratignures sur les joues. Le sang provient de son cou. Il approche le stick de la blessure.

Par pitié, non, par pitié.

Il tire sur la peau et elle gémit.

Pas la carotide. Pas la carotide.

— Là ! s'exclame Jago.

Un trait de lumière apparaît devant eux. Tandis qu'ils se précipitent, l'espace éclairé s'élargit. Sarah puise au plus profond d'elle-même et trouve un regain d'énergie – elle a toujours éprouvé un certain plaisir à se dire qu'elle était la personne la plus rapide qu'elle connaissait – et ses foulées s'allègent sur le sol tremblant.

Jago aperçoit maintenant la galerie faiblement éclairée par une lumière venant d'en haut. Il lâche la chemise de Sarah, comprenant qu'il n'a guère le choix : elle est beaucoup plus véloce que lui.

Arrivée à l'extrémité de la galerie, elle tourne brusquement et disparaît. Elle s'arrête en dérapage à quelques centimètres seulement d'une épée qui semble destinée à la décapiter. Un autre Joueur tapi dans un coin, prêt à attaquer ?

Non, juste un autre guerrier d'argile. Elle pousse un soupir de soulagement, malgré l'adrénaline qui continue à battre dans ses veines. Soudain, Jago la percute par-derrière et ils tombent tous les deux.

Derrière eux, un nuage de poussière jaillit de la galerie qui se remplit de terre. La salle de l'Étoile est de nouveau ensevelie.

— Désolé, dit Jago en aidant Sarah à se relever.

— Contente que tu aies réussi à me rattraper, dit-elle en contemplant les décombres.

Jago ôte la poussière de ses yeux. Sarah l'observe. Il paraît blessé, d'une certaine manière, déçu : elle reconnaît le regard que lui adressaient les gardiennes de but de l'équipe adverse sur le terrain de football.

— Ce n'était pas une course, tu sais, lui dit-elle.

Jago la regarde.

— Ah bon ?

Avant qu'elle puisse répondre, ils entendent des cris.

Ils sont revenus à la Fosse Un, au fond d'une des longues rangées de gardiens. La plateforme se trouve à environ 30 m de là. Des touristes pointent le doigt dans leur direction. Des gardes braillent en chinois.

— Ne restons pas là, dit Jago.

Heureusement, le sang ne gicle pas du cou de Chiyoko. Ce n'est qu'une estafilade. Mais elle nécessitera des points de suture. An Liu hisse Chiyoko sur son épaule et avance lentement dans les galeries, éclairées par la lumière spectrale, éthérée, du stick fluorescent. De retour sous la tente, il la repose délicatement. L'éclairage est meilleur. Il voit mieux.

Il ôte son gilet pare-balles et son casque de moto. Le dos du gilet est constellé d'éclats d'argile provenant des guerriers pulvérisés. Il a bien fait de le porter. Il examine soigneusement Chiyoko et constate qu'elle est indemne. Hormis la blessure au cou. Ce qui l'inquiète maintenant, c'est une éventuelle infection de la plaie et les risques de commotion cérébrale provoquée par la contusion à la tête.

Il sourit. Plus de tics, plus de frissons, plus de bégaiements. Sa clarté d'esprit le surprend. Il ne sait pas comment, mais c'est l'effet que produit sur lui cette fille. Quelque chose en elle, sans doute. Il doit absolument s'en emparer.

De n'importe quelle façon.

Il déroule une trousse de secours et en sort une seringue. Il injecte dans la peau, à proximité de la blessure, un mélange de Lidocaïne et d'épinéphrine. Chiyoko gémit de nouveau. An sait que cette substance brûle, plus que la piqûre elle-même généralement. Il attend 12 secondes, puis il écarte la plaie et l'asperge de teinture d'iode et de sérum physiologique. Après cela, il comprime la plaie et la ferme avec des pansements papillons. Les points de suture devront attendre qu'ils soient chez lui.

Il palpe le pouls.

Bon.

Écoute sa respiration.

Bonne.

Des coups de feu lui parviennent dans la direction de l'entrée, un demi-kilomètre au sud-ouest.

Il remet son casque, allonge la fille en travers de ses épaules étroites et voûtées et sort de la tente pour rejoindre sa moto.

Il marche calmement, d'un pas régulier, décontracté, la magie de Chiyoko continue d'opérer.

Il se sent jeune, fort et nerveux. Il ne se souvient pas d'avoir éprouvé une telle sensation.

Il ne la laissera pas s'enfuir.

— Suis-moi ! lance Jago en se faufilant entre les statues. Sarah lui colle au train. Les gardes les poursuivent. Ils dévalent l'escalier métallique en vociférant. Les guides écartent les touristes.

— Ils doivent penser que c'est nous qui avons fait sauter la galerie ! dit Sarah sans cesser de courir.

Là-haut, sur la plateforme, un garde solidement campé sur ses jambes braque son pistolet dans leur direction. Ils zigzaguent au milieu des guerriers de terre cuite, en bifurquant au tout dernier moment pour ne pas offrir des cibles trop faciles.

Le garde tire. La détonation résonne sous le hangar. La balle frôle la tête de Jago en sifflant et fait exploser l'épaule d'un guerrier tout proche.

— Ils ouvrent le feu dans un endroit plein de touristes ! s'exclame Sarah, outrée. Ils sont dingues ou quoi ?

— On est en Chine. Ils ne rigolent pas, répond Jago.

Là-bas, chez lui à Juliaca, il s'est fait tirer dessus pour moins que ça.

Sarah passe à toute allure devant un guerrier tenant une arbalète. Elle arrache l'arme des mains de la statue. Elle est chargée, prête, inutilisée depuis deux millénaires. Pourvu qu'elle fonctionne encore. Le garde se remet à tirer. Cette fois, la balle passe loin de Jago. Sarah s'arrête en dérapant, se laisse tomber à genoux et coince la crosse de l'arbalète contre son épaule, dans le même mouvement. Elle s'est entraînée au tir à l'arbalète, elle a tué des cerfs avec cette arme, elle peut atteindre sa cible à 300 yards. Mais là, c'est une première. Elle se concentre et appuie sur la détente. Le recul de cette arme ancienne la surprend. Le carreau file à toute allure, droit. Il atteint la main du garde et la traverse. Celui-ci lâche son arme en hurlant.

— Ils savaient fabriquer des arbalètes, commente Sarah, impressionnée par l'arme, mais aussi par elle-même.

Jago grommelle, il n'en revient pas que l'arbalète ait fonctionné.

Trois autres gardes surgissent, à leur niveau cette fois, et foncent sur eux. Jago ne veut pas prendre de risque avec les arbalètes, il préfère s'emparer de l'épée d'une des statues et il avance vers le garde le plus proche en longeant un mur sur sa droite. Le garde est jeune et effrayé. Il lève son pistolet. Arrivé près de lui, Jago bascule sur le côté et plante ses pieds sur le mur en utilisant son élan pour continuer à courir, parallèlement au sol, sur plusieurs mètres. Dans cette position invraisemblable, il passe derrière l'homme hébété et lui assène un coup sur la nuque avec le pommeau de l'épée. Le garde s'écroule.

De son côté, Sarah jette l'arbalète pour se ruer vers un autre adversaire. Au moment où celui-ci ouvre le feu, elle exécute un *flip* avant parfait, retombe devant lui et le frappe violemment en pleine poitrine avec les talons de ses paumes. Il laisse échapper son arme et tombe à terre, le souffle coupé.

— Par ici ! s'écrie Jago en fonçant vers une porte ouverte sous la plateforme.

Sarah saisit au passage une autre arbalète, dans la dernière rangée de soldats, et lui emboîte le pas en direction de la sortie. Ils émergent dans la lumière du jour, aveuglés. Aucun garde dans les parages. Pour l'instant, du moins.

— Là-bas !

Sarah montre un parking. Ils parcourent les 40 yards en moins de 4,5 secondes et s'arrêtent en dérapage à côté d'une Chevrolet Fulwin bleue. Les vitres sont baissées. Jago lance son épée sur la banquette arrière et s'installe au volant. Il se penche pour arracher le boîtier du panneau de fusibles et, moins de quatre secondes plus tard, la voiture démarre.

— Tu as déjà fait ça, dit Sarah, impressionnée.

— Toi aussi, je parie.

— Pas aussi vite.

Jago sourit bêtement, tout en se demandant si elle dit cela pour lui remonter le moral. En tout cas, ça marche. Il enclenche la marche arrière juste au moment où une demi-douzaine de gardes apparaissent à l'entrée du parking.

— Mets ta ceinture.

Trois hommes s'approchent derrière la voiture lorsque Jago accélère à fond et exécute un demi-tour impeccable pour quitter la place de stationnement. Deux des gardes ont le temps de l'éviter, le troisième est touché par le côté de la petite voiture. Jago passe la 2de et colle le pied au plancher. Ils sortent du parking à toute allure en pulvérisant la barrière d'un poste de contrôle. Devant eux, les gardes se rassemblent, tel un essaim furieux, brandissant leurs poings et leurs armes pendant que la Fulwin dévale la colline en direction de la route principale. Derrière les gardes, un grand portail métallique est en train de se fermer.

Ça va être juste.

Deux hommes se précipitent pour accélérer la fermeture de la grille. Des coups de feu éclatent. Jago et Sarah se baissent derrière le tableau de bord. Le pare-brise est constellé d'impacts de balles, il se transforme en une toile d'araignée toute blanche. Sarah s'enfonce dans son siège, replie les jambes et les détend pour frapper avec ses pieds. Une fois, deux fois. Elle réussit à éjecter le pare-brise étoilé. Jago voit de nouveau.

La grille est plus qu'à moitié fermée. Ils n'y arriveront pas.

— On peut la défoncer ! crie Jago.

— Pas avec ce tas de ferraille, répond Sarah en tirant sur sa ceinture. Tu as déjà vu des simulations d'accident au Pérou ?

Jago passe la quatrième en faisant hurler le moteur, il essaye d'en extraire toute la puissance. Les gardes s'écartent en voyant la voiture foncer droit sur eux. Les deux qui participent à la fermeture de la grille se retournent et décampent aussitôt. Elle n'est fermée qu'aux 3/4, mais c'est suffisant pour les arrêter.

Sarah scrute la guérite. Elle croit apercevoir le panneau qui commande la grille. Deux gardes se tiennent juste devant, pétrifiés, stupéfaits. Sans parler de l'obstacle de la vitre. À la vitesse à laquelle ils roulent, il ne reste qu'une poignée de secondes avant l'impact. C'est un tir impossible.

Fais confiance à ton entraînement, Sarah. Ne réfléchis pas trop. C'est ce que dirait Tate. Ne réfléchis pas trop.

Sarah récupère l'arbalète posée à ses pieds et, sans même la caler contre son épaule, elle tire par la vitre ouverte.

Le carreau file entre les deux gardes, pulvérise la fenêtre de la guérite et effleure la clé qui commande le mécanisme de la grille. La clé tourne dans l'autre sens et la grille se met à reculer lentement, dans un grincement, juste au moment où la voiture l'atteint. Des étincelles jaillissent des portières, un des rétroviseurs est arraché, mais ils passent.

Alors qu'ils s'éloignent et que les gardes abasourdis disparaissent au loin, Sarah pousse un hurlement de joie. Jago se contente de rire.

41.252363, -95.997988[lix]

AISLING KOPP

Calvary Cemetery, Queens, New York, États-Unis

À des milliers de kilomètres de là, Aisling Kopp contemple avec lassitude une pierre tombale. En cette belle journée ensoleillée, elle n'a aucune envie d'être ici, dans ce cimetière quasiment vide, si l'on compte les vivants. Elle devrait être en Chine ou en Turquie ou ailleurs, en train de suivre les indices d'Endgame. Même si, d'une certaine façon, c'est son indice qui l'a ramenée ici, à New York, loin de l'action.

La pierre tombale est celle de Declan Kopp, le père d'Aisling.

— Pourquoi m'as-tu fait venir ici ? demande-t-elle au vieil homme qui se tient à côté d'elle. C'est une sorte de technique de motivation ? Dans ce cas, on aurait pu faire ça au téléphone, Pop.

Le grand-père d'Aisling semble perdu dans ses pensées. Il revient brusquement sur terre en entendant sa voix et tourne vers elle ses yeux d'un blanc laiteux qui ne voient presque plus rien. Il a les mains jointes dans le dos, tranquillement. Il lui manque trois doigts à la main gauche. Il a une épaisse barbe blanche et de longs cheveux blancs où demeurent quelques traces d'orange. Il y a des décennies de cela, cet homme était un Joueur. Comme son fils, Declan.

Le père d'Aisling, enterré, mort, depuis presque aussi longtemps qu'Aisling est vivante.

C'est son grand-père qui l'a entraînée. Il lui a enseigné tout ce qu'elle sait. Il était présent à côté d'elle, dans la boue, lui servant d'observateur, quand elle a tué pour la première fois. Avec ce même fusil de précision, ce Brugger & Thomet APR308 posé maintenant aux pieds d'Aisling, démonté et rangé dans une belle mallette noire. Ce premier assassinat et l'expression de fierté sur le visage de son grand-père comptent parmi les souvenirs les plus chers d'Aisling.

C'est pourquoi, quand il a insisté pour qu'elle rentre à la maison, au moment où Endgame venait enfin de débuter, elle a obéi, mais à contrecœur. C'était l'indice qui avait provoqué la réaction de son grand-père. Quand Aisling lui avait parlé de la suite de nombres aléatoire au téléphone, il avait employé un ton qu'elle ne lui connaissait pas.

Il avait peur.

Tout ça à cause de 19090416. Quelle que soit la signification de cette suite.

Alors, Aisling avait pris deux trains et quatre avions pour se retrouver dans le Queens, épuisée par ce long voyage, mais pressée de repartir le plus vite possible. Bien qu'elle aime énormément son grand-père, elle sait que les hommes comme lui appartiennent au passé. Le temps des entraîneurs est terminé.

— Je ne t'ai jamais raconté comment est mort ton père, dit-il d'un ton étrangement détaché.

Aisling jette un coup d'œil à sa grosse montre rose.

— Pourquoi choisir ce moment ?

— Jusqu'à maintenant, ça n'avait pas d'importance. Mais je pense qu'Ils veulent que tu saches. Pour une raison quelconque.

Aisling repense à ce kepler. Elle n'aimerait pas être obligée de deviner quelles sont ses motivations, ce qu'il sait, et pourquoi. Heureusement, elle n'est pas obligée. Endgame est simple : tuer ou être tué.

— Qu'est-ce qui te fait dire ça ?

— Tes chiffres. Ceux du jour de sa mort, dans le désordre.

Aisling grimace. Quelle idiote de ne pas s'en être aperçue !

— C'est un code plutôt simple pour des super-extraterrestres.

— Je te répète, mon enfant, qu'Ils voulaient que tu le découvres. Ce qui est troublant, c'est le *pourquoi*.

— Continue, Pop.

— Ton père, une fois devenu inéligible, n'a pas réussi à tirer un trait sur Endgame. Il a passé des années à l'étudier. À *Les* étudier. À essayer de comprendre.

Aisling se souvient d'une de ses premières leçons, une chose que son grand-père lui a inculquée depuis l'enfance :

— « Ce n'est pas à nous de savoir, récite-t-elle. Ce qui sera, sera. »

— Oui, c'est ce que je t'ai toujours enseigné, mon enfant. Mais…

Son grand-père lève la main.

— Ton père avait des idées bien à lui. Il n'était pas très apprécié dans notre lignée. Il t'a eue avec une étrangère, bénie soit-elle. Quand le Haut Conseil a décidé que tu serais éduquée pour devenir une Joueuse, il l'a très mal pris.

Aisling est tout ouïe maintenant. Jamais elle n'en a appris autant au sujet de sa mère et de son père, jugeant préférable de ne pas poser de questions. Mais aujourd'hui, les vannes s'ouvrent.

— Qu'est-ce qu'il a fait ?

— Il s'est enfui. En tuant le Joueur du moment par la même occasion. Il est parti avec la pierre, qui te revient de droit, et toi. Tu n'étais encore qu'un bébé, très loin de l'éligibilité. Il a déclaré qu'il voulait briser le cercle.

— Qu'est-ce que ça signifie ? Qu'il voulait mettre fin à notre lignée ?

Son grand-père soupire et secoue la tête.

— Sans doute. Mais je ne le saurai jamais avec certitude. Le Haut Conseil m'a chargé de vous retrouver tous les deux, ainsi que la pierre. Et c'est ce que j'ai fait. J'ai rétabli l'ordre dans notre lignée.

Aisling met un certain temps à assimiler le sens de ces paroles.

— Tu l'as tué, dit-elle.

Son grand-père hoche la tête.

— Mon fils. Ton père. Avec le fusil posé à tes pieds. Oui.

Aisling souffle lentement par le nez. Elle ne sait pas trop ce qu'elle doit penser de cet aveu, ce qu'elle doit faire de cette information.

Son grand-père lui tend une feuille de papier pliée.

— Voici les coordonnées de l'endroit où il t'a emmenée. Et où il est mort. Peut-être veulent-Ils que tu t'y rendes.

Aisling jette un coup d'œil à ce qui est écrit sur la feuille en la prenant. C'est un endroit en Italie. Elle la glisse dans sa poche arrière de pantalon.

— Pour faire quoi ? demande-t-elle.

Son grand-père secoue la tête.

— Voir ce que ton père a fait, peut-être. Comprendre comme lui.

— Mais il ne voulait pas *gagner*, dit Aisling, surprise par sa férocité.

Elle est en colère contre son père brusquement, un homme dont elle ne se souvient pas, parce qu'il a tenté, d'une manière ou d'une autre, de se dresser contre Endgame. Parce qu'il l'a placée au milieu de tout ça. Parce qu'il a obligé son grand-père à supporter le poids de cette culpabilité pendant des années.

— Non, répond celui-ci. Il voulait *savoir*. Peut-être que toi, tu pourras faire les deux, mon enfant.

CHRISTOPHER VANDERKAMP

Hôtel Grand Mercure, chambre 172, place Huímín, Xi'an, Chine

Christopher reçoit un appel du concierge. Kala s'en va. Elle a pris ses bagages et se rend à l'aéroport.

Il est encore tôt, alors Christopher ne s'affole pas. L'avion ne décolle que dans cinq heures, et même s'il y a des embouteillages, il ne lui faudra que deux heures pour atteindre l'aéroport international de Xi'an Xi'anyang. Sarah aimait partir très en avance elle aussi. C'est peut-être un point commun entre tous les Joueurs : le besoin obsessionnel d'être surpréparé.

Il prend sa douche, s'habille et fait un petit sac. Une fois de plus, il va laisser presque tout ce qui se trouve dans cette chambre. Il n'en veut pas, il n'en a pas l'utilité. Du moment qu'il a son passeport et ses cartes de crédit, il peut se déplacer, vivre et rechercher Sarah. Certes, il a reçu un mail menaçant et inquiet de sa mère il y a deux jours, mais ses parents ne lui ont pas encore coupé les vivres.

Dans le taxi, il allume son smartphone et fait défiler les photos. De Sarah, de tous les deux. Il a commencé à en prendre quand elle avait 14 ans, quand ils étaient en quatrième. Ils sortaient ensemble depuis un an, peut-être moins. Il est effrayé en pensant à tout ce qu'il ignorait sur elle : l'entraînement qu'elle a subi, les compétences terrifiantes qu'elle a acquises, les épreuves violentes qu'elle a endurées. Et pourtant, quand elle était avec lui, elle demeurait Sarah. La Sarah qu'il avait toujours aimée.

Le chauffeur allume la radio. En entendant un homme chanter une chanson d'amour en chinois, Christopher est arraché à ses souvenirs, il se rappelle brusquement où il est et ce qu'il fait. Il regarde la photo de Sarah debout devant la voiture de ses parents, juste avant qu'ils partent camper dans le Grand Canyon. Sans doute qu'ils ne se rendaient pas du tout dans le Grand Canyon. Encore un mensonge.

Il devrait être en colère contre elle, furieux qu'elle lui ait menti durant toutes ces années. Furieux qu'elle lui ait raconté qu'elle partait camper avec ses parents, suivre un stage de football, prendre des cours de piano, alors qu'en réalité elle s'entraînait pour devenir une tueuse impitoyable. Il devrait avoir peur d'elle. Mais non. S'il a peur, c'est de voir à quel point il l'aime encore, indépendamment de ce qu'elle est, de ce qu'elle a fait, de tout ce qu'il ignore encore. Sur la photo, elle lui adresse un signe de la main.

Il sourit.

Et dit :

— Je t'aime.

Il lui fait signe lui aussi.

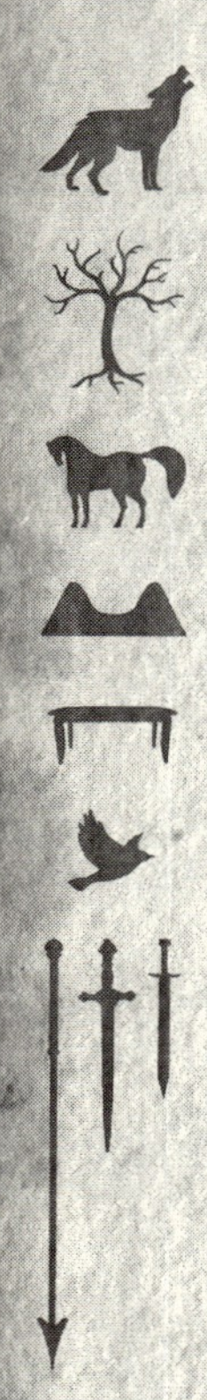

SO AMALIÞA KAISARIS WALENSIS UNS NASIDA
FRAM FRUMISTSAHA HUNANE. UNS FRAGAF
FARÞA UFAR DONARIS JAH IN ÞRAKA FRIÞU.

LUPIKINUS JAH MAXIMUS UNSIS ANDNEMUN
QAIRRUBA, DAUHT UNSIS GAFUN. ANA
ÞAMMA DAUHTAISKA ATLEWEINS ÞAREI
USQEMUN ÞANS BATISTANS UNSARANS.

ALAWIWUS SA MIKLS GASTIKANS WARÞ IN HRUKK
ÞAIRH AFMARZEIN WALENSIS. HALISAIW
ANA ALEINAI ÞALAUH IK AFARALISTIÞS WAS
SWE DIUS.

SA BAGMS SAEI WARÞ GEDARAUSIÞS FRAM
HINDARWEISEIN RUMONE WAHSJIÞ AFTRA
SWINÞS. ÞAI ÞERWINGOS GALESUN AFTRA,
MIÞGATIMRIDEDUN AFTRA, GASWINÞNODEDUN
IÞ ÞO TAUIDEDUN SNIUMUNDO.

ƕAIWA MAG IK SWA BLINDS WALENSA JAH
ALLAMMA REIKJA RUMONE. EIS BIQEMUN
SINTEINO GUTÞIUDA AHAKS FRIÞANS WAIRÞIÞ
NIU AIW.

FAUR JERA HUNDA JAH MAIS TAUHANS WARÞ
RUMA FRAM DRAUHTINA BALWAWEISA.
FRANGINODEDUN ÞAIRH GAIS SWA MANAGAM
KUNGAM EI WAIRÞAN ÞAI AINAHAN.

WALENS SKAL WISAN SA IFTUMA. SUNJIS IST
DU BIQIMAN ÞANS ÞERWINGANS. ÞROÞIDA
IK FAURA LAÞON ÞO MIKILON. BRUKJA ÞO
FADREINSKRAMA AIRIZANE MEINE.

ATTUNHA EIZ MEIN JAH TUNHA ÞIUDA MEINA.
WEIS FRAQISTJAM LUPIKINAU JAH WALENS
USQIMAM.

AZUH DALS MIÞ BLODA FULNIÞ.
RUMA DRAUSJIÞ.

SARAH ALOPAY, JAGO TLALOC

Autoroute de Jingkun G5, Chine

Sarah et Jago se rendent eux aussi à l'aéroport de Xi'an Xi'anyang. Ils ont abandonné la Fulwin pour voler un break Brillance Junjie, un modèle que l'on croise par millions sur les routes de Chine. Personne ne regarde leur voiture, personne ne fait attention à eux. Pendant que Sarah conduit, Jago joue à *Tetris* sur son téléphone.

— On a été bons tout à l'heure, Feo.

— Tu peux le dire, répond-il. Je le savais.

— Je n'ai jamais vu quelqu'un réussir à marcher sur un mur, pour de vrai.

— C'est une question de baskets, dit Jago, faussement modeste. Et toi, joli tir avec l'arbalète. Remarque, on serait passés quand même.

Sarah sourit et hausse les épaules pour singer la nonchalance de Jago.

— Tant qu'on continuera à se sauver la vie mutuellement, tout se passera bien.

Jago réprime un sourire.

— Oui. C'est un très bon plan.

— On devrait se rafraîchir un peu avant d'arriver à l'aéroport, suggère-t-elle.

— Il y a une station-service là-bas.

Sarah quitte la voie rapide et ils se rendent aux toilettes à tour de rôle. Sarah fait un chignon avec ses cheveux longs. Elle souligne ses yeux d'un trait d'eyeliner. Elle change de sous-vêtements. Elle change tous ses vêtements et jette les sales dans la poubelle. C'est fou, mais elle se sent bien. Différente. Plus confiante. Peut-être que, comme tout le reste, Endgame devient plus facile à force.

Jago asperge son corps couvert de poussière et regarde l'eau rouge tourbillonner dans le lavabo. Il colle de petits caches émaillés sur ses dents incrustées de pierres précieuses. Et chausse une paire de lunettes de soleil aussi coûteuses que voyantes. Il enfile une chemise de soie noire qu'il laisse à moitié ouverte.

Après cela, ils repartent en direction de l'aéroport. Pendant que Jago se distrait en continuant à jouer à *Tetris*, Sarah ne quitte pas des yeux le rétroviseur. Quelque chose la tracasse.

— Je n'arrive pas à croire que ces deux-là aient réussi à nous suivre, dit-elle. Comment ils ont fait ?

— Ils ne nous ont pas suivis. Je m'en serais aperçu, répond Jago.

Il regarde le téléphone qu'il tient entre ses mains, le retourne et enlève la batterie. Il l'examine.

— Ils nous ont suivis à distance. D'une manière ou d'une autre.

— Oui. Et le pire, c'est qu'ils ont agi séparément. Chiyoko ne s'attendait pas à tomber sur An. Elle a essayé de nous alerter.

Jago grimace.

— Alors, pourquoi a-t-il essayé de la sauver ?

— Aucune idée.

Après un silence, Sarah demande :

— Tu crois qu'il a réussi ? À la sauver.

— J'espère que non. J'espère que ces deux salopards sont morts.

— Bien d'accord. Mais *comment* nous ont-ils trouvés ?

Elle regarde Jago qui examine toujours son téléphone.

— Avec des traqueurs ? Par Internet ? Un mouchard ?

— Tout est possible. En tout cas, on change de téléphone à la première occasion et on utilise Internet le moins possible. Uniquement avec des terminaux publics.

Sarah s'interroge :

— Quand ont-ils pu nous coller des mouchards ?

Ils connaissent la réponse.

— L'Appel, dit Sarah. Je ne vois que ça.

— Qu'est-ce qu'on va faire ?

Silence.

Finalement, Sarah dit :

— En attendant de se faire scanner pour de bon, on va devoir s'examiner mutuellement. De la tête aux pieds. Partout. On ne peut prendre aucun risque.

C'est plus fort que lui, Jago sent son cœur s'emballer à l'idée d'examiner de près le corps nu de Sarah.

Et malgré elle, Sarah ressent la même excitation.

— Quand ? demande Jago, avec un peu trop d'empressement peut-être.

— Hé, du calme, répond Sarah avec un sourire. Bientôt.

— Non, ce que je voulais dire, c'est... avant de prendre l'avion ?

Sarah fait la moue.

— Si c'est facile, mais faut pas que ça nous empêche de foutre le camp de ce pays. C'est trop chaud ici.

Jago approuve d'un hochement de tête. Il sort la main par la vitre et sent l'air doux glisser entre ses doigts. Il réfléchit au meilleur moyen de chercher une puce. Il faut faire ça de manière consciencieuse...

Sarah se racle la gorge.

— Alors ? Où est-ce qu'on va ?

Jago la regarde.

— En Italie ? C'était le dernier souhait de Cheng Cheng, que l'on retrouve son pote.

— Peut-être, mais j'ai réfléchi à mon indice. Au début, je croyais que ces chiffres étaient des lettres codées, mais non. Ce sont juste des chiffres.

— Qui veulent dire quoi ?

— À mon avis, ce sont des coordonnées. Mais ils sont mélangés. J'ai besoin d'un peu de temps.

— Il faut quand même filer d'ici.

— Je propose qu'on choisisse un endroit entre la Chine et l'Italie. Et qu'on reste en dehors des écrans radar jusqu'à l'arrivée. On évite les aéroports, les listes de passagers et même les pseudos.

Jago fait défiler des noms dans sa tête, des lieux, des connexions.

— L'Irak, ça te tente ?

— L'Irak ?

— Il y a à Mossoul un membre de ma lignée qui pourra nous aider. Il peut se procurer n'importe quoi, et crois-moi, on peut vraiment trouver n'importe quoi en Irak. On peut y rester un jour ou deux. Si tu as besoin de réfléchir à ton énigme, tu pourras le faire là-bas, en paix.

Sarah regarde Jago.

— Dans ce cas, va pour l'Irak.

CHRISTOPHER VANDERKAMP

Aéroport international de Xi'an Xi'anyang, terminal 2, Chine

Christopher arrive à l'aéroport.

Sarah pourrait y être. Si Kala quitte la Chine, il est logique de penser que les autres Joueurs en font autant.

Il ne voit pas Kala, mais il ne s'inquiète pas. Il sait qu'elle va finir par se montrer.

Sarah est peut-être en train de faire la queue.

Il récupère sa carte d'embarquement au guichet. Il n'enregistre aucun bagage.

En train d'acheter un billet.

Il longe les baies vitrées en direction des contrôles de sécurité.

Ou bien est-elle déjà morte ? Et je cours après un fantôme ?

Il ne regarde pas dehors. Il quitte Xi'an et il ne reviendra pas. Alors, à quoi bon regarder ce à quoi il dit adieu ?

Non, je le saurais si elle était morte. Je le sentirais.

Il traverse l'aéroport, il se perd dans les bruits, les odeurs, la foule. Il ne remarque pas le couple qui s'éloigne du guichet, tranquillement, main dans la main, en essayant de donner l'impression qu'il n'a rien à voir avec les faits qui se sont déroulés au musée des Guerriers de terre cuite il y a exactement 132 minutes, qualifiés d'acte terroriste.

Christopher atteint la zone de contrôle et il tourne le dos à la Chine. Sans savoir combien il est proche de lui, il tourne également le dos à l'amour de sa vie, à l'objet de sa quête, à sa meilleure amie, à la fille de ses rêves, Sarah Alopay.

CHIYOKO TAKEDA

Domicile d'An Liu, propriété souterraine non enregistrée, Tongyuanzhen, comté de Gaoling, Xi'an, Chine

Chiyoko se réveille en sursaut d'un rêve bucolique. Les sels qu'on lui fait respirer sont acides, agressifs, douloureux. Ça cogne dans sa tête.

Que s'est-il passé ?

An Liu se penche au-dessus d'elle.

An Liu le fou.

Oui, ça lui revient : la salle de l'Étoile, l'Olmèque et la Cahokienne, l'explosion.

Le disque.

Elle se demande s'ils ont survécu. Si An Liu a le disque. Connaît-il seulement son existence ? Si le disque est toujours enseveli là-bas, avec l'Olmèque et la Cahokienne, elle doit retourner le chercher. Elle sait ce qu'il contient et où il conduit. Elle en a besoin. Maintenant.

Chiyoko tente de se lever, mais sa tête pèse des tonnes. An l'observe attentivement, sans faire le moindre geste pour l'aider.

Elle s'abandonne à la désorientation et à la lassitude. Elle concentre son *chi* ébranlé et s'oblige à oublier le disque pour revenir dans le présent.

Sois ici et tout s'arrangera.

Sois ici.

Elle se dresse sur les coudes et regarde An.

Quelque chose en lui a changé.

Il tend les mains dans un geste de conciliation et dit :

— Attends, s'il te plaît.

En mandarin.

An a décidé de ne pas tuer Chiyoko, de ne pas boire son sang ni tanner sa peau pour la porter. Ce serait de la folie, car ça pourrait ne pas marcher. Ce qui marche, c'est ça : elle, vivante, près de lui. Alors, c'est la tactique qu'il a choisie.

C'est son Endgame désormais.

— Je ne te ferai aucun mal, promis, dit-il et Chiyoko sent qu'il dit la vérité.

— Tu es libre de partir quand tu veux. Ça aussi, je te le promets.

Mais ça, c'est un mensonge, et elle le sent.

Elle va devoir se méfier de lui. C'est un petit fou fragile.

Elle se trouve dans une chambre exiguë, dans un immeuble en béton. Le décor est austère : une chaise, une table, un pichet d'eau glacée et une tasse en plastique. Sur un mur pend un poster corné représentant un vieux ginkgo en proie au jaunissement de l'automne. Un autre mur est percé d'une fenêtre sale munie de barreaux. Un 3e accueille un climatiseur. Pas beaucoup d'échappatoires. La porte ouverte, située à six pieds du bout du lit, est en métal et munie de trois verrous. Ils sont installés à l'extérieur. Il a donc l'intention de la garder ici, cela ne fait aucun doute.

Mais elle ne peut pas rester ici. Le temps presse. Il faut récupérer le disque.

— Comment tu te sens ? demande An.

Chiyoko penche la tête dans un sens, puis dans l'autre. *Couci-couça*, dit son geste.

— Tu as été blessée. Tu t'es cogné la tête et j'ai dû recoudre une blessure profonde dans ton cou.

Chiyoko palpe la compresse de gaze qui adhère à sa peau.

— J'avais peur que tu aies une commotion cérébrale, mais tes pupilles ne sont pas dilatées et ton souffle et ton pouls sont réguliers. Je t'ai fait sortir de cet endroit.

Habituellement, il ne parle pas autant, mais il ne se souvient pas d'avoir réussi à s'exprimer aussi facilement. Jamais.

Chiyoko réclame de quoi écrire, en mimant.

— Oui, bien sûr, dit An.

Il s'approche de la table et lui tend un bloc de feuilles et un pastel rouge.

Elle ne pourra pas le poignarder avec un pastel. Il est intelligent, prudent. Elle devra se montrer plus intelligente.

Merci, écrit-elle en mandarin, sans peine.

An risque un sourire.

— De rien.

Où ?

— Chez moi.

Xi'an ?

Il réfléchit avant de répondre.

— Oui.

Mes affaires ?

— Dans ma chambre. En lieu sûr.

Pourquoi suis-je ici ?

An la regarde, il ne sait pas trop comment lui expliquer. Chiyoko tapote sur le bloc avec le pastel, impatiemment.

— Parce que…

An détourne le regard, nerveux.

Chiyoko se remet à tapoter sur sa question. Des pâtés rouges maculent le mot *pourquoi*.

— Parce que tu m'aides à me sentir bien.

Elle le regarde avec étonnement. C'est alors qu'elle comprend ce qui a changé en lui. Qu'elle se souvient de la brève interruption au cours de leur affrontement dans la quincaillerie. De ce qu'il a dit : il se sentait régénéré et jeune.

Ton bégaiement, écrit-elle.

An hoche la tête.

— Je bégaye depuis tout petit. Je bégaye et j'ai des tics qui me torturent. Mais plus maintenant.

Il croise le regard de Chiyoko. Elle voit de la gratitude dans ses yeux, mais autre chose également. Un sentiment passionné et possessif. Chiyoko ne sait pas encore quelle tactique adopter. Ce garçon croit qu'elle l'a guéri de ses mouvements convulsifs. Elle décide de jouer les imbéciles. Elle penche la tête sur le côté pour mimer la confusion, en se montrant du doigt.

— Oui, toi. Près de toi, je suis différent. Guéri.

Chiyoko demeure impassible. Il vient de se mettre dans une position extrêmement désavantageuse. Elle décide de le mettre en pièces. Rapidement. Avant de le reconstituer.

La première partie sera délicate.

La seconde, facile.

Je veux mes affaires, écrit-elle et elle lui tend le bloc.

An secoue la tête. Chiyoko le dévisage, puis elle repose le bloc sur ses genoux. Elle prend son temps pour écrire la phrase suivante, aussi lisiblement que possible avec le pastel.

Je ne serai pas ta prisonnière.

An secoue la tête encore une fois.

— Je ne veux pas que tu le sois. On peut faire ça ensemble.

Il parle d'Endgame. Chiyoko doit résister à l'envie de lever les yeux au ciel. Elle ne conclut pas d'alliances. C'est une solitaire. Elle agit en solo.

Elle fait semblant de réfléchir à cette proposition. Elle écrit : *C'est tout ce que tu fais ?*

Elle mime le geste de dégoupiller une grenade et de la lancer, puis elle symbolise une explosion avec ses mains.

— Confusion. Perturbation. Mort, dit An. C'est tout ce que j'ai *besoin* de faire.

Ah bon ? écrit-elle.

An la regarde d'un air étonné, comme si la réponse était évidente.

— C'est ça, Endgame. L'incertitude et la mort.

Chiyoko prend son temps avant d'écrire : *C'est ce qu'on t'a enseigné ?*

An frémit de manière presque imperceptible, son tic parcourt son visage pendant un millième de seconde. Elle a touché un point sensible. Elle lui prend la main, la serre dans la sienne et tapote sur sa question, avec insistance.

— Ç-ç-ç-ç-ça te regarde pas, bégaye-t-il, honteux, et il s'éloigne précipitamment.

Chiyoko lâche le bloc et le pastel sur ses genoux et frappe dans ses mains. An se fige avant d'atteindre la porte. Il se retourne vers elle, les yeux baissés comme un chien que l'on gronde. Chiyoko balance ses jambes par-dessus le bord du lit. Elle prend appui sur ses pieds, sans se lever. Elle se sent bien. En cas de besoin, elle peut courir. Mais elle n'est pas prête à se battre. Pas encore.

Elle écrit quelque chose. An la regarde. Quand elle a fini, elle lève le bloc et tapote la feuille avec deux doigts. An revient vers elle, elle lui tend le bloc.

Je ne te ferai aucun mal. Promis.

Ce sont ses propres mots. Retournés contre lui.

An les lit et les relit. Tous ceux qui lui ont fait cette promesse ne l'ont pas tenue. C'était une ruse. Mais parce qu'elle vient de Chiyoko, la belle, la douce, la puissante Chiyoko, il y croit.

Pour la première fois, autant qu'il s'en souvienne, il croit qu'une chose bonne l'est véritablement. Et non pas, comme à son habitude, qu'une chose mauvaise est bonne : un carnage, la mort, les météorites, une bombe bien placée, un corps déchiqueté, du sang sur des mains, des murs ou des visages. Ça, ce sont de bonnes choses, tout le reste, ce sont des mensonges.

C'est un sentiment étrange.

— Tu peux marcher ? demande-t-il, tout bas.

Chiyoko hoche la tête.

An lui tend la main.

— Je vais te faire visiter.

Chiyoko prend sa main.

À cet instant, elle sait que si elle répare une petite partie d'An, le mettre en pièces ensuite sera aussi simple que de remporter un jeu d'adresse face à un jeune enfant. Il suffit de lui faire croire qu'elle est amoureuse de lui et il baissera la garde, elle pourra s'en aller.

Mais avant cela, elle doit retrouver ses affaires. Le sac qui contient la montre et les lunettes qui lui apprendront si l'Olmèque, Jago Tlaloc, a péri ou s'il a survécu à cette journée pour continuer à Jouer.

Continuer à Jouer.

SARAH ALOPAY, JAGO TLALOC

Aéroport international de Xi'an Xi'anyang, terminal 2, Chine

Jago et Sarah ont de la chance. Un avion décolle pour Delhi dans une heure. Là, ils auront une correspondance rapide pour Abū Dhabī. Une escale de deux heures, puis un vol direct pour le nord de l'Irak. Moins de 19 heures de vol en tout, un exploit dans cette partie du monde.

Ils achètent leurs billets en utilisant de faux passeports – canadien pour elle, portugais pour lui – et des cartes de crédit correspondant à ces faux noms. Ils luttent contre le trac en franchissant les contrôles de sécurité, ils craignent que les autorités chinoises aient lancé un avis de recherche concernant les deux jeunes étrangers qui ont semé la terreur sur le site de l'Armée de terre cuite. En franchissant les portiques détecteurs de métaux, ils ont peur qu'une puce invisible déclenche une alarme, mais ils passent sans encombre.

Il leur reste 15 minutes pour prendre leur avion. Pas le temps d'aller aux toilettes, d'acheter une bouteille d'eau ni de quoi lire. Voilà pourquoi Sarah passe devant un kiosque à journaux sans prendre la peine d'y jeter un coup d'œil, sans voir que, derrière un présentoir de magazines, il y a Christopher.

— Allez, ma chérie, dépêche-toi, dit Jago pour jouer la comédie du jeune couple en vacances.

— Oui, j'arrive ! répond Sarah en faisant mine de pester. Tu sais bien que je déteste quand tu m'appelles « ma chérie », trésor.

Christopher entend cet échange en anglais entre ces deux personnes qui marchent rapidement dans le hall. Il se demande qui sont ce garçon et cette fille, s'ils sont heureux, s'ils sont amoureux comme il est amoureux de Sarah.

Il n'a même pas reconnu sa voix.

Qui perd face à Dieu d'homme à homme
Gagnera au tournant de la partie
J'ai tiré mon épée là où les éclairs se rejoignent
Mais l'issue est la même
Qui perd devant Dieu lorsque les lames échouent
Gagnera à la fin de la partie.

ALICE ULAPALA

Entrepôt de la fabrique de perruques Fashion Europe, Chengdu, Chine

Alice regarde à travers les vitres grasses et troubles. Elle voit Shari, affalée sur son siège, éreintée, en sang. Une de ses mains est entourée d'un bandage, très bien fait. Il lui manque un doigt, apparemment. Les autres sont libres, mais sans doute très endoloris. Elle dort. Comment fait-elle pour dormir avec ce vacarme impossible qui envahit la pièce ? Alice n'arrive pas à le concevoir.

Peut-être est-elle évanouie, à cause des coups, de la déshydratation ou de l'épuisement simplement. Ou des trois à la fois.

À moins qu'elle ne soit déjà morte.

Alice ferme les yeux et tend l'oreille. Elle projette ses pensées dans la pièce. Elle se concentre sur sa respiration. Elle appelle à l'aide les Mères, les Pères, les Frères et les Sœurs de toutes les lignées de la Terre.

Elle écoute, écoute, écoute.

Shari dort bel et bien. Elle rêve de choses agréables. Des choses vertes. Des choses riantes. Toutes les tortures qu'elle a endurées ont disparu comme de l'eau sous une pluie torrentielle. Emportées. C'est comme si elle ne sentait plus du tout ce que Baitsakhan et sa bande de tortionnaires lui ont fait. Comme si son esprit pouvait se séparer de son corps. C'est également cela qui a permis à Alice de retrouver l'Harappéenne. En utilisant un don oublié depuis longtemps.

Le peuple d'Alice se projette de cette façon depuis des dizaines et des dizaines de milliers d'années. Ils sont les seuls qui sachent encore le faire. Les seuls, hormis les êtres comme kepler 22b qui sont venus à eux dans le Grand Espace au temps d'avant le temps, pour leur apprendre.

Depuis qu'Alice a été témoin du geste altruiste de Shari dans le bus, elle a vu la bonté, et cette bonté brûlait d'une lueur éclatante dans la nuit. Elle sentait la souffrance de Shari, elle savait où elle était, et quand elle survenait. Une telle bonté ne mérite pas de souffrir ainsi. Alors, Alice est venue la soulager.

Elle se dit que, si elle ne remporte pas Endgame, elle aimerait que ce soit Shari qui gagne, et quoi qu'il en soit, Shari ne doit pas mourir entre les mains de ce petit connard de Baitsa-machin chose.

Oui, Shari ferait une bonne déesse pour l'avenir de l'homme. Une excellente déesse.

Alice lui envoie un message en chantant, un message qui pénètre dans les rêves de l'Harappéenne : « Trois minutes et adieu… trois minutes et adieu… trois minutes et adieu… »

Shari remue la tête.

Elle a entendu.

Pieds nus, Alice approche de la grande porte coulissante. Au cours de son entraînement, elle a appris à marcher sans bruit sur des braises rougeoyantes, des tapis de verre brisé et d'épines de chardon séchées. Elle tient dans ses mains deux de ses nombreux boomerangs et un couteau de chasse est glissé dans sa ceinture. Deux sortes de boomerangs pour deux usages différents. Elle sait que, pour un Koori, un boomerang ressemble à une mauvaise blague, mais quand vous savez vous en servir, il n'y a pas de meilleure arme.

Et personne ne sait se servir d'un boomerang aussi bien qu'Alice Ulapala.

Les hurlements sont si puissants que c'est un jeu d'enfant d'ouvrir la porte et de se faufiler dans la pénombre. Un des garçons, coiffé d'un casque anti-bruit, est en train de nettoyer un pistolet. Il est inondé de lumière par l'ampoule nue qui pend au-dessus de sa tête. L'autre est dans l'ombre, il envoie des messages ou il joue avec son téléphone.

Un arc est posé sur la table, à côté de deux mallettes. Un carquois rempli de flèches.

— Oï ! s'écrie Alice pour faire un test.

Ils ne bougent pas. Les cris sont trop forts et les casques arrêtent les autres sons.

Mais Shari, elle, l'entend.

Elle soulève sa tête enflée.

Alice sort de la pénombre.

Shari la voit.

Alice lui adresse un clin d'œil. Elle veut que l'Harappéenne assiste à la scène, elle pourrait apprécier ce qui est sur le point de se produire.

Elle lève son premier boomerang et le lance d'un petit mouvement du poignet. Il s'envole vers le toit, passe au-dessus d'une poutre, et replonge entre les fils des lampes. Le centre du boomerang frappe le garçon qui envoie des textos. À la main. Celle-ci se brise et le téléphone aussi. Le boomerang poursuit sa course, l'extrémité traverse son visage et lui tranche les lèvres.

Il tombe sur le sol, glisse et s'immobilise à quelques pas d'Alice.

Le garçon hurle de douleur, mais l'autre, qui lui tourne le dos, avec son casque sur les oreilles, n'entend rien. Il continue à nettoyer son arme. Le hurlement n'est qu'une goutte sonore dans cet océan de bruit qui se déverse des enceintes.

Ne sachant pas ce qui l'a frappé, le garçon sans lèvres tourne la tête du côté opposé à Alice car l'attaque est venue de cette direction. Rien. Il regarde Shari. Rien non plus. La fille est toujours là, ligotée sur sa chaise en bois, à moitié évanouie.

Soudain, avant qu'il puisse comprendre ce qui lui arrive, le couteau de chasse d'Alice s'enfonce dans son dos entre ses vertèbres C7 et T1.

Game over, mon gars.

L'autre n'a toujours rien remarqué.

Alice adresse une grimace à Shari. Celle-ci comprend le message. La Koori est en train de lui dire : *Qui sont ces amateurs ?*

Du regard, Shari montre les cordes qui entravent ses chevilles. Alice glisse jusqu'à elle et les tranche avec son couteau.

Shari se tourne ensuite vers Bold, le garçon restant.

Il a enfin vu ce qui se passait et s'empresse de remonter son arme. La culasse claque.

Shari se redresse et se rassoit violemment. La chaise vole en éclats. Elle doit encore se libérer des cordes distendues.

Alice lance le deuxième boomerang. Il s'envole et manque largement Bold. Elle se retourne et fonce vers l'autre extrémité de la pièce, plongée dans l'obscurité, pour tenter de capter son attention.

Il ne mord pas à l'hameçon.

Il introduit des balles dans le chargeur et vise Shari.

Mais l'Harappéenne s'est libérée entre-temps et elle vient vers lui en tenant dans chaque main un bout de bois brisé. Les vestiges de la chaise.

Il presse la détente.

Juste au moment où le boomerang le frappe dans la nuque et lui tranche le cou, jusqu'à l'os de la colonne vertébrale.

Le coup de feu claque. Mais Bold n'a pas pu viser. La balle n'atteint pas Shari, qui continue d'avancer.

Le boomerang retombe par terre, rouge de sang. Arrivée devant lui, Shari lui plante les deux pieux dans la poitrine. Il est déjà mort, mais peu importe. Bold s'écroule sur la table et son corps tremble comme une grenouille crucifiée sur une planche de dissection.

Alice émerge de l'obscurité.

— Ça va ? demande-t-elle en tendant la main vers l'iPod pour arrêter les hurlements.

Le silence envahit la pièce.

Shari est essoufflée, elle ressemble à un animal sauvage.

Elle hoche la tête.

— Super, dit Alice.

On a l'impression qu'elles viennent juste de finir un petit jeu entre amis. Elle se baisse pour ramasser le boomerang.

— Il y a deux pistolets dans cette mallette, dit Shari, comme si elle les offrait.

— J'aime pas les armes à feu, répond Alice.

Elle prend un chiffon sur la table pour essuyer ses armes à elle. Shari récupère le pistolet qui est toujours dans la main de Bold, puis celui qui se trouve sur la table.

— Moi non plus, dit-elle, mais ce n'est qu'une petite partie de ce qu'on me doit.

— OK. Pourquoi pas ?

Alice ouvre la mallette et s'empare des deux Sig, sans oublier les chargeurs.

— Je crois qu'on ferait bien de filer, non ?

— Oui, honorable Koori. On ferait bien, répond Shari.

Elles se dirigent vers la sortie. Shari n'est plus fatiguée. Elle va devoir faire soigner sa main, mais elle ne ressent aucune douleur. Elle est surexcitée par son premier meurtre et la violence généreuse d'Alice lui a donné un coup de fouet.

Arrivées à la porte, elles jettent un coup d'œil dehors. La voie est libre.

— Comment m'as-tu retrouvée ? demande Shari.

Alice ricane.

— Ah, c'est un très ancien secret. Si je te le dis, je serai obligée de te tuer.

— En tout cas, je suis contente que tu y sois parvenue. Merci.

— Dommage que l'autre petit con n'ait pas été là. Je me serais fait un plaisir de le rayer de la liste.

— Je suis d'accord.

— Son tour viendra, j'en suis sûre.

— J'ai l'intention de m'en charger personnellement, Alice Ulapala.

Alice adresse un nouveau clin d'œil à Shari.

— J'aime bien t'entendre prononcer mon nom.

Elle regarde vers la gauche.

— Maintenant, je vais poursuivre mon chemin, si ça ne t'ennuie pas. Ce n'est pas une réunion de patronage. Je n'ai pas l'intention de faire équipe. Je trouve que tu es quelqu'un de bien, c'est tout, et tu méritais mieux que de finir comme ça.

Shari hoche la tête avec gravité.

— Je n'oublierai jamais. J'espère te rendre la pareille un jour, si les circonstances le permettent.

— Les circonstances, répète Alice en regardant le ciel où quelques étoiles scintillent ici et là. Elles pourraient vite devenir amusantes, non ?

— C'est déjà le cas, si tu veux mon avis, répond Shari avec un sourire douloureux.

— Si on est les deux dernières à s'affronter, je te couperai la tête. Mais ce sera à regret.

Shari sourit de nouveau et lui tend sa main valide.

— Idem.

Elles se serrent la main.

— Embrasse ta Petite Alice quand tu la verras. Spécialement de la part de sa grande tantine A.

Sur ce, Alice se retourne et s'éloigne au trot. Ses pieds nus frappent le sol sans bruit.

Shari la suit du regard.

Cette fille est un prodige.

Une héroïne, déjà.

Mais Shari ne peut pas s'attarder plus longtemps. Elle traverse l'allée, escalade une échelle de fer pour grimper sur le toit de l'entrepôt et traverse en secret la nuit de Chengdu.

Elle laisse Baitsakhan – et la Chine – derrière elle. Elle veut son sang.

Mais elle doit se montrer patiente.

Très, très patiente.

CHIYOKO TAKEDA

Domicile d'An Liu, propriété souterraine non enregistrée, Tongyuanzhen, comté de Gaoling, Xi'an, Chine

Chiyoko est allongée à côté d'An Liu. Leurs jambes sont entrelacées. Ils se font face. Un drap est remonté jusqu'à leur taille.

Voilà ce qu'elle a dû faire pour s'échapper.

Maintenant, il a confiance en elle.

Il va bientôt s'endormir.

À ce moment-là, elle s'en ira.

Mais il s'est passé autre chose.

Chiyoko pose la main au creux de la hanche d'An. Celui-ci dessine de petites spirales sur son épaule avec son doigt. Il s'est montré gentil, patient, d'une habileté surnaturelle. Il lui a murmuré des questions auxquelles elle pouvait ne répondre que par un regard ou un hochement de tête. Il ne l'a pincée qu'une seule fois, juste au bon moment. Il l'a chatouillée et elle a ri en silence. Il a bougé lentement, profondément, lentement et profondément.

Mais surtout, en dehors de ses questions, il est resté muet.

Comme elle.

Respectueux.

Jusqu'à la fin.

Pour toutes ces raisons, même s'il lui est douloureux de l'admettre, elle a aimé ça.

Elle a aimé coucher avec le plastiqueur fou de la 377e.

Elle a aimé se dire qu'elle l'avait changé, de manière significative.

Ce n'était pas la première fois (les autres avaient été maladroites et décevantes), mais elle devine que c'était une première pour An. Qui pourrait faire l'amour avec ce monstre tordu et bourré de tics ? Certes, il aurait pu payer, songe-t-elle, mais ce n'était pas ainsi qu'il aurait pu apprendre tout cela. Une prostituée lui aurait enseigné uniquement ce que n'importe qui peut trouver sur Internet en quelques secondes.

Non, il n'y a qu'une seule explication : ça vient d'*elle*. De l'effet qu'elle produit sur lui. Même si cela n'a duré que le temps nécessaire, il l'a aimée. Et bien qu'elle n'ait eu nullement l'intention de partager ce sentiment, durant ces quelques instants où leurs deux corps avaient remué à l'unisson, une petite partie d'elle-même l'avait aimé.

C'est son Endgame maintenant. Jouer à faire semblant, mais pas entièrement. Quelque chose d'authentique s'est passé ici.

Il lui a fait visiter la maison. Au début, il était réservé et sur ses gardes, mais elle avait entrelacé ses doigts dans les siens, et il avait commencé à se détendre, à s'ouvrir.

Il lui a montré ses ordinateurs. Ses machines. Ses matériaux. Ses explosifs. Ses créations. Ses outils. Et même ses médicaments, alignés dans de petits flacons en plastique blanc, dans la salle de bains. Il lui a montré son animal familier : un lézard des provinces occidentales. Il lui a montré une photo de sa mère, morte quand il avait seulement un an. Il ne lui a montré aucune autre photo.

Il a préparé le dîner. Du riz frit avec des huîtres, des pousses d'ail du jardin, des boulettes de porc et des oranges en tranches. Ils ont mangé en buvant du Coca avec des quartiers de citron. De la glace et des cookies pour le dessert.

Au cours du dîner, il lui a demandé simplement si tout allait bien. Mais il le lui a demandé 17 fois.

Tout allait bien.

Finalement, ils sont allés dans sa chambre. Chiyoko a vu ses affaires. Il ne manquait rien. Elle ne s'est pas jetée dessus. Ça pouvait attendre. Il le fallait.

Car avant cela, il fallait que ça arrive.

C'était la seule façon.

Ils se sont assis sur le lit, sans un mot, en gardant un petit espace entre eux. Être. Respirer. Sans se toucher. Quand il a posé une main sur le lit, elle a posé la sienne dessus et s'est tournée vers lui. Il était si nerveux qu'il n'osait pas la regarder. Elle l'a embrassé dans le cou. Il a tourné sa bouche vers la sienne.

Et ça a commencé.

Et c'est arrivé.

Maintenant, ils se regardent. Sans sourire. Ils se regardent, c'est tout. Chiyoko se sent désespérée.

Elle doit partir. Mais, curieusement, à cet instant, elle n'en a pas envie.

Ses grands yeux papillotent, elle lui fait signe en dressant l'index et se lève. Il regarde son corps nu glisser vers la chaise où se trouvent ses affaires. Elle prend son téléphone et revient vers le lit. Elle est totalement à l'aise avec son corps.

Il l'envie. Il est envieux de son aisance et de sa pureté. Envieux et épris.

Elle se recouche et ouvre une application bloc-notes en chinois. Elle tape sur l'écran. Et lui montre ce qu'elle a écrit. *C'était bien. Très bien.*

— Oui. Merci.

An semble un peu surpris, mais il essaye de paraître sûr de lui. L'absence de bégaiement lui apporte une aide précieuse.

Je me demande s'il y en a d'autres qui...

— Ha. Peut-être. Probablement les deux que tu suivais, non ?

Chiyoko hausse les épaules. Les ragots, ce n'est pas son genre. Elle se fiche pas mal de ce que peuvent faire la Cahokienne et l'Olmèque. Elle veut juste continuer à faire parler An. Et ça marche.

En la regardant droit dans les yeux, il ajoute :

— J'ai envie de te dire quelque chose. Plusieurs choses. Que je n'ai jamais dites à personne. Je peux ?

Il est idiot, ne peut-elle s'empêcher de penser. Jamais elle n'a été aussi contente d'être muette qu'à cet instant.

Elle hoche la tête.

Il lui parle sans la quitter des yeux. D'une voix régulière, posée. Ses nerfs sont apaisés, ses tics le laissent en paix.

— Quand j'étais très jeune, j'étais normal. À deux ou trois ans. Je m'en souviens. Je m'en souviens même très bien. Je jouais avec des balles en caoutchouc rouges dans le parc, je parlais avec mes oncles, j'insistais pour avoir un petit jouet, je courais, je riais, je m'exprimais sans bégayer. Je n'étais pas du tout comme maintenant, quand je ne suis pas près de toi. Pas du tout. Et puis, quand j'ai eu quatre ans, on m'a parlé d'Endgame.

Chiyoko enfonce sa tête dans l'oreiller. Elle a appris l'existence d'Endgame à la naissance. Les histoires qu'on lui racontait quand elle était enfant parlaient d'Endgame. Les berceuses qu'on lui chantait, les petits mensonges que lui racontaient ses parents pour qu'elle soit sage... Tout parlait d'Endgame. Tout le temps. Cela la troublait, évidemment, et quand elle grandit, son appréhension grandit elle aussi, mais elle avait toujours accepté cette situation. Endgame faisait partie d'elle, et de manière tout à fait réelle ; elle était fière de ce qu'elle était.

Pas An.

— Le lendemain de mes quatre ans, mon père m'a fouetté violemment avec une badine, sans raison. J'ai pleuré, crié, supplié. Rien n'y a fait, il a continué. À partir de là, tout est devenu un cauchemar. On m'a battu, torturé, on m'a forcé à apprendre par cœur. Si je pleurais, le châtiment était encore pire. Je devais effectuer des centaines de tâches répétitives ou exécuter des mouvements des milliers et des milliers de fois. J'étais enfermé dans une boîte à peine plus grande que moi pendant plusieurs jours d'affilée. Privé de nourriture. D'eau. Noyé. Surchargé. Finalement, j'ai appris à ne pas pleurer. À ne pas crier ni protester. Il fallait que je comprenne combien c'était difficile. Et j'ai compris. Ils m'ont brisé, encore et encore. Ils me frappaient régulièrement. En m'expliquant que cela avait été la même chose avec eux, et avant eux, et il en serait de même après moi. Quand j'avais dix ans, ils m'ont frappé si violemment qu'ils m'ont ouvert le crâne et j'ai dû porter une plaque en acier dans le front. Je suis resté deux semaines dans le coma. Quand j'ai repris connaissance, ils se fichaient pas mal de voir que j'avais des tics et que je bégayais, ou que j'avais la moitié du crâne en métal. Ils avaient tous oublié – mon propre père et ses frères, jamais aucune femme – le garçon innocent que j'étais au départ. Le petit enfant que j'avais été. Mais moi, je n'ai jamais oublié. Et je ne leur ai jamais pardonné ce qu'ils ont fait.

Chiyoko ne peut s'empêcher d'éprouver un sentiment de pitié, elle se rapproche de lui.

— Je les ai tous tués quand j'ai eu onze ans. Je les ai drogués dans leur sommeil, je les ai aspergés de cet alcool de riz bon marché qu'ils aimaient tant et je les ai brûlés vifs, un par un. Les flammes les ont réveillés, malgré la drogue. Ils étaient terrorisés et j'ai aimé ça. Mes oncles, je les ai laissés brûler dans leur coin, mais j'ai regardé mourir mon père. Je leur ai dit, mentalement à cause de mon problème d'élocution : « Vous récoltez ce que vous avez semé. » J'ai regardé mon père brûler aussi longtemps que j'ai pu, jusqu'à ce que je doive quitter la maison car elle brûlait aussi. Ce jour était, jusqu'à aujourd'hui, le plus beau jour de toute ma vie.

Chiyoko pose la main sur son bras. An se tait. Ce silence est le plus pur qu'elle a jamais entendu.

— Je déteste Endgame, Chiyoko. Je le méprise. Je le hais. Si l'humanité est condamnée à périr, qu'elle périsse. Personne n'aura la moindre chance de gagner tant que je serai vivant.

Une pause.

— Personne, sauf toi maintenant.

Et je dois partir pour que tu fasses en sorte que cela se produise, pense-t-elle. *J'espère que tu comprendras.*

Le silence revient. Chiyoko se penche vers An et l'embrasse. Puis elle recommence. Et encore une fois. Elle recule. Ils se regardent. Toujours sans parler.

Il roule sur le dos et contemple le plafond.

— Les autres ne vont pas tarder à avoir beaucoup de mal à se déplacer. Ils vont tous se retrouver sur des listes de passagers indésirables. J'ai indiqué tous les pseudonymes que j'ai pu trouver. Si j'en trouve d'autres, je les ajouterai. Les seuls qui pourront prendre l'avion facilement, ce sera toi et moi. Et aussi ce jeune gars, Baitsakhan. Impossible de découvrir la moindre miette de pain électronique à son sujet. Comme s'il n'avait jamais utilisé Internet ni quitté la Mongolie avant la semaine dernière.

Il n'est pas du tout idiot. Il est amoureux. Et quel que soit son objectif, il Joue. Il Joue avec plus d'acharnement que la plupart des autres, pour ne pas dire tous les autres.

J'ai de la chance.

Elle enfouit sa tête dans son cou. Avec ses pouces, elle écrit quelque chose sur son téléphone. Et le lui montre.

Merci, An. Merci pour tout. Maintenant, je vais dormir si tu es d'accord.

— Oui, bien sûr. Je suis fatigué moi aussi.

Une hésitation.

— Tu restes là, dans le lit, avec moi ?

Elle sourit, l'enlace et l'embrasse dans le cou.

Oui, elle restera avec lui.

Pour le moment.

Pour le moment.

I
23
7'N
?
H2O2
15ML
II
Uncle Jasper's
Liquid
STARCH
αμυλον
2.5ML
III
IV

KALA MOZAMI

Vol Qatar Airways 832, siège 38F
Départ : Xi'an
Arrivée : Dubaï

L'avion à bord duquel se trouve Kala a décollé il y a quatre heures et 23 minutes. Il franchit la limite occidentale du sous-continent indien et survole la mer d'Arabie. Kala occupe le siège 38F. Christopher le siège 35B. Il sait où elle est assise. Elle ne sait même pas *qui* il est.

Kala est un peu moins obsédée par son indice visuel qu'elle ne l'a été, mais il continue à occuper son esprit. Cette image avait été un mystère, elle la troublait et la déconcentrait. Mais plus maintenant. Kala sait ce qu'elle représente.

Göbekli Tepe.

Elle a contacté 56X. Il a effectué quelques recherches et confirmé son intuition. Il lui a également fourni une fiche d'informations et une liste de liens Internet, bien qu'elle n'en ait pas besoin.

Tous les Sumériens connaissent Göbekli Tepe.

Voici, en résumé, ce que le monde « connaît » de Göbekli Tepe. Il s'agit d'une gigantesque structure de pierre située dans le sud de la Turquie, ensevelie pendant des millénaires. Découverte accidentellement par un berger en 1993. Les travaux d'excavation n'ont débuté qu'en 1994. On estime que cette structure a été construite par une culture inconnue vers l'an

10000 avant notre ère, mais pas après. C'est-à-dire, selon les dates généralement admises, avant l'invention de l'agriculture, du travail du fer, de l'élevage, de la roue et de l'écriture. Les plus grosses pierres, dressées verticalement et coiffées d'énormes blocs, pèsent jusqu'à 20 tonnes. Elles sont ornées de sculptures de lézards, de vautours, de lions, de serpents, de scorpions et d'araignées. Nul ne sait ce qu'elles signifient ni comment elles ont été réalisées. Göbekli Tepe demeure entouré de mystère.

Et voici ce que sait Kala : ce site fait partie de ceux visités par les Annunakis, un site construit pour eux. Un des endroits où ils sont descendus du ciel, de Dukù, pour donner aux gens leur caractère humain. Ils l'ont introduit en eux, afin qu'ils le transmettent de génération en génération. Nous l'avons tous en nous désormais, aujourd'hui encore, endormi, caché, patient. Les Annunakis ont montré à ce « premier peuple » (car il existait un grand nombre de « premiers peuples » semblables à travers le globe) comment élever des bêtes, creuser des mines, tisser et cultiver la terre. Ils leur ont donné l'écriture. Ils leur ont montré le métal. Ils leur ont expliqué comment le fondre et le mouler. Principalement ce métal tendre et magique connu sous le nom d'or. Les Annunakis leur ont montré comment le trouver et le travailler. Certaines personnes pensent qu'ils sont venus sur Terre à cause de l'or. Qu'ils en avaient besoin pour une raison quelconque, pour une de leurs technologies, et ils savaient que l'on pouvait en trouver en abondance sur Terre. Et si le savoir des Annunakis a disparu, ce n'est pas le cas des villes et des monuments construits pour les honorer. Là-bas à Göbekli Tepe, comme dans d'autres lieux très anciens, oubliés, ensevelis, submergés, les Annunakis ont accéléré notre évolution grâce à des cadeaux inattendus. Des cadeaux qui semblaient venir des dieux eux-mêmes.

D'ailleurs, c'est exactement sous ce nom qu'ils se sont fait connaître. Des dieux.

Göbekli Tepe.

C'est là que se rend Kala Mozami. Elle retourne dans un lieu où tout a commencé. Elle trouve cela approprié, étant donné que tout va bientôt prendre fin.

Bénis soient-ils.

Tandis que cette image continue à tournoyer dans sa tête, elle pense à sa lignée, elle se demande de quelle manière, exactement, ses membres seront libérés quand elle sortira victorieuse. Car elle est persuadée que sa lignée est différente de toutes les autres.

Les Joueurs potentiels sont arrachés à leurs mères et à leurs pères dès le plus jeune âge pour être élevés et éduqués par des anciens. Ils portent des noms, qu'ils utilisent entre eux, mais officiellement, ils sont désignés par des appellations alphanumériques. 56X, par exemple. Ou Z-33005. Ou HB1253.

Kala est 5SIGMA.

Le but est d'éviter ce qu'ils nomment « les liens du sang ». Des amitiés se créent, évidemment, des sentiments se développent, mais il est essentiel que les Joueurs de la 89e n'aient pas de liens de sang. Une chose qu'ils ont apprise au fil des siècles de réflexion et d'action. Des histoires circulent sur d'autres lignées, aujourd'hui disparues, écrasées sous le poids de leurs propres relations.

Donc, les 89 n'ont ni mère ni père. Et cela depuis 4 394 ans. Kala pense à son mentor préféré. Une femme connue sous l'appellation EL2. Son vrai nom était Sheela. Elle est morte il y a trois ans, d'un cancer des ovaires. C'était un mentor joyeux, insouciant. Une bonne cuisinière et une experte en arts martiaux. Une spécialiste du crochetage de serrure. Elle prenait Endgame très au sérieux, mais sans en rajouter. « Comme dans ma cuisine », aimait-elle répéter.

Selon elle, la fin serait un nouveau commencement. Et le jeu, lorsqu'il surviendrait, serait le prisme à travers lequel la peur se transformerait en courage.

Voilà ce qu'elle avait enseigné à Kala.

Bénie soit-elle.

L'image tournoyante de Göbekli Tepe s'efface de son esprit. Elle se rend sur place, elle n'a plus besoin d'y penser. Elle se recentre. Elle reprend conscience de sa respiration et de son cœur. Elle pose les mains sur ses genoux et regarde le monde en dessous, par le hublot. La mer d'Arabie est sombre et bleue. Aucune terre en vue. Les nuages intermittents sont gonflés, baignés de soleil et rassemblés à l'horizon comme une cavalerie dorée. Tout en bas, le monde est aussi riche et beau qu'il l'a toujours été.

Elle appuie sa tête contre le carreau.

Tout défile en dessous.

Elle ferme les yeux.

31.05, 46.266667[lx]

SARAH ALOPAY, JAGO TLALOC

Vol Emirates 413
Départ : Abū Dhabī
Arrivée : Mossoul

L'avion de Sarah et de Jago survole le sud de Bagdad, à 35 minutes de Mossoul. Ils n'ont pas évoqué la chance qu'ils ont eue de pouvoir quitter la Chine. Ils n'ont pas évoqué les choses qu'ils vont devoir se procurer en Irak. À vrai dire, depuis qu'ils ont embarqué à bord du premier avion, en Chine, ils se sont à peine parlé. Ils sont épuisés. L'Appel, la fuite de la pagode, l'incident au musée des Guerriers de terre cuite, le fait qu'ils détiennent toujours le disque, les différents trajets en avion… tout cela se fait sentir maintenant. De plus, ils sont sur le point d'atterrir en Irak avec de faux visas que Jago avait cachés dans son sac à dos. Ils sont donc un peu stressés. Jago dort assis, étalé dans le siège vide qui les sépare. Sarah tente de déchiffrer son code. À l'aide d'un bout de crayon à papier, elle griffonne au recto et au verso d'un sac à vomi. En utilisant un très ancien système numérique, oublié depuis longtemps.

Elle progresse, mais c'est difficile. Il y a trop de chiffres. S'ils sont tous utilisés, les coordonnées seront précises jusqu'à la 6e ou 7e décimale. De plus, elle ne sait pas si les coordonnées sont UTM ou LAT/LON. Ce qui ne l'empêche pas de générer un tas de possibilités. Ce qu'il lui faut maintenant, c'est une carte.

Elle contemple tout ce qu'elle a écrit sur le sac en papier et repose le bout de crayon sur la tablette. Elle se tourne vers Jago. Il a les yeux ouverts et regarde le vide par-dessus son épaule.

Elle lui sourit.

— Alors, ça avance ? demande-t-il.

— Pas mal. J'ai besoin d'une carte.

— Ils en ont en Irak.

— Tant mieux.

Sarah observe Jago tandis que les chiffres continuent à défiler dans sa tête. Le garçon se méprend sur le sens de ce regard et demande :

— Tu veux aller aux toilettes avec moi ?

— Hein ? Non ! répond-elle en riant.

Jago se reprend en disant :

— Pour essayer de trouver les puces, je voulais dire. Ce n'était pas ce qu'on devait faire *immédiatement* ? Depuis un petit moment déjà ?

— Oh, oui. J'avais oublié.

En vérité, elle n'a pas oublié. Depuis qu'ils ont quitté la Chine, elle y a beaucoup pensé au contraire.

— Je pense qu'on devrait le faire avant de franchir la douane irakienne. Au cas où.

Sarah détourne le regard.

— Je vais y aller d'abord pour me déshabiller. Dernière porte sur la droite. Accorde-moi deux ou trois minutes.

— Cool.

Sarah ôte ses baskets et les glisse sous le siège devant elle. Elle se lève et passe devant Jago en frôlant ses genoux. Une fois dans l'allée, elle murmure :

— Ne va pas te faire des idées, surtout.

— Toi non plus.

Sarah ricane et se dirige vers l'arrière de l'avion.

Les passagers sont presque tous des hommes. Quelques Occidentaux, mais surtout des Moyen-Orientaux. L'un d'eux la reluque sans aucune gêne.

Sarah lui jette son regard le plus dur, et ce n'est pas peu dire. L'homme détourne la tête.

Elle pénètre dans les toilettes, se regarde dans la glace et commence à se déshabiller. Elle plie ses affaires et les pose sur le couvercle des toilettes. Elle se lave les mains, puis s'asperge le visage.

Elle commence par examiner le devant de son corps, sous les seins, sous le cou. Elle baisse sa culotte pour inspecter l'endroit que Jago n'aura pas le droit de voir, ni de toucher. Elle fait glisser ses mains sur ses cuisses, ses genoux, ses tibias, jusqu'au cou-de-pied. Rien. Ni puce ni quoi que ce soit qui puisse servir à la localiser.

Plantée devant le lavabo, elle s'asperge le visage de nouveau.

Elle est à la fois impatiente et nerveuse. Elle ne sait pas comment elle va réagir quand Jago inspectera le reste de son corps. Le seul garçon qui l'a jamais vue nue, qui l'a jamais touchée, c'est Christopher. Dans des circonstances fort différentes. La première fois, c'était chez lui, dans sa chambre. Ses parents se trouvaient à Kansas City pour le week-end et il était resté seul avec son oncle, qui avait passé la majeure partie du week-end à boire de la bière en regardant le foot à la télé. Ils étaient montés discrètement, ils avaient verrouillé la porte et passé quatre heures à s'embrasser, à se caresser et à se déshabiller mutuellement, lentement. À partir de ce jour, à la moindre occasion, ils s'éclipsaient. Ils attendaient avant de le faire pour la première fois, c'était prévu pour cet été. Encore une chose perdue à cause d'Endgame. Mais Sarah sait que si elle gagne, l'occasion se présentera de nouveau. Tandis qu'elle se regarde dans la glace en imaginant les mains et les lèvres de Christopher, son corps collé contre le sien, Jago frappe à la porte. Elle le fait entrer et referme aussitôt.

— Hé.

— Hé.

— Tu es prête ?

— Oui.

Il s'assoit sur les toilettes. Elle lui tourne le dos et dégrafe son soutien-gorge. Elle croise les bras sur sa poitrine.

— J'ai déjà regardé devant, dit-elle d'une voix légèrement tremblotante.

— Tu n'as rien trouvé ?

— Non.

Elle retient sa respiration. Jago se penche en avant et tend la main. Délicatement, il promène ses doigts sur les chevilles, les mollets, derrière les genoux. Sarah se sent immédiatement à l'aise. Peut-être s'est-il montré un peu entreprenant précédemment, mais plus maintenant. Il donne vraiment l'impression de chercher une puce sous-cutanée.

Arrivé en haut des cuisses, il s'arrête.

— Je ne sais pas si…

Sarah hésite elle aussi, avant de baisser sa culotte.

— C'est bon. Il faut vérifier.

Seul Christopher a vu cette partie de moi, pense-t-elle.

Les doigts de Jago remontent lentement derrière ses cuisses, faisant frissonner Sarah. Et malgré le contexte, malgré les motivations, elle trouve ça agréable. Elle ferme les yeux lorsque les doigts poursuivent leur ascension et elle inspire à fond. Et elle constate, avec stupeur, que jamais, pas une seule fois, elle ne s'est sentie aussi bien avec Christopher. Où qu'ils soient, quoi qu'ils fassent, tous les moments d'intimité qu'ils partageaient ressemblaient aux hésitations maladroites de l'adolescence. Jago a quelque chose de plus réel, de plus adulte. Cela ressemble davantage à l'image qu'elle s'est toujours faite de l'amour et de l'intimité. Avec Christopher, elle avait l'impression d'être une fille avec un garçon. Jago lui donne l'impression d'être une femme avec un homme.

Elle ouvre les yeux et regarde dans la glace pendant qu'il continue à l'examiner. Son visage est à quelques centimètres de sa peau, ses doigts se déplacent avec légèreté, lentement. Elle n'a pas envie qu'il arrête, ni maintenant ni jamais.

— RAS pour l'instant, dit-il.

— Continue.

Jago se lève et recommence, avec ses doigts, avec ses yeux. Il remonte dans son dos, sur les flancs. Sa colonne vertébrale se creuse quand il atteint les omoplates. Et quand il lui écarte les cheveux dans la nuque, elle sent son souffle, ce qui déclenche en elle de nouveaux frissons. Il est debout derrière elle tout près, et sans qu'elle puisse dire si c'est réel ou pas, elle croit sentir la chaleur du corps de Jago réchauffer le sien. Quand il fait glisser ses mains sur ses bras, elle ferme les yeux de nouveau car elle sait que c'est bientôt terminé, et elle le regrette déjà. Quand les mains de Jago quittent lentement ses poignets, elle a envie qu'elles reviennent, plus qu'elle n'a jamais rien désiré dans sa vie.

— C'est bon, déclare-t-il. Je n'ai rien trouvé.

— Bien, dit-elle en attachant son soutien-gorge.

Il lui tend ses vêtements. Elle le regarde se déshabiller pendant qu'elle se rhabille. Cela donne lieu à une curieuse danse dans cet espace exigu. Leurs coudes se cognent quand Jago ôte sa chemise par la tête. Il sourit nerveusement lorsqu'ils échangent leur place. Sarah s'assoit sur les toilettes. Jago lui tend sa chemise et défait sa ceinture. Il ôte son pantalon et le lui tend également, en boule. Sarah le pose sur ses genoux pendant que Jago lui tourne le dos.

Ils répètent la même opération. Curieusement, Sarah est plus nerveuse que lorsque Jago la regardait et la touchait.

Elle commence par les talons et remonte. Malgré son entraînement, elle doit lutter pour empêcher ses mains de trembler. Il a des mollets fins et durs. Elle en fait le tour et sent le pouls de Jago s'accélérer, dans ses veines. Très vite, elle calcule son rythme cardiaque : 49 bpm, ce qui signifie qu'il est moins nerveux qu'elle, et ce qui a pour effet de la rendre encore plus nerveuse. Elle remonte le long des cuisses qui, bien qu'il soit mince, paraissent incroyablement puissantes, comme s'il était sculpté dans la pierre. Elle bouge lentement, en faisant semblant d'être très appliquée, mais en réalité, elle savoure le contact de cette peau sous ses doigts.

Quand elle retire ses mains, finalement, elle dit, malgré elle :

— À ton tour.

Lentement, il baisse son slip. Elle a envie de regarder, mais elle ne peut pas, alors elle garde les yeux fermés pendant qu'elle promène les mains sur lui. Très vite cette fois car elle a l'impression de tromper Christopher, bien qu'elle ait rompu avec lui, bien qu'elle agisse uniquement pour des raisons pratiques. Elle bouge les mains, là, là et là. Finalement, elle dit :

— C'est bon.

— Tu es sûre ? demande Jago et elle devine son sourire moqueur.

— Absolument.

Elle fait remonter ses mains dans son dos, sur ses muscles longs et fins. Il n'a pas un gramme de graisse superflue sur tout le corps. Elle palpe les épaules. Elle sent que le cœur de Jago bat maintenant à 56 bpm. C'est à cause d'elle, elle le sait. Et ça lui plaît. De toute évidence, il ressent la même chose qu'elle. Il sent ses mains sur son corps, et ce contact l'excite. *D'une certaine façon*, pense-t-elle, *c'est beaucoup mieux que de se tripoter.*

Elle examine attentivement le cou de Jago. Il a une autre cicatrice à cet endroit, comme celle qui barre son visage, boursouflée et violacée. Elle hésite, elle se demande si c'est là qu'est plantée la puce de Chiyoko. Mais la cicatrice est trop petite, trop profonde, ça ne peut pas être ça. Ses mains passent dessus sans s'arrêter et, ainsi, la puce n'est pas détectée. Elle enfouit les mains dans les cheveux de Jago. Elle ralentit maintenant car elle a presque terminé et elle ne veut pas que ça s'arrête. Quand elle laisse retomber ses mains le long de son corps, elle est triste.

— Tu n'as rien, toi non plus.

— Bien.

Ils se regardent un instant, sans trop savoir quoi faire. Sans savoir s'ils éprouvent la même chose, ce qui est pourtant le cas, assurément. Une annonce les informe que l'avion a commencé sa descente vers Mossoul.

C'est Sarah qui brise le silence :

— Je retourne m'asseoir.

— Je te rejoins.

— Super, dit-elle en ouvrant la porte et en s'empressant de sortir des toilettes.

Elle ne veut plus penser au corps de Jago.

Mais elle ne peut s'en empêcher.

La Pyramide Verte des plaines, venue du Temps depuis longtemps enfui[lxi]

AN LIU

Domicile d'An Liu, propriété souterraine non enregistrée, Tongyuanzhen, comté de Gaoling, Xi'an, Chine

An se retourne et son bras se tend en travers du lit. Du côté où elle est couchée.

Il ouvre les yeux.

Du côté où elle était couchée.

Cligne.

Il se redresse brusquement. Il sent encore son odeur sur l'oreiller, mais cette partie du lit est froide. Elle n'est pas non plus dans la salle de bains.

Cligne.

Quelle heure est-il ? 1 : 45. 1 : 45 *de l'après-midi !* Depuis qu'il est petit, An n'a jamais dormi plus de quatre heures d'affilée. Mais la nuit dernière, ce matin, *cet après-midi*, il a dormi plus de 15 heures.

Cligne.

L'a-t-elle drogué ?

Cligneclígne.

Il bondit hors du lit et traverse la maison en courant. Elle n'est pas dans la cuisine. Dans le bureau non plus. Dans la chambre d'amis non plus. Dans le débarras non plus. Dans le salon non plus. Non plus non plus non plus non plus.

Cligne.

Il se précipite au sous-sol, dans la salle épileptique des ordinateurs, des téléviseurs, des claviers, des serveurs, des *web-bots*, des programmes, des agrégateurs, des script managers, des disques durs et des clés USB.

Elle n'est *cligne* elle n'est *cligne* elle n'est *cligne* pas là non plus.

FRISSON.

Il est anéanti. Il se laisse tomber dans son fauteuil et regarde ses genoux nus qui commencent à trembler. Du coin de l'œil, il aperçoit une feuille de papier pliée posée sur un clavier. Dessus, en travers, il y a une enveloppe toute simple, légèrement gonflée.

Cligne. FRISSON. Cligne.

Il prend l'enveloppe et l'ouvre. Il regarde à l'intérieur.

Une belle boucle de ses cheveux propres et épais. Il la sort et l'approche de son nez pour la sentir.

Elle lui manque déjà. Et bien qu'il apprécie ce geste, c'est presque encore pire. La sentir, sans pouvoir la voir ou la toucher.

Il y a autre chose dans l'enveloppe. En regardant au fond, il aperçoit les petits croissants de lune de ses ongles. Et un ongle d'orteil entier, débarrassé de la peau et des cuticules. Avec une tache de sang séché.

Il appuie les cheveux contre sa joue. Ils sont si doux, si doux. Il referme l'enveloppe et prend la feuille de papier, il la déplie et contemple les élégants caractères chinois.

Mon cher An,

Je suis désolée. J'espère que tu me pardonneras. J'ai du mal à imaginer ce que je peux représenter pour toi. Je ne veux pas de mensonges entre nous. On t'a déjà trop menti au cours de ta vie. Et je ne veux pas, je ne veux plus te mentir.

Voici la vérité : j'ai décidé de coucher avec toi pour pouvoir m'enfuir. Je savais que je serais devenue ta prisonnière. Ce n'était pas possible. J'ai pris de l'avance dans ce jeu, je ne veux pas la perdre.

Ce que je n'avais pas prévu, en revanche, c'était d'écrire des mots comme ceux qui suivent. Je pensais m'en aller et ne jamais te revoir. Ces mots, les voici.

An essuie une larme, une vraie, sur sa larme tatouée et poursuit sa lecture.

Quand je me suis réveillée hier, tu n'étais qu'un adversaire pour moi. Je n'arrive pas à expliquer ce qui s'est passé depuis. Mais il s'est passé quelque chose. L'effet que je produis sur toi est évident. Et facile à comprendre, sinon la cause du moins la conséquence. L'effet que tu as produit sur moi est plus subtil. Tu n'es pas mon premier garçon, An, il ne s'agit donc pas de ça. C'est autre chose.

Quelque chose de précieux et de rare.

Comme toi.

Je connais l'existence d'Endgame depuis que je suis sortie du ventre de ma mère. Voilà qui je suis. J'aime mes parents, mes cousins, mes tantes, mes oncles, tous ceux qui m'ont éduquée et guidée. Nous étions un groupe d'individus paisibles et contemplatifs, toujours écrasés par le poids du jeu, mais nous étions heureux. Je n'ai jamais été battue ni torturée. Certes, j'ai souffert durant mon entraînement, comme nous tous assurément, mais rien de comparable avec ce que tu as enduré.

J'aime la vie et j'ai l'intention de continuer à vivre. Toi, tu Joues par goût de la mort. Je Joue par goût de la vie. D'autres Joueurs aussi. Nul doute que d'autres Joueurs Jouent par goût de la mort. Mais pas de la même manière que toi. Je pense que, parmi les 12, tu es unique. Même si c'est pour des raisons grotesques, cruelles et perverses, tu es unique. Ne l'oublie pas.

Tu es dur car c'est la dureté qui t'a créé. Mais avec moi, tu as été doux. Tu as cette douceur en toi également. Cette bonté. Cette empathie. Cette générosité.

Tout cela existe en toi. Tu dormais si profondément, tu semblais si bien, quand je suis partie. J'aurais aimé que l'homme avec qui j'étais couchée soit celui qui participe à Endgame.

Joue comme tu le souhaites. Je ne te jugerai pas. Hais-moi s'il le faut, mais sache que, moi, je ne te haïrai jamais. Et si cela se révèle nécessaire, je me battrai pour toi. Je te le promets.

Je suis désolée, sincèrement. Garde précieusement le peu de moi que j'ai mis dans l'enveloppe. Si j'avais pu t'en laisser plus, je l'aurais fait. Beaucoup plus.

Chiyoko

An relit la lettre, encore et encore. Pendant tout ce temps, les tics ne se manifestent pas. Ces talismans le protégeront. Ils le guideront. Ils l'accompagneront jusqu'à sa fin, quelle qu'elle soit. Il sait qu'il les gardera sur lui en permanence. Et il prend immédiatement deux décisions. Premièrement : si elle ne le juge pas, il ne la jugera pas non plus. Deuxièmement : si elle veut Jouer pour vivre, il fera tout ce qu'il peut pour l'aider.

Il allume un ordinateur et un moniteur et se met à taper sur un clavier. Les listes des passagers indésirables ont été envoyées à tous les organismes concernés, dans presque tous les pays du monde. Elles n'attendent plus que leur mot de passe pour s'activer. Il pianote, appuie sur « *enter* » et se renverse dans son fauteuil pour assister à la suite.

Le mot de passe est un simple nom :

CHIYOKOTAKEDA.

Voilà ma lettre d'amour pour toi, ma chérie.

Quant aux autres, surtout ceux qui se trouvent à bord d'un avion à cet instant même, une sacrée surprise les attend.

J. DEEPAK SINGH

Vol Qatar Airways 832, siège 12E
Départ : Xi'an
Arrivée : Dubaï

J. Deepak Singh reçoit une alerte en vol sur son smartphone qui se met à vibrer.

Il sort l'appareil de sa poche, entre le code et prend connaissance du message.

MISE À JOUR URGENTE >>> 01 : 34 : 35.9 ZULU >>> ALERTE ALERTE ALERTE >>> ATTENTION IMMÉDIATE REQUISE >>> AGENT SPÉCIAL JDSINGH SUR VOL QATAR AIRWAYS 832 ENRTE CZX>DXB >>> CONFIDENTIEL >>> JE RÉPÈTE >>> CONFIDENTIEL >>> STOP

Singh suit le protocole. Il éteint son téléphone, se lève de son siège situé près du hublot, vers le milieu de l'appareil, et se rend aux toilettes. Il doit attendre un moment que la porte s'ouvre et qu'une jeune fille en sorte. Il entre et s'enferme.

Occupé.

Il rallume son téléphone, ouvre l'application et saisit son code de sécurité. L'image d'une jolie fille moyen-orientale à la peau mate et aux yeux verts apparaît.

KALA MOZAMI ALIAS KALA MEZRHA ALIAS KARLA GESH ALIAS REBEKKA JAIN VARHAZA ALIAS OISEAU DE NUIT >>> ÂGE APPROX.

16-18 ANS >>> 173-176 CM >>> 48-52 KG >>> CHEVEUX NOIRS YEUX VERTS PEAU MATE >>> NATIONALITÉ NON CONFIRMÉE >>> ENRTE VOL 832 AVEC PASSEPORT OMANI >>> LOCALISER ET ARRÊTER >>> CONSIDÉRÉE COMME ARMÉE ET EXTRÊMEMENT DANGEREUSE >>> UTILISER TOUS LES MOYENS NÉCESSAIRES >>> BILLET SIÈGE 38F >>> AUTORITÉS AÉROPORT UAE INFORMÉES >>> PRÊTES POUR ARRESTATION À L'ARR >>> STOP

Singh n'arrive pas à y croire.

Il s'est entraîné exprès pour ça.

La plupart des agents ne reçoivent jamais ce genre d'appel durant toute leur carrière. Généralement, les policiers embarqués à bord des avions doivent simplement gérer un passager ivre ou une violente dispute familiale, et dans le pire des cas, un malade mental qui profère des menaces dénuées de fondement.

Mais là, c'est différent.

Singh examine son arme, un Glock 19 modèle standard. Avec des balles en caoutchouc. Il a un chargeur avec de vraies balles dans son holster. Il examine également son Taser. Il est chargé. Il vérifie que ses menottes sont cachées, mais accessibles.

Pour finir, il se regarde dans la glace. Il fait gonfler ses joues. *OK, allons-y.*

Il ouvre la porte des toilettes et va trouver l'hôtesse la plus proche. Le personnel de bord sait qui il est. Il leur annonce qu'il va arrêter quelqu'un et leur demande de prévenir le commandant. L'hôtesse a du métier. Afin de ne pas éveiller les soupçons des passagers ou de la cible elle-même, qui pourrait se promener dans une allée, elle prépare un café pour Singh et lui donne un sachet de biscuits. Il les mange tout de suite. Quand le café est prêt, elle lui donne la tasse. Il le boit sans lait et sans sucre.

Accoudé au comptoir, il adopte une attitude décontractée. L'hôtesse appelle le commandant pour l'informer. Puis elle appelle les postes de ses collègues. Singh lui glisse :

— Office arrière.

Elle dit à l'équipage de se tenir prêt.

Elle raccroche. Il finit le café et lui rend la tasse. Puis il repart dans l'allée. Il a une main sur son Taser, l'autre sur les menottes. Son arme n'est pas loin.

AISLING KOPP

Lago Belviso, Lombardie, Alpes italiennes,
1 549 m au-dessus du niveau de la mer

Aisling met un pied devant l'autre. Les Alpes italiennes se dressent autour d'elle, semblables aux dieux eux-mêmes, coiffés de cheveux blancs, les bras tendus vers les cieux.

Elle grimpe, encore et encore, rapidement, habilement. Elle transpire, elle halète, elle a les jambes en feu.

Elle porte des chaussures de randonnée, elle a un sac à dos et une corde de couleur vive enroulée autour de son épaule, elle tient une canne dans une main. Son baudrier est chargé de mousquetons, de coinceurs et d'écarteurs. Le tube bleu du système d'hydratation de son *camelbak* pend par-dessus son épaule.

Si quelqu'un la voit passer, il la prendra pour une adolescente surexcitée en mission, une randonneuse en quête de frissons. Une fille qui marche au rythme de son propre tambour.

Autant de choses partiellement vraies.

Mais il n'y a personne pour la voir. En outre, elle est beaucoup plus que tout cela. Elle transporte également des munitions, un télescope et son fusil de tireur de précision, mortel à deux miles. Son paquetage pèse 130 livres, soit l'équivalent de son propre poids. Pour elle, ce n'est rien. Elle est habituée à porter beaucoup plus lourd, sur de plus longues distances et dans des pentes plus raides. Elle est bien plus qu'une randonneuse : c'est une tueuse, une tireuse d'élite, un démon patient à la gâchette facile.

Mais Aisling est également désorientée.

Inquiète.

En colère.

Après tout ce qu'elle a appris sur son père, sur sa propre vie, sur l'histoire de sa lignée, ça lui fait du bien de se retrouver seule, au grand air, obligée de fournir un effort. Cela lui permet d'oublier sa courte visite dans le Queens, ne serait-ce qu'un moment.

Elle escalade un sentier qui part de Lago Belviso et monte jusqu'à 1 835 m, conformément aux coordonnées fournies par son grand-père. Là où son père est mort.

Non. Là où il a été tué.

Elle essaye de se représenter Declan en train d'escalader la même montagne, en serrant Aisling bébé dans ses bras. Pour échapper à Endgame. À la recherche de quelque chose, quelque chose qui, croyait-il, le changerait, changerait Endgame, changerait le monde. Elle essaye de se l'imaginer, mais elle n'y arrive pas. Elle n'a jamais vu une seule photo de son père. Pour elle, ce n'est qu'un nom et une pierre tombale.

Elle ne sait pas trop ce qu'elle va trouver, ni même si elle va trouver quelque chose. Mais elle sait qu'une vallée toute proche est célèbre pour son petit groupe de cavernes préhistoriques. Ces cavernes abritent des peintures. De très anciennes peintures très étranges. Ce qu'elles représentent donne lieu à des débats sans fin. Certains pensent qu'il s'agit de vaisseaux spatiaux, d'autres penchent pour de simples gens. Personne n'est sûr à cent pour cent.

Comme pour tant de choses dans ce monde.

Personne ne sait.

Ce n'est pas à nous de savoir. Aisling se souvient du refrain familier de son grand-père.

Tout, toujours, a dit kepler 22b.

Tout cela est tellement déroutant.

Aisling essaie de débrancher son esprit.

Elle n'y parvient pas.

Le destin du monde se joue entre un groupe d'adolescents.

Tous prêts à tuer, tous désireux de la tuer.

Elle continue à monter. Les Alpes sont superbes. Aisling a toujours aimé la nature. Une des plus belles semaines de sa vie, elle l'a passée dans les forêts de l'État de New York autour de West Point durant une des manœuvres organisées par l'académie militaire. Elle opérait en solitaire, sans autorisation, incognito. Elle avait 15 ans à l'époque. Plus jeune que tous les cadets. Plus petite et plus faible physiquement, mais plus intelligente et plus rapide.

Elle avait capturé deux cadets, un de chaque bord, et les avait gardés prisonniers pendant trois jours dans des camps séparés. Ses méthodes étaient tellement peu orthodoxes, tellement bizarres – collets, liens faits de plantes grimpantes et de branches, décoctions de champignons hallucinogènes – que les cadets l'avaient prise pour une sorte de démon ou de femme sauvage perdue depuis longtemps dans la vallée de l'Hudson. Elle les avait relâchés sans les tuer et avait suivi leurs parcours. L'un des deux, devenu fou, s'était pendu un an plus tard. L'autre avait achevé sa formation, il était actuellement en poste à Kaboul.

Elle repense souvent au premier cadet, à la folie qu'elle a déclenchée en lui. Elle n'en tire aucune fierté, mais ce souvenir provoque en elle un sentiment d'admiration mêlée de crainte. Face à ce pouvoir qu'elle possède, ce contrôle, cette capacité à jouer ainsi avec la vie d'un être humain. Aisling se demande si kepler 22b et ses semblables considèrent l'humanité. Et son père ? Était-il comme ce cadet ? Endgame l'avait-il rendu fou ?

Aisling s'arrête à côté d'un immense pin. Une paroi de roche grise, dentelée, se dresse devant elle. L'air qui descend des hauteurs est froid, mais sa peau est luisante de sueur. Elle boit grâce au tube qui pend sur son épaule et contemple une crevasse noire qui divise la paroi. Elle sort son GPS pour vérifier les coordonnées. Elle retire son baudrier et laisse tomber son sac par terre. Elle fouille dans une poche de la ceinture de son sac pour prendre une lampe frontale. Elle sort le couteau de chasse de l'étui sanglé autour de sa cuisse. Elle regarde fixement la crevasse qui, si elle ne se trompe pas, si son grand-père et les dieux ne se trompent pas, conduit à une caverne. Elle s'avance vers les ténèbres, et quand elle les atteint, elle y pénètre.

La Terre est vieille de 4 540 000 000 ans. Des extinctions se produisent à intervalles réguliers. On estime aujourd'hui qu'entre 15 000 et 30 000 espèces disparaissent chaque année, ce qui donne un total de 15 à 20 % d'espèces qui auront disparu au cours des 100 prochaines années. Durant l'extinction crétacé-tertiaire, 75 % de toutes les espèces ont été perdues. Au cours de l'extinction permien-trias, jusqu'à 96 % ont péri.

KALA MOZAMI

Vol Qatar Airways 832, siège 38F
Départ : Xi'an
Arrivée : Dubaï

Kala sent quelqu'un lui tapoter l'épaule. Elle soulève le foulard azur noué autour de sa tête qui lui protège les yeux et les ouvre. Le passager assis à côté d'elle – celui qui lui tapote l'épaule – n'est pas le même que lorsqu'elle s'est assoupie. Le siège de l'allée, à côté de cet homme, est libre. D'un ton très professionnel, l'homme lui demande :

— Mademoiselle, êtes-vous Kala Mozami ?

— Non, répond Kala. Je m'appelle Gesh. Qui êtes-vous ?

— Mademoiselle Gesh, je vais vous demander de me suivre.

— Qui êtes-vous ? répète Kala.

Singh ouvre sa veste pour lui montrer son insigne.

Un flic.

C'est alors qu'elle s'aperçoit que le canon d'un pistolet repose sur l'accoudoir entre eux, pointé sur son ventre. Kala est sincèrement étonnée. Pourquoi les autorités sont-elles à sa recherche ?

Il y a un truc qui cloche.

Quand l'homme referme sa veste, elle aperçoit le chargeur de rechange dans le holster. La première balle brille d'un léger éclat. Elle est en métal, ce qui la surprend. Elle sait que les policiers embarqués à bord des avions utilisent des projectiles en caoutchouc.

Elle doit jouer serré.

— Pardonnez-moi, dit-elle, mais il doit y avoir une erreur.

— Dans ce cas, nous réglerons ça à Dubaï. J'ai reçu l'ordre de vous arrêter.

— De m'arrêter ? répète-t-elle en haussant la voix, volontairement.

Christopher, assis trois rangs devant, tourne la tête en entendant cela. D'autres passagers regardent dans leur direction également.

— Je vous en prie, mademoiselle Gesh, restez calme. Je veux que vous preniez ça...

Il fait glisser une paire de menottes en acier sur sa cuisse.

— ... et que vous les mettiez, en gardant les mains devant vous. Je vais prendre votre foulard pour les cacher. Ensuite, nous allons nous lever, tranquillement, et je vous conduirai à l'arrière de l'appareil.

Kala secoue la tête. Elle écarquille les yeux pour paraître effrayée.

— Je vous en supplie, monsieur l'agent, j'ignore de quoi vous parlez.

Là encore, elle a parlé un peu trop fort. Quelqu'un, au milieu de l'avion, lance, en arabe, d'un ton affolé :

— Qu'est-ce qui se passe, là-bas ?

— Si vous n'obtempérez pas, je vais devoir le faire à votre place.

— D'accord, mais suis-je obligée d'ôter mon foulard ? C'est *haram*.

Singh ne se laisse pas amadouer.

— Désolé, je suis contraint d'insister.

Lentement, à contrecœur, Kala ôte son foulard et le laisse tomber sur ses genoux.

— Je vous répète que c'est une erreur.

— Dans ce cas, je vous adresserai mes excuses les plus sincères.

Elle tend un poignet vers les menottes. Elle sait que c'est ce que ferait toute personne innocente et raisonnable. Protester d'abord, obéir ensuite. Avec son autre main, cachée sous le foulard, elle sort une fine épingle à cheveux glissée dans l'ourlet. Le flic ne s'en aperçoit pas. Elle referme les menottes autour de ses poignets, le droit d'abord, le gauche ensuite.

— Plus serrées, s'il vous plaît.

— Mais je n'ai rien fait !

— Un peu plus serrées. S'il vous plaît.

Elle s'exécute. Il étale le foulard sur ses mains jointes.

— Merci, dit-il.

Singh se lève de son siège et se faufile dans l'allée, en veillant à ce que son arme reste cachée.

Kala se lève à son tour.

Des gens la regardent en marmonnant. Un grand Africain à la peau très sombre la photographie avec son téléphone. Une femme vêtue d'un *hijab* noir noue ses bras autour de sa fille dans un geste protecteur. Un jeune Occidental de deux ou trois ans de plus qu'elle l'observe attentivement par-dessus le dossier de son siège. Son visage lui est familier. Trop familier. *Qui est-ce ?*

Elle passe devant Singh et se tourne vers l'arrière de l'avion. Elle commence à marcher, lentement.

Neuf rangées de sièges la séparent de l'office arrière.

Sans perdre un instant, elle s'attaque aux menottes avec l'épingle à cheveux.

Elle a fait cela des centaines de fois à l'entraînement, elle a crocheté des milliers de serrures, elle sait donc qu'elle sera libre quand ils arriveront au fond de l'avion.

Encore sept rangées. L'avion traverse une zone de turbulences. Kala est obligée de s'appuyer contre un siège, avec son avant-bras. Quelques passagers laissent échapper de petits cris. Elle fait glisser son doigt le long de l'épingle : elle est toujours plantée dans la serrure.

Plus que cinq rangées. L'avion tremble de nouveau, mais moins violemment. Les coffres à bagages grincent.

Elle y est presque.

Trois rangées. Soudain, l'avion décroche de 40 ou 50 pieds. Kala décolle légèrement du plancher, comme l'agent Singh. L'appareil se stabilise en tressautant, mais Kala et le policier restent debout. D'autres cris retentissent, un couple hurle.

— Continuez, dit Singh sans une trace de nervosité dans la voix.

Voyager en avion, c'est son métier et il a connu pas mal de turbulences.

Un tintement annonce aux passagers qu'ils doivent boucler leurs ceintures.

Clic, clic, clic, sur tous les sièges.

Ils passent devant les toilettes. Ça y est. Elle a réussi à libérer son poignet gauche. Elle referme le bracelet, sans ôter le foulard. Une hôtesse et un steward sont à l'arrière de l'avion. L'hôtesse est en train de s'attacher, pendant que son collègue, un homme grand et mince, prend appui entre le mur et le comptoir. Quand il voit Kala, très jeune et très jolie, ne correspondant pas du tout à l'image que l'on se fait d'une criminelle ou d'une terroriste, son regard s'illumine. De toute évidence, il trouve ça curieux que ce soit elle dont tout le personnel de bord parle, celle qui est considérée comme une véritable menace.

Kala perçoit un drôle de bruit à l'extérieur, à peine audible. Un hoquet dans le moteur. Elle se prépare.

L'avion tressaute de nouveau. Le steward se retrouve projeté par-dessus le comptoir. Singh bascule vers l'avant et Kala sent le canon de son arme s'enfoncer dans son dos. Comprenant que, dans ces conditions, il pourrait l'abattre accidentellement, et qu'elle doit agir, Kala pivote en levant la main gauche comme si elle allait frapper. Surpris, Singh suit le mouvement de sa main. Tandis que l'avion continue à être ballotté et que le policier dégaine son arme, Kala lance le bracelet vide des menottes autour du pistolet et tire d'un coup sec avec son bras droit. Le bracelet arrache l'arme des mains de Singh.

Il demeure hébété.

L'avion tressaute de nouveau.

Encore une fois.

Kala se débat une seconde avec le pistolet coincé dans le bracelet. Pendant ce temps, Singh sort son Taser. Le steward a assisté à toute la scène. Croyant qu'il peut jouer les héros, il se précipite vers Kala. L'hôtesse hurle et ferme les yeux. Moins de cinq pieds les séparent les uns des autres.

Kala lève le pistolet. À en juger par le poids du Glock, elle devine qu'elle ne s'est pas trompée : il est chargé de balles en caoutchouc. Les vraies balles se trouvent dans le chargeur de rechange. Pour être meurtrier, un tir devra donc frapper juste.

Singh s'avance. L'avion reprend de l'altitude et ils sont tous déséquilibrés. Kala voit tout au ralenti. Elle se saisit de la main gauche de Singh, celle qui tient le Taser. Elle tire le policier vers elle, appuie le canon du Glock contre son œil droit et tire. La détonation est assourdie, masquée par le bruit du moteur et l'ambiance de panique qui règne à bord. La balle ne ressort pas et le policier meurt sur le coup, en basculant sur l'épaule de Kala. Il tient toujours le Taser. Elle s'en empare et vise le steward qui fonce vers elle. Frappé de plein fouet, il se pétrifie, ses yeux se révulsent au fond de son crâne.

L'avion fait une nouvelle embardée et Kala comprend qu'ils viennent de perdre un réacteur. L'hôtesse sanglée sur son strapontin hurle.

— La ferme ! lui crie Kala en se libérant de l'étreinte du policier mort.

Mais l'hôtesse ne l'écoute pas. Elle continue à hurler.

— Ressaisissez-vous et fermez-la !

Elle n'écoute toujours pas.

Kala pointe le Glock sur elle. L'hôtesse lève les mains. Kala tire trois fois, rapidement. Les hurlements cessent.

Kala pénètre dans l'office alors que l'avion commence à tomber. Les deux mains appuyées sur la porte des toilettes, le pistolet dans la main droite, elle regarde la cabine. Personne n'a remarqué ce qui s'était passé. Les passagers sont trop effrayés, trop concentrés sur leur propre fin imminente. Même le garçon au visage familier ne regarde pas dans leur direction. Elle ne voit que le sommet de son crâne et son visage légèrement renversé comme s'il s'adressait à Dieu pour prier, supplier. Tout le monde prie.

La voix du commandant de bord se fait entendre :

— Mesdames et messieurs, ne vous inquiétez pas. Nous n'avons perdu qu'un seul réacteur et l'A340 est conçu pour voler avec seulement deux réacteurs. Nous sommes à deux cent quarante-huit milles nautiques des côtes d'Oman et nous avons reçu l'autorisation d'atterrir d'urgence sur la base militaire la plus proche. Je répète : ne...

Il est interrompu par un très fort grincement, suivi d'un lent *whomp whomp whomp* qui résonne à travers tout le fuselage et dans la poitrine de chaque passager. La liaison avec la cabine de pilotage fonctionne toujours et les échos des multiples signaux d'alerte se déversent dans la cabine.

« Oh mon Dieu, aidez-nous », dit le pilote avant que son micro soit coupé.

L'avion pique du nez et se met à plonger, rapidement. Kala se débat avec la porte des toilettes, entre et la verrouille derrière elle. Assise sur l'abattant de la cuvette, elle se prépare mentalement, elle respire à fond, réfléchit et s'efforce de rester calme. Elle ne veut pas perdre Endgame de cette façon. Elle se trouve à l'arrière de l'avion. Elle entend l'écoulement d'air se modifier lorsque les volets sont abaissés. Ils vont effectuer un amerrissage forcé. En cas de crash, il vaut mieux être à l'arrière de l'appareil. Elle doit faire appel à la moindre parcelle de sang-froid acquis durant son entraînement pour maîtriser ses nerfs, mais elle y parvient. Elle se regarde dans la glace. Elle survivra. Elle gagnera. Elle prie pour avoir de la chance et remercie ses mentors pour tout ce qu'ils lui ont donné, surtout la capacité à rester calme face au désastre.

L'avion tombe.

Ils vont heurter la surface de l'eau dans moins de 60 secondes.

Bénis soient-ils.

Bénies soient les étoiles, la vie et la mort.

Bénis soient-ils.

ALICE ULAPALA

Bar de Grub Street, Darwin, Australie

Alice est assise dans un bar de Darwin. Elle était en visite chez sa tante, à Coffin Bay, quand les météorites se sont abattues, mais maintenant, la voilà de retour chez elle. L'établissement est presque vide, comme toujours ; il y a uniquement le barman et un type littéralement collé au comptoir, sans doute un touriste. Il ignore dans quel genre d'endroit il est entré, le genre de clientèle qui le fréquente. Alice n'a rien contre un peu de compagnie et les siens ne font aucune discrimination vis-à-vis des visiteurs. Tout en sirotant une bière dans un verre givré, elle griffonne sur une serviette en papier.

Les mêmes mots, les mêmes lettres, les mêmes chiffres, encore et encore :

How he likes other almonds scarcely serves Caesar's actions.

HHLOASSCA.

8 8 12 15 1 19 19 3 1.

« Son goût pour d'autres amandes ne sert pas les actions de César. » Elle trace des lignes et des pictogrammes, mais rien ne colle. Elle finit par dessiner un lapin.

Avec sa bouche, elle fait un petit bruit de détonation. Elle s'imagine chassant des lapins dans le Grand Désert de Sable. C'est là qu'elle devrait être, en train de marcher, de dormir à la belle étoile, de dépecer des serpents. Au lieu de résoudre des problèmes de maths.

— C'est une blague, ce truc. Du baratin et encore du baratin. Si l'enjeu n'était pas aussi élevé, je balancerais tout.

— La bière est assez fraîche ? lui demande le barman.

Il s'appelle Tim et Alice le connaît un peu, il est l'un des membres privilégiés de sa lignée, il connaît tout d'Endgame. Elle lui a montré cette phrase sans queue ni tête la première fois qu'elle est venue dans ce bar, mais Tim n'est pas plus doué qu'elle pour les énigmes.

Elle lève les yeux vers lui.

— La bière est super.

Tim hoche la tête en souriant.

— Généralement, une bonne bière bien fraîche, ça m'aide à réfléchir.

— Moi aussi, dit Alice en portant sa chope à ses lèvres. Mais ce truc, c'est un vrai casse-tête.

— Quoi donc ? demande le touriste en détachant le regard du match que diffuse l'unique téléviseur du bar. Il a un accent américain. Il se dévisse le cou pour jeter un coup d'œil à la serviette en papier d'Alice.

— Une énigme que je dois résoudre.

— Une énigme ? Quel genre ?

Il descend de son tabouret et se rapproche. Il est blanc comme un grain de riz, il a des cheveux roux, des yeux verts et il porte des lunettes.

— C'est un problème avec des mots.

Alice échange un regard avec Tim, qui hausse les épaules.

— Tenez, regardez.

Elle fait glisser la serviette en papier sur le comptoir. Le touriste examine ses gribouillis. Il prend la serviette.

— C'est où ?

— La phrase tout en haut.

— « *How he likes other almonds scarcely serves Caesar's actions* » ?

— Ouais. Ça me rend dingue. Je vais vous dire : je suis capable de botter le cul à toute une équipe de footballeurs, mais ça, ça me dépasse.

Le touriste rit en la regardant.

— Vous avez le physique de l'emploi.

— Exact.

Elle vide son verre d'un trait.

— J'ai tué deux types en Chine y a quelques jours et j'ai sauvé une petite Indienne.

— C'est vrai ?

Elle sourit pour faire croire qu'elle plaisante.

— Un peu que c'est vrai !

— C'est une grande gueule, dit Tim au touriste, tout en sachant qu'Alice dit la vérité.

— C'est pas moi qui irai vous chercher des poux dans la tête.

Tim remplit leurs verres. Le touriste veut sortir son portefeuille, mais le barman secoue la tête.

— C'est la maison qui régale.

— Merci.

Le touriste repose la serviette sur le bar. La lumière du soleil de l'après-midi entre à travers les vitres fumées. Un néon publicitaire Foster bourdonne, mais seule Alice a l'ouïe assez fine pour l'entendre.

— Qu'est-ce qu'on gagne ? demande le touriste.

— Hein ?

— Le prix, c'est quoi ? Si on résout l'énigme.

— Ah. Le sort du monde. On peut sauver la race humaine. Faire en sorte que mon peuple et tous les gens que j'aime survivent et aillent au ciel. Voilà.

— Sacrée récompense, hein ?

— Oui.

Alice boit une gorgée de bière.

Le touriste reprend la serviette.

— Je peux peut-être vous aider si… si j'ai droit à une partie de la récompense.

Alice laisse échapper un grand éclat de rire surpris. Tim rit lui aussi. Le touriste les regarde l'un et l'autre avec un sourire hésitant.

— Vous avez du sang koori, l'Américain ? lui demande Tim.

— Koori ? C'est quoi, ça ?

Alice ricane.

— Laissez tomber. Je vais vous donner votre part.

Elle glisse la main dans sa poche et en sort une épaisse liasse de billets, de grosses coupures, qu'elle abat sur le comptoir.

— Ça vous va ?

Le touriste ouvre de grands yeux en voyant l'argent.

— Vous êtes sérieuse ?

— C'est pas tout à fait le salut éternel, mec, mais faudra vous en contenter. C'est à prendre ou à laisser. Et c'est moi qui jugerai si vous l'avez mérité.

— Et vous moquez pas de nous, ajoute Tim en regardant le touriste d'un air plus que menaçant.

— OK. Je croyais qu'on plaisantait.

— On ne plaisante pas, dit Alice avec un geste d'impatience. Allons-y. Quand je parlais de flanquer une raclée à une équipe de foot, j'étais sérieuse.

— Et pour les deux morts en Chine ? demande le touriste en avalant sa salive.

Alice lui adresse un clin d'œil.

— Oui, là aussi.

Le touriste se détend un peu. Ce clin d'œil le rassure, mais il continue à reluquer les billets sur le comptoir.

— Comment vous vous appelez, au fait ?

— Alice la Cent-douzième.

— Tim le Quatre-vingt-sixième, ajoute le barman.

— Moi, c'est Dave… le Premier, je suppose, dit le touriste.

— Ça m'étonnerait, dit Tim qui sait bien que ce touriste ne peut pas être le premier de sa lignée, quelle qu'elle soit.

Alice, elle, ne s'intéresse pas à tout ça. Elle veut aller de l'avant.

— Au boulot, Dave, dit-elle.

Dave reprend la serviette et montre la phrase mystérieuse.

— De toute évidence, c'est un code. Les premières lettres de chaque mot ne veulent rien dire. Mais les deux premières lettres… ici et ici, puis en descendant… ont une signification.

Alice lui reprend la serviette. Dave l'observe. Pendant que la télé diffuse un flash spécial.

— Donc… *h*, oui… puis *h-e*… puis *l-i*… *o*… et ensuite *a-l, s-c, s-e, c-a, a-c*.

Tim les regarde l'un et l'autre, surpris par le sourire de plus en plus large d'Alice.

— Je pige pas, avoue-t-il.

Alice se tourne vers Dave.

— Ça alors ! Ce sont des éléments !

— Ouais.

Alice tape sur le bar du plat de la main, si fort qu'elle fait sauter tout ce qui se trouve dessus et dessous. Dave sursaute lui aussi. Tim secoue la tête, en riant dans sa barbe.

Alice se lève.

— L'argent est à toi, mec. Et si un jour tu es dans le pétrin, tu peux compter sur n'importe quel Koori pour te tirer de là.

À la télé, une belle animation graphique montre un avion s'écrasant dans l'océan Indien.

Dave regarde les billets. Avant qu'il puisse remercier Alice, elle a fichu le camp. Il se tourne alors vers Tim.

— Vous ne m'avez toujours pas expliqué qui sont les Kooris.

— Les nouveaux maîtres du monde, répond le barman en essuyant un verre avec un vieux torchon. Les nouveaux maîtres du monde.

183.84	186.21	190.23	192.22	195.08	196
Co 58.933	28 Ni 58.693	30 Zn 65.39	31 Ga 69.723	32 Ge 1.0079	33 A 74.9
N 14.007	8 O 15.999	40 Zr 91.224	36 Kr 83.80	92 U 238.03	93 N 23
P 30.974	16 S 32.065	10 Ne 20.180	29 Cu 63.546	82 Pb 207.2	84 P 20
I 126.90	11 Na 22.990	47 Ag 107.87	22 Ti 47.867	50 Sn 118.71	51 S 121
Nd 144.24	61 Pm 145	26 Fe 55.845	73 Ta 180.95	80 Hg 200.59	83 B 208
Eu 151.96	64 Gd 157.25	65 Tb 158.93	66 Dy 162.5	67 Ho 164.93	68 E 1.00
Am 243	96 Cm 247	97 Bk 247	98 Cf 251	99 Es 252	100 Fr 25
Rf	105 Db	106 Sg	107 Bh	108 Hs	109 M

KALA MOZAMI

Océan Indien, ~120 km des côtes d'Oman

L'avion s'enfonce dans l'eau à la vitesse de 175 mph. Kala lutte pour conserver son calme, mais un accident d'avion, c'est une terrible chose. Effrayante. Le plus horrible, ce n'est pas la violence de l'impact. Ni les portes des toilettes qui battent, ni tous les objets qui tombent autour d'elle. Ni le bord du lavabo qui lui rentre dans les côtes, et lui donne l'impression d'être coupée en deux. Ni l'odeur de kérosène, d'eau de mer, de fumée, de cheveux brûlés et de caoutchouc fondu. Ni le fait de ne pas savoir ce qui va se passer ensuite.

Le pire, ce sont tous les bruits.

D'abord, les gémissements de l'avion durant la descente. Les instructions du commandant, devenues totalement inutiles, un bourdonnement affolé à peine audible. Puis les claquements répétés du fuselage qui rebondit sur l'eau. Le crissement métallique des volets arrachés des ailes. Les vrombissements des moteurs qui se remplissent d'eau, avant de rendre l'âme. La première explosion est presque un soulagement. Tout le monde hurle et gémit, un bébé pleure. Nouvelle explosion, plus proche du nez de l'appareil. Le système électrique disjoncte, les lumières s'éteignent.

S'ensuit alors un bref moment de silence.

Le silence le plus profond, le plus sombre, le plus intense qu'elle ait jamais entendu.

Une lumière de secours, rouge, s'allume. Kala s'examine. Son poignet droit est toujours menotté. Et elle n'a pas lâché le pistolet. Elle est meurtrie, couverte de bleus et du sang recouvre le côté droit de sa tête. Elle a peut-être une côte cassée, mais elle peut faire avec. Dans l'ensemble, ça va. Son cœur bat toujours, sa respiration est régulière. L'adrénaline coule dans ses veines, son énergie n'est pas entamée.

Elle tente de sortir des toilettes, mais la porte est coincée. D'un coup de pied, elle réussit à l'entrouvrir, mais elle est bloquée par le corps de l'agent Singh. Elle parvient malgré tout à sortir, en enjambant le cadavre. Elle récupère le chargeur dans le holster et trouve la clé des menottes dans sa poche de veste. Elle ouvre le deuxième bracelet, laisse tomber les menottes par terre et glisse le chargeur dans sa poche arrière. Elle regarde autour d'elle. La plupart des passagers sont encore assis sur leurs sièges, ils essaient de reprendre leurs esprits. Il y a un énorme trou sur le côté du fuselage à tribord. Le soleil entre par cette ouverture et par les hublots, et traverse la fumée. Dans l'allée centrale, vers le milieu de l'avion, une femme est en feu ; deux hommes tentent d'éteindre les flammes avec des couvertures. Un peu plus près, Kala aperçoit la masse imposante d'un container qui a traversé le plancher et, ce faisant, a propulsé les sièges contre les compartiments à bagages. Des fils électriques exposés émettent des étincelles. Une jambe pend dans le vide, son propriétaire a été broyé.

Quelques rangées plus loin, une personne hurle. Difficile de déterminer si c'est une femme ou un homme. Kala s'avance dans l'allée et découvre une plaque de métal enfoncée dans le dossier d'un siège ; elle a décapité le voisin de la personne en train de hurler. L'homme qui est assis de l'autre côté de l'allée ne cesse de répéter, frénétiquement : « Où est la tête ? Où est la tête ? » Mais nul ne répond, nul ne le sait apparemment. Au bout d'un moment, quelqu'un ordonne à cet homme de la fermer, il continue malgré tout.

Soudain, une vive agitation se produit à l'avant, suivie d'un violent craquement. C'est alors que Kala comprend que le nez prend l'eau, rapidement, et l'appareil penche. Les ailes, tant qu'elles restent intactes, permettront à l'appareil de flotter, mais tôt ou tard, il finira par s'enfoncer et par couler ; elle sait qu'elle doit sortir de là, maintenant, maintenant, maintenant.

Quelqu'un vient vers elle d'un pas décidé. C'est le jeune Occidental. Il est effrayé et secoué, mais il n'est pas blessé et lui aussi a compris qu'il devait sortir. Kala regarde dans le coffre au-dessus de sa tête et avise le kit de secours et le transpondeur. Avant qu'elle se retourne vers la porte, le garçon lui demande :

— Tu as besoin de ton sac ?

Les accidents d'avion sont de curieuses choses, pense-t-elle.

Il la regarde fixement, arrêté à la hauteur du siège où elle était assise.

— Oui ! crie-t-elle par-dessus le vacarme.

Il plonge la main à l'intérieur du compartiment et saisit le sac de Kala, uniquement le sien.

Ce n'est pas une coïncidence. Il m'a observée. Elle devra essayer de comprendre pourquoi, plus tard.

Elle se dirige vers l'office. Deux chariots se sont échappés de leur niche et bloquent l'issue de secours. Il y a des plateaux, des tasses, des carafes partout. Des boîtes de Sprite et de Coca éventrées sifflent encore par terre. Un plateau de mignonnettes d'alcool gît à ses pieds. Kala va vers la sortie de tribord et tire sur les grosses poignées couvertes d'avertissements, elle pousse la porte et le canot pneumatique se gonfle automatiquement. Dehors, il fait beau, tout est calme. La mer est infinie.

On devrait appeler cette planète l'Océan, pas la Terre, pense-t-elle.

L'eau commence à franchir le seuil de la porte et elle sait que l'avion ne va pas tarder à sombrer.

— Prête ? demande le garçon d'une voix tremblante.

Elle l'avait déjà oublié.

Elle se retourne pour lui dire qu'elle est prête, mais aucun mot ne sort de sa bouche. Le garçon est grand, fort, athlétique. Son bras gauche saigne. Et un hématome enfle au-dessus de son œil droit.

— Oui, dit enfin Kala.

Au moment où elle pose un pied à bord du canot, elle entend un autre bruit. Une jeune fille supplie sa mère de ne pas la laisser mourir, en arabe. La mère lui répond, d'un ton ferme, plein d'assurance, que tout ira bien. Comme s'il comprenait cet échange, le garçon dresse son index et se retourne. La mère et la fille sont debout dans la dernière rangée. Le garçon avance en pataugeant jusqu'aux chevilles dans l'eau sombre qui monte régulièrement. Il arrive devant la mère et la fille qui semblent totalement indemnes, par la grâce de Dieu. Comme si pour elles le crash n'avait pas eu lieu.

Le garçon prend la mère par la main.

— Venez ! crie-t-il en anglais.

Kala sait que les seuls hommes à avoir touché cette femme sont son père et son mari. Un frère aîné peut-être. Si cette scène se déroulait n'importe où ailleurs au Moyen-Orient, dans d'autres circonstances, ce serait une abomination.

— Vite ! insiste-t-il et il les entraîne toutes les deux.

L'eau dessine des tourbillons blancs autour de leurs genoux. Tous les trois pataugent jusqu'à la porte. Kala est déjà dans le canot. Le garçon pousse la mère et la fille à bord et les suit.

— Et les autres ? demande la fille en arabe.

Le garçon ne comprend pas.

— Pas le temps, répond Kala.

Elle s'aperçoit que la mère la regarde avec effroi. Son *hijab* est impeccable, ses yeux ressemblent à deux pièces de cuivre toutes neuves.

Kala détache le canot, mais elle ne parvient pas à le faire avancer. L'eau aspirée par la porte plaque l'embarcation en épais caoutchouc jaune contre l'avion. Juste au moment où la porte va s'enfoncer sous la surface, une main apparaît, une voix crie à l'aide, mais cette personne ne peut échapper à la force de l'eau.

La porte est engloutie. Kala en profite pour repousser le canot qui se met à dériver, et tous les quatre regardent d'un air horrifié l'avion qui coule. Le nez sombre et la queue se dresse. Certains objets, échappés de l'épave, crèvent la surface. Des coussins de siège. Des blocs de mousse. Des morceaux de corps. Mais aucun être vivant. Pendant une ou deux minutes, tandis que les passagers se noient, l'avion continue à flotter juste sous la surface, la gouverne et les stabilisateurs arrière dressés hors de l'eau. Un torrent de bulles apparaît lorsque éclate la dernière poche d'air. Puis l'avion pique du nez et disparaît.

Comme ça.

Avec tous les passagers.

Pour toujours.

— J'ai un transpondeur, annonce Kala.

— Et il y a un téléphone satellitaire là-dedans, dit Christopher avec un sourire, en tapotant le sac de Kala.

Comment le sait-il ? Il faudra qu'elle lui pose la question, au moment opportun.

La fille se met à pleurer et sa mère tente de la rassurer. La mer est calme, il n'y a pas de vent. Le soleil se couche. Ils sont les seuls survivants.

Bénie soit la vie, pense Kala. *Et la mort*.

Au bout d'un moment, la fille cesse de pleurer et ils restent muets tous les quatre.

Seuls à bord d'un canot pneumatique au milieu de l'océan.

SARAH ALOPAY, JAGO TLALOC

Garage de Renzo, Al-Nabi Younous, Mossoul, Irak

Sarah et Jago sont accueillis à l'aéroport par un homme de 47 ans, trapu et jovial, nommé Renzo, qui s'est arrangé pour leur faire contourner les contrôles. Contrairement aux nouveaux arrivants qui transpirent déjà sous l'intense chaleur de l'Irak, Renzo ne semble pas incommodé. Il est habitué. Et même s'il souffre d'un léger embonpoint, Sarah devine, à la façon dont il se déplace, dont il la jauge, que c'est un ancien Joueur.

— Tout, tout le temps, partout…, dit Renzo en anglais, les yeux fixés sur Jago.

— … Ainsi est-il dit, ainsi a-t-il été dit et ainsi sera-t-il dit encore, finit Jago.

Renzo sourit, satisfait, et donne une grande tape sur le bras du garçon.

— Ça fait trop longtemps, Jago. La dernière fois que je t'ai vu, tu te cachais encore derrière les jupes de ta mère.

Jago regarde discrètement Sarah, gêné.

— Oui, Renzo, ça fait longtemps.

— Tu as grandi. Tu es devenu un homme fort, un grand Joueur.

Il se tourne vers Sarah.

— Et elle, qui est-ce ?

— Je m'appelle Sarah Alopay, je suis la Cahokienne de la 233e. Jago et moi faisons équipe.

— Ah oui ? fait Renzo d'un air désapprobateur.

— C'est mon Endgame, Renzo, déclare Jago avec force, la mine sombre.

— Mais tu Joues pour nous. Pour la survie de notre lignée. Pas pour impressionner une *gringa*.

Il observe Sarah de la tête aux pieds.

— Au moins, elle est jolie.

— La ferme, gros lard. Sinon, c'est moi qui vais vous montrer *mon* Endgame, menace Sarah.

Renzo rit.

— Elle a du cran, par-dessus le marché. Très bien. Ne t'inquiète pas, Sarah Alopay, je n'ai aucun intérêt à te déshonorer. Les Joueurs se tuent entre eux, c'est ce que dit notre lignée. Les anciens Joueurs grassouillets apportent juste leur aide quand on les appelle. Allez, venez.

Il les conduit jusqu'à une camionnette jaune. Quelques minutes plus tard, ils circulent dans les rues encombrées de Mossoul. Sarah est assise à l'arrière, Jago à l'avant à côté de Renzo. La ville est bruyante et Renzo a allumé la radio, à fond. Jago se penche vers lui pour que Sarah ne l'entende pas.

— Ne me critique pas devant elle, d'accord ? souffle-t-il.

Renzo lui adresse un sourire jovial, qui disparaît aussitôt quand il voit l'expression de Jago.

— Désolé. Ça ne se reproduira pas.

— Bien, dit Jago, satisfait, en se renversant contre le dossier de son siège.

En vérité, Renzo craint moins Jago que ses parents. C'est grâce à une généreuse « bourse » offerte par les Tlaloc qu'il a pu s'inscrire dans une école de mécanique et ouvrir un garage ici, juste à temps pour pouvoir vendre ses services à l'armée américaine durant la guerre et amasser une petite fortune. Mais ce que les Tlaloc lui ont donné, ils peuvent le reprendre. Même si c'est un ex-Joueur. Renzo le sait.

Évidemment, depuis qu'Endgame a débuté, c'est moins important.

Sarah se penche en avant, obligée de crier pour se faire entendre :

— De quoi vous parlez, les gars ?

— J'expliquais à Renzo qu'on avait besoin de nouveaux passeports et de nouveaux visas. Si jamais quelqu'un nous suit à la trace.

— Excellente idée, dit Sarah.

Renzo hoche la tête avec enthousiasme.

— Ne vous inquiétez pas ! Renzo a tout ce qu'il faut.

Il n'exagère pas. Cela apparaît de manière évidente lorsqu'ils pénètrent dans un vaste garage climatisé, sa base d'opérations. Il possède tout ce dont Jago et Sarah auront besoin et bien plus : téléphones dernier cri, ordinateurs portables, transformateurs, cartes SIM et toutes sortes de brouilleurs. Par ailleurs, il dispose de toute une pile de visas récents, pour 40 pays. Ainsi que de traveller's cheques, d'argent liquide et de faux passeports. De matériel médical, de vêtements, de gants, de protections. De traqueurs et de récepteurs. De pistolets Browning, de mitraillettes M4 avec des lance-grenades M203. Et même de deux pistolets spéciaux faits tout en céramique et en plastique, totalement indétectables par les portiques. La manière dont il se les est procurés auprès des Forces spéciales américaines vaut le détour, à ce qu'il dit.

— Tu as fait du chemin, Renzo, commente Jago en examinant une des deux armes insolites. Je dirai à mes parents qu'ils n'ont pas jeté leur argent par les fenêtres.

— C'est stupéfiant, confirme Sarah en regardant autour d'elle.

Elle est impressionnée. Il n'y a pas d'anciens Joueurs cahokiens dispersés à travers le monde et détenant un véritable arsenal. Elle a pris une sage décision en s'alliant avec Jago.

— Attendez, vous n'avez pas encore vu le meilleur, dit Renzo.

« Le meilleur », apparemment, c'est un vieux coupé Peugeot 307, de 2003, qui ressemble à une épave, peint en bleu layette, avec une énorme fleur au pochoir sur le capot. Des colifichets hippies et des talismans pendent au rétroviseur. Le châssis est près du sol et les garnitures sont déchirées. Le pare-chocs avant est enfoncé. Une partie du capot commence à rouiller. Le pare-brise arrière est étoilé.

— Tu roules avec ça à Mossoul ? demande Jago, perplexe. Avec la fleur ?

Renzo caresse amoureusement le capot.

— La fleur fonctionne à merveille. Les gens se disent : « Voilà un type trop stupide pour avoir un truc à cacher. »

— Je vois ça, dit Sarah en souriant à Renzo.

— Bon, et à part ça ? demande Jago. Elle semble bonne pour la casse.

— Je travaille depuis des mois sur cette beauté, répond Renzo, vexé.

Les bosses et tout le reste, c'est de la décoration, explique-t-il. Le châssis a été entièrement refait, il est comme neuf, mieux encore. Le moteur développe non plus 108 chevaux, mais 487. La carrosserie est à l'épreuve des balles. Le dessous est revêtu d'un bouclier antiexplosion. Il y a 15 compartiments secrets, dont un suffisamment grand pour cacher une personne. Les plaques d'immatriculation, recouvertes d'une encre électronique, peuvent se transformer à la commande. Elles sont programmées pour l'Irak, la Turquie, la Grèce, l'Italie, le Lichtenstein, l'Autriche, la France et Israël. Idem pour la fleur, qui peut devenir une étoile et un croissant, un signe de la paix, une tortue, ou simplement disparaître. Enfin, la voiture est équipée d'un ordinateur ultrarapide doté de nano-interrupteurs et de liaisons satellitaires cryptées qui contrôlent tous les systèmes.

— J'ai presque fini avec le pare-brise, ajoute Renzo, essoufflé par l'énumération de toutes les caractéristiques de la voiture. Quand j'aurai terminé, elle sera équipée d'un afficheur tête haute numérique : plans, infos sur le trafic, tout ce que vous voulez. Oh, j'allais oublier la vision nocturne.

— Et c'est pour moi ? demande Jago, comme s'il avait du mal à y croire.

Il se tourne vers Sarah.

— Pour nous ?

Renzo hoche la tête.

— Toute cette histoire d'Endgame, ça me plaît pas trop. J'espérais être mort avant que ça arrive. Je suis riche. La vie est belle.

Il pousse un soupir théâtral et Sarah se retient pour ne pas rire.

— Cette voiture, c'est le moins que je puisse faire pour le Joueur de ma lignée. Grâce à toi, Renzo continuera à vivre. Je suis fier de te la donner.

Jago prend la main de Renzo entre les siennes.

— Et moi, je suis fier de l'accepter, mon frère.

Ce soir-là, le dîner se compose d'agneau grillé avec des feuilles de menthe, accompagné de riz. Pour le dessert : de succulentes figues nappées de sirop. Ils boivent du thé. Ils évoquent la façon dont ils vont se rendre en Italie : par voie terrestre, avec la 307, en traversant la Turquie, la Bulgarie, la Serbie, la Croatie et la Slovénie. Un trajet de 2 341,74 miles.

Après le dîner, ils tentent de se détendre. Assis dans la 307, à la place du passager, Renzo effectue les derniers contrôles. Jago regarde Al Jazeera sans le son, étendu sur un des canapés en cuir de Renzo. Sarah se tient devant un grand planisphère.

Elle place de petits écrous en argent sur la carte, à divers endroits. Au hasard pour certains : un point dans le sud-ouest de la Sibérie, un autre près des îles Ryūkyū au Japon, un point sur la côte méridionale de l'Afrique du Sud. D'autres choix sont si prévisibles qu'ils ressemblent à des clichés : les pyramides de Gizeh, le Machu Picchu, Stonehenge. Et puis, il y en a qui se situent quelque part entre l'aléatoire et le prévisible, avec l'avantage d'être proches.

Sarah se penche vers la carte.

Elle entre quelques chiffres dans Google, sur un petit ordinateur portable.

Les résultats apparaissent rapidement.

— L'un de vous deux a-t-il déjà entendu parler de Göbekli Tepe, en Turquie ? demande-t-elle.

Le mot *göbekli* ne lui est pas inconnu. En cahokien, il signifie « colline arrondie » et fait référence généralement à d'anciens tumulus. Quant à savoir ce que signifie ce mot appliqué à un endroit situé dans le sud de la Turquie, mystère.

— Non, répond Jago du canapé.

— Göbekli Tepe ? Évidemment ! s'exclame Renzo de l'intérieur de la 307.

— Qu'est-ce que c'est ?

— Un très ancien site archéologique. Pas très loin d'ici, d'ailleurs. Personne ne sait qui l'a construit, ni comment. Il a fait voler en éclats pas mal d'hypothèses concernant l'époque à laquelle les humains ont commencé à bâtir des villes, quand ils ont commencé à vénérer leurs dieux dans des temples, pour quelle raison, et qui étaient ces dieux. Ce genre de petits détails.

Jago dresse la tête.

— À la Endgame.

Renzo s'extirpe de la voiture.

— Exact.

Sarah pose les coudes sur la table. Elle regarde la terre brune autour du petit écrou.

— Tu crois qu'on devrait aller là-bas ? demande Jago.

Sarah réfléchit. Renzo s'essuie les mains sur un torchon et s'approche du téléviseur.

— Je ne sais pas, répond finalement Sarah. Avant toute chose, il faut que l'on rencontre ce Musterion en Italie.

Jago hoche la tête.

— Je suis d'accord.

Renzo montre l'écran. Al Jazeera diffuse un bulletin d'informations.

— Tu peux remettre le son ?

Jago prend la télécommande et appuie sur une touche. Renzo se rapproche encore du téléviseur et traduit les paroles du présentateur arabe :

— Un accident d'avion. Un vol commercial. Qatar Airways 832, de Changzhou à Dubaï.

— Où s'est-il écrasé ? demande Sarah.

— Dans la mer d'Arabie.

— Des survivants ? demande Jago.

— Possible. Les autorités ont capté un signal émis par un transpondeur. Des secours sont partis d'Oman. Pas d'autre contact. Ils en sauront plus en arrivant sur place.

— Changzhou, dit Sarah.

— Tu crois que certains des autres étaient à bord ?

— Possible. C'est peut-être même *pour ça* que l'avion s'est écrasé, dit Sarah en réfléchissant à voix haute. Ce ne serait pas un drame épouvantable si on perdait quelques Joueurs, hein ?

— Non, dit Jago, en effet.

Il coupe le son de la télé.

Renzo retourne dans la voiture pour poursuivre son travail.

— Encore deux ou trois jours et cette petite merveille sera prête à rouler.

À cet instant, le téléphone de Sarah sonne. Elle le cherche dans son sac, reconnaît le numéro : c'est celui d'un autre téléphone satellitaire. Elle l'éteint. Une partie d'elle-même espère que c'était Christopher. Elle n'a répondu à aucun de ses appels – elle refuse de s'engager dans cette voie –, mais ça lui plaît de savoir qu'il est là, quelque part. C'est peut-être égoïste, mais elle est contente de voir qu'il pense toujours à elle.

— C'était qui ? interroge Jago.

— Je ne sais pas. Si ça se trouve, c'était An qui essayait de nous localiser. Il faut qu'on se débarrasse de ce truc, Feo.

— Laissez-le-moi, propose Renzo. Je vais le nettoyer et j'installerai un transfert d'appel indétectable vers vos nouveaux téléphones, si vous voulez.

Sarah retourne devant la carte.

— Merci, ce serait super.

Sur le canapé, Jago commence à s'endormir.

Renzo manipule des coupleurs de fils.

Sarah se tourne brièvement vers Jago. Il a l'air bien dans cette position. Paisible. Soudain, elle éprouve l'envie irrésistible d'aller s'allonger à côté de lui. Elle ne veut pas rester seule. Alors qu'il existe encore une chance d'établir des liens, alors que le monde paraît encore normal, même s'il ne l'est pas.

Elle sourit, à elle-même, pour elle-même, et reporte son attention sur le planisphère. Au bout de deux ou trois minutes, elle se retourne de nouveau. Jago a toujours l'air bien, paisible, et elle a toujours envie de le rejoindre. Et puis zut ! se dit-elle. Elle se dirige vers le canapé et s'allonge. La chaleur du corps de Jago la réchauffe immédiatement.

C'est bon. Très bon.

Personne sur Terre ne sait réellement ce que sont :

Les pyramides de Gizeh
Les géoglyphes de Nazca
Les Moaï
Stonehenge
Le Sphinx
Le Machu Picchu
Göbekli Tepe
Carnac
Amaru Meru
La ziggourat d'Ur
Teotihuacán
Angkor Vat
Pumapunku
Les guerriers de terre cuite
Les pyramides de Méroé
Sacsayhuamán
Anta Grande do Zambujeiro

Personne sur Terre ne sait.
Mais quelqu'*un*, quelque *chose*, quelque *part* sait…

CHRISTOPHER VANDERKAMP, KALA MOZAMI

Océan Indien, ~120 km des côtes d'Oman

Christopher se blottit dans le coin du canot. La mère et la fille sont endormies. Kala aussi. La mer est calme. Le ciel est clair, parsemé d'étoiles. Il n'en a jamais vu autant, pas même lorsqu'il est allé camper dans le Nebraska.

Il regarde sa montre. L'avion a coulé il y a 4,5 heures. Le transpondeur est allumé. Kala refuse d'utiliser son téléphone satellitaire pour appeler des secours. S'ils n'ont pas été secourus au lever du soleil, ils appelleront, dit-elle. D'ici là, le transpondeur est leur meilleure chance. Christopher ne cesse de repenser au crash. Sur le coup, il n'a pas pris conscience de la gravité de l'événement, mais maintenant, il est paralysé, submergé par cette constatation : il a survécu à un accident d'avion.

Un putain de crash épouvantable.

Il a envie de voir Sarah. Il en a besoin. Il a envie de la toucher. Il en a besoin. Il tourne la tête. Le sac de Kala, contenant le téléphone, est à portée de main. Il observe la jeune fille. Celle qui a sauté du haut d'un immeuble pour voler jusqu'au sol. La fille qui a réussi à désarmer le policier embarqué à bord et chargé de l'arrêter. Il a vu son visage mort avant de quitter l'avion. Tué d'une balle dans la tête. Voilà ce qui l'a tué. Une balle tirée dans l'œil à bout portant.

Kala est donc armée.

Elle dort paisiblement, profondément, comme s'il ne s'était rien passé, comme si elle n'avait pas assassiné un homme et laissé des dizaines de personnes périr dans cet avion. Quand Sarah lui avait parlé d'Endgame, des Joueurs et de l'entraînement qu'ils avaient reçu, tout cela lui avait paru irréel. Maintenant qu'il a vu ce que c'était, ce dont ils étaient capables, tout lui semble bien trop réel. Sarah aurait-elle abattu ce policier d'une balle en plein visage ? Aurait-elle détaché le canot avant que d'autres survivants puissent sauter à bord ? Il ne le pense pas.

Il a besoin d'entendre la voix de Sarah.

De lui parler.

Pour s'assurer qu'elle va bien.

Alors, il se saisit du sac de Kala et le fait glisser vers lui sur le sol en caoutchouc. Lentement, il ouvre la fermeture Éclair et sort le téléphone. Il appuie sur le bouton d'alimentation et plaque l'appareil contre sa poitrine. Il attend, il regarde. Une lumière verte s'est allumée. Il coupe le son du clavier avant de composer le numéro. Une sonnerie, deux, trois. Et la boîte vocale.

Bip.

Il murmure :

— Sarah… Sarah, c'est moi. Je ne sais pas quoi te dire… Je… je t'ai suivie. C'était idiot, mais je l'ai fait. Je t'aime, Sarah. Je suis allé à la pagode, mais je ne t'ai pas vue, alors j'ai suivi une autre personne. Une Joueuse. Kala quelque chose. Oh, mon Dieu, elle est… Je ne sais pas comment l'expliquer… Elle n'est pas comme toi.

Il y a de la friture sur la ligne, la communication est coupée. Christopher regarde le clavier. Doit-il refaire le numéro ? Peut-être qu'elle décrochera, cette fois ? Mais si Kala le surprend, ce ne sera pas bon. Alors, non. Il éteint le téléphone. Sans bruit, il le remet dans le sac. Il roule sur le dos en poussant un soupir. Il sent les mouvements de l'océan sous sa colonne vertébrale, ses épaules et ses fesses. C'est comme un *water bed*, mais vivant.

Toutes ces étoiles. Innombrables.

Un putain de crash.

Toutes ces étoiles.

Tous ces morts.

Le crash… l'océan… le pistolet… Sarah… les étoiles.

Le sommeil.

Il se réveille en sursaut. Il fait encore nuit, les étoiles étincellent comme des guirlandes de Noël. Il a mal au côté. Kala est debout devant lui.

Il se frotte les yeux.

— Pourquoi tu m'as flanqué un coup de pied ?

Il se redresse péniblement, pendant qu'elle demande :

— Pourquoi tu l'as appelée ?

Elle brandit le téléphone comme une arme.

Christopher jette un coup d'œil derrière les jambes et les hanches de Kala. Il se penche sur le côté, les yeux plissés.

Elles ne sont plus là.

Elles ont disparu.

Il lève les yeux vers le visage de Kala, masqué par l'obscurité.

— Où sont-elles ? demande-t-il d'une voix qui trahit sa peur.

— Je les ai laissées partir.

— Q… quoi ?

— Elles ne sont plus là.

— Tu les as tuées ?

— N'y pense plus. C'étaient des fantômes. Vous êtes tous des fantômes. Si tu parles encore d'elles, à qui que ce soit, tu les rejoindras en enfer.

— Tu les as tuées ? répète-t-il.

Kala se laisse tomber devant lui en un éclair, elle serre sa pomme d'Adam entre son pouce et son index.

— Je ne plaisante pas, Christopher Vanderkamp.

Il reste muet. Les yeux exorbités.

— J'ai regardé ton passeport. Omaha. Comme la Cahokienne. Dis-moi pourquoi tu l'as appelée. Et souviens-toi, ne parle plus des autres.

Elle lâche sa gorge et se relève. Christopher tousse. Pourquoi les a-t-elle tuées ? Comment ? Les a-t-elle noyées ? Leur a-t-elle brisé la nuque ? A-t-elle éliminé d'abord la mère, puis la fille ?

Son estomac se soulève. Il craint de vomir.

— La Cahokienne ! aboie Kala.

— Je… je suis… son petit ami.

Kala s'esclaffe en rejetant la tête en arrière. Christopher découvre alors le pistolet dans sa main. Les a-t-elle abattues ? Non, il aurait entendu les détonations.

Soudain, il perçoit au loin le faible womp womp des pales d'un hélicoptère. Les secours arrivent.

— Une extraordinaire histoire d'amour, racontée juste avant la fin du monde ! s'exclame Kala, le regard étincelant. C'est pathétique. Comme ton nom ! « Celui qui porte le Christ ». Quelle farce !

Le bruit de l'hélicoptère s'amplifie. Kala scrute l'horizon, mais elle ne l'aperçoit pas encore.

— Écoute-moi bien, Christopher. Tu es mon compagnon. Je m'appelle Jane Mathews.

Quand elle prononce ces mots, son accent se modifie, il devient cent pour cent américain, avec une légère pointe du Sud, comme si elle venait de l'Oklahoma ou de l'ouest de l'Arkansas.

— Il risque d'y avoir des petits problèmes car mon nom ne figure pas sur la liste des passagers. Mais les types à bord de l'hélico ne le sauront pas. Tu dois te porter garant de moi. On s'est rencontrés il y a trois jours à Xi'an. On est tombés amoureux. Depuis, on ne s'est pas quittés un seul instant. Pas une minute. Comme un tas de gens à travers le monde, on est obsédés par ces météorites. On se rend à Al Ain pour voir le cratère. J'ai une marque de naissance en forme d'aileron de requin sur la fesse gauche. Tu as une marque de naissance, toi ?

— Un grain de beauté derrière le genou.

— Lequel ?

— Le gauche.

— Si tu mens, je te tue.

— Je ne mens pas.

— Parfait. On va se retrouver à Dubaï, comme prévu. Et une fois que les autorités nous auront libérés, on continuera notre voyage jusqu'en Turquie.

Un projecteur balaye la surface de la mer à l'ouest.

— Tu peux répéter ?

Il s'exécute. Elle le corrige sur l'emplacement de sa tache de naissance.

— Et l'accident d'avion ? demande-t-il.

— Eh bien, quoi ? On est les seuls survivants. On a été projetés au fond de l'appareil. Tout le monde était évanoui, sauf nous. On s'est enfuis. L'avion a coulé.

— Et l'arme ?

Kala la lance dans l'eau.

— Je n'ai pas besoin d'une arme pour te tuer, Christopher.

Il envisage de la pousser par-dessus bord, mais il sait qu'elle est très rapide.

— N'essaye pas, dit-elle comme si elle lisait dans ses pensées. Mes mains sont plus rapides que ton cerveau. Et n'oublie pas : je m'appelle Jane Mathews. On est ensemble. On s'aime. Al Ain. La marque en forme d'aileron de requin.

— Oui, j'ai…

Avant qu'il puisse achever sa phrase, plus rapide qu'un *cornerback* dans un *blitz,* elle se jette sur lui. Deux crochets à la mâchoire et il perd connaissance.

FORM 500
U. S. DEPARTMENT OF LABOR
IMMIGRATION SERVICE

List 23

MANIFEST OF ALIEN PASSENGERS FOR THE UNITED STA

MANIFIESTO DE PASAJEROS EXTRANJEROS; MANIFEST VON ALIEN PASSAGIERE; MANIFESTE DE PASSAGERS ÉTRANGERS; 艙單外國人的乘客

S. S. NIRENBERG, Point of Origin UNITED KINGDOM,

#	A		B		C	D	E	F	G
	PASSENGER IDENTIFICATION Identificación de pasajero Passagier-Identifikation Identification des passagers 乘客識別		NAME IN FULL Nombre completo Name, Vorname Nom complet 全名		Age Edad Alter Age 年齡	Married? ¿Casado? Verheiratet? Marié? 結婚了嗎？	Nationality Nacionalidad Staatsangehörigkeit Nationalité 國籍	Race or People Raza Herkunft Ethnicité 種族	Ge[n] Gé[n] Gesc[h] S[e] 性
1	N C _ 0 0 0 0 0 2 .1 2		OLGUN	MUSTAFA	3 4	X	Turkey	Turkish	
2	9 9 7 5 4 4 3 5		OLGUN	~~ANA~~ ANNA	2 7	X	Turkey	Turkish	
3	MINOR 9 9 7 5 4 4 4 6		OLGUN	ZAHIRA	8		Turkey	Turkish	
4	N C _ 0 0 0 0 1 1 .1 0		GAMOWE	ALEXANDER	2 3	X	Australia	Koori	
5	9 2 7 4 9 2 2 7		GAMOWE	HOLLEY	1 9	X	Australia	Koori	
6	MINOR 9 2 7 4 9 2 4 4		GAMOWE	JACK	1		Australia	Koori	
7	N C _ 0 0 0 0 0 4 .1 2	✓	YAMAMOTO	MASAO	5 4		Japan	Japanese	
8	9 6 9 1 3 5 1	✓	YAMAMOTO	NISHI	3 2		Japan	Japanese	
9	9 6 9 1 3 6 5	✓	YAMAMOTO	KAZUKO	2 0		Japan	Japanese	
10	N C _ 0 0 0 0 0 2 .1 2		MARCZEWSKI	BRENNER	4 1	X	Poland	Hebrew	
11	2 1 2 3 1 0 3 8 3		MARCZEWSKI	WALERIA	3 8	X	Poland	~~Polish~~ Hebrew	
12	MINOR 2 1 2 3 1 0 3 9 7		MARCZEWSKI	WATSON	1 5		Poland	Hebrew	
13	EXEMPT		CAMPANELLO	MARIA	2 3		Italy	Italian	

CHIYOKO TAKEDA

Car allant de Kayseri à Urfa, autoroute E90, Turquie

Chiyoko roule en direction du sud-est à bord d'un car touristique reliant Kayseri à Urfa. Elle n'avait aucune envie de se rendre en Irak et elle a supposé que Sarah et Jago n'y resteraient pas longtemps.

Leur séjour a duré un peu plus qu'elle l'avait imaginé.

Le signal informatisé niché à l'intérieur de la cicatrice dans le cou de Jago Tlaloc n'a quasiment pas bougé depuis 48 heures. Mais il a quand même bougé. Il est donc vivant. Ou bien il est mort et l'on a transporté son corps.

Elle décide que, s'ils ne sont pas repartis dans 48 heures, elle volera une voiture pour se rendre au poste frontière Ibrahim Khalil et attendre. Et si, 12 heures après, ils ne bougent toujours pas, elle pénétrera en Irak pour les retrouver.

Elle regarde par la vitre. Les collines du centre de la Turquie défilent sous la forme d'une procession beige. C'est un beau pays. À la fois aride et luxuriant. Les gens, du moins les rares à qui elle a eu affaire, ont été gentils. À Kayseri, les desserts étaient exquis.

Elle ferme les yeux et repense à An. Il lui a envoyé un mail codé qui l'a conduite sur un site Internet. Sur un fond noir, des caractères blancs disaient simplement : *Il n'y a aucun jugement*. Et en dessous : *ZIP ICE*. Et encore en dessous, un lien 鷲.

Quand elle a cliqué dessus, un fichier s'est téléchargé, elle l'a transféré sur cinq clés USB. Dont une qu'elle garde sur elle en permanence.

Après le chargement, le site s'est autodétruit.

An fait partie d'elle désormais.

Pour le meilleur ou pour le pire.

BAITSAKHAN

Rahatlık Konuk Evi, Urfa, Turquie

Baitsakhan frotte une allumette contre le mur et allume une cigarette roulée à la main. À l'aide d'une paire de jumelles ultrapuissante, montée sur un pied, Jalair observe un petit hôtel situé à la périphérie est d'Urfa. Ils sont sur un toit. Avec un jardin. Du chèvrefeuille, du romarin, un jacaranda nain, d'interminables vignes chargées de raisins verts et des ipomées volubilis entourent la terrasse. Baitsakhan arrache une fleur violette et la fait rouler entre ses doigts, pour l'écraser et la tuer. Il crache quelques brins de tabac sur le toit peint en blanc. Et lâche la fleur. Il l'écrase sous son pied.

— Alors, tu vois quelque chose ?

— Non.

Ils sont en Turquie depuis 2,45 jours, sur les traces du Nabatéen porteur d'une puce.

— Où il est passé, bordel ?

— Je sais pas.

— Bat et Bold devraient être avec nous, grogne Baitsakhan. On aurait mieux fait de pourchasser l'Harappéenne d'abord. Cette salope.

Jalair secoue la tête à nouveau.

— L'objectif n'est pas la vengeance, Baitsakhan. Au bout du compte, elle aura ce qu'elle mérite. Comme tous les autres.

Baitsakhan n'aime pas ça, mais il sait que son frère a raison. Jalair colle les yeux aux oculaires.

— Attends un peu. Je crois que... Oui, c'est lui !

Baitsakhan se redresse.

— Pousse-toi.

Il tire sur sa cigarette et se penche en avant, en gardant la fumée dans ses poumons.

À travers les jumelles, il observe un autre toit situé à 95 m de là. Maccabee Adlai est seul, il leur tourne le dos. Soudain, il regarde par-dessus son épaule, en direction de Baitsakhan, mais il ne semble pas chercher quelque chose. Le Nabatéen admire le coucher de soleil, tout simplement. Il n'a pas la moindre idée de ce qui l'attend.

Baitsakhan et Jalair savent que Maccabee est à Urfa depuis trois jours. Il a pris l'avion sous un faux nom avec un passeport néo-zélandais. Il loge dans ce petit hôtel depuis son arrivée. Il a loué toutes les chambres et soudoyé le propriétaire pour qu'il s'occupe de ses oignons. Il s'est rendu deux fois au marché, il a visité 18 mosquées et une bibliothèque. Il s'est arrêté dans 19 cybercafés différents. Il a acheté une Audi à un particulier et, avec ce qu'il a dépensé en vêtements, il aurait pu s'offrir une deuxième voiture. Il est seul et ne semble pas communiquer activement avec qui que ce soit.

Baitsakhan, lui, n'est pas seul.

Les siens, les membres de sa lignée, ont toujours chassé en meute.

Il détache ses yeux des jumelles. Il tend sa cigarette à Jalair pour prendre un arc moderne à poulies posé sur le sol. Il ajuste une flèche, lève son arc, le bande et regarde à travers une lunette. Le dos de Maccabee est toujours là. Baitsakhan se déplace de manière infime. Il voit le cou de Maccabee. Il bouge de nouveau. La tête maintenant.

— Suhkbataar ne serait pas content, mais j'aime mieux ce type d'arcs, plutôt que nos arcs traditionnels, dit-il.

Jalair ne répond pas. Baitsakhan abaisse son arme et relâche lentement la corde.

— Ce soir, on entre. On récupère l'indice, on le tue et on repart.

Jalair hoche la tête et tire sur la cigarette.

— Parfait. J'ai envie de tuer quelque chose. Une mort, n'importe laquelle, c'est mieux que rien.

Un vol de pigeons explose au-dessus de leurs têtes, venant d'un immeuble voisin. Tandis que le soleil se couche, l'appel à la prière résonne au-dessus de la ville ancienne.

— Oui, mon frère. N'importe quelle mort est bonne.

KALA MOZAMI, CHRISTOPHER VANDERKAMP

Hôtel InterContinental de Dubaï – Festival City, chambre 260

Kala observe le garçon dans le lit. Ils ont survécu aux conséquences du crash : les interrogatoires, les journalistes et la paperasse. Kala n'est pas apparue à la télé, ni sur Internet ni dans les journaux. Christopher, lui, n'est apparu qu'une courte seconde, une couverture posée sur les épaules, alors qu'on le conduisait d'un SUV noir à l'intérieur d'un bâtiment. Ils ont été interrogés par des responsables de la compagnie, des enquêteurs et des psychologues. Comme toute personne innocente, Kala n'a pas tenté d'expliquer pourquoi le nom de Jane Mathews ne figurait pas sur la liste des passagers, mais comment, sinon, aurait-elle pu se retrouver à bord de ce canot au milieu de l'océan ? Son accent américain et l'alibi fourni par Christopher ont suffi à prouver qu'elle n'était pas la personne que l'agent Singh avait pour ordre d'arrêter. L'absence de son nom était une gaffe, voilà tout. Kala Mozami, supposait-on, avait péri en même temps que les 274 autres passagers et membres d'équipage.

Bénis soient-ils.

Kala et Christopher sont dans une tour de verre : l'hôtel InterContinental de Dubaï. C'est Qatar Airways qui règle le prix de la suite. Pour donner le change, ils partagent la même chambre. Christopher est allongé dans le lit, un drap doux remonté jusqu'au menton, il regarde fixement le plafond. Il a raconté le crash une dizaine de fois et son récit n'a pas changé d'un iota. Il s'est montré convaincant et il le sait. Chaque fois, il a délibérément omis de parler d'elles. La mère et la fille. Les deux mortes.

Assassinées. Qui dérivent dans les profondeurs de leur sépulture éternelle.

Kala quitte la chambre pour se rendre dans le salon. Elle se plante devant une immense baie vitrée. Christopher se redresse dans le lit. Il observe Kala. Derrière la vitre s'étend le désert infini, le mur rouge d'une tempête de sable fait rage au loin.

Kala regarde dehors. Elle se souvient des histoires anciennes. Celles qui parlent de tempêtes d'un temps d'avant le temps. Ces tempêtes utilisées par les Annunakis comme des voiles pour dissimuler leurs vaisseaux et leur nombre. Ces grandes tempêtes devenues des sortes de divinités à leur tour. Des divinités obscures, aveuglantes, cinglantes, sans pitié.

Je suis la tempête, pense-t-elle. *Venue du temps d'avant le temps, à qui on a appris à cacher, à aveugler et à frapper.*

Sans pitié.

Elle se retourne vers Christopher.

— Tu as été très bien, Christopher Vanderkamp. Maintenant, on est libres d'aller en Turquie comme prévu.

Il ne dit rien.

— Je te remercierais si je pensais que ça pourrait te faire plaisir.

Il ne dit toujours rien.

— Je vais le faire quand même. Merci.

Christopher ne veut pas adresser la parole à cette meurtrière. Ils ont été abordés par toutes sortes de journalistes, qui veulent tous écrire la même histoire, celle de ces deux jeunes amoureux qui ont survécu à une tragédie. Deux jeunes amoureux. Cette simple idée lui donne envie de vomir. Kala, en revanche, semble s'amuser de toute cette attention depuis deux jours. Il sait qu'elle va bientôt disparaître, pour replonger dans Endgame. À ce moment-là, se demande Christopher, qu'adviendra-t-il de lui ?

Il ne parvient pas à se débarrasser de l'image de la mère et de la fille mortes. Elles avaient survécu à un accident d'avion, pourquoi les assassiner ? Et bien qu'il répugne à lui adresser la parole, Christopher ne peut s'en empêcher : il veut savoir.

— Pourquoi tu les as tuées ?

Kala tourne le dos à la fenêtre.

— Je leur ai rendu service.

— Et pourquoi pas à moi ?

Elle s'avance vers lui.

— À cause de la Cahokienne. C'est mon adversaire. Une des dix restants, à ma connaissance. Et je vais me servir de toi pour l'atteindre.

— Dans ce cas, je me servirai de toi dans le même but.

Elle rit.

— Qu'y a-t-il de si drôle ?

— Que t'a donc raconté ta petite amie ?

— Vous êtes douze. Et vous participez à ce jeu de dingues pour décider du sort du monde.

— Non. Pas du monde, Christopher, corrige Kala avec un sourire sans joie. Le monde est déjà mort.

Le garçon regarde autour de lui.

— Il m'a l'air bien vivant.

Kala se pince la lèvre, songeuse.

— Elle ne t'a pas tout raconté. Sans doute que j'en aurais fait autant. Autant essayer d'expliquer la trigonométrie à un chien. Une perte de temps et de salive. Elle a pitié de toi, son beau fiancé du lycée, alors elle te laisse dans l'ignorance.

— Oui, c'est ça, je suis totalement ignorant. C'est certainement pour ça que j'ai réussi à te suivre aussi facilement.

Cette réplique hérisse Kala. Elle a honte que ce non-Joueur ait réussi à suivre sa trace. Elle rejette la faute sur la déconcentration causée par l'énigme. À petits pas, elle se rapproche du lit.

— Moi, je n'ai pas pitié de toi, Christopher. À mes yeux, tu n'es qu'une monnaie d'échange. Alors, je vais te dire la vérité.

Elle se rapproche encore.

— Tout ce que tu crois savoir sur le monde est un mensonge. On ne descend pas du singe. Il n'y a jamais eu de sélection naturelle. La sélection a été réfléchie, délibérée. Les Annunakis nous ont créés pour que nous soyons leurs esclaves et ils nous ont donné les outils nécessaires pour bâtir le monde tel qu'il est. Et ça continue, aujourd'hui encore. Ta petite amie, moi, les autres... on ne se bat pas pour sauver le monde. On se bat pour être choisis. Pour être les chouchous des dieux.

Christopher la regarde d'un air hébété. Kala ne sait pas s'il a bien compris, et en fait, elle s'en fiche. Elle est arrivée près du lit.

— Sois tranquille, dit-elle, tu ne seras pas choisi.

Elle frappe très vite, avant même que Christopher ait le temps de ciller. Elle exerce une pression sur un point derrière son oreille. Il perd connaissance immédiatement.

Je suis la tempête.

Elle ricane devant le garçon inconscient, avant de lui tourner le dos. Elle se dirige vers le bureau et prend son téléphone satellitaire. Elle ne s'en est pas servie depuis le radeau. Elle fait défiler la liste des appels récents. Elle sélectionne le numéro composé par Christopher. Et appuie sur la touche « appel ». Il n'y a aucune sonnerie. Uniquement une voix informatisée, suivie d'un bip.

— Cahokienne, ici Kala Mozami, ta sœur sumérienne, la Joueuse de la 89e. Je regrette de devoir faire ça, mais c'est Endgame.

Kala utilise sa voix la plus suave en espérant que ses excuses adouciront sa requête et la feront bien voir de Sarah.

— J'ai une chose qui t'appartient. Un garçon prénommé Christopher. Je n'ai rien demandé. C'est lui qui m'a suivie. Il aimerait te retrouver. Je vais te le rendre, mais en échange, je veux ce que l'Annunaki, kepler 22b, t'a donné. Tu peux me rappeler à ce numéro si tu souhaites négocier. Sinon, sois certaine que je me débarrasserai de lui. En dépit de la haute opinion qu'il a de lui-même, c'est un fardeau trop encombrant. J'espère que ce message te trouvera en bonne santé. Et j'espère avoir de tes nouvelles rapidement. *Bedroud,* sœur Sarah, au revoir.

Elle raccroche, connecte le téléphone au chargeur et vérifie que la sonnerie est activée.

Elle ne veut pas manquer l'appel de Sarah.

Christopher non plus, elle en est sûre.

BAITSAKHAN, MACCABEE ADLAI

Aslan Konuk Evi, Urfa, Turquie

Baitsakhan et Jalair courent sur les toits, presque sans bruit. Une lune décroissante flotte 21 degrés au-dessus de l'horizon, à l'est. Ils portent des gants très épais pour pouvoir s'accrocher aux tessons de bouteille incrustés en haut des murs. Ils sont incroyablement rapides, agiles. Si jamais quelqu'un les repère, ils auront disparu en une fraction de seconde.

Jalair tient l'arc à poulies et une petite collection de flèches. Dans un étui accroché à la ceinture, Baitsakhan a un pistolet Heckler & Koch USP Compact doté d'un silencieux. Dans la main droite, il tient un poignard mongol à la lame ondulée. Ils sont partis pour tuer ce soir. Ils attendent ça avec impatience.

Encore deux toits à traverser.

Un.

Zéro.

Ils sont maintenant sur un petit hôtel. Jalair consulte un écran miniature fixé à son poignet qui lui indique en trois dimensions l'endroit où se trouve Maccabee. Il brandit le poing, lève un doigt et referme le poing. Ils foncent vers la porte sur le toit.

Verrouillée.

Jalair sort de sa manche un crochet Hobbs et une clé dynamométrique. Il les introduit dans la gorge de la serrure, les fait aller et venir, ferme les yeux et ouvre lentement la porte.

Un escalier sombre plonge devant eux. Une lumière éclaire le couloir tout en bas. Jalair descend le premier. Il ajuste une flèche sur son arc. Consulte de nouveau l'écran à son poignet. Il faut encore descendre de deux étages.

Il n'y a qu'une seule chambre au dernier. Ils descendent. Deux chambres à l'étage du dessous. Elles sont toutes inoccupées, les portes ouvertes. Ils descendent encore. Il y a également deux chambres à cet étage. Une porte est ouverte, l'autre fermée. Ils éteignent la lumière du couloir.

À cause de la lumière du rez-de-chaussée, il ne fait pas totalement noir. Baitsakhan dégaine son pistolet et s'avance vers la porte. Il se montre du doigt, puis il montre Jalair et le sol : il veut que Jalair reste en retrait. C'est lui le Joueur, il veut agir seul.

Jalair hoche la tête et s'écarte.

Baitsakhan pose la main sur la poignée et la tourne. La porte n'est pas verrouillée. Il la pousse, juste assez pour se faufiler dans la chambre. La lumière tamisée provenant de la rue éclaire la pièce par endroits. Il aperçoit un bureau, un fauteuil et une valise. Un pistolet Sig Sauer 9mm est posé sur la valise. Il y a un lit dans un coin. Et sur le lit est allongé le Nabatéen. Il dort, bêtement.

Le pistolet contient une balle explosive qui va pulvériser les deux jambes de Maccabee. Il ne pourra pas s'échapper, contrairement à l'Harappéenne. Ils lui feront des garrots ou bien ils cautériseront les moignons. Ensuite, Jalair lui injectera une solution de thiopental sodique et ils lui poseront quelques questions. Quand ils auront obtenu ce qu'ils veulent, ce dont Baitsakhan a besoin, ils le tueront. Baitsakhan lève le canon de son arme, vise et presse la détente.

Maccabee roule sur le sol et le matelas explose dans une gerbe de plumes. Baitsakhan baisse son arme et tire de nouveau, mais Maccabee s'est déjà jeté sur lui, en tenant à deux mains un gros livre relié. La balle le traverse et le déchire. Les deux moitiés de livre se referment sur la main qui tient le pistolet. Maccabee exerce un mouvement de rotation et l'arme tombe sur le plancher.

Maccabee l'expédie à l'autre bout de la chambre d'un coup de pied. Baitsakhan fend l'air avec son poignard à la lame ondulée, mais Maccabee réussit à esquiver.

— Petit merdeux, grommelle-t-il.

Jalair se rue dans la chambre, arc en avant. Apercevant l'éclat de la pointe de flèche argentée, Maccabee se jette contre la porte, brisant la flèche et écrasant le visage de Jalair en même temps. Il ferme la porte en appuyant dessus de tout son poids, brisant l'arc cette fois, et fait glisser une barre en travers pour empêcher Jalair d'entrer.

Baitsakhan se jette sur lui avec son poignard. Maccabee bondit en l'air, s'accroche à une poutre et lève les pieds juste au moment où son adversaire poignarde le vide, à l'endroit où il se trouvait une seconde plus tôt. Les pieds de Maccabee retombent lourdement sur les épaules de Baitsakhan.

Celui-ci absorbe une partie du choc en s'écroulant sur le plancher. Le Nabatéen saute par-dessus et retombe près de la table. Il s'empare de son arme et se retourne. Il tire trois fois, mais Baitsakhan bouge trop vite d'un côté à l'autre. Une quatrième balle lui frôle l'oreille, arrachant un tout petit bout de lobe.

Ils ont tous les deux les tympans qui bourdonnent, mais Maccabee souffre davantage à cause de la blessure survenue dans la pagode. Le Donghu lui écrase le pied juste au moment où le Nabatéen baisse la tête pour lui assener un coup sur le nez. Baitsakhan a déjà levé la sienne pour pulvériser la mâchoire de Maccabee.

Leurs crânes se heurtent avec fracas.

Pendant un instant, l'un et l'autre sont sonnés.

— Putain ! crachent-ils en chœur.

Baitsakhan se relève d'un bond, son poignard brille dans la lumière intermittente. Maccabee s'empare de la valise posée sur la table et s'en sert à la manière d'un bouclier. Baitsakhan donne de grands coups de couteau que Maccabee pare. Soudain, la lame s'enfonce dans la valise et le Donghu tire d'un coup sec pour l'arracher des mains de son adversaire. Elle tombe par terre. S'ensuit une courte pause pendant laquelle ils se jaugent. Dans ce silence soudain, ils entendent vibrer la corde d'un arc. Dans le couloir, un corps heurte le sol bruyamment. Il fallait que Jalair tue quelqu'un. En même temps, Baitsakhan et Maccabee demandent :

— La police ?

Non, ils feraient plus de bruit. Ça devait être l'hôtelier, pensent-ils en même temps.

La pause est de courte durée. Les deux Joueurs se ruent dans l'espace qui les sépare. Chacun veut faire croire à l'autre qu'il est désarmé.

Je le tiens, se dit Maccabee. La bague qu'il porte à l'auriculaire est ouverte, l'aiguille est prête.

Je le tiens, se dit Baitsakhan, alors qu'une longue lame de rasoir anodisée jaillit de son gant, invisible dans la bousculade sombre du combat.

Ils s'empoignent mutuellement, mais aucun ne parvient à porter le coup fatal. Toutefois, l'aiguille frôle la joue et le rasoir appuie contre la jugulaire, et tous deux sentent le contact froid du métal. À cet instant, ils comprennent l'un et l'autre qu'ils sont sur le point de perdre Endgame.

Ils se figent. Leurs regards s'affrontent.

Ils ont le souffle court.

Simultanément, ils demandent :
— Quel est ton indice ?
Ils échangent un regard incrédule.
— Où dois-tu aller ?
En chœur encore une fois.
— Je te tuerai !
Ensemble.
Ils ne se ressemblent aucunement, mais c'est comme s'ils regardaient dans un miroir. Ils l'admettent. C'est un match nul. Égalité. Mais il y a autre chose. Tous deux reconnaissent qu'ils sont des tueurs. Hautement qualifiés, surentraînés. Des tueurs de sang-froid.
— Trêve ? demandent-ils à l'unisson.
Leurs corps et leurs esprits ne font qu'un.
Ils hochent la tête. Maccabee éloigne l'aiguille du cou de son adversaire. Baitsakhan retire la lame de rasoir. Ils demeurent silencieux un instant. Ils demeurent incroyablement près l'un de l'autre, comme si, à tout moment, ils pouvaient frapper de nouveau, pour tuer. Dans le couloir, Jalair lance d'un ton inquiet :
— Qu'est-ce qui se passe ? en oïrate.
— Paix, mon frère, répond Baitsakhan dans la même langue.
— Laisse-moi entrer.
Baitsakhan l'ignore.
— Qu'est-ce que tu lui as dit ? demande Maccabee.
— Que toi et moi, on a conclu un accord. C'est bien ça qui se passe, non ?
Maccabee recule d'un pas.
— Oui.
Baitsakhan recule à son tour.
— Tu ne pourras jamais me faire confiance, dit le Nabatéen.
— Tu ne pourras jamais me faire confiance, réplique le Donghu.
— Bien.

— Bien.

— Alors, on tue les autres.

— Jusqu'à ce qu'il n'en reste aucun.

— À part toi.

— Et toi.

Ils forment un miroir.

Un miroir de mort.

Baitsakhan ôte son gant gauche avec les dents et s'entaille la paume avec le rasoir.

Du sang coule sur le plancher.

Maccabee se tourne vers la table. Il y a là un vieux couteau, plus vieux que vieux. Transmis de main en main depuis 500 générations. Il le prend et le sort de sa gaine. Il fait courir la lame sur sa paume gauche.

Du sang coule sur le plancher.

Ils se serrent la main.

— À Endgame, mon frère, disent-ils.

Le jeu se déroule, mais son issue est[lxii]

AISLING KOPP

Lago Belviso, Lombardie, Italie

Aisling contemple le mur de la caverne. Elle est assise en tailleur. Un petit feu brûle derrière elle. Un lapin dépecé rôtit sur une broche. Le fusil de haute précision est posé en travers de ses genoux. Elle ferme les yeux et médite sur les images qui ornent le mur, comme elle le fait chaque jour depuis son arrivée. Elle se demande si son père en a fait autant. Et pendant combien de temps. Elle se demande aussi si ces images l'ont rendu fou ou s'il l'était déjà avant.

Ce n'est pas ainsi qu'Aisling imaginait son Endgame : assise face à des peintures anciennes. Celle qui lui fait face représente 12 figures humaines debout au centre d'un cercle primitif composé de monolithes en pierre. Les formes des pierres lui paraissent vaguement familières, mais impossible de dire où elle les a déjà vues. Son regard est inexorablement attiré par une 13e figure qui descend d'en haut. Cette 13e figure porte un casque constellé de lumières et une épaisse combinaison. Elle tient une chose qui ressemble à une étoile.

Les 12 autres forment un cercle à l'intérieur du cercle, les bras levés vers le ciel, vers le visiteur et le vide d'où il émerge. Leurs bras sont tendus vers chaque chose. Vers rien.

— L'homme de l'espace rend visite au peuple nu, murmure Aisling.

Les 12 figures sont dotées d'organes génitaux démesurés. Elle l'a remarqué immédiatement et a dû apprendre à détourner légèrement le regard pour pouvoir entrer en méditation. Six hommes. Six femmes. Munis d'épées ou de lances. Des guerriers. Tous, sauf une femme, ont la bouche ouverte. Ils chantent en direction des cieux ou bien ils pleurent ou ils crient.

La femme à la bouche fermée est au centre du cercle. Elle tient un objet rond. Un disque. On dirait qu'elle l'introduit dans une pierre ou une sorte de tertre. À moins qu'elle soit en train de l'extraire.

Un disque. Comme celui de kepler 22b lors de l'Appel.

Au-dessus du 13e personnage, le visiteur casqué, le Créateur, une gigantesque boule rouge flotte dans le ciel.

Sous les autres s'ouvre une large brèche noire et les 12 semblent s'enfoncer lentement dans l'obscurité. Mais peut-être s'agit-il simplement des ombres projetées par le feu d'Aisling.

Il y a une autre peinture, un peu plus loin dans la caverne. Aisling a médité devant elle déjà, sans être visitée par la moindre vision. Sur cette image, la femme de la première peinture, celle qui tient le disque, est debout dans un petit bateau ovale. L'embarcation semble faite en pierre. Aisling se demande pourquoi elle ne coule pas. Peut-être que l'être primitif qui a peint cette scène il y a des millénaires n'y connaissait rien du tout en navigation.

Quoi qu'il en soit, la femme dérive sur un océan infini à bord de son petit bateau. Son visage est serein et Aisling ne comprend pas pourquoi. Ce voyage n'a pas l'air très agréable. L'océan fume, ou peut-être est-il en feu, et des poissons morts flottent à la surface. Rien de tout cela ne semble perturber la femme. Elle tient le disque et se laisse dériver.

Pour une raison quelconque, cette femme au disque lui rappelle la muette présente à l'Appel. Chiyoko. La représentante du peuple Mu.

Peut-être a-t-elle le disque. Peut-être kepler 22b le lui a-t-il donné.

Ou peut-être qu'elle est à la recherche du disque.

Peut-être… qu'un des autres détient le disque…

Le feu crépite, le lapin rôtit.

Aisling inspire, souffle, se concentre sur l'air qui entre et sort par ses narines et attend patiemment une révélation.

Ce qui sera, sera.

354.37
XCII
√-1
μ
02

SARAH ALOPAY, JAGO TLALOC

Garage de Renzo, Al-Nabi Younous, Mossoul, Irak

La Peugeot 307 est prête. Sarah et Jago vont quitter Mossoul ce matin. Ils sont assis aux deux extrémités du canapé. Le son de la télé est coupé.

Ils ont à peine échangé quelques mots depuis qu'ils se sont réveillés sur ce canapé, côte à côte. Durant leur sommeil, leurs bras et leurs jambes se sont entrelacés. Ils ne savent pas trop quelles conclusions en tirer. Jago pense que Sarah ne le considère plus simplement comme un allié temporaire. Il se surprend à voir en elle une de ces jolies touristes américaines qu'il emmenait sur la plage, puis danser, puis dans son lit. Il se donne un coup de pied. Non, elle n'est pas comme ces filles un peu idiotes ; elle est belle, certes, mais aussi dangereuse et habile. Pour le moment, ils forment une équipe, mais quand le jeu approchera de son dénouement, ils ne pourront plus Jouer ensemble. À moins qu'ils trouvent un moyen de contourner les règles, un seul uniquement peut gagner. Mais ils n'en sont pas encore là, et pour l'instant, Jago n'arrive pas à savoir si Sarah joue avec lui ou si elle est sincère. Dans un cas comme dans l'autre, il ne la désire que davantage.

Sarah, elle, oscille entre deux sentiments. Elle se souvient de son discours en ce jour fatidique de la remise des diplômes. Elle pense que, si elle est heureuse, elle aura plus de chances de remporter

Endgame. Elle a peur du désespoir, elle a peur du chagrin, mais surtout elle a peur d'être seule. Plus de Tate. Plus de Christopher. Plus de Reena. Chaque jour davantage, Jago lui apparaît comme un ami. S'il devenait autre chose qu'un ami, cela pourrait compliquer la situation, mais cela la rendrait heureuse également. Toutefois, ce n'est pas le bonheur qui lui fera gagner Endgame. Et en définitive, c'est la seule chose qui compte. « *Je suis heureuse et douée parce que je m'autorise à être heureuse* », avait-elle dit à ses camarades de classe.

Quelle idiotie !

Quelle naïveté !

Jago consulte le manuel de la 307 en faisant mine d'ignorer Sarah. Celle-ci se tourne vers lui et pose le magazine de mode moyen-oriental qu'elle a trouvé parmi les affaires de Renzo.

— Jago ?

— Hmm ?

— Tu en as déjà un peu parlé, mais à quoi ressemblait ta vie avant tout ça ?

Cette question le surprend. Il abandonne le manuel.

— Quelle importance ?

Elle le regarde d'un air espiègle, mais comprend immédiatement qu'il ne veut pas se confier. Alors, c'est elle qui va commencer.

— Moi, comme je te l'ai dit, j'étais une fille normale. J'allais dans un lycée normal avec des élèves normaux.

— Oui, je m'en souviens, dit Jago. Et tu avais un petit ami normal.

— Euh, oui.

Sarah s'empresse de changer de sujet.

— Mon père est avocat et ma mère travaille pour le Bureau des espaces verts.

Jago éclate de rire.

— Tu plaisantes ?

Sarah hausse un sourcil, elle ne comprend pas ce qu'il y a de si drôle.

— Non. Pourquoi ?

— C'est tellement... Comment on dit en anglais ? Simple et mignon ? Charmant. Des petites vies charmantes pour d'anciens Joueurs.

— Et toi, que font tes parents ?

— Ils dirigent une vaste organisation criminelle. Ils contrôlaient toute une ville.

— Oh.

— Tu te crois encore dans ton monde *normal,* Sarah Alopay, dit Jago en la regardant droit dans les yeux. Comme si c'était une chose que l'on pouvait retrouver. Comme si c'était un monde fait pour nous. Mais nous ne sommes pas normaux, nous ne descendons pas de gens normaux. Nous sommes spéciaux.

Sarah sait très bien ce qu'ils sont.

Des assassins.

Des acrobates.

Des énigmes.

Des espions.

Les doigts de Jago rampent doucement sur les siens. Elle ne retire pas sa main.

— Les règles ne s'appliquent pas à nous, ajoute-t-il.

Il a raison, pense-t-elle. Et elle comprend alors pourquoi elle s'est sentie plus à l'aise dans les toilettes de l'avion avec Jago qu'elle ne l'a jamais été avec Christopher. C'est parce que Jago est *comme* elle. Ils se ressemblent d'une manière que Christopher ne pourra jamais comprendre.

Elle ressent un pincement de culpabilité en songeant à son petit ami normal, adorable et abandonné. Mais à cet instant, Sarah Alopay ne veut pas être normale. Elle veut Jago.

— Tu vas encore me faire un discours sur la fin du monde ? demande-t-elle à voix basse.

— Ça marcherait ?

— Laisse tomber.

Délicatement, elle caresse la cicatrice dans le cou de Jago.

Il sourit et le manuel de la 307 glisse sur le sol. Il se penche en avant pour combler le vide qui les sépare et se laisse aller contre elle.

— J'espère que ça ne fait pas partie du jeu, dit-il.

— C'est bien réel, Jago. Aussi réel que n'importe quoi dans ce monde.

Alors que Sarah prononce ces paroles, une partie d'elle-même espère que ce n'est pas vrai. Elle espère qu'il s'agit uniquement d'un caprice d'adolescente et qu'elle n'est pas en train de tomber amoureuse de Jago. Être amoureuse d'un rival serait la pire chose qui pourrait lui arriver. Mais ils s'embrassent.

Ils s'embrassent.

Ils s'embrassent.

Et Sarah oublie tout.

27.338936, 88.606504[lxiii]

CHRISTOPHER VANDERKAMP, KALA MOZAMI

Car touristique Bardi Turkish, sièges 15 et 16, route D400, à 7 km de Kızıltepe, Turquie

Christopher ne cesse de penser à Sarah. À ses cheveux. Ses épaules nues. Il la voit courir. Il la regarde au fond des yeux. Il entend son rire. Leurs doigts s'entrelacent, ils se font du pied sous la table durant un dîner à l'Old Market.

C'est plus fort que lui.

Il est avec Kala et ils sont à deux heures du site dans le sud de la Turquie.

Le site de son indice.

Son mystérieux indice.

Ils voyagent à bord d'un car touristique, entourés de gens de leur âge qui boivent, rient, se font des câlins ou dansent. En menant une petite enquête sur Internet à Dubaï, Kala a découvert qu'une bande d'adolescents autobaptisée les « Meteor Kids », venus d'Ankara et d'Istanbul, risquaient leur peau pour organiser une sorte de rave avec show laser, non autorisée, en l'honneur des ancêtres inconnus qui avaient construit Göbekli Tepe, et ils faisaient cela à Göbekli Tepe même. Ce soir. Leur page Facebook annonçait : *Venez fêter la fin des temps là où tout a commencé ! Lumières, transcendance, transe et danse dans le désert. Wuck the Forld !*

Christopher écoute un groupe de filles pouffer et échanger des ragots en turc. Il ne comprend pas un seul mot. Sarah pouffait de cette façon. Il se demande si elle le fait encore. Il tourne la tête vers Kala, assise près de lui, du côté de l'allée.

— Tu es sûre qu'elle sera là ?

— Pour la millième fois, oui. Je lui ai parlé à l'InterContinental.

— Après m'avoir fait perdre connaissance.

— Oui, après t'avoir fait perdre connaissance.

Elle pose sur lui ses yeux verts.

— Et si tu ne la fermes pas, je vais recommencer.

Christopher détourne le regard.

— OK.

Il semble avoir peur. Oui, il a peur de Kala, mais il joue la comédie également. Il veut lui faire croire qu'il est comme un chiot ou un agneau. Totalement sans défense.

C'est faux.

Il la hait trop pour avoir peur d'elle. Il hait ce qu'elle a fait à la mère et à la fille à bord du canot. Il hait le fait qu'elle soit une Joueuse, chargée de sauver une infime partie de l'humanité. Et il plaint son peuple, représenté par une cinglée de cette espèce.

Elle ne doit pas gagner.

Et s'il peut participer à sa défaite, il le fera.

Mais elle ne doit pas le savoir. Pas maintenant. Pas avant qu'il ait eu l'occasion de frapper. Pas avant qu'il ait trouvé le moyen de neutraliser sa vitesse supérieure, son entraînement, sa force, son équipement… eux aussi supérieurs.

La route se poursuit. À bord du car, les adolescents sont de plus en plus excités et chahuteurs. Un garçon bouscule Kala en passant. Il la regarde – jeune, belle, fraîche – et tente de faire une remarque spirituelle. Elle l'ignore.

Il insiste. Kala lève vers lui ses beaux yeux verts, sourit, lui prend la main et la tourne. Le garçon hurle et tombe à genoux, il se retrouve face à Kala. Elle lui murmure quelques mots en turc, auxquels le garçon répond en gémissant, dans cette langue universelle :

— OK, OK.

Il se relève et décampe sans demander son reste.

Christopher fait semblant de ne pas avoir assisté à la scène. Face à la vitre, il dit :

— Répète-moi ce qu'a dit Sarah.

Kala perd patience.

— Assez de questions. Tu la verras à la fête.

— Très bien.

Il n'ajoute rien. On est en fin d'après-midi. Autour d'eux, la campagne est vallonnée et sèche, mais pas morne. On dirait l'ouest du Nebraska après les moissons, mais sans les arbres.

Kala fronce les sourcils.

Elle sait qu'elle ment. La Cahokienne ne l'a pas rappelée. Pour le moment, en tout cas. Elle espère qu'elle le fera. Elle a peut-être mal jugé la situation, cette Sarah est peut-être une salope au cœur de pierre qui se contrefiche de son insupportable petit ami transi d'amour. Quoi qu'il en soit, ils se rendent à Göbekli Tepe pour trouver son indice. Si, après l'avoir récupéré, elle n'a toujours pas de nouvelles de Sarah, elle le tuera.

Christopher sourit intérieurement. Il pense que sa ruse fonctionne. Kala ne sait rien de lui. Il se souvient d'être parti chasser le sanglier au couteau avec son oncle Richard au Texas. Il repense à cette expédition. Il se revoit planter la lame dans la peau, à travers les poils drus.

Il a juste besoin d'un couteau et d'une occasion.

CHIYOKO TAKEDA, KALA MOZAMI, CHRISTOPHER VANDERKAMP

Car touristique Bardi Turkish, sur la route D400, à 7 km de Kızıltepe, Turquie

Cinq rangées derrière, de l'autre côté de l'allée, une fille de petite taille coiffée d'une perruque rouge est assise près de la vitre. Depuis le début du voyage, elle remue la tête sur le rythme de la musique que dispense un énorme casque bleu vif. Elle porte des lunettes de soleil en forme de cœur, avec une monture dorée. Ses lèvres boudeuses sont peintes en bleu et elle a une peau parfaite.

Chiyoko sait que Kala est à bord, en compagnie d'un garçon, un non-Joueur, qui a une tête d'Américain. An l'a informée, il lui a envoyé un mail concernant l'accident d'avion : un Joueur ou une Joueuse se trouvait à bord et il serait bon d'enquêter sur les deux seuls survivants. Durant tout le temps où Sarah et Jago sont restés en Irak, Chiyoko a suivi à la trace la Sumérienne. Et il se trouve que, par hasard, elle va dans la même direction que l'Olmèque et la Cahokienne. À en croire le mouchard, ces deux-là sont actuellement bloqués à la frontière turco-irakienne. Toutes ces trajectoires finiront par se croiser et Chiyoko sera là.

Grâce à un micro miniature qu'elle a fixé sur l'épaule de Kala, elle peut entendre sa conversation à mourir d'ennui avec l'Américain. Pour l'instant, ils ne se parlent pas et Chiyoko peut savourer sa musique.

Mais soudain, la sonnerie du téléphone de Kala couvre la guitare.

Chiyoko arrête la musique et monte le son du micro.

— Oui, elle-même, dit Kala dans l'appareil.

Elle se lève et va dans l'allée. Chiyoko entend à peine le garçon demander :

— C'est qui ?

Kala ne lui répond pas. Au lieu de cela, elle s'éloigne dans l'allée, vers l'arrière du car.

— Oui. Désolée, encore une fois.

Elle s'approche de Chiyoko, la regarde ouvertement et ne la reconnaît pas. Chiyoko sourit intérieurement et continue à agiter la tête.

— Oui, il est avec moi.

Silence.

— On se rend à Göbekli Tepe. Tu en as entendu parler ?

Silence.

— Tu es où ? Quelle coïncidence ! Même si je suppose qu'il n'y a aucune coïncidence dans Endgame.

Silence.

— On y sera ce soir.

Silence.

— Exact. Je veux uniquement ce que l'Olmèque a volé lors de l'Appel.

Silence.

— Je le jure sur mon honneur, Cahokienne.

Chiyoko n'a jamais entendu autant de paroles mensongères. Kala exsude l'indignité. Si Sarah la voyait, elle saurait qu'il ne faut pas lui faire confiance.

— Une grande fête est organisée là-bas ce soir. Quand tu seras arrivée, appelle-moi. Je déteste devoir dire ça, mais pas de coup fourré. Ton ami n'y survivrait pas, c'est compris ?

Silence.

— Formidable. J'ai hâte de te revoir, Cahokienne. Bénie sois-tu.

Kala coupe la communication. Chiyoko s'apprête à remettre sa musique quand elle entend la Sumérienne dire quelques mots en turc. D'un ton impatient.

Chiyoko se tourne vers la vitre. Une fine bande de miroir, à l'intérieur de ses lunettes en forme de cœur, lui permet de voir ce qui se passe derrière elle.

L'allée est barrée par deux jeunes hommes costauds, plantés face à Kala. L'un des deux pointe le doigt sur elle. Celle-ci lève les mains devant elle. Chiyoko ouvre un petit sac posé sur ses genoux et en sort une paille blanche très courte. Elle l'introduit dans sa bouche et l'enveloppe avec sa langue. En ajustant le minuscule miroir, elle découvre deux autres types derrière Kala. L'un d'eux est celui qui l'a offensée, et dont elle a failli briser le pouce.

Chiyoko a pitié de ces quatre imbéciles.

Celui que Kala a remis à sa place veut se jeter sur elle. Mais elle lui décoche un violent coup de pied dans le ventre. Quelques passagers ont remarqué cette agitation. Chiyoko s'agenouille sur son siège et pivote. Elle voit le jeune Américain remonter l'allée.

Il n'a pas peur, pense-t-elle. *Il fait semblant. Intéressant.*

Elle reporte son attention sur Kala, juste au moment où celle-ci balance un coup de pied dans la mâchoire du garçon posté derrière elle. Chiyoko ne sourit pas, mais elle se réjouit de voir les arts martiaux pratiqués de manière aussi experte. Sans laisser aux autres le temps de réagir, Kala exécute un *flip* arrière face aux deux types abasourdis qui se tiennent devant elle. Il y a tout juste assez de place entre le plancher et le plafond du car, mais elle retombe sur les pieds et frappe les deux types dans le cou, du tranchant de la main. L'un d'eux s'écroule ; l'autre, plus solide, reste debout.

Il saisit Kala par l'avant-bras, à deux mains, et la tire brutalement vers lui. Il tente de lui assener un coup de tête, mais elle penche le cou à l'ultime seconde. Sans perdre un instant, et sans la lâcher, le gars se met à danser sur place pour tenter de lui briser un orteil ou une cheville. Évidemment, Kala est plus rapide. Elle saute à pieds joints sur l'accoudoir derrière elle. Elle tente de libérer son bras en tirant d'un geste brusque, mais il la tient trop solidement.

Derrière Kala, le garçon vexé brandit maintenant un petit couteau.

Tandis que le costaud continue à lutter contre Kala, le jeune Américain qui joue la comédie se glisse derrière lui. « HÉ ! » crie-t-il et le gars se retourne à moitié. Le crochet du droit de Christopher s'écrase sur son œil. Les os de la paroi orbitaire se brisent. Il hurle. Au même moment, le garçon au couteau essaye de frapper Kala qui ne l'a pas vu venir. Chiyoko entrouvre les lèvres, gonfle les joues et souffle. Sans assister à la suite, elle se retourne vers la vitre et actionne l'ouverture d'urgence.

Une fléchette fend l'air. Personne ne la voit. Elle atteint le garçon au couteau dans le cou. Chiyoko sait combien c'est immédiat et douloureux. Elle a dû endurer ce même supplice bien des fois au cours de son entraînement.

Le garçon porte la main à son cou en hurlant. Kala en profite pour se libérer de l'étau du jeune type au visage brisé. L'agitation est telle maintenant à bord du car que le chauffeur a ralenti. L'air chaud du désert s'engouffre dans le véhicule lorsqu'une des vitres est éjectée sur la route. Kala se retourne. Le garçon au couteau se contorsionne sur le plancher. Ses autres agresseurs lèvent les mains pour indiquer qu'ils ont eu leur compte.

Kala crache et se tourne vers Christopher.

— C'est toi qui as fait ça ? demande-t-elle.

Christopher foudroie du regard le type au visage brisé.

— Il l'a cherché !

Kala secoue la tête et montre le garçon qui se contorsionne par terre.

— Non. Ça !

Christopher baisse la tête et le découvre.

— Non.

— C'est qui, alors ?

Kala passe devant ses agresseurs pétrifiés et saisit Christopher par le bras – *il a de la force, je l'ai sous-estimé* –, puis elle l'entraîne vers leurs sièges. En se tournant vers la gauche, elle voit la vitre manquante.

La fille aux cheveux rouges a disparu.

HILAL IBN ISA AL-SALT

Église de l'Alliance, royaume d'Aksoum, Éthiopie septentrionale

Hilal est agenouillé sur le toit de l'église. Il est agenouillé là depuis 9 466 secondes. Il contemple son indice, ce simple cercle.

Tout.

Rien.

Un cercle de pierre.

Une planète.

Une orbite.

Un commencement.

Une fin.

Pi.

3,14159265358979323846264338327950288419716 93993751058209749445923078164062862089986280 34825342117067982148086513282306647093844609 55058223172535940812848111745028410270193852 11055596446229489549303819644288109756659334 46128475648233786783165271201909145648566923 4603486104543266482133936072602491…

Non.

Ce n'est pas *pi*.

Quelque chose de plus simple.

Il contemple les mots de l'être. *Le premier coup est capital.*

Rien décide de tout. L'avenir n'est pas écrit. Ce qui sera, sera.

Le premier coup est capital.

Le premier coup.

La clé.

La Clé de la Terre.

Le premier objet d'Endgame.

Ici.

Sur Terre.

Placé là il y a des milliards d'années par quelqu'un comme kepler 22b. Dans un de leurs très anciens lieux de rencontre. Un endroit important.

La Clé de la Terre.

Que fait une clé ?

Elle ouvre.

Elle met en marche.

Rien décide de tout.

L'avenir n'est pas écrit.

Un cercle.

Un cercle de pierre.

Un disque semblable à celui que l'Olmèque a subtilisé lors de l'Appel.

Zéro.

Un simple cercle.

Dehors, rien.

À l'intérieur, rien.

Hilal pose les mains sur ses genoux. Le monde tourne autour de lui. Il se sent concentré, en paix. Son cœur déborde d'espoir. Il entend les atomes de la pierre, durs sous ses genoux, qui s'exhortent à se rassembler. Il sent le souffle du cosmos. Il sent le goût des cendres de la fin. Il perçoit les neutrinos et la matière noire qui les unit, il chevauche le continuum. Il entend le faible sifflement, à peine perceptible, des ouroboros, le bourdonnement dévorant de la création.

Il entend les semblables de kepler 22b qui discutent, observent, jugent ce jeu des jeux.

Ils nous ont faits humains.

Ils ont regardé dans les yeux d'un animal et nous ont donné la perception.

Ils nous ont arrachés de l'Éden et nous ont appris l'amour, le désir, la haine, la confiance et la trahison. Tout cela. Ils nous ont montré comment manipuler et former. Comment nous incliner et prier, supplier, écouter.

Ils nous ont faits.

Tout et rien.

Le premier coup est capital.

Un cercle.

Un cercle de pierres.

Trop nombreux sur Terre pour choisir.

Ils nous ont faits.

Ils contrôlent quelque chose. Pas tout. Ni rien.

Hilal ouvre brusquement les yeux.

Le premier coup est capital.

L'avenir n'est pas écrit.

L'Épreuve arrive.

Elle fait partie d'Endgame.

Elle en est la raison, le commencement, le milieu et la fin.

Hilal voit, sourit, se lève.

Hilal sait.

Hilal comprend.

CHIYOKO TAKEDA

Toit du car touristique Bardi Turkish, route D400, à 3,1349 km de Kızıltepe, Turquie

Couchée à plat ventre sur le toit du car, Chiyoko attend qu'il s'arrête. À ce moment-là, elle s'accroche au bord et se laisse glisser jusqu'au sol. Elle s'allonge sur le bas-côté de la route et attend. Elle entend les vociférations du chauffeur.

Elle aperçoit les pieds de Kala et de l'Américain lorsqu'ils descendent du car et font signe à une voiture qui passe. Un automobiliste compatissant ralentit et s'arrête pour les prendre en stop. Quelques secondes plus tard, il est allongé sur le dos, dans la poussière.

— Monte ! crie Kala à Christopher.

L'Américain obéit. Le propriétaire de la voiture se relève et se met à hurler, au moment où Kala enclenche la marche avant et démarre sur les chapeaux de roues. D'autres passagers descendent du car à leur tour ; ils veulent voir tout ce qui se passe pour pouvoir le raconter à leurs amis ensuite. Le filmer, le tweeter, le poster, le partager.

Chiyoko ne peut pas laisser filer Kala et l'Américain, mais elle ne veut pas courir le risque de voler une voiture comme l'intrépide Sumérienne. Elle se relève, se faufile au milieu des curieux regroupés à la porte du car et remonte discrètement à l'intérieur. Personne ne fait attention à elle, malgré la perruque rouge et les lunettes de soleil. Personne ne sait qu'elle a joué un rôle dans cette violente échauffourée. En se glissant parmi les passagers, elle sort une autre paille de son petit sac et la place sur sa langue. Quand elle aperçoit le garçon dont les spasmes ininterrompus attirent une petite foule, elle souffle et la fléchette, contenant l'antidote, file entre les têtes et les épaules. Elle ressemble à un minuscule insecte, que nul ne remarque. Elle se plante dans le cou du garçon. Dans une minute ou deux, il ira mieux.

Chiyoko s'assoit à proximité et attend que l'agitation reprenne. Au bout de 10 minutes, après de nombreuses discussions, la porte du car se referme, le chauffeur secoue la tête et ils redémarrent. Personne ne veut prévenir la police, surtout pas les victimes de Kala et de l'Américain. Pas dans cette partie du pays. D'autant qu'une fête les attend. La danse. Les jeux.

Chiyoko remet sa musique. Elle secoue la tête.

Elle aussi veut continuer à Jouer.

SARAH ALOPAY, JAGO TLALOC

Frontière turco-irakienne, poste de contrôle peshmerga souterrain 4

Renzo conduit Sarah et Jago dans un tunnel secret, creusé sous la terre, juste assez large pour laisser passer un convoi de camions. Il est surveillé par des combattants kurdes qui ne se soucient pas des frontières officielles. Au bout les attend un poste de contrôle gardé par une demi-douzaine d'hommes en treillis noirs armés de M4, de kalachnikovs et de pistolets Colt. Renzo arrête la voiture et en descend pour discuter avec leur chef. Jago est assis à l'avant. Il n'a pas dit un mot depuis que Sarah a appelé la Sumérienne, depuis qu'ils ont appris qu'elle détenait Christopher et exigeait une rançon.

Sarah se penche en avant et pose la main sur l'épaule de Jago. Celui-ci ne bouge pas. Christopher n'est pas encore là, mais sa présence assombrit l'ambiance dans la voiture et empoisonne l'atmosphère. Ils ont passé la nuit dernière dans les bras l'un de l'autre, à s'embrasser, à murmurer, à rire, à se caresser. Deux adolescents au premier stade, exaltant, de l'amour. Et pour la première fois depuis les chutes de météorites, pour la première fois depuis qu'Endgame a débuté, ils ont oublié comment ils se sont rencontrés, pourquoi, ils ont oublié le jeu auquel ils Jouent et qui va déterminer le sort de l'humanité, ils ont tout oublié pour s'aimer simplement.

Sarah a découvert les messages de Christopher et de Kala ce matin, et elle a rappelé aussitôt. En entendant la conversation, Jago a compris immédiatement ce qui se passait. Il n'a pas posé de questions, il n'a rien dit. Maintenant, dans la voiture, Sarah lui prend la main.

— Je suis désolée.

Jago retire sa main nonchalamment.

— Désolée de quoi ?

— Je ne sais pas ce qui s'est passé. Je suppose qu'il a essayé de me retrouver et qu'il est tombé sur elle.

Jago renifle avec mépris, sans cesser de regarder devant lui.

— Nous devons l'aider et le renvoyer chez lui, ajoute Sarah. Tu sais qu'on ne la laissera pas s'emparer du disque. Tout ira bien.

Il secoue la tête.

— Ce serait plus facile de ne pas y aller du tout, non ?

— Je dois y aller. Tu le sais bien, insiste Sarah. J'en ferais autant pour toi.

— Ce ne serait pas nécessaire.

— Jago, dit-elle, et il est parcouru d'un frisson en l'entendant prononcer son nom. Je te demande ton aide. S'il te plaît.

Jago la regarde par-dessus son épaule.

— Tu devrais le laisser mourir. Voilà, je t'ai aidée.

— Non.

— Ce gars va se faire tuer. Il doit avoir de sérieuses pulsions suicidaires pour essayer de te suivre comme ça. Alors, autant lui donner ce qu'il cherche.

— Je l'aime, Jago. Tu ne comprends pas ça ?

Jago lui adresse un sourire que Sarah n'a encore jamais vu. C'est le sourire du mâle alpha qu'il doit arborer dans les rues de Juliaca. Un rictus furieux, douloureux à regarder. Qui l'incite à reculer au fond de son siège.

— Si tu l'aimes, pourquoi tu étais avec moi cette nuit ? demande-t-il.

— Parce que je pensais ne jamais le revoir. Parce que je croyais que cette partie de mon existence était terminée.

— Elle l'est. Laisse-le mourir.

— J'irai le chercher et je le renverrai chez lui. Si tu ne veux pas m'accompagner, soit. Suis ton chemin. Dans ce cas, ça voudra dire que tu es l'un d'eux, l'un de ces assassins impitoyables et je jure sur tout ce que j'ai, sur la tête de tous ceux que j'aime, que la prochaine fois que je te verrai, je mettrai fin à ton existence, sans hésiter.

Jago répond par un éclat de rire.

— Tu trouves ça drôle ? Tu ne riras pas quand tu lâcheras ton dernier souffle.

Il se tourne vers elle.

— Je riais parce que j'ai envie de te haïr, mais quand tu joues les dures comme ça, et je suis sûr que tu es capable de mettre tes menaces à exécution, tu me plais encore plus.

Elle sourit.

— Tu ne veux pas que je te bute, voilà tout.

Jago sait qu'il devrait être atteint dans sa fierté, comme au musée des Guerriers de terre cuite quand Sarah l'a clairement distancé à la course. Elle le provoque, elle le bouscule. Il ne devrait pas accepter cela de la part d'un autre Joueur. Mais, à son grand désespoir, il éprouve surtout de la jalousie. Il est jaloux que ce non-Joueur stupide ait réussi à séduire Sarah.

— Tu n'es pas obligée de jurer sur la tête de qui que ce soit, dit-il froidement. Je ne suis pas un assassin impitoyable. Je sais que l'amour est une chose étrange, très étrange.

— Alors, tu viendras avec moi ?

— J'irai m'occuper de la Sumérienne. Elle m'a déjà défié une fois. J'aurais dû lui régler son compte à ce moment-là.

— Hmmm, fait Sarah.

Elle sait que ce n'est pas la véritable motivation de Jago, mais elle se réjouit qu'il l'accompagne.

— Et quand ce sera réglé, tu renverras ce crétin chez lui, OK ? Et on reprendra là où on s'est arrêtés, d'accord ?

— Oui. C'est ce qu'il y a de mieux pour tout le monde.

Renzo revient vers la voiture avec un large sourire. Au bout du tunnel, cinq colonnes d'acier s'enfoncent dans le sol et deux hommes s'activent pour soulever un filet de camouflage, afin que la voiture puisse pénétrer dans la région kurde de la Turquie.

— Vous pouvez passer. Venez, descendez.

Renzo sourit, brandit une bouteille en verre brun et trois petits verres à thé. Il les distribue et verse dans chacun d'eux un liquide trouble. Il lève son verre bien haut. Sarah et Jago l'imitent.

— À l'amitié et à la mort. À la vie et à l'oubli. À Endgame.

— À Endgame, répètent les deux Joueurs.

Ils trinquent et boivent. La boisson a un goût de réglisse épicée. Sarah grimace.

— Beurk ! C'est quoi ?

— De l'arak. C'est bon, non ?

— Non. C'est épouvantable.

Jago éclate de rire.

— Moi, j'aime bien.

Renzo approuve d'un hochement de tête, se ressert, boit et lance son verre par terre. Sarah et Jago l'imitent. Les verres se brisent. Renzo étreint ses hôtes, les embrasse, les prend par les épaules, les étreint de nouveau. Avant de lâcher Sarah, il dit :

— Bonne chance pour la toute fin, mais pas trop quand même.

— Si je ne peux pas gagner, je ferai tout pour que Jago l'emporte.

— Ce qui sera, sera.

Elle sourit, remonte dans la Peugeot, à l'avant cette fois. Renzo étreint Jago une dernière fois et lui murmure à l'oreille :

— Ne sois pas idiot, ne tombe pas amoureux. Pas avant que la fin soit arrivée.

— Trop tard.

Renzo sourit.

— Alors, on se reverra en enfer, mon frère.

— Je ne crois pas à l'enfer.

Le visage de Renzo s'assombrit et il boit une longue gorgée d'arak, au goulot.

— Tu y croiras un jour, Jago Tlaloc, Joueur olmèque de la 21e. Tu y croiras.

Göbekli Tepe.
Le premier temple humain connu, entouré
de champs arides, aussi loin que porte le regard.
Découvert en 1993 par des bergers,
le site était resté inexploité, délibérément
enfoui par une culture inconnue,
pour une raison inconnue,
pendant au moins 15 000 ans.
Depuis sa découverte, seulement 5 pour cent
du temple ont été excavés et la datation
au carbone 14 indique qu'il remonte au XIIe millénaire
avant notre ère. Soit avant l'apparition
de la poterie, du métal, de l'élevage, de l'agriculture,
des systèmes d'écriture connus et de la roue.
Il précède de plusieurs milliers d'années
les constructions de pierre comparables concentrées
dans le Croissant fertile au sud et à l'est.
Et pourtant, il est là, surgi des ténèbres
de la dernière période glaciaire, comme un mystère
absolu. C'est un temple complet, une ville complète,
un vaste ensemble de structures complexes,
de dizaines de pieds de diamètre,
composé de multiples monolithes de calcaire,
taillés dans des proportions exactes,
chacun pesant entre

10 et 20 tonnes. Certaines personnes pensent
que ces colonnes rectangulaires coiffées
d'un 2e rectangle posé en équilibre dessus
représentent des hommes, des prêtres ou des dieux.
À moins qu'elles ne représentent quelque chose
– ou quelqu'un – d'autre.
Nul ne sait qui a bâti ce temple.
Comment il a été bâti.
Pourquoi il a été bâti.
Nul ne sait quelles connaissances
peuplaient les cerveaux
de ses créateurs.
Nul ne connaît l'ampleur exacte de leur savoir.
Nul ne sait.

BAITSAKHAN, MACCABEE ADLAI

Açgözlü Akbaba Tapınağı, temple du Vautour brûlant, Turquie

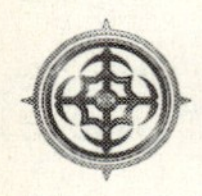 

Baitsakhan pose les mains sur le tableau de bord de l'Audi A8 de Maccabee et se penche en avant.

— C'est quoi, ce bordel ?

— Aucune idée.

Jalair arrête la voiture. Il est neuf heures et le soleil se couche. Un ciel violet sans nuages s'étend dans toutes les directions. Ils n'ont rien vu pendant des kilomètres, à part quelques voitures roulant en sens inverse. Ils ont enfin atteint ce très ancien monument ensablé dans le sud de la Turquie, ce monument qui constitue l'indice de Maccabee et qu'ils ont décidé d'explorer. Tous les trois – Maccabee, Baitsakhan et Jalair – s'attendaient à tomber sur un site archéologique plongé dans l'obscurité. Avec quelques gardes tout au plus, une poignée d'étudiants et des professeurs installés sous des tentes.

Au lieu de ça, des dizaines de voitures et cinq cars sont garés sur le parking. Des garçons et des filles de leur âge vont et viennent en buvant et en fumant. Certaines des filles portent des foulards sur la tête, mais pour la plupart, ce sont des jeunes gens urbains, modernes et libres. Beaucoup ont des colliers fluorescents. Certains arborent le look des *club kids* : pantalons baggy, chaussures à plateforme, cheveux hérissés, piercings, bijoux et beaucoup de peau nue.

Une musique assourdissante descend des collines. Des lasers bleus, verts et violets dansent, palpitent et tournoient dans le ciel.

— C'est une fête ? demande Baitsakhan, sans aucune trace d'humour.

— Oui, ça y ressemble, répond Maccabee.

Je parie qu'il n'est jamais allé dans une fête de sa vie.

— On est venus ici à cause de ton indice, crache Baitsakhan. J'espère pour toi qu'on ne perd pas notre temps.

— Tu n'avais pas de meilleure idée, rétorque Maccabee.

Ils descendent de voiture. Maccabee déboutonne sa chemise jusqu'au milieu de la poitrine, laissant apparaître une chaîne en or lestée d'une sphère en argent lisse de la taille d'une bille de roulette. Il est parfaitement dans le ton. Baitsakhan et Jalair, qui ressemblent à des gitans, se contrefichent de leur apparence. Maccabee approche du groupe de raveurs le plus proche et, dans un turc parfait, demande où ils peuvent se procurer des colliers fluorescents. Les jeunes montrent un endroit derrière la butte. Il veut savoir depuis quand a commencé la fête, qui est le DJ qui officie actuellement, s'il y a des policiers ou des militaires dans les parages et si tout se passe bien. Il hoche la tête, distribue des tapes sur les épaules et esquisse quelques pas de danse. Après avoir tapé dans les mains des gars, il revient vers Jalair et Baitsakhan. Son sourire s'évanouit dès que les raveurs ne peuvent plus le voir.

— Ces abrutis se font appeler les Meteor Kids, explique-t-il. Ils sont ici, je cite, « pour célébrer la fin des temps là où tout a commencé ».

— Amusant, dit Jalair.

— Qu'est-ce qu'il y a d'amusant ? demande Baitsakhan.

— Ils ont raison sans le savoir. C'est ironique.

— Je pige pas.

Maccabee et Jalair échangent un regard. C'est leur premier signe de connivence. *Il est si jeune, il sait si peu de choses, il croit qu'il peut faire son chemin dans Endgame simplement en tuant*, pense Maccabee. *Il me sera utile aussi longtemps qu'un poing fermé peut être utile, pas plus.*

Jalair ouvre le coffre de la voiture, repousse une épaisse bâche noire, et ils s'équipent. Chacun d'eux cache un pistolet dans son pantalon, avec un chargeur supplémentaire et un couteau. Les lames sont anciennes, gravées et très aiguisées. Jalair attache un fouet à sa ceinture. Baitsakhan fixe une cartouchière en travers de sa poitrine. Elle contient des bombes de gaz et quatre grenades. Maccabee demande :

— Sérieux ? On dirait que tu pars à la guerre.

— Ces gens-là m'ont tous l'air cinglés. Ils ne s'apercevront de rien.

Maccabee garde une expression neutre. *C'est toi, le cinglé*, pense-t-il. Il se demande jusqu'où il doit poursuivre cette alliance avec ce gamin assoiffé de sang.

Peut-être que lorsqu'il émergera du temple du Vautour brûlant, il sera seul.

KALA MOZAMI, CHRISTOPHER VANDERKAMP

Açgözlü Akbaba Tapınağı, temple du Vautour brûlant, Turquie

Christopher et Kala se tiennent à l'intérieur d'un cercle de pierre de 12 pieds de diamètre. Le cercle se trouve dans un creux. Six monolithes disposés à intervalles réguliers les toisent, telles des sentinelles de l'ancien monde. Dans la pierre sont sculptés, de manière nette et stylisée, des serpents, des oiseaux, des félins, des lézards et des scorpions. Une partie du cercle est encore ensevelie sous la terre rouge. Un 7e monolithe, renversé, est à moitié recouvert par un monticule de sable intact.

Kala, munie d'une petite lampe torche, inspecte attentivement ce dernier bloc de pierre gigantesque.

Christopher est intimidé.

— Je ne suis pas sûr qu'on ait le droit d'être ici.

Ils ont franchi une clôture grillagée et enlevé une barrière en bois ridicule, placée au bord du trou, avant de sauter au fond.

— Il n'y a pas de règles.

— C'est quoi, cet endroit ?

— Un temple.

Le front de Christopher se plisse.

— Quel genre de temple ?

— Un temple de vie et de pouvoir, répond Kala distraitement.

Elle a entrepris de creuser le sol à mains nues.

Christopher caresse les larges pinces d'un scorpion sculpté.

— Qui a fait ça ?

Kala arrache du mur une brique fine qu'elle utilise à la manière d'une bêche.

— On s'en fiche.

Christopher lui jette un regard de côté. Elle a atteint un petit tas de briques qu'elle tente de dégager.

— On dirait que tu ne t'en fiches pas.

Elle le regarde par-dessus son épaule.

— Ce sont les Grands Parents qui ont fait ça, les êtres qui montent la garde ici, maintenant et pour toujours. Les Premiers Annunakis de Dukù, mes ancêtres. Les tiens. Ceux de tout le monde.

— Oh, c'est eux, d'accord, ricane-t-il en se souvenant de l'expression employée par Sarah : « le Peuple du Ciel ».

Kala se relève d'un bond. Le visage rouge de colère.

— Ne te moque pas de moi, mon gars. Les Annunakis nous ont créés et ils étaient présents ici, dans ce lieu, des milliers et des milliers d'années avant le début de l'Histoire. Des dieux vivants, des êtres suffisamment puissants pour façonner l'humanité, créer la vie et y mettre fin maintenant. Et toi, pauvre enfant, tu te moques d'eux ?

Kala le montre du doigt d'un air méprisant.

— Tu as vécu dans une petite bulle toute ta vie. Le monde entier a vécu dans une bulle. Mais elle est sur le point d'éclater, et tout ce que tu as cru vrai va disparaître.

— Ça ne rigole pas !

Christopher sent qu'il l'énerve, alors il va insister encore un peu.

Kala s'avance d'un pas.

— Tu veux savoir ce que je cherche, hein ?

— Je veux savoir ce qui va se passer et je veux voir Sarah.

— Tu la verras bien assez tôt. Et je vais te dire ce qui va se passer : tu vas mourir. Tous ces gens... (Elle montre la direction d'où vient la musique, deux collines plus loin.)... vont mourir eux aussi. Tout le monde, à l'exception de quelques personnes choisies, va mourir. Très bientôt. C'est nous, les Joueurs, qui déciderons qui vivra.

Christopher repense à sa conversation avec Sarah à l'aéroport. Il n'a jamais pris le temps de réfléchir au contexte de toute cette histoire d'Endgame, à ce que ça pouvait représenter pour le reste du monde. Il secoue la tête.

— Tu es en train de me dire que la Terre va être détruite ?

Il conserve un ton moqueur, même si sa voix tremble un peu.

— Oui. Et le vainqueur, c'est-à-dire moi, décidera qui a le droit de survivre.

Kala lui sourit.

— Tu ne figureras pas sur la liste, Christopher Vanderkamp.

Sur ce, elle lui tourne le dos et se remet à desceller les briques, qu'elle lance par-dessus son épaule. Christopher vient s'accroupir à quelques mètres d'elle pour l'observer. Il ne veut pas le reconnaître, mais elle l'a secoué.

— C'est dingue, murmure-t-il.

Elle continue à travailler.

— Quoi qu'il en soit, ajoute-t-il, tu n'as aucune chance de gagner. Tu sais pourquoi ? Parce que tu es cinglée. Et les cinglés ne gagnent jamais.

Une brique atterrit à ses pieds. Christopher tend le bras pour s'en saisir. *Je pourrais la tuer...*

— N'y pense même pas.

Elle a dit cela sans se retourner et Christopher retire sa main. Les basses font vibrer l'air au-dessus de leurs têtes. Les étoiles s'étendent à l'infini. Il songe à tout ce qu'il a appris sur Endgame, aux croyances de ces Joueurs. Pour eux, l'humanité est née d'une chose venue de là-haut, de l'espace. Il existe des milliards et des milliards d'étoiles. L'idée qu'il y a de la vie quelque part est logique, mais il n'a jamais rien vu qui le prouve et il n'est pas certain qu'un tas de vieilles pierres suffise à le faire changer d'avis. Christopher ne croit pas que le monde va disparaître, mais les Joueurs, si. Kala en est convaincue au point d'assassiner une mère et sa fille de sang-froid. Son regard se pose de nouveau sur cette brique dans le sable, il brûle d'envie d'être le bras de la vengeance, de la justice.

Kala se relève, elle tient quelque chose dans la main.

— J'ai trouvé.

Elle se retourne en brandissant un anneau de métal, épais et sombre, de la taille d'un bracelet.

— C'est quoi ?

— Une pièce.

— Une pièce de quoi ?

Elle fait courir ses doigts à l'extérieur de l'anneau. Ses lèvres remuent légèrement, comme si elle lisait tout bas.

— Une pièce du…

— Du puzzle, lance une voix au-dessus d'eux.

Un caillou tombe dans le trou.

Christopher et Kala lèvent les yeux en même temps. Un homme se tient là-haut, au bord du trou, dans l'obscurité. Il pose la main sur le sol et saute dans le vide, sur un épais bloc de pierre formant saillie, à mi-hauteur.

— Qui es-tu ? demande Kala.

Elle braque sa lampe sur l'intrus. Il est accroupi. Petit. Ses yeux sont étroits et sombres, son visage buriné par le soleil, ses joues rondes. Il a des cheveux noirs.

— Je m'appelle Jalair.

— Qui *es*-tu ? répète Kala en détachant bien chaque mot.

Christopher se lève. Il a un mauvais pressentiment.

Jalair se gratte la tête.

— J'ai dit que je m'appelais Jalair. Qu'est-ce que tu as trouvé ?

Christopher recule vers Kala. *Mieux vaut un danger qu'on connaît*, pense-t-il.

Kala glisse la main dans sa poche, pour cacher l'anneau.

— Tu es avec le gamin. Tu as les mêmes yeux.

Jalair se redresse sans dire un mot et dégaine une arme à feu. Il la pointe sur Kala.

— Parle-moi de cette pièce du puzzle que tu viens de découvrir, Kala Mozami.

Celle-ci demeure immobile, muette. Christopher est à deux pieds d'elle, il sent l'énergie qui circule dans son corps.

— Non, encore mieux : si tu me la montrais, plutôt ? dit Jalair.

— Où est Baitsakhan ?

Jalair hausse les épaules.

— Dans les parages.

Kala regarde derrière elle, mais elle ne voit personne. Christopher, lui, ne quitte pas l'arme des yeux. Kala dit :

— Tu peux me tuer, Donghu, mais ce que j'ai trouvé ne te servira à rien si je meurs. L'inscription est en sumérien ancien, une langue tellement morte qu'elle n'est plus identifiable.

— Mais toi, tu sais la lire ?

— Évidemment.

— Et ça dit quoi ?

Kala secoue la tête.

— Ça ne marche pas comme ça.

— Comment, alors ?

— Tire-moi dessus et débrouille-toi.

Jalair réfléchit. Finalement, il pointe son arme sur Christopher.

— Et si je le butais à la place ?

Kala fait claquer sa langue.

— Tu es un ex-Joueur, hein, mon frère ?

— Oui, ma sœur.

— Alors, tu sais bien qu'on ne tire pas sur le leurre.

Avant que Jalair ait le temps de repointer son arme sur Kala, elle s'élance. Vive comme un éclair, elle longe la paroi incurvée du mur. Jalair tire, une fois, deux fois, trois fois, mais elle est trop rapide. Christopher croit voir une des balles passer dans la chevelure de Kala.

Celle-ci traverse le puits ventre à terre, agrippe le bord d'un rocher, saute par-dessus et s'envole à la manière d'une gymnaste. Jalair tire encore une fois, manquant de nouveau sa cible, au moment où Kala atterrit derrière lui. Quand il fait volte-face, elle balaye d'un revers le canon de l'arme, qui se retrouve pointée sur Jalair. Elle frappe alors dans la crosse, du plat de la main. Sous le choc, l'index de Jalair appuie sur la détente, malgré lui, et le coup part. La balle transperce la peau, le sternum, l'aorte et le bord du poumon droit, puis pulvérise la vertèbre T6 avant de ressortir dans le dos.

Christopher retient son souffle.

Kala pousse le corps inanimé de Jalair dans le trou, avec son pied. Il dégringole vers Christopher en produisant une succession de craquements étouffés et de bruits mats qui soulèvent le cœur, avant de s'immobiliser sur une avancée rocheuse à la hauteur de la taille, dans une position improbable.

La Sumérienne a récupéré l'arme. Elle regarde Christopher et lui lance :

— Prends la lampe et sors de là. On fiche le camp.

Le garçon s'oblige à bouger. Il ramasse la lampe tombée à terre. Il se sent mal. En sortant du trou, il vomit un peu.

Kala lui jette un regard dégoûté.

— Pathétique.

Il se redresse et s'essuie la bouche du revers de la main. Il lui tend la lampe. Elle l'éteint.

— Où on va ? interroge-t-il.

Kala pointe l'arme sur lui.

— On va chercher la clé.

— Quelle clé ?

— Assez de questions, assez parlé.

De sa main libre, elle sort l'anneau de sa poche. L'observe. Et montre le nord.

— Pars par là. Immédiatement.

Christopher passe devant elle et s'enfonce dans la nuit.

— Reste baissé, lui conseille Kala. Il y a quelqu'un d'autre dans le coin.

Il suit ses instructions. Il a peur maintenant. Personne ne peut faire ce qu'elle vient de faire devant ses yeux. Pas même un membre des Navy Seals. Sa main droite est prise de tremblements incontrôlables.

Ces individus sont des meurtriers.

Il pense à Sarah avec ses cheveux auburn, son sourire radieux, son rire. Il l'imagine en train d'affronter quelqu'un comme Kala. Il sait que si quelqu'un en est capable, c'est elle, mais cette idée le terrifie. Il sait aussi que la Sumérienne pourrait le tuer sur-le-champ, sans le moindre remords.

Ces gens sont des meurtriers.

Pourquoi n'ai-je pas écouté Sarah ?

Pourquoi ne suis-je pas resté à l'écart ?

Le soleil se lève à l'ouest.[lxiv]

CHIYOKO TAKEDA

Açgözlü Akbaba Tapınağı, temple du Vautour brûlant, Turquie

Chiyoko a enfilé une combinaison noire en coton dotée d'un sac à dos intégré. Une capuche bien fermée maintient ses cheveux en place. Un masque couvre le bas de son visage. Un mince oculaire recouvre son œil gauche. C'est une lentille de vision nocturne.

Elle est allongée dans la poussière au-dessus du puits. Elle regarde Kala tuer Jalair et entend ce qui se passe grâce au micro toujours fixé aux vêtements de la Sumérienne. Elle connaît donc l'existence de la pièce du puzzle. Elle sait que Kala croit être tout près de la Clé de la Terre.

Elle sait aussi que Kala est une idiote.

Elle regarde Kala et le garçon marcher vers le nord. À peine ont-ils disparu derrière la première colline que deux autres silhouettes apparaissent à l'est. Elles se déplacent rapidement. Chiyoko ajuste son monocle en appuyant sur un bouton situé au niveau de sa tempe pour activer un zoom. Elle fait le point sur les nouveaux venus.

Baitsakhan.

Maccabee.

Intéressant, pense-t-elle. *Curieuse association. Dangereuse.*

Elle braque un petit micro télescopique sur le duo qui se dirige vers le trou. Quand ils arrivent au bord,

Baitsakhan met un genou à terre et pointe le faisceau de sa lampe vers le fond. Il laisse alors échapper un chapelet de paroles déchirantes, dans une langue qu'elle n'a jamais entendue. Puis il disparaît à l'intérieur du trou. Pendant ce temps, Maccabee scrute les environs. Ses yeux passent sur Chiyoko, mais ils ne la voient pas. Elle est invisible.

Maccabee attend pendant que Baitsakhan se lamente. Chiyoko prend une grande inspiration et glisse un tube à fléchette sur sa langue. Elle souffle. La fléchette munie d'une puce fend l'air. Elle atteint le Nabatéen dans le cou, sans même qu'il s'en aperçoive. Il reste là, à attendre que Baitsakhan ressorte du trou, avec le fouet de Jalair à la main.

Baitsakhan examine le sol. Il repère les traces de Kala et de Christopher, touche du bout du pied la petite flaque de vomi et grimace. Finalement, il lève les yeux vers Maccabee et déclare :

— Ils sont deux. Ils sont partis par là. Il faut les retrouver et les tuer.

Maccabee braque sa lampe au fond du puits encore une fois. Et dit :

— Voilà le temple du Vautour brûlant. C'est ici que conduit mon indice.

— Je m'en fiche. D'autres sont ici. Ils ont tué mon frère. Le sang appelle le sang.

— Soit, dit Maccabee qui ne veut pas discuter. Mais ensuite, on revient. Il y a quelque chose ici. Quelque chose pour moi. Pour nous.

Quelle que soit cette chose que cherche Maccabee, Chiyoko est certaine que la Sumérienne l'a déjà trouvée. Baitsakhan reporte son attention sur les traces et s'éloigne en trottinant, sans un mot. Maccabee secoue la tête et le suit. Chiyoko respire. Elle consulte l'écran de sa montre. Sarah et Jago sont à 48 miles d'ici, ils se déplacent à 50 mph. Elle a le temps. *Je ne peux pas courir le risque de les affronter tous les trois, plus le jeune Américain costaud. Je vais les suivre. Comme toujours.*

Elle se relève.

Et les suit.

Silencieuse.

Invisible.

KALA MOZAMI, CHRISTOPHER VANDERKAMP

Altın Odası, en surface, Turquie

Christopher avance au trot, Kala sur ses talons. Il sait que l'arme est toujours pointée sur lui. Elle lui dit où aller, à gauche, à droite, encore à gauche, vers cette colline, derrière ce rocher. Il a essayé de l'interroger, mais chacune de ses questions a reçu la même réponse : « Silence ! » Ils ont parcouru plus d'un demi-mile en 11 minutes et la rave, derrière eux dans la nuit, n'est plus qu'un souvenir.

Finalement, Kala ordonne :

— Stop !

Ils se trouvent devant un banal monticule de terre parsemé de longues herbes sèches. C'est l'unique exemple de végétation que Christopher a aperçu dans cette plaine aride. Kala balaye les environs du regard et pose un genou à terre. Christopher l'observe.

— On va passer la nuit dehors ? À déterrer des trucs et à tuer des gens ?

Kala ignore sa remarque. Elle pose le pistolet par terre.

— N'y pense même pas, lui répète-t-elle.

— Aucun risque. J'ai vu ce que tu es capable de faire.

— Très bien.

Elle allume la lampe, en prenant soin de mettre sa main devant le faisceau qui éclaire l'anneau.

Christopher se penche en avant, ce qui lui permet de le voir bien pour la première fois.

On dirait un simple anneau en fer, mais pour un objet qui est resté enfoui 10 000 ans, il est dans un état remarquable. Aucune trace de rouille ni de calcification. Il fait environ un pouce d'épaisseur. À la surface sont gravés des marques et des glyphes étranges. Kala éteint la lumière et contemple la petite colline.

— Elle est ici, annonce-t-elle avec un sourire, contenant difficilement son excitation.

— Quoi donc ?

— Une de leurs salles.

— Au Peuple du Ciel ?

— Les Annunakis.

— Allons leur dire bonjour, dit Christopher pour essayer de masquer sa terreur derrière l'humour.

Kala ignore sa réflexion. Elle reprend le pistolet et entreprend de faire le tour du tertre. Sans se donner la peine de pointer son arme sur Christopher. Celui-ci la suit, curieux.

— À quoi sert cette chambre ?

Kala se remet à creuser la terre. Des blocs entiers se détachent. Elle creuse jusqu'à atteindre la pierre. Une pierre totalement plate, à l'exception d'un creux en forme de croissant. Dans lequel l'anneau s'emboîtera parfaitement. En souriant toujours, Kala y introduit l'anneau et tourne.

Un raclement se fait entendre lorsqu'une grande porte de pierre d'au moins deux pieds d'épaisseur bascule vers l'intérieur, provoquant l'effondrement de la terre qui la recouvre. Un escalier de pierre noire, en colimaçon, s'enfonce dans le sol. Christopher recule d'un pas, abasourdi. Kala le regarde, euphorique, tremblante d'excitation.

— De l'or. C'est une salle qui abrite l'or des Annunakis.

MgO, Fe2O3(T), & MgO / Fe2O3(T) vs. Fe2O3(T) + MgO[lxv]

BAITSAKHAN, MACCABEE ADLAI

Altın Odası, en surface, Turquie

Baitsakhan et Maccabee suivent les traces.

— Tu crois que ce sont deux Joueurs ? demande Maccabee.

— Non. Un seul a agi. L'autre était dans le trou quand mon frère Jalair a été tué. Il a vomi.

Maccabee hoche la tête.

— Mais l'autre était un Joueur.

— Aucun non-Joueur ne pourrait tuer Jalair, aboie Baitsakhan.

Il se remet à trottiner, impatient de rattraper le meurtrier. Maccabee lui emboîte le pas, moins enthousiaste, espérant qu'il sortira quelque chose d'intéressant de tout cela. Ils quittent l'orbite de la rave, en passant devant un couple ridiculement vêtu, en train de se peloter sur une couverture, à la belle étoile. Le garçon porte un boa en plumes et la fille une énorme perruque afro arc-en-ciel, de travers. Tous les deux arborent des lunettes de soleil démesurées. Maccabee sourit.

Les deux Joueurs passent leur chemin, sans se faire remarquer. Il leur faut neuf minutes pour atteindre la petite colline.

Baitsakhan s'arrête, s'agenouille, ramasse un peu de terre, la renifle. Maccabee contourne le tertre, il préfère ne pas jouer dans la terre avec son associé.

Soudain, il trébuche dans le noir et, surpris, manque de tomber dans un escalier sombre qui s'enfonce dans le sol. Il claque des doigts. Baitsakhan se lève et le rejoint. Ils scrutent l'obscurité. Maccabee vérifie son arme. Baitsakhan détache le fouet de sa ceinture et le fait claquer.

Il sourit.

— Le sang appelle le sang.

Ils commencent à descendre.

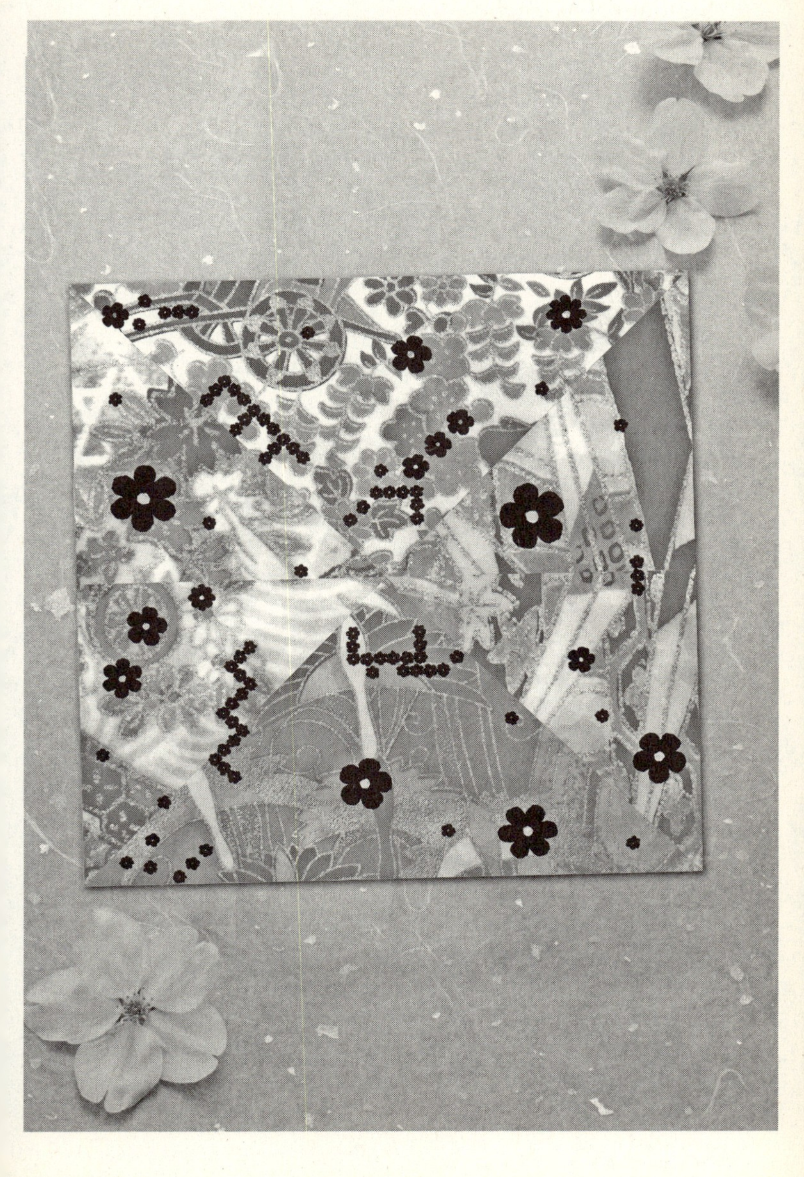

HIYOKO TAKEDA

11 m au sud d'Altın Odası, Turquie

Chiyoko s'arrête avant le tertre et met un genou à terre. Maccabee et Baitsakhan disparaissent derrière le monticule et ne reviennent pas.

Une entrée ?

Elle compte jusqu'à 60.

Respire.

Elle regarde les étoiles qui tournoient imperceptiblement dans le ciel.

Respire.

Compte encore jusqu'à 60.

Aucun des autres ne réapparaît.

Oui. Une entrée.

Elle consulte le traqueur. Heure d'arrivée estimée de Sarah et Jago : dans 22 minutes. Maccabee et Baitsakhan sont sous le monticule, ils descendent, descendent, descendent. A priori, Kala et Christopher les devancent.

Elle vérifie ses armes. Le *wakizashi* empoisonné dans son fourreau. Ses *shuriken*. Ses fléchettes. Le *hojo* à bouts métalliques. Trois bombes fumigènes. Une bombe lacrymogène. Pas d'arme à feu. Trop bruyants, ces engins-là, et inélégants. Elle se lève et appuie sur un bouton de sa montre : le chronomètre démarre de zéro, les dixièmes et les centièmes de seconde défilent. Elle veut savoir quand Sarah et Jago seront tout près.

Suis et observe, Chiyoko. Suis et observe, c'est tout. Choisis l'affrontement seulement si c'est nécessaire. Seulement si tuer est facile.

Elle avance vers le tertre, aussi silencieuse qu'un fantôme.

KALA MOZAMI, CHRISTOPHER VANDERKAMP, BAITSAKHAN, MACCABEE ADLAI, CHIYOKO TAKEDA

Altın Odası, 25 m sous terre, Turquie

Kala a du mal à ralentir son rythme cardiaque. 88, 90, 93. En six ans, elle ne l'a jamais laissé dépasser les 70 bpm.

Christopher et elle sont dans une immense salle aussi vaste qu'un hangar à avions. Les murs incurvés mesurent facilement 50 pieds de haut. Le plafond est pentu comme l'intérieur d'une pyramide. De grandes inscriptions, semblables à celles qui figurent sur l'anneau de Kala, sont gravées sur chaque centimètre de mur. Ils racontent une histoire ancienne. Une statue en or représentant une créature avec une tête humaine et un corps d'aigle monte la garde sous un autel placé à une extrémité de la pièce. L'autel est entouré d'urnes funéraires en argile de diverses tailles. Et partout se dressent, jusqu'au plafond parfois, des piles de blocs d'or.

— La vache, murmure Christopher.

Kala glisse le pistolet dans son dos, braque sa lampe sur une torche fixée au mur et la décroche. Elle sort un briquet de sa poche, l'allume et la torche s'enflamme. La lumière rebondit sur les piles d'or, les murs et s'élève vers le ciel. Ils se retrouvent baignés d'une intense lumière jaune.

Christopher se sent faible soudain, il est obligé de s'asseoir par terre.

— C'est... c'est quoi, cet endroit ?

Kala fait un tour sur elle-même.

— Il existe des cités souterraines dans toute la Turquie. Elles ont été creusées par les Hittites, les Louvites et quelques Arméniens. La plus célèbre se nomme Derinkuyu. Mais à ma connaissance, aucune n'est aussi ancienne que cet endroit. C'est carrément autre chose. C'est...

— Le Peuple du Ciel, devine Christopher, encore sous le choc.

Sarah avait raison. Ça existe vraiment.

— Oui, dit Kala, débordante de fierté.

Les habitants de Göbekli Tepe, ceux qui ont creusé cette salle incroyable jadis, sont ses ancêtres. Les ancêtres de ses ancêtres. Les premiers membres de sa lignée.

— Les Annunakis utilisaient l'or comme source d'énergie. Et ils se servaient des hommes pour l'extraire du sol. Nous étions leurs esclaves et ils étaient nos dieux.

— C'est donc une sorte de centrale électrique ?

— Plutôt un poste de ravitaillement. Que personne n'a vu depuis au moins quinze mille ans.

Après cet échange, ils restent muets. Christopher est incapable d'estimer la valeur de l'or qui les entoure. Kala brandit la torche le plus haut possible pour scruter les hauteurs du plafond.

Christopher suit la lumière.

— C'est des lettres tout ça ?

Kala fronce les sourcils. Elle pose la torche contre le mur et sort son smartphone. Après avoir vérifié que le flash est activé, elle lève l'appareil au-dessus de sa tête et prend une photo. Une lumière blanche aveuglante envahit la salle. Elle regarde l'écran.

— Par tous les dieux, lâche-t-elle.

— Quoi ?

Elle tend le téléphone à Christopher. Il le prend. Mais il ne comprend pas ce qu'il regarde. Des traits, des points, des chiffres et des lettres. Formant un méli-mélo. Il agrandit l'image avec ses doigts. Il la fait défiler. Un ensemble impressionnant de lettres en alphabet romain et de chiffres arabes qui semblent avoir été imprimés par un ordinateur gigantesque. L'empreinte des humains de l'époque moderne, enfouie ici depuis 15 000 ans. Il ne comprend pas comment c'est possible. Mais Kala sait. Elle sait que c'est un signe.

La Clé de la Terre est ici. Forcément, pense-t-elle.

— Il faut récupérer la clé et filer. Le gamin, Baitsakhan, est là-haut, il nous cherche, dit-elle en pointant le doigt vers le plafond.

Elle récupère la torche et se précipite vers l'autel.

— Et Sarah ? Elle ne doit pas nous retrouver là-haut, elle aussi ? lui lance Christopher.

Kala l'ignore. Il la regarde sans bouger. Il est encore sous le choc. Il a du mal à respirer. L'air est vicié et raréfié. Il examine de nouveau la photo sur le portable. Les inscriptions au plafond. Il regarde fixement l'écran, comme le font un tas de gens à travers le monde au même moment, pour jouer, consulter leurs mails, envoyer des messages.

Mais aucun ne contemple la même chose que lui.

Il laisse le smartphone tomber sur ses genoux. La lumière de l'écran éclaire son visage par en dessous. Il entend Kala s'agiter à l'autre bout de la salle. Le téléphone s'éteint et se met en veille.

L'obscurité.

L'esprit de Christopher tourbillonne.

Il repense à ce qu'il a appris en histoire, en maths, en cours facultatif d'histoire de la philosophie cet automne. Si personne n'a pénétré dans cette salle depuis 15 000 ans, alors ces lettres, ces chiffres et ces signes ont été placés là avant même l'invention de l'écriture. Avant l'invention de *toute forme* d'écriture. Avant l'écriture cunéiforme, les pictogrammes et les hiéroglyphes, sans parler de l'alphabet latin et des chiffres arabes. Ils étaient déjà là avant la géométrie euclidienne, avant les mathématiques telles que nous les connaissons, avant le concept de savoir.

Les paroles de Kala résonnent dans sa tête. *Il y a tellement de choses que tu ignores*.

Il est muet. Tout ça est vrai. Endgame, le Peuple du Ciel, les Joueurs. Cette photo en est la preuve, se dit-il. La preuve de l'existence d'une histoire humaine inconnue. La preuve d'une vie extraterrestre.

La preuve.

Chiyoko franchit le seuil et commence à descendre l'escalier. Elle entend les pas de Baitsakhan et de Maccabee plus bas. Ils essayent de rester silencieux et invisibles, mais ce sont de vulgaires amateurs à côté d'elle.

Le bruit de ses pas sur les blocs de pierre taillée est inexistant. Sa respiration est un murmure. Ses vêtements ne produisent aucun bruissement. Elle ne se sert d'aucune lampe, contrairement à tous ces idiots en dessous.

L'escalier en colimaçon est raide et trop étroit pour laisser passer deux personnes de front. Le mur est lisse au toucher. Il n'y a aucune inscription, uniquement le vide, de plus en plus profond.

Soudain, les bruits qui montent jusqu'à elle changent. Baitsakhan et Maccabee ont atteint le fond. Elle presse le pas. Elle doit voir ce qu'il y a en bas, et choisir une stratégie.

Elle doit voir ce que vont faire ces garçons.

Car elle sait que c'est pour bientôt.

C'est pour bientôt.

Le sang va couler.

Baitsakhan et Maccabee s'arrêtent à l'entrée de l'immense salle. Maccabee a placé sa main devant le faisceau de sa lampe électrique. Sa peau est rouge et il aperçoit les contours flous des phalanges et des métacarpiens.

Le Donghu brandit le poing et se frappe la poitrine. Ses lèvres forment les mots *Surprise* et *Pas de quartier*.

Maccabee hoche la tête. Il fait comprendre qu'il surveille la sortie, avec un grand sourire. La mort approche et il aime ça.

Il éteint la lampe. Ils traversent l'obscurité comme deux spectres et franchissent le seuil de la salle souterraine. Une torche brûle tout au fond, près de ce qui ressemble à un autel. L'espace d'un instant, Baitsakhan et Maccabee sont frappés par les dimensions de ce lieu. La lumière dansante et lointaine de la flamme ne lui rend pas justice, mais ils ne peuvent pas courir le risque d'allumer une lampe.

Tant que ce n'est pas terminé.

Baitsakhan s'avance. Maccabee reste à l'entrée, son couteau à la main. Son autre main est posée sur la crosse du pistolet glissé dans sa ceinture. *Laissons ce petit monstre se venger*, pense-t-il.

Baitsakhan marche vers la torche en se plaquant contre les blocs. Il sait que cet endroit n'a pas été exploré depuis très, très longtemps.

C'est un lieu sacré.

Soudain, quelque chose craque sous son pied. Il s'arrête et attend de voir si Kala s'en aperçoit. Non. Il s'agenouille et cherche à tâtons ce qu'il a écrasé en marchant dessus : un os de jambe frêle.

Un bon présage de mort, pense-t-il.

Christopher est toujours assis par terre quand la silhouette fantomatique d'un jeune garçon passe juste devant lui, à 10 pieds tout au plus. Sans doute le gamin dont parlait Kala. Il retient son souffle et essaye de rester calme.

Un craquement soudain. La silhouette s'accroupit, puis se relève. Christopher aperçoit l'éclat d'une lame ondulée. La silhouette repart. Il a les poumons en feu. Mais il n'ose pas respirer. Ses mains tremblent. Il serre le smartphone de toutes ses forces, en espérant qu'il ne va pas sonner, même s'il est peu probable qu'il y ait du réseau à cette profondeur, dans ce coin reculé de la planète. Le garçon marche vers Kala. C'est l'occasion qu'il attendait. *Je ne vais pas la prévenir,* se dit Christopher. Il a son téléphone et une photo des inscriptions du plafond. Ça devrait suffire.

Dès qu'ils commenceront à se battre, je ficherai le camp.

Kala ouvre les urnes les unes après les autres autour de l'aigle à tête d'homme.

Toutes vides.

Pourtant, elle sait que la Clé de la Terre est tout près.

Elle la sent.

Ici, ici et ici.

Mais où ?

Elle contourne la statue. Elle ouvre un petit cercueil de pierre, de la taille d'un chien ou d'un chat.

Il ne contient que de la poussière et des vêtements en loques.

Elle se fige. Elle est derrière la statue de l'aigle. Est-ce elle la clé ? Dans ce cas, c'est un problème car elle ne peut pas la transporter. Elle approche la torche. Elle allume sa lampe et promène le faisceau sur les ailes déployées, le long cou, les cheveux tressés de l'homme. Elle revient devant. L'homme a un visage plat, des yeux très enfoncés, un nez large et d'énormes narines. Ses yeux forment des cercles parfaits. Son front est ramassé. Tout cela est en or.

Kala balaye la statue avec sa lampe.

Rien.

Mais soudain, quelque chose attire son regard.

Chiyoko s'approche à moins de cinq pieds de Maccabee et lance un caillou dans la salle. Les yeux du Nabatéen, obligés de lutter contre l'obscurité, suivent le bruit et elle en profite pour passer à côté de lui sans être vue. En restant près de la paroi, elle se faufile derrière une succession de grosses piles taillées en forme de cube. Le système de vision nocturne de son oculaire ne lui indique pas qu'elles sont précieuses. Pour elle, ce sont juste de grosses pierres grises.

En émergeant de derrière l'une d'elles, Chiyoko se retrouve en train de contempler le dos de Christopher. Assis sur le sol, il essaye de regarder en direction du fond de la salle pour voir ce que fait Kala. De là où elle se trouve, Chiyoko ne peut pas voir ce qu'il se passe, mais elle entend que la Sumérienne cherche quelque chose. La Clé de la Terre, très certainement.

Pauvre idiote.

Chiyoko a besoin d'un meilleur point de vue. Elle escalade une des imposantes piles métalliques qui parsèment la salle. De là-haut, à dix pieds du sol, elle aperçoit Kala debout sur un autel, en train d'enfoncer un couteau dans la tête d'une statue. Baitsakhan est presque sur elle. Maccabee attend toujours à l'entrée, calmement. Christopher n'a pas bougé, lui non plus.

Il a vu Baitsakhan lui aussi et il ne va pas prévenir Kala. Il Joue. Intéressant.

En levant la tête, Chiyoko découvre le plafond et demeure bouche bée. Des mots, des chiffres, des signes. Elle active un système d'enregistrement intégré à son oculaire et zoome. Elle prend soigneusement une photo haute définition, puis une autre, puis encore une autre et encore une autre. La Clé de la Terre ne se trouve peut-être pas dans cette salle, mais ce plafond est important. Elle a reconnu le mot *or* en quatre langues au moins.

Intriguée, elle caresse la pierre sous elle. Elle dégaine son *wakizashi* et entaille délicatement la surface.

C'est alors qu'elle comprend ce que contient cette salle.

Kala saute sur l'autel et se retrouve face au visage de la statue. D'un doigt, elle suit le tracé de la mâchoire. Il y a une fracture. Qui remonte le long de la joue. Elle palpe le dessous de l'oreille et découvre une cheville. Idem de l'autre côté.

Le visage est articulé.

À l'aide de son couteau, elle parvient à ouvrir la bouche. Celle-ci renferme un globe de verre noir de la taille d'une balle de base-ball, percé d'un trou triangulaire parfait. Elle braque sa lampe dessus. Elle contemple la surface lisse. Elle voit des images : les contours flous des continents, les océans insondables, les montagnes imposantes.

La Terre.

— Je l'ai trouvée, murmure-t-elle.

La Clé de la Terre.

— Je l'ai trouvée.

AN LIU

Domicile d'An Liu, propriété souterraine non enregistrée, Tongyuanzhen, comté de Gaoling, Xi'an, Chine

FRISSON.
Cligneligne.
FRISSONcligne.
FRISSONcligneFRISSONFRISSON.
FRISSONcligneFRISSONcligne.
FRISSONcligneFRISSONcligne.
FRISSONFRISSONcligne.
CligneFRISSONcligneligne.
CligneFRISSONFRISSON.
ClignecligneligneFRISSON.
FRISSONcligneFRISSONcligne.
FRISSONclignecligneFRISSON.

Le corps d'An se convulse. Il dormait, mais plus maintenant. Son corps se convulse encore et encore.

An doit lutter pour garder sa langue dans sa bouche, à l'écart de ses dents. Il lutte pour maîtriser ses poings le long de son corps, pour empêcher ses pieds de bouger, sa tête de s'agiter violemment. Un son assourdissant lui parvient d'une autre pièce et son cerveau convulsionné, embrumé par le sommeil, n'arrive pas à comprendre ce qui se passe. Le son ressemble à son alarme. À la corne de brume que son père faisait sonner chaque jour afin de réveiller le petit An, pour son entraînement.

Son *cligne* son *cligne* son père.

Son foutu père.

Il se convulse, encore et encore, encore et encore.

Ce n'est pas un tic, ni une crise.

C'est autre chose.

Son père.

Il est venu ici !

An oblige son corps tremblant à se tourner sur le côté. Et il voit les talismans de Chiyoko, disposés sur un morceau de velours rouge.

Son corps commence à se calmer.

Mon père est venu ici ! Mais comment ? Je l'ai tué !

Il comprend alors que c'était un rêve.

Le premier rêve dont il se souvient. Son corps cesse de trembler. Il regarde les petits bouts de Chiyoko. Les tics restent à distance.

Mais l'alarme continue à sonner.

Il se redresse. Appuie sur un bouton. Un écran se déploie sur le mur. Il est rempli d'images de la maison. Un Kinect est relié au système. An pointe le doigt sur une image. Celle-ci s'agrandit. Il en choisit une autre. Elle s'agrandit à son tour. Rien. Une autre image. Zoom.

Quelque chose.

Ce n'est pas un être humain.

Mais un petit drone qui vole, en forme de libellule.

Un Joueur ?

Il trace un cadre tout autour. La caméra se braque sur le drone. Elle zoome. Puis… Non. Ce n'est pas un Joueur. C'est le gouvernement. Le gouvernement chinois. An est un hacker hors pair, mais le gouvernement emploie ses propres pirates. En trafiquant les listes de passagers indésirables, en lançant des programmes de repérage, en achetant du matériel… il a dû attirer leur attention. Ils n'ont aucune idée de ce qu'il prépare, ils ne savent rien d'Endgame. À leurs yeux, c'est juste un terroriste potentiel, un dissident.

Le gouvernement. Plus pour très longtemps. Aucun gouvernement sur Terre ne survivra à ce qui va arriver.

FRISSON.

Il rassemble tout ce qu'il possède de Chiyoko. Il replie le morceau de velours sur elle. Se lève et attrape son paquetage. Il ouvre la penderie, y entre, referme la porte et marche sur un levier dissimulé dans le sol. Une capsule métallique se dresse autour de lui et il fait une chute de 40 pieds, dans un toboggan qu'il a construit lui-même. Arrivé en bas, il ouvre la capsule et parcourt 678 pieds dans un tunnel qui conduit à un parking souterrain. Il le traverse jusqu'à son véhicule, un SUV Mercedes noir auquel est attachée une remorque. Il monte à bord et dépose soigneusement Chiyoko sur un plateau en argent fixé à la console centrale. Une fois installé, il prend un des ongles et le place sur sa langue. Il met le contact et enclenche la marche avant. Dès que le véhicule avance, il libère une plaque de pression au sol et le monde tremble.

Cette explosion va un peu secouer ce foutu gouvernement. Et lui donner à réfléchir. La bombe était puissante, et sale, remplie de déchets radioactifs. Personne n'osera approcher du cratère pendant une dizaine d'années, même s'il ne leur en reste que quelques-unes à vivre, au mieux.

Je ne suis pas un terroriste. C'est Endgame. Il ne peut y avoir aucun gagnant.

Il gravit la rampe du parking. Sa planque de Pékin est à 11 heures de route.

Il fait rouler l'ongle de Chiyoko sur sa langue.

Aucun gagnant, sauf toi, mon amour.

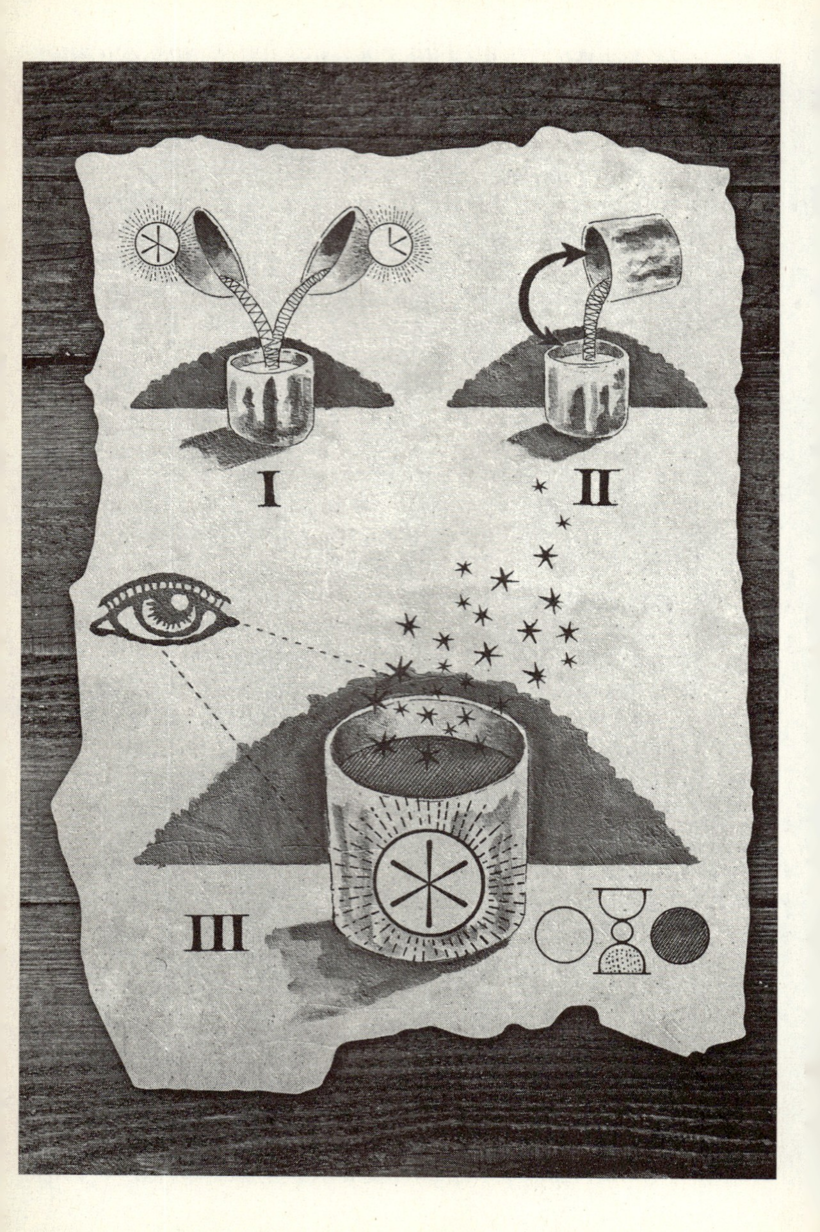
I
II
III

KALA MOZAMI, CHRISTOPHER VANDERKAMP, BAITSAKHAN, MACCABEE ADLAI, CHIYOKO TAKEDA

Altın Odası, 25 m sous terre, Turquie

Kala ne le voit pas, ne l'entend pas, ne le sent pas. Baitsakhan pourrait la tuer immédiatement, à l'instant même, avec son pistolet. Mais ce serait trop facile. Jalair mérite mieux. Kala mérite pire. Bien pire.

Il lui assène un coup sur la nuque avec le manche de son poignard.

Surprise, elle tombe à genoux, lourdement. Elle a la tête qui tourne, elle voit des taches lumineuses pendant un court instant, mais le choc de l'attaque s'efface rapidement. Son entraînement reprend le dessus. Elle se laisse glisser sur le sol, faisant mine d'être évanouie. Et dès que Baitsakhan se penche vers elle, elle lui décoche un coup de coude dans le ventre et se relève d'un bond. Le Donghu serre les dents et grimace, mais il reste debout. Kala recule et dégaine son arme.

— Sumérienne.

— Donghu.

— Le sang appelle le sang.

Faible, pense-t-elle. Elle brandit le pistolet de Jalair et presse la détente. Baitsakhan frappe avec son fouet. L'extrémité lestée s'abat sur le canon au moment où le coup part, modifiant juste assez la trajectoire pour que la balle érafle le cou de Baitsakhan.

La détonation résonne dans la salle, rebondit contre les surfaces dures et s'élève vers les mystères du plafond. Baitsakhan tire d'un coup sec sur le fouet et l'arme de Kala tombe bruyamment sur le sol. Elle glisse sous l'autel, hors d'atteinte. Le Donghu tient le fouet dans une main, son couteau dans l'autre. Kala dégaine le sien et sourit.

— Tu es plus rapide que Jalair, dit-elle pour mettre du sel sur la plaie.

— Je t'interdis de prononcer son nom, salope.

Le sourire de Kala s'élargit.

— Tu salueras Jalair de ma part une fois que je t'aurai envoyé en enfer, hein ?

Baitsakhan ne répond pas. Il bondit. Il est rapide. Kala fait un pas sur le côté, leurs couteaux s'entrechoquent et provoquent des étincelles. Elle le frappe à la tempe avec le globe de verre, tandis qu'il parvient à enrouler le fouet autour de la cheville de Kala. Lorsqu'elle tente d'atteindre la jugulaire, il fait un bond en arrière et tire sur le fouet, à deux mains. La Sumérienne tombe sur le dos, en lâchant son couteau, le souffle coupé.

Il tire de nouveau sur le fouet pour la rapprocher de lui et vient se placer à califourchon au-dessus de sa poitrine. Il lâche le fouet, saisit son couteau et l'abat en visant la tête, rempli de fureur et assoiffé de vengeance. Mais Kala lui agrippe les cuisses et glisse entre ses jambes. Le couteau se plante dans le sol, là où se trouvait la tête de Kala, au moment où elle le frappe à l'entrejambe avec le globe. Elle sent qu'il porte des protections sous ses vêtements, mais elle sait qu'il souffre quand même. Elle se relève prestement et pivote.

Baitsakhan est juste devant elle. Mais il est désarmé, son poignard est resté planté dans le sol. Ils se font face. Le garçon se jette sur elle en grognant, il la saisit par les oreilles et tire. Kala vise le bas-ventre de nouveau, avec son genou cette fois. Si violemment qu'elle entend la coquille en plastique se briser. Mais son adversaire ne semble pas succomber à la douleur.

C'est un Joueur. Entraîné au combat et à la souffrance.

Il lui tire les oreilles si fort que la peau derrière l'oreille droite commence à se déchirer. Pour soulager la tension, elle se penche vers Baitsakhan ; ils sont si près l'un de l'autre maintenant qu'ils pourraient s'embrasser. Mais si Kala ouvre la bouche, c'est pour lui mordre la joue, et ses dents se plantent dans la chair. Il hurle et la relâche. Ils se séparent. Baitsakhan crache rouge par terre.

— Le sang appelle le sang, lui répète Kala, les dents rougies.

— Oui, confirme-t-il et il sort le pistolet glissé dans son dos.

Kala le regarde avec étonnement.

— Tu as attendu jusqu'à maintenant ? Tu aurais pu commencer par là et prendre la clé.

— Ah, c'est donc ce truc ?

Les yeux du garçon quittent brièvement Kala pour se poser sur le globe. Elle n'en demandait pas plus. Une simple erreur. Comme avec Jalair. Ces Donghus se ressemblent tous.

Baitsakhan tire, mais Kala s'est précipitée et elle lui brise le poignet avec le globe.

C'est trop facile.

Beaucoup trop facile.

Christopher fonce dès que Baitsakhan sort son pistolet.

Pour s'éclairer, il allume le smartphone au moment où il va quitter la salle et manque de percuter de plein fouet un jeune homme qui agite le doigt en souriant d'un air suffisant.

— Tu es perdu, petit ? demande Maccabee. Ce n'est pas grave. Je t'ai retrouvé. Mais tu ne vas pas tarder à le regretter.

Kala donne un coup de coude dans l'épaule de Baitsakhan. Le pistolet crache de nouveau, mais Kala a enfermé le bras du garçon dans un étau et le projectile frappe le sol. Elle l'oblige à reculer contre l'autel en or, tout en actionnant avec son pouce gauche le système d'éjection du chargeur. Celui-ci tombe par terre. Elle lâche le poignet de Baitsakhan, sachant qu'il va lever le pistolet pour tirer la dernière balle, celle qui se trouve dans la chambre.

Pauvre idiot prévisible.

Elle abat son bras sur le sien et le coup part. Voilà. Plus d'armes à feu pour ce combat.

Elle lui martèle le ventre et les côtes avec ses poings, dont l'un tient le globe de verre, la précieuse Clé de la Terre. Baitsakhan se plie en deux, pour se protéger, les larmes coulent sur ses joues. Les muscles bleuissent sous les coups, les os craquent. Dès qu'il cesse de bouger, elle s'arrête aussi. Et recule. Dégoûtée. Il est pitoyable.

— Le sang appelle le sang, répète-t-elle, moqueuse.

Christopher a déjà vu des jeunes garçons du gabarit de Maccabee, sur un terrain de football américain généralement. Il reconnaît ce sourire en coin plein d'arrogance, ses adversaires affichaient le même. La meilleure façon de réagir, c'est fort et vite. Il rassemble ses forces et les libère dans un direct. Mais Maccabee saisit son poing et le garde dans le sien. En souriant de plus belle. Christopher laisse tomber le téléphone pour frapper avec l'autre main. Sans lâcher son poing, Maccabee bloque ce nouveau coup et, dans le même mouvement, frappe Christopher à l'épaule. Puis, sans lui laisser le temps de réagir, Maccabee lève le pied et l'abat sur le genou de l'Américain. La douleur est insoutenable et le pop soulève l'estomac. Le smartphone gît par terre, l'écran les éclaire par en dessous. Dans un anglais teinté d'un fort accent, Maccabee demande :

— Qu'est-ce que tu as d'autre ?

Christopher a tout donné.

— Dans ce cas...

Le dernier souvenir de Christopher, c'est la tête de ce type qui se précipite vers la sienne. Maccabee l'allonge sur le sol, dégaine son couteau et se dirige vers l'autel au trot. Son associé assoiffé de sang a besoin d'aide.

La main de Kala se referme autour de la gorge de Baitsakhan et lui serre la trachée, elle lui broie la pomme d'Adam. Il lève vers elle ses yeux déjà morts, dans l'attente du coup de grâce.

— Adieu, pauvre petit idiot, dit-elle. Béni sois-tu.

Au moment où elle lève le bras pour frapper une dernière fois, une vive douleur lui brûle le dos, suivie d'un frisson glacé. Elle ne peut plus bouger. Une main la retient fermement par l'épaule pour l'empêcher de tomber. Elle comprend immédiatement que sa colonne vertébrale a été touchée. Ses bras et ses jambes sont paralysés. Elle ouvre de grands yeux. *C'est moi, l'idiote.*

Baitsakhan parvient à se redresser, son visage ruisselle de sueur, de larmes et de sang. Ses yeux sont rouges et gonflés. Sa joue saigne encore.

— Tu fais peine à voir, commente Maccabee, dont le couteau est toujours planté dans le dos de Kala.

— La ferme, grommelle Baitsakhan. Laisse-moi l'achever.

— Comme tu veux, répond Maccabee en ricanant.

Le Donghu se tourne vers Kala et crache par terre.

— Le sang appelle le sang, Sumérienne. Le sang appelle le sang.

ALICE ULAPALA

Knuckey Lagoon, Territoire du Nord, Australie

Alice remue avec un bâton les restes d'un feu de camp. C'est la nuit. Les bruits de l'arrière-pays l'entourent : les cliquetis, les roucoulements, les aboiements, les sifflements. La sérénade d'une innombrable armée de grillons.

Elle est chez elle.

La Voie lactée tournoie comme une roue au-dessus de sa tête. Alice trace une spirale dans les cendres. Pas n'importe laquelle : une spirale spéciale. La spirale de Fibonacci.

Hydrogène, hélium, lithium, oxygène, aluminium, scandium, sélénium, césium, actinium. Le césium lui a joué des tours car elle a cru tout d'abord que c'était du calcium, mais ça ne collait pas. De plus, l'indice a ignoré le bore, pour une raison qui lui échappe.

Mais c'était bien à cela qu'il faisait référence. Comme le confirment les numéros des lignées des Joueurs.

1, 2, 3, 8, 13, 21, 34, 55, 89… les numéros atomiques des éléments de son indice. Il suffisait d'ajouter 5 pour le bore, entre 3 et 8, plus un 0 et un 1 au début, et voilà.

La séquence de Fibonacci.

Qui peut se poursuivre à l'infini.

Et qui démarre de rien.

On la trouve dans la nature. Dans les coquillages, les fleurs, les plantes, les fruits, l'oreille interne. Dans les galaxies. Et même dans nos mains : sans compter les pouces, huit doigts en tout, cinq doigts à chaque main, trois os dans chaque doigt, deux os dans un pouce et un pouce à chaque main. Le ratio entre un élément et celui qui le précède s'approche, avec une précision inquiétante parfois, du nombre d'or ; 1,618. Par exemple : 89/55=1,6181818181818…

Alice se frotte le visage. Elle a mal à la tête. Tous ces chiffres, toutes ces formules. Elle a fait énormément de calculs depuis qu'elle a quitté ce bar de Darwin. Beaucoup trop à son goût, mais il faut absolument qu'elle comprenne.

Quelle place occupent ces nombres dans Endgame ? Les numéros des lignées, elle l'a deviné, forment aussi une séquence de Fibonacci. Les Joueurs sont comme une liste d'isotopes mystiques : Mu-2, Celte-3, Minoen-5, Nabatéen-8, Donghu-13, Olmèque-21, Koori-34, Harappéenne-55, Sumérienne-89, Aksoumite-144, Cahokienne-233, Shang-377. Mais qu'est-ce que ça signifie, si ça signifie quelque chose ?

À quoi correspondent-ils ?

Elle l'ignore.

Elle contemple le feu pendant 18 minutes. Elle n'entend plus que la brise et les craquements des broussailles qui finissent de brûler.

Soudain, les yeux jaunes et brillants d'un dingo apparaissent à l'extrémité du camp.

— Approche, mon vieux.

Les yeux ne bougent pas.

Alice tend la main. Et émet un son léger, de soumission.

Le chien sauvage s'avance à pas feutrés et pénètre dans la lumière du feu faiblissant. Truffe noire. Fourrure tachetée. Yeux sombres.

— C'est bien. Tiens.

Alice lui lance un morceau de serpent carbonisé. Le dingo le renifle et l'avale.

— J'étais en train de me demander ce que j'allais faire, mon vieux.

Le chien sauvage lève la tête. Et dresse une oreille. Elle a trouvé des réponses en discutant avec un touriste américain, pourquoi ne pas essayer avec un dingo ?

— Dois-je rester et attendre le deuxième round ou quitter l'Australie pour partir à la recherche de cette première clé ?

L'animal la regarde avec le plus grand sérieux. Il lève la truffe vers le ciel. Et renifle. Alice lève les yeux. Et elle voit une énorme étoile filante avec une queue vert et orange traverser le ciel à toute allure.

Le regard de la Joueuse et celui du chien sauvage, aussi dangereux et menaçants l'un que l'autre, se croisent.

Le chien est assis sur son arrière-train.

Alice hoche la tête.

— Oui, je crois que tu as raison. Attendons le deuxième round. Quand il aura commencé, je crois que je m'occuperai de ce petit branleur qui a coupé le doigt de Shari.

Le dingo se couche. Et pose sa tête sur ses pattes avant.

— Oui.

La Voie lactée.

L'obscurité.

Le feu de camp.

— Je vais attendre.

La maison du seigneur Krishna, engloutie et disparue.[lxvi]

CHIYOKO TAKEDA, KALA MOZAMI, MACCABEE ADLAI, BAITSAKHAN, CHRISTOPHER VANDERKAMP

Altın Odası, 25 m sous terre, Turquie

Chiyoko regarde Maccabee emporter le corps figé de Kala vers la sortie. De son perchoir, elle voit et entend tout. Baitsakhan tient le globe noir. Il l'a obtenu au prix du sang, de la douleur et d'une forte dose d'humilité. Christopher gémit, mais il est toujours inconscient. Quand il atteint le seuil, Maccabee le pousse sur le côté avec le pied. Il dépose Kala sur une large pierre à hauteur de la taille.

— De rien, au fait, ironise-t-il car il s'attendait à plus de gratitude de la part de Baitsakhan après lui avoir sauvé la vie.

Le Donghu répond par un grognement.

Petit imbécile prétentieux, pense Chiyoko.

Elle envisage de les tuer tous les deux. Maccabee d'abord, le gamin ensuite. Mais c'est trop risqué. Elle ne peut pas les tuer en même temps, et cette seconde de décalage suffira au Donghu, même dans son état.

Non. Il y a eu suffisamment de sous-estimation ici ce soir. Patience.

— La voici, Maccabee, dit Baitsakhan en brandissant le globe. La Clé de la Terre. Elle l'a trouvée à notre place !

— Laisse-moi voir, dit Maccabee, dubitatif.

De toute façon, l'un des deux finira bien par tuer l'autre. Et avant cela, ils auront éliminé au moins un autre Joueur. Ce sont des idiots, mais pour le moment, ils restent utiles.

D'un geste large, Baitsakhan englobe toute la salle.

— Regarde ! C'est forcément ça.

Il prend son couteau et le pointe sur Kala.

— Pas vrai, ma sœur ?

— Va te faire foutre ! répond-elle dans une bouillie de mots.

— Elle a du cran, ricane Maccabee.

Il fait un geste en direction de Baitsakhan.

— Approche la lumière.

Le Donghu s'exécute.

— La vache, dit Maccabee en plongeant le regard dans le globe.

Il distingue les contours des continents, les océans, les montagnes, là, dans sa main, vivant, juste sous la surface de verre.

— Je crois que tu as raison.

Christopher est revenu à lui, il tente de se relever.

— Qu'est-ce…

Les autres l'ignorent.

Baitsakhan se penche vers le visage de Kala et demande :

— Qu'est-ce que tu sais d'autre ? C'était quoi, ton indice ?

Kala décline.

— Va te faire foutre, je t'ai dit.

— Où est la Clé du Ciel ?

Baitsakhan pose la pointe du très vieux couteau sur la poitrine de Kala, entre ses seins.

— Tu ne la trouveras jamais.

Elle crache, sa bouche est pleine de sang.

— Tu n'es pas assez intelligent.

— J'ai pas l'intention de la trouver. J'ai l'intention de la prendre. Comme j'ai pris celle-ci.

— Comme *on* a pris celle-ci, corrige Maccabee.
— Oui. « On ».
— Ça n'arrivera pas, murmure Kala.
— Si.
— Il te tuera d'abord.
Son regard désigne Maccabee.
— Il va te tuer bientôt, petit.
— Occupe-toi de tes oignons, sale morte, grogne le Nabatéen.
Baitsakhan déplace son couteau et le pose sur la cuisse de Kala.
— Si tu ne me le dis pas, je te tue.
Elle tousse de nouveau.
— Je suis déjà morte.
Maccabee regarde ses ongles.
— Là, tu as raison, dit-il d'un air indifférent.
Kala l'ignore. Elle capte le regard de Baitsakhan. Le sien est comme de la pierre, plus ancien, plus dur.
— Je suis rentrée chez moi, Annunaki, murmure-t-elle en sumérien, une langue qu'elle seule peut comprendre. Je suis désolée d'arriver les mains vides. Paix et bénédiction.
Baitsakhan dit :
— Ça, c'est pour mon frère, Jalair. Que les dieux l'emportent !
Et il plonge le couteau dans la poitrine de Kala.
Christopher s'est redressé, en appui sur un coude, et il voit la scène. Il est mortifié, fasciné. Baitsakhan tourne le poignard dans la plaie, tandis que le sang recouvre le manche. Kala gémit, le cœur transpercé. Baitsakhan retire la lame et se redresse. Il en a terminé.
Kala aussi.
J'aurais dû écouter, pense Christopher, rempli de terreur.
— Hé !
Maccabee fait claquer ses doigts devant son visage.

— Tu es qui, toi ? Qu'est-ce que tu fais ici ?

Christopher est trop anéanti pour mentir.

— Je suis Christopher, dit-il, incapable de détacher les yeux du corps de Kala d'où le sang continue à couler. Je connais Sarah Alopay. Kala voulait m'échanger contre une rançon.

— Tu peux contacter Alopay ?

— Oui.

Ses nouveaux ravisseurs se regardent.

— De mieux en mieux, commente Maccabee.

Il relève Christopher et l'entraîne vers la sortie. L'Américain est dévasté, livide, ailleurs. Chiyoko n'avait jamais vu un visage aussi effrayé.

Pauvre garçon, pense-t-elle.

Le Nabatéen tire Christopher derrière lui dans l'escalier et disparaît. Il ne reste que Baitsakhan et Kala dans la salle. La vie s'accroche à elle comme des gouttes de rosée à une toile d'araignée. Baitsakhan ricane.

— Le sang appelle le sang.

Et il jette la torche sur les genoux de Kala. Elle gémit, de la fumée s'élève, sa peau brûle, ses vêtements fondent. Pendant que le Donghu s'en va.

Dès que Chiyoko est certaine qu'il est parti, elle saute de son perchoir, sans un bruit, et sort le *wakizashi* de sa ceinture. Kala l'aperçoit à travers les langues tremblotantes des flammes et parvient à esquisser un sourire. D'un geste rapide et précis, Chiyoko tranche la gorge de la Sumérienne.

Les yeux de Kala s'assombrissent, son bras tombe, tendu, son index indique 166°30'32".

Repose en paix, ma sœur.

Du bout de son sabre, elle sonde le corps encore fumant de Kala. Ça y est, elle a trouvé. Avec la lame, elle coupe le tissu et récupère l'anneau qui glisse le long de l'acier acéré et s'arrête à la garde. Elle l'observe un instant, elle sent, elle devine, elle sait qu'elle a ce qu'elle est venue chercher.

Kala aussi.

Chiyoko range l'anneau en lieu sûr et consulte l'écran de son traqueur. Jago et Sarah se trouvent à moins de 15 km. Ils seront bientôt sur le parking. Il est temps d'aller les rejoindre.

Il est temps de récupérer le disque.

Il est temps de Jouer à Endgame.

C'est plein d'étoiles.[lxvii]

CHRISTOPHER VANDERKAMP

Audi A8 quittant Göbekli Tepe

Christopher est entraîné dans l'escalier, dans la nuit, vers la rave. Ils contournent la fête jusqu'à ce qu'ils atteignent le parking. Là, on le pousse à l'arrière d'une berline noire. Il glisse vers la portière opposée. Sa jambe lui fait un mal de chien. Il enfouit son visage dans ses mains et se met à pleurer.

Maccabee s'installe au volant et Baitsakhan à la place du passager. Celui-ci se retourne pour observer Christopher : un rictus de dégoût retrousse ses lèvres enflées.

— Si tu essaies de t'enfuir, je t'étripe, prévient-il. Et si tu continues à chialer, pareil.

Christopher tente de se contrôler. Il n'ose pas croiser le regard de Baitsakhan. Il haïssait Kala, de tout son être, mais personne ne méritait de connaître un tel sort. Ces deux individus sont des monstres.

Ils quittent le parking. Christopher regarde par la vitre, il voit la lueur des lasers, des gens souriants, une fille qui court avec insouciance. Ils ont encore tant de choses à vivre, tous ces jeunes qui semblent si heureux. Il leur ressemblait avant les météorites, Sarah aussi. Il se réjouit qu'ils ne sachent pas tout ce qu'il sait, qu'ils puissent continuer à vivre librement l'instant présent. Pour le moment du moins. Il se souvient des paroles de Sarah : *Endgame est une énigme. La solution, c'est la vie.* Mais il s'aperçoit qu'elle ne lui a pas tout dit. Endgame détient peut-être la clé de la vie, mais Endgame, c'est la mort, comme l'avait promis Kala.

Mais ce jeu, c'est la mort, pense-t-il, comme s'il s'adressait à Sarah.

Tandis qu'il regarde par la vitre d'un air absent, en se demandant ce que ces deux Joueurs vont faire de lui, s'il va bientôt mourir, comment ça va se dérouler, si ce sera affreux, il voit passer Sarah, au volant d'une voiture qui les double.

Comme ça.

A-t-il rêvé ? Il n'en sait rien. Impossible à dire. Elle a disparu déjà. Au loin.

Ce jeu, c'est la mort.

Il appuie les mains contre la vitre et il comprend. Il va mourir. Il va mourir et il ne reverra plus jamais Sarah Alopay.

SARAH ALOPAY, JAGO TLALOC, CHIYOKO TAKEDA

Peugeot 307, route D400 Şanlıurfa Mardin Yolu, en direction de l'est

Une Audi noire passe en trombe devant la 307 au moment où Sarah et Jago pénètrent sur le parking de Göbekli Tepe. Ils s'attendaient à trouver Kala et Christopher, pas toutes ces voitures, ces cars et ces fêtards.

— Comment faire pour les trouver dans cette foule ? demande Sarah.

— Cherche quelqu'un comme nous, répond Jago, le M4 posé sur les genoux. Quelqu'un qui est armé.

C'est alors que Sarah l'aperçoit : une fille en combinaison noire, avec une capuche et un masque. Aucun doute, ça correspond à la description d'un Joueur. Sarah la montre du doigt.

— Je te l'avais dit, se vante Jago en ôtant le cran de sécurité de son arme. C'est facile.

Quand la fille les voit à son tour, elle arrache sa capuche et écarte les bras. Ce n'est pas Kala.

— On dirait la…

— La muette, dit Sarah.

Chiyoko marche jusqu'à la vitre du conducteur en faisant de grands gestes. Elle veut bien montrer qu'elle a les mains vides.

— C'est quoi, ce bordel ? demande Jago, tout bas. Qu'est-ce qu'elle fait ici ?

Sarah baisse sa vitre.

— Tu es avec Kala ? demande-t-elle.

Chiyoko veut prendre son téléphone qui possède une application bloc-notes lui permettant de communiquer. Elle se fige en entendant un bruit de culasse à l'intérieur de la voiture, elle lève la tête.

— Laisse tes mains bien en évidence, grogne Jago.

Elle soupire.

— Où est Kala ? demande Sarah.

Chiyoko secoue la tête et passe lentement son pouce sur sa gorge.

— Morte ?

Chiyoko acquiesce.

— Tu l'as tuée ? demande Jago en se penchant sur Sarah pour mieux la voir.

Chiyoko ignore sa question, la réponse est trop compliquée. Au lieu de cela, elle montre Sarah, puis elle plaque ses deux mains sur son cœur dans un geste affectueux, avant de pointer le doigt sur Sarah de nouveau.

— Mon… mon ami ? demande Sarah, hésitante. Mon *petit* ami ?

Chiyoko hoche la tête. Elle montre la route et les deux feux arrière qui vont bientôt disparaître dans la nuit. Puis elle lève deux doigts.

— Ils sont deux ? interprète Sarah. Ils ont emmené Christopher ?

Hochement de tête.

Sur le siège du passager, Jago frappe dans ses mains.

— Bravo ! ironise-t-il. La prochaine fois, pense à prendre un truc pour écrire.

Chiyoko fronce les sourcils, montre ses poches, puis l'arme.

— Faut pas m'en vouloir, dit-il. C'est Endgame, ma sœur. Tu connais la chanson.

— On s'en fout, dit Sarah en enclenchant la première. Il faut les rattraper. Qui qu'ils soient.

Si Christopher a des ennuis, Chiyoko passe au second plan.

— Merci ! lance-t-elle par la vitre baissée en appuyant sur l'accélérateur.

— Ouah ! s'exclame Jago en voyant Chiyoko bondir devant la voiture pour les arrêter.

Sarah a juste eu le temps de freiner. Elle serre le volant à deux mains.

— Qu'est-ce qui te prend, Mu ?

Chiyoko se saisit de son sabre, sans le sortir de son fourreau, et l'abat violemment sur le capot. Après quoi, elle s'incline bien bas, comme si elle présentait son arme aux deux occupants de la voiture.

— Je crois qu'elle veut venir avec nous, dit Jago.

Ils n'ont pas le temps de négocier. Sarah sort la tête par la vitre.

— Bon, d'accord, tu peux venir avec nous. Mais pas de coup fourré !

Du coin de la bouche, elle glisse à Jago :

— Si jamais ça tourne mal, tue-la.

— Avec plaisir.

Chiyoko ouvre la portière à l'arrière. En montant à bord, elle tend son sabre à Jago. Sarah recule à toute allure.

— Je suppose que je devrais te remercier, crie-t-elle, à cause du bruit du moteur, la tête tournée pour regarder par la vitre arrière. Si on sauve mon copain, ce sera grâce à toi.

Chiyoko s'incline de nouveau. Quand elle se redresse, elle voit les lumières de l'affichage tête haute défiler en bas du pare-brise. Elle les montre du doigt, comme pour demander ce que c'est.

— Oh, tu vas te régaler, répond Sarah en continuant à reculer pied au plancher, à 50 mph.

— Oui, on est pleins de surprises, ajoute Jago.

Sarah tire sur le frein à main et ils exécutent un demi-tour en dérapage. Elle enclenche directement la 2de, accélère et les voilà partis. Dès qu'ils sortent du parking, elle éteint les phares. Aussitôt, l'intérieur du pare-brise se transforme. Ils voient tout ce qui se trouve devant eux. La route, le ciel, toutes les étoiles. Les feux arrière de l'Audi qui ne se doute de rien. En regardant autour d'elle, Chiyoko constate que toutes les vitres sont dotées d'un système de vision nocturne. Elle émet un long sifflement qui traduit sa stupéfaction.

— Je croyais que tu étais muette, plaisante Jago.

Chiyoko met la main dans sa poche et sort son portable. Elle se met à pianoter frénétiquement. Quand elle a fini, elle tend le téléphone à Jago, qui lit le message.

— Écoute ça, dit-il à Sarah. On est à la poursuite de Maccabee et de Baitsakhan. Ils ont ton… ami. Il est blessé à la jambe. Chiyoko jure sur son honneur de nous aider et de ne pas nous tuer, du moment qu'on la laisse examiner le disque ensuite.

Jago se tourne vers Chiyoko et la regarde en plissant les yeux.

— Je ne sais pas, dit-il.

Chiyoko lui reprend le téléphone d'un geste brusque et tape un autre message.

— Alors ? demande Sarah.

— Elle dit que sa lignée s'occupait des disques autrefois. Et qu'elle sait des choses sur eux.

Jago la regarde fixement.

— Tu veux nous faire partager tes connaissances, la sauvage ?

Chiyoko hoche la tête à contrecœur.

— Dans ce cas, marché conclu.

Jago glisse la main sous son siège.

— Tu veux une arme à feu ?

Chiyoko tape dans ses mains, une fois.

— Deux fois pour non ? demande Jago.

Un claquement de mains.

— Ça marche, dit Jago.

Il lui tend un Browning Pro-40 métallisé et noir. Elle le prend par la crosse.

— Sur ton sabre et ton honneur, hein ? demande Jago avant de lâcher le canon. Tu ne vas pas nous trahir ?

Petit signe de tête.

Il lâche le pistolet.

— OK. Au cas où tu oublierais, j'ai ça.

Il tapote le M4 muni d'un lance-grenades fixé sous le canon.

Sarah enclenche la 4e et la 307 passe de 94 à 114 en deux secondes. L'Audi est rapide, mais la 307, malgré son aspect merdique, l'est encore plus. Ils suivent la route sinueuse en prenant les virages serrés à toute allure, dans un crissement de pneus, faisant hurler le moteur. Sarah est un as du volant et, en moins d'une minute, ils se retrouvent à 50 m derrière l'A8. Sans avoir été repérés, à en juger par la conduite décontractée de leurs cibles.

Chiyoko baisse sa vitre pour viser. Jago baisse la sienne et appuie le canon du M4 contre le rétroviseur.

— Prête ? demande-t-il.

Chiyoko hoche la tête.

— Feu !

Chiyoko tire trois balles et Jago une courte rafale. Les projectiles rebondissent contre la carrosserie de l'Audi en produisant des étincelles.

— Elle est blindée ! s'exclame Sarah.

L'Audi fait une embardée et accélère. Chiyoko tire deux balles dans les pneus, mais ils sont en caoutchouc dur apparemment. Sarah ôte une main du volant pour tracer un carré sur le pare-brise avec son index. L'image grandit à l'intérieur du cadre. Elle voit

Christopher se retourner et jeter des regards affolés par la vitre arrière.

— Faites attention ! crie-t-elle.

— Pourquoi ? Elle est blindée, non ? répond Jago en tirant une nouvelle rafale.

— Jago... S'il te plaît.

Jago rentre son arme et remonte sa vitre.

— Ça valait le coup d'essayer.

L'Audi fait une nouvelle embardée, tandis que ses occupants essayent de deviner qui les attaque. Sarah enclenche la 6e et porte la 307 à la hauteur de la berline allemande. En pivotant sur la banquette, Chiyoko se retrouve face à Maccabee. Celui-ci baisse sa vitre, Baitsakhan se penche au-dessus de lui, sort un pistolet et tire cinq balles sur la 307. Chiyoko ne cille même pas lorsque les balles explosent contre la vitre devant son nez.

— Eh oui, les gars, nous aussi on a une bagnole blindée ! fanfaronne Jago en montrant sa vitre.

Sarah lève un peu le pied et ils se retrouvent légèrement derrière l'Audi.

Jago se tourne vers Chiyoko.

— Bon, et maintenant ?

Celle-ci montre son sabre. Il grimace, mais accepte de le lui rendre. Avant même qu'il puisse lui demander ce qu'elle compte faire, elle a baissé sa vitre et elle se glisse au-dehors pour monter sur le toit.

Jago se tourne vers Sarah, les yeux écarquillés.

— Je ne m'attendais pas à ça.

Sarah remonte sa vitre et se concentre sur sa conduite pour éviter les embardées. Pendant que Chiyoko assure son équilibre sur le toit de la 307, Baitsakhan lance une grenade vers elle, en lob. La jeune fille dévie sa trajectoire d'un geste nonchalant, en direction du bas-côté, où elle explose sans faire de dégâts.

— *¡ Dios mío !* s'exclame Jago, impressionné.

Le visage de Chiyoko apparaît devant le pare-brise. Elle montre l'Audi.

— Rapproche-toi, dit Jago à Sarah.

— J'essaye.

Un virage approche au moment où ils ne sont plus qu'à un mètre de l'Audi. Ils roulent à 85 mph.

Chiyoko bondit.

Elle atterrit à plat ventre sur le toit et écarte les bras pour agripper les côtés. Sarah fait rétrograder la 307 derrière l'Audi.

Baitsakhan ouvre la vitre du passager pour sortir son arme, mais Chiyoko la lui arrache d'un coup de pied. Le pistolet s'envole et la main du Donghu disparaît à l'intérieur de la voiture. Chiyoko dégaine son *wakizashi* et le plante dans le joint en caoutchouc qui entoure la vitre arrière. La lame s'enfonce jusqu'à la garde et elle le fait glisser le long de la vitre jusqu'à ce que le joint cède. Elle exerce alors une pression, vers l'extérieur, et la vitre se détache, d'un seul bloc. Elle tombe sur la route.

— Je le crois pas, commente Sarah.

Christopher, hébété, effrayé, regarde par l'ouverture béante.

Et il voit Sarah.

Chiyoko tend la main à l'intérieur de la voiture, saisit Christopher par le bras et le hisse sur le coffre, hors de portée de Baitsakhan. Sur ce, elle fait signe à Sarah de se rapprocher. La 307 vient se coller au pare-chocs de l'Audi. Maccabee passe un autre pistolet à son associé, juste avant que Chiyoko ne relève Christopher et ne saute avec lui sur le capot de la 307. Blanc comme un linge, l'Américain a le réflexe d'agripper le bord du capot.

— Accroche-toi ! crie Sarah et elle pile net.

Baitsakhan ouvre le feu au moment où ils commencent à ralentir. Une balle frôle l'arrière de la tête de Chiyoko, une autre atteint Christopher à la jambe.

Jago arme le lance-grenades du M4, se penche par la vitre et appuie sur la détente.

— *Adios amigos !*

La grenade fend l'air. Avant qu'elle atteigne l'Audi, les feux arrière s'allument et les portières s'ouvrent à la volée. Le projectile entre par le trou de la vitre et explose.

La 307 s'arrête. Chiyoko aide Christopher à descendre du capot. Jago leur ouvre une des portières arrière. Ils s'écroulent sur la banquette et Chiyoko referme la portière. Sarah redémarre.

— Tout le monde va bien ? demande-t-elle.

Chiyoko palpe son crâne. Ses doigts sont rouges de sang, mais l'entaille n'est pas profonde. Avec son pouce, elle fait signe à Jago que ça va. Christopher, qui en a trop vu en une seule nuit, s'est évanoui. Sa blessure ne semble pas trop grave.

— Il a une petite égratignure à la jambe, dit Jago. À part ça, ils ont l'air d'aller bien.

Sarah laisse échapper un soupir de soulagement.

— Chiyoko, c'était...

— Irréel, la coupe Jago. J'ai jamais vu un truc pareil.

Chiyoko secoue la tête, comme pour rejeter ces compliments, puis elle mime quelqu'un qui boit. Sarah prend la bouteille d'eau qui se trouve sur la console centrale et la lui tend. Chiyoko l'ouvre et verse son contenu sur la tête de Christopher. Celui-ci se réveille en sursaut, en s'écartant brutalement de Chiyoko et en regardant autour de lui d'un air abasourdi.

— Sarah... C'est toi... Nom de Dieu... Et eux, qui c'est ?

— Des Joueurs, Christopher. Je te présente Jago.

Celui-ci lui adresse un petit signe de tête.

— Et la ninja complètement folle, c'est Chiyoko. Tu ne devrais pas être ici. C'est Endgame. Je veux que tu rentres, en lieu sûr.

Sarah essaye de prendre un ton sévère, mais elle a du mal à contenir sa joie. Son petit ami l'a suivie au bout du monde et, sans aucun entraînement, il a affronté des Joueurs. Certes, il a fallu venir à son secours, mais c'est quand même génial. Christopher sourit à ses yeux dans le rétroviseur. Elle lui rend son sourire. Leur amour est toujours vivant, fort et présent.

Je l'ai retrouvée, se dit Christopher. *Tout ira bien maintenant. Je peux faire face. Je l'ai retrouvée.*

— Repose-toi, *amigo,* dit Jago.

Sarah perçoit de la tension dans ce dernier mot et elle n'aime pas ça.

— Quand on aura mis quelques kilomètres entre eux et nous, on jettera un coup d'œil à ta jambe, dit-elle.

— OK, répond Christopher, sans cesser de regarder Sarah dans le rétroviseur.

Jago agite une boîte de pilules.

— Avales-en une.

— C'est quoi ?

— De l'oxy.

Christopher avale la pilule et, quelques minutes plus tard, il dort. Sarah l'observe dans le rétroviseur en conduisant. Elle ne cherche pas à ralentir son cœur. Il bat vite à cause de Christopher et elle aime ça. Elle le regarde et elle ne pense plus à Jago, ni à Endgame.

Je t'aime, Christopher, mais tu aurais dû m'écouter.

La peur s'insinue en elle. Il pourrait encore souffrir. Et la prochaine fois, ça pourrait être pire.

Elle reporte son attention sur la route.

Tu aurais dû m'écouter.

Hadéen[lxviii], archéen, protérozoïque, paléozoïque, mésozoïque, cénozoïque, anthropozoïque.

BAITSAKHAN, MACCABEE ADLAI

Route D400 Şanlıurfa Mardin Yolu

Maccabee et Baitsakhan sont allongés dans la poussière sur le bas-côté de la route. Sauter d'une voiture lancée à 53 mph, ça fait mal. Très mal. Maccabee s'est cassé le nez pour la 6e fois de sa vie, il s'est démis un doigt, il a plusieurs côtes endolories, et des dizaines de coupures et d'éraflures. Il se redresse en position assise, coince son nez entre ses paumes et *clac,* il le remet en place. Il se racle la gorge et crache un caillot de sang par terre.

— Baitsakhan ?

— Oui.

Baitsakhan se trouve à 30 pieds de là, sur la gauche. Lui aussi vient de se redresser. Il a la rotule droite fracturée, une entaille à l'avant-bras gauche et un poignet foulé.

— Je suis là.

— Entier ?

— Plus ou moins.

Il prend une boîte cylindrique glissée dans sa ceinture d'explosifs et dévisse le couvercle. Il en sort quatre tampons imbibés de teinture d'iode et un kit de suture.

— Tu as toujours ton arme ?

Maccabee caresse la crosse.

— Oui.

— Tu peux conduire ? Il faut que je me recouse.

— Oui, pas de problème. Je vais bien, moi aussi. Je te remercie de t'inquiéter.

— De rien.

— Tu as le globe ? La Clé de la Terre ?

— Évidemment. Pas question de la laisser filer.

— Bien.

Maccabee se remet debout. Tout son corps craque. Il redresse son dos. Les vertèbres produisent un bruit sec.

— Ce n'était pas une partie de plaisir.

Baitsakhan tient une lampe électrique entre ses dents.

— Non.

L'entaille sur son bras, de quatre pouces de long, est profonde et sale. Il prend une autre boîte dans sa ceinture, l'ouvre et verse le liquide qu'elle contient sur la plaie.

C'est de l'alcool.

Ça brûle.

Mais il ne gémit pas, il ne grimace même pas. Il déchire l'emballage des tampons et frotte la teinture d'iode sur la blessure, sous la peau. Du sang frais goutte dans la terre.

Maccabee se tourne vers la route et se met à marcher.

— Désolé pour Jalair, lance-t-il par-dessus son épaule.

Baitsakhan ne répond pas.

Maccabee gravit le talus. L'Audi se trouve 100 pieds plus loin, en flammes. Impossible de récupérer quoi que ce soit. Il prend son arme et ôte le cran de sûreté. Pendant ce temps, Baitsakhan entre l'aiguille incurvée dans sa peau et la ressort, avec des gestes précis et rapides. Sans manifester la moindre douleur. Finalement, il fait un nœud au bout du fil et déchire un morceau de sa chemise, qu'il enroule autour de la plaie. Il se lève et marche vers Maccabee.

— Alors ?

— Toujours rien.

Ils attendent plusieurs minutes. Baitsakhan tend son bras blessé.

— Là-bas.

— Couche-toi, ordonne Maccabee.

Baitsakhan allonge son corps meurtri sur le sol, en douceur. Maccabee se place au milieu de la route. Deux motos approchent. Des motos rapides. Les phares frappent le Nabatéen qui agite les mains, en prenant un air apeuré. Aucune des deux motos ne ralentit. Elles sont à 200 pieds et se rapprochent à toute allure.

— Ils ne sont pas du genre bons Samaritains, grommelle Maccabee.

Alors, il lève son arme.

Une balle dans la tête et la moto de gauche tombe, puis glisse sur la route. L'autre moto freine et dérape, mais Maccabee vise le motard et appuie sur la détente. La deuxième moto tombe à son tour.

Baitsakhan se relève.

— Bien joué.

Maccabee souffle sur le canon de son arme et sourit. Chacun se dirige vers une moto. Baitsakhan atteint la sienne le premier. Le motard est mort, mais sa passagère, une jeune femme, vit encore. Il croit les avoir aperçus à la rave, mais il s'en fiche. Il se penche au-dessus de la fille. Elle a peur.

— Démon ! crache-t-elle en turc.

Baitsakhan prend sa tête tremblante entre ses mains et lui brise le cou. Il les repousse, son petit ami et elle, et relève la moto. Il se tourne vers Maccabee au moment où celui-ci achève le motard d'une balle. Ils poussent les motos vers le milieu de la route et font rugir les moteurs.

— Montre-moi la Clé ! crie Maccabee.

Baitsakhan la sort de sous son blouson et la tient à bout de bras.

— Si on fêtait ça ? propose Maccabee.

— Fêter ça ? répète Baitsakhan, comme si ce concept lui était inconnu.

Il repense à son frère, à ses cousins, à tout le sang qui a été versé. Ils voudraient qu'il savoure cette victoire, sans aucun doute. Alors, il hoche la tête et range le globe sous ses vêtements.

— Oui. Fêtons ça. Je crois qu'on le mérite.

SHARI CHOPRA

Domicile des Chopra, Gangtok, Sikkim, Inde

Elle essaye de ne pas penser à Baitsakhan. Elle est chez elle, tout est calme, en ordre, comme quand elle est partie pour l'Appel. Elle se dit qu'elle va rester ici quelque temps pour se reposer. Mais elle sent cet engourdissement imaginaire, là où devrait se trouver son doigt, et elle a envie de traquer le Donghu pour le tuer.

Elle n'a pas encore pris sa décision.

Shari a un genou à terre, la Petite Alice est assise sur l'autre. Ses cheveux bruns forment des couettes. Ses grands yeux sont humides, semblables à des galets polis par l'eau de la rivière. Shari serre sa fille contre elle. Jamal se trouve au-dessus d'elles, souriant. La Petite Alice tient la main de sa mère.

— Où est ton doigt, maman ? demande-t-elle.

Shari hausse les épaules.

— Je l'ai perdu.

— Comment ?

— Dans un accident.

La Petite Alice n'est pas une future Joueuse. Jamal connaît l'existence d'Endgame, il sait tout, mais pas la Petite Alice. Shari aimerait que cela continue ainsi, tout en sachant que ce n'est pas possible. Maintenant que l'Épreuve approche. Maintenant que la fin du monde a débuté.

— Ça t'a fait mal ?

— Oui, mon petit *pakora.*

— Beaucoup ?

Shari lâche sa fille et tend les bras. Elle rapproche les mains, à quelques centimètres l'une de l'autre.

— Comme ça, c'est tout, dit-elle.

— Oh.

Jamal s'agenouille. Shari écarte ses mains au maximum et dit :

— Mais être loin de toi, ça fait mal comme ça, *meri jaan,* comme ça.

— OK.

La Petite Alice sourit, saute dans l'herbe et part en courant vers un paon qui se promène au bout du jardin. La face sud du Kangchenjunga se dresse au-dessus des buissons robustes, son sommet déchiqueté est blanc sous le soleil, bleu dans l'ombre. Jamal observe leur fille. Il a deux ans de plus que Shari.

— Où est ta bague ? demande-t-il doucement.

Pour Shari, sa voix est comme une couverture, un bon feu et du lait sucré, tout cela à la fois.

— Je l'ai perdue aussi, répond-elle d'un ton détaché. Mais je la récupérerai, mon chéri. Quitte à combattre le dieu lui-même, je la récupérerai.

Jamal pose la main sur la cuisse de son épouse.

— J'espère que ce ne sera pas nécessaire.

— Non. C'est un petit monstre déguisé en jeune garçon qui l'a. Il la rendra.

— Tu vas le pourchasser ?

Shari regarde Jamal. Il y a dans son regard une noirceur qui n'y était pas avant l'Appel. Délicatement, il pose la main sur son épaule.

— Je ne sais pas encore, dit-elle.

— Prends ton temps. Reste un peu avec nous.

Shari hoche la tête et regarde sa jolie fille courir dans l'herbe. Endgame est en marche. L'Épreuve va bientôt arriver. Peut-être que les autres Joueurs la précéderont, pour la traquer, pour traquer sa famille.

Elle fait jouer ses quatre doigts restants, en songeant que tout peut se désagréger en un instant.

Plus tard ce soir-là, après qu'ils sont partis se coucher, Shari referme sa main intacte autour du cou de la Petite Alice endormie et serre. Elle serre. Elle serre.

La fillette ouvre brusquement les yeux. Et sourit. Elle articule *maman*. Elle pleure des larmes de joie. Alors même que son corps s'agite, se convulse et meurt.

Shari serre le cou chaud jusqu'à ce que le pouls s'arrête. Puis elle le lâche. Elle écarte les cheveux qui tombent devant le visage de sa fille. Elle se penche en avant pour l'embrasser.

Elle revient vers son lit. Jamal dort encore. Shari regarde ses mains. Elle tient un couteau provenant de la cuisine. Acier étincelant. Manche en os. Celui qu'elle utilise pour hacher de l'ail et de la coriandre. Elle pose la pointe sur le cœur de son mari. Et elle attend. Elle attend. Elle attend.

Puis elle l'enfonce.

Le sang épais jaillit le long de la lame. Jamal la regarde et dit : « Merci, ma chérie. » Il prend sa main et la tient dans la sienne jusqu'à ce qu'il n'en ait plus la force. Quand elle retire le couteau de la poitrine, la bague volée par le Donghu vient avec.

Shari la soulève. La regarde. Lèche le sang. Déglutit.

Elle devient un éléphant sur une vaste étendue d'herbe, le cercle de pierres est là, devant elle, emblématique et immuable. Elle ravale son chagrin, le son se répercute contre les pierres.

Un rêve.

Elle se redresse brutalement. En sueur. La Petite Alice pleure dans le lit voisin du leur. Jamal s'est levé pour la réconforter. Le clair de lune traverse l'air frais des montagnes et pénètre dans leur maison douillette.

Cette paix ne peut pas durer.

Je dois toujours avoir une arme avec moi. Une arme chargée de trois balles.

Elle voit les vieilles pierres verticales de son rêve, placées par des druides, et elle sait.

La Clé de la Terre est là-bas.

Je ne le dirai pas.

Un autre peut la prendre.

18.095, -94.043889[lxix]

SARAH ALOPAY, JAGO TLALOC, CHIYOKO TAKEDA, CHRISTOPHER VANDERKAMP

Pont Fatih Sultan Mehmet, Istanbul, Turquie

Chiyoko lâche le volant pour taper dans ses mains. Elle recommence. Sarah et Jago se réveillent en sursaut, tout de suite en alerte. Christopher dort encore.

Ils sont à Istanbul.

C'est le soir. Chiyoko traverse le pont Mehmet avec la 307. Le détroit sombre se trouve 210 pieds plus bas. Des bateaux de toutes dimensions sillonnent ces eaux autrefois utilisées par les Minoens, les Grecs, les Romains, les Chypriotes, les Caucasiens, les Maures, les Israélites, les Égyptiens, les Hittites, les Byzantins et toutes les personnes de toutes les origines que le monde ait connues.

Jago fait apparaître un ordinateur dans le dossier du siège du passager et se met en quête d'un hôtel. Après avoir fait son choix, il entre l'adresse dans le système de navigation de la voiture. Chiyoko tape dans ses mains, une fois, pour le remercier.

— Je nous ai trouvé un très joli hôtel, dit-il. Autant Jouer à Endgame avec classe, non ?

Sarah lui sourit. Chiyoko confirme d'un hochement de tête.

Christopher remue. Il se frotte les yeux.

— Combien de temps je suis resté évanoui ?

— Pas assez longtemps, *pendejo*.

— Jago, dit Sarah sur un ton de réprimande.

Celui-ci croise les bras et marmonne quelques mots vulgaires en espagnol. Sarah, assise à l'avant, se tourne vers Christopher.

— Comment va ta jambe ?

— Elle est ankylosée, mais ça va. J'arrive à bouger les orteils et le reste. On va à l'hôpital ?

Jago ricane.

— On préfère éviter. On va jeter un coup d'œil d'abord.

Sarah passe sa main sur le genou, en légère hyperextension. Elle appuie dessus.

— Ça fait quoi, là ?

— Pas terrible.

Elle remue le genou d'un côté à l'autre.

— Et là ?

— Elle m'a remis l'épaule en place le soir où on s'est rencontrés, dit Jago en regardant par la vitre. Une nuit que je n'oublierai jamais…

— Ah oui, et pourquoi ?

— C'était explosif, répond Jago en montrant ses dents incrustées de pierres précieuses. Elle est très douée de ses mains, hein ?

— La ferme, dit Sarah. Ou je coupe les tiennes.

Christopher regarde alternativement Jago et Sarah, les yeux écarquillés, désorienté. Sarah secoue la tête.

— Ce n'est pas ce que tu crois. On a dû sauter d'un train en marche avant qu'il explose.

— Les choses ont une fâcheuse tendance à exploser autour de vous, non ?

— C'est ça, Endgame, répond Jago.

— Et moi, dit Christopher, pauvre novice pris au milieu de tout ça.

— Là où tu n'as rien à faire, dit Jago.

Christopher se tourne vers lui. La banquette arrière lui semble trop étroite soudain.

— Tu as un problème ?

— Oui, répond Jago. Tu es un sac de viande et je n'ai pas envie de te porter.

— Un sac de viande ? Je pourrais te…

— ARRÊTEZ ! s'écrie Sarah.

— Tu serais mort avant même de me toucher, ricane Jago.

Si Christopher avait les idées claires, il se souviendrait de ce qui s'est passé quand il a essayé de frapper Maccabee dans cette salle souterraine. Mais en présence de Sarah, ses vieux instincts de lycéen amoureux se réveillent. Pas question de reculer. Au moment où il va faire un geste, Sarah tend la main entre les deux garçons assis à l'arrière.

— Gare-toi, Chiyoko. Feo, tu vas passer devant.

Chiyoko arrête la voiture, avec un petit sourire en coin. *Les garçons. Tous les mêmes.*

Sarah descend et ouvre la portière arrière. Jago descend avec souplesse.

— Il n'a rien à faire ici, lui glisse-t-il en la contournant.

Sarah monte derrière, Jago s'assoit à côté de Chiyoko, qui redémarre et reprend sa place dans la circulation.

Sarah pose la main sur le genou de Christopher.

— Je suis désolée. Tout ça n'est pas simple.

— J'ai entendu ce qu'il vient de dire.

Sarah soupire.

— Et tu sais quoi ? répond-elle. Il a raison. Je vais te remettre sur pied, mais ensuite, je veux que tu rentres chez toi. Rien n'a changé depuis notre conversation à l'aéroport, à Omaha. Tu n'aurais pas dû me suivre. Tu ne *devrais pas* être ici.

Christopher a un mouvement de recul.

— Je n'irai nulle part, Sarah. J'ai vu un tas de choses. Je sais qui sont les Annunakis, ces êtres créateurs, je connais notre histoire trafiquée… Je veux voir la suite. J'étais à bord de ce putain d'avion qui s'est crashé, tu le savais, ça ? Celui dont ils parlent partout aux infos.

Jago se tourne vers Christopher et le regarde d'un air légèrement impressionné.

— C'est vrai ?

— Oui. Avec cette psychopathe de Kala.

Il repense à la mère et à la fille assassinées ; il sait qu'elles le hanteront toute sa vie.

— On était… on était les deux seuls survivants, ment-il.

Sarah passe son bras autour de ses épaules. Jago regarde devant lui, il ne veut pas voir ça.

— Bon sang, je suis vraiment désolée.

— C'est rien, dit Christopher de manière peu convaincante.

Elle serre contre elle son corps puissant et elle se souvient de leurs étreintes. Personne ne parle pendant un moment. Finalement, Sarah demande à Chiyoko de s'arrêter encore une fois. Devant une pharmacie.

— Je vais aller acheter des trucs pour ta jambe, y compris une paire de béquilles, dit Sarah en regardant Christopher avec insistance. *Avec laquelle tu pourras rentrer chez toi !*

— Oui, c'est ça.

Sarah descend et referme la portière. Un silence gêné s'installe dans la voiture.

— Tu ne parles pas ? demande Christopher à Chiyoko, au bout d'un moment.

Elle secoue la tête.

— OK. Je n'ai pas eu l'occasion de te remercier de m'avoir sauvé des griffes de ces deux gars, alors merci. Ils ne plaisantaient pas.

Chiyoko s'incline légèrement.

— En parlant de ça, reprend Christopher, puisque tu étais cachée dans cette grande salle tout en or, pour nous espionner, pourquoi tu n'es pas intervenue ? Avant que le gamin poignarde Kala, avant qu'ils me kidnappent ?

Seuls les yeux de Chiyoko bougent.

— OK, ne réponds pas. Vous êtes tous pareils, vous les Joueurs. Complètement cinglés.

Jago se retourne sur son siège, regarde l'Américain et sourit. Les diamants de ses dents projettent une lumière sinistre.

— C'est Endgame, ma poule. Tu ferais bien de t'y habituer.

AISLING KOPP

Lago Belviso, Lombardie, Italie

Aisling a les yeux fermés, depuis exactement cinq heures, 23 minutes et 29,797 secondes. Elle a le dos bien droit. Les jambes repliées en position de demi-lotus. Les doigts entrelacés sur les genoux. Elle est assise devant la peinture rupestre représentant cette belle femme, qu'elle considère maintenant comme la Mu, à la dérive sur une mer infinie, tenant le disque à la main, entourée de toutes parts par la mort.

Aisling attend que la peinture lui murmure ses secrets. Elle attend que son indice déploie un savoir immense et nouveau dans son cerveau. Elle attend que quelque chose – n'importe quoi – se produise. Elle soupire et ouvre les yeux.

Rien ne se produit.

— C'est des conneries, dit-elle et sa voix résonne dans la caverne.

Ça lui fait un drôle d'effet d'entendre sa voix, sèche et rocailleuse. Parler tout seul n'est-il pas un des premiers signes de démence ? Elle bascule sur le dos et sort son téléphone satellitaire de son sac pour appeler son grand-père. C'est sur ses conseils qu'elle a grimpé jusqu'ici, c'est à cause de lui qu'elle ne fait rien, alors qu'elle devrait être en train de Jouer. Il répond au bout de la 3e sonnerie.

— Et maintenant ? demande-t-elle d'emblée.

— Bonjour, Aisling, répond-il et elle devine son sourire dans sa voix criblée de parasites. Comment ça va ?

— Combien de temps je suis censée rester là, Pop ? Ça fait plusieurs jours déjà et je ne suis pas plus avancée pour trouver la réponse, à supposer qu'il y ait une réponse à trouver. Peut-être que tu as mal interprété mon indice.

— Ça m'étonnerait, répond son grand-père d'un ton sévère. Décris-moi ce que tu vois.

— Des peintures. De vieilles peintures maladroites. Il y en a une qui représente une femme bizarre, dans un bateau, elle flotte sur l'eau et... on dirait que le monde a été détruit.

— Quoi d'autre ?

Aisling jette un coup d'œil à une autre peinture.

— Douze personnes rassemblées à...

Elle se frappe le front. Pour la première fois, elle reconnaît les monolithes de pierre qui entourent les 12 personnages. Elle se sent bête, elle aurait dû comprendre plus tôt. Certes, le décor est flou, il s'est déplacé et il manque des éléments, mais c'est bien l'endroit qu'elle a étudié et visité. Pour sa lignée, c'est un lieu sacré.

— ... rassemblées à Stonehenge, dit-elle, soulagée que son grand-père ne soit pas témoin de sa gaffe.

— Hmmm, fait celui-ci. C'est un de nos sites.

La plupart des gens voient en Stonehenge un cimetière, un lieu de guérison, un temple.

C'était tout cela.

Mais pas seulement.

C'était bien plus.

On a inculqué à Aisling l'importance astronomique de Stonehenge depuis qu'elle est toute petite. La Pierre-Talon, un monolithe grossièrement taillé de 35 tonnes, situé 256 pieds au nord-est du centre des ruines, indique le point exact de l'horizon où se lève le soleil au solstice d'été. D'autres éléments indiquent le solstice d'hiver, les couchers et les levers du soleil ou de la lune, d'autres encore, détruits, prédisaient les éclipses solaires. Ce qui signifie, pour ceux qui veulent comprendre, qui veulent croire, que les bâtisseurs de ce cercle de pierres imposantes savaient non seulement que la Terre était ronde, mais aussi qu'elle occupait une place dans l'univers connu.

Tout cela aux environs de l'an 3000 avant notre ère.

Un simple cercle de pierres, mais qui symbolisait tant de choses.

Aisling réprime un bâillement.

— Que font-ils à Stonehenge ? demande son grand-père.

— Ils crient, surtout. Un Dia descend de l'espace, devant une boule de feu. Les douze ont tous l'air effrayé. Sauf un. La femme du bateau. On dirait qu'elle introduit une pierre dans un autel.

Son grand-père reste muet, il réfléchit. Aisling se lève et s'approche du dessin. Elle fait glisser ses doigts sur le mur irrégulier, elle touche la boule de feu qui descend de l'espace.

— C'est très morbide, dit-elle.

— Aisling…

Son grand-père semble hésitant.

— Peut-être que tu te trompes dans l'ordre.

— Quel ordre ? demande-t-elle en reculant pour considérer la peinture dans son ensemble.

— Tu dis que le Dia descend avec le feu et que la femme utilise l'autel *ensuite*.

— Oui, dit Aisling en tapotant ses poches à la recherche d'un chewing-gum. Et alors ?

— Et si le feu apparaissait *après* que la femme s'est servie de l'autel ?

Aisling se fige au moment où elle allait mettre un chewing-gum à la menthe dans sa bouche. Elle contemple le chaos de la première image, puis elle se tourne vers la désolation de la seconde. La femme seule avec son disque.

— Elle a gagné, murmure-t-elle. Et elle est seule.

Elle revient brusquement à la première peinture. Stonehenge. L'autel. Le disque de pierre. La Mu.

— Aisling ? Tu es toujours là ?

— C'est un cycle, dit-elle en repensant aux paroles employées par son père mort depuis longtemps, avant qu'il devienne fou. « Nous appartenons à un cycle sans fin. »

HILAL IBN ISA AL-SALT

Église de l'Alliance, royaume d'Aksoum,
Éthiopie septentrionale

— Je sais que j'ai raison, dit Hilal.

Il prend les mains d'Eben dans les siennes. Le vieux maître semble méfiant, mais son protégé est enthousiaste.

— Mais pourquoi ? Pourquoi avons-nous nos traditions, notre savoir et nos secrets, si ce que tu dis est vrai ?

— Parce que c'est un jeu.

Hilal lâche Eben pour se pincer l'arête du nez.

— Ou alors, c'est un test. Un jeu à l'intérieur du jeu. Un moyen de prouver la valeur de notre lignée, mais aussi de toute l'humanité.

— Pas si vite, dit Eben. Ce sont des pensées dangereuses.

— Des pensées justes, insiste Hilal. Des certitudes.

Eben ibn Mohammed al-Julan demande, avec lassitude :

— Pourquoi l'être te donnerait-il cet indice ?

Hilal s'est posé la question lui aussi. Il a longuement médité sur le cercle que kepler 22b a gravé dans son cerveau. Il croit en connaître la signification, mais il ne peut que deviner la véritable motivation de l'être. Alors, il fait des hypothèses.

— C'était une erreur. C'est obligé. Un cercle possède tellement de significations. Trop. Mais, associé à ses paroles, ça devient plus net. Il l'a dit. L'Épreuve fait partie d'Endgame. Elle en est la raison. Le commencement, le milieu et la fin !

Eben se masse le menton.

— Je ne sais pas.

— Ou alors, ce n'était *pas* une erreur ! s'exclame Hilal, l'esprit en ébullition.

Il sait qu'il a raison, il le sent dans ses tripes, comme la foi, et il doit convaincre Eben.

— Peut-être *voulait-il* que l'un de nous comprenne.

Une étincelle s'allume dans les yeux du vieux maître : des idées depuis longtemps mises de côté se manifestent. Il dit :

— Ou peut-être qu'ils testent ta valeur. C'est une sorte de parabole : nous tuons, donc nous devons être tués.

— Dans ce cas, maître Eben, je dois le dire aux autres.

Eben penche la tête sur le côté. Sa peau foncée est parcheminée. Ses yeux bleus brillants sont troubles.

— C'est inattendu.

— Évidemment. L'avenir n'est pas écrit. L'être voulait signifier autre chose, que tout est possible. Notre histoire elle-même, selon laquelle nous avons été visités, transformés et éduqués par les êtres pendant des millénaires, cette histoire suggère que tout est possible. Maître, je dois avertir les autres !

— Si tu te trompes, tu te retrouveras à la traîne dans le jeu. Ils posséderont des avantages que tu n'auras pas : des idées, des alliances, des objets anciens, la Clé de la Terre.

— Mais si j'ai raison, ça n'aura pas d'importance. L'avenir n'est pas écrit.

— Peut-être.

Hilal prend son maître par les bras et le secoue. Il plonge son regard dans le sien. Hilal déborde d'amour et de vie. La croix copte tatouée sur sa poitrine et son ventre bourdonne d'électricité.

— Les pères Christ et Mahomet seraient d'accord. L'oncle Moïse aussi. Grand-père Bouddha aussi. Tous diraient que ça vaut la peine d'essayer. Par amour, maître Eben ibn Mohammed al-Julan, par amour.

L'ex-Joueur desséché lève la main et la pose délicatement sur les yeux de son protégé. Ils se ferment.

— Pourquoi croyons-nous en ces figures – le Christ, Mahomet, le Bouddha – alors que nous avons vu les véritables forces qui façonnent la vie et le savoir ?

Ce n'est pas la première fois qu'Eben pose cette question à son jeune Joueur. C'est un refrain familier dans leur lignée. Et puissant. Hilal répond :

— Parce que nous croyons qu'une personne seule *peut* changer les choses.

Le soleil oscille de 11,187 cm et décoche un flamboiement d'une magnitude historique. L'éclat lumineux explose dans le vide avec la force de 200 000 000 000 mégatonnes de TNT. La CME, l'éjection de masse coronale, est tellement massive, intense et rapide qu'elle atteindra la Terre dans seulement neuf heures et 34 minutes.

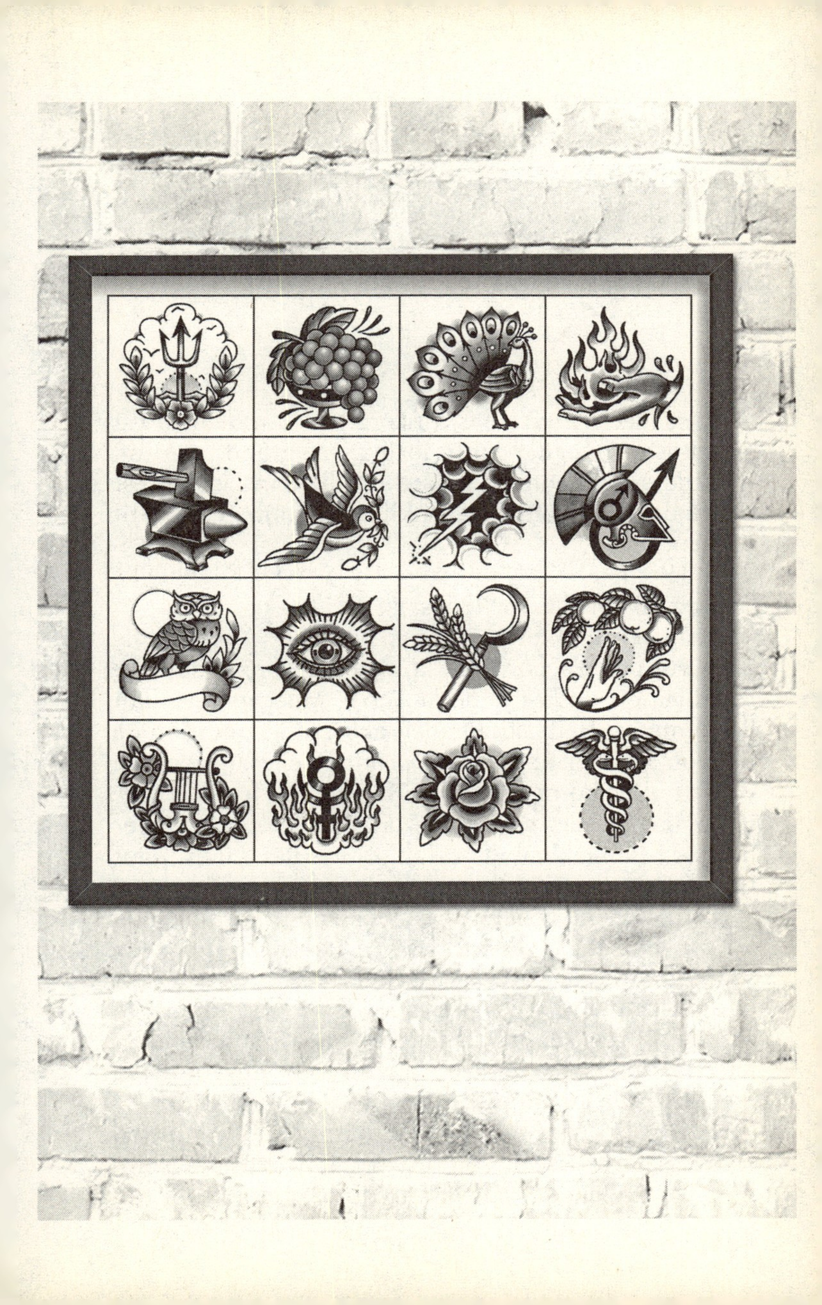

MACCABEE ADLAI, BAITSAKHAN

Hôtel Sürmeli, suite 101, Ankara, Turquie

Maccabee n'arrive pas à trouver le sommeil. Il est étendu sur un canapé tout juste assez grand pour lui. Il roule sur le côté et regarde le lit dans lequel est recroquevillé le jeune Baitsakhan, effronté, vindicatif et meurtrier.

Endormi.

Avec un sourire sur le visage.

Ils partagent une suite d'hôtel à Ankara. Ils n'étaient pas d'accord sur la meilleure façon de fêter l'acquisition de la Clé de la Terre. Maccabee voulait des femmes, Baitsakhan avait accepté à condition de pouvoir les tuer après avoir profité d'elles. Maccabee voulait aller boire un verre, Baitsakhan a refusé car il ne buvait pas d'alcool. Maccabee voulait visiter la ville, Baitsakhan détestait toutes les villes, sauf Oulan-Bator.

Alors, ils ont acheté une XboxOne et ils ont joué à *Call of Duty : Ghosts* jusqu'à ce que leurs yeux se ferment. Maccabee s'est fait tuer plus souvent que Baitsakhan, voilà pourquoi il est couché sur le canapé. Il regarde la cicatrice dans sa main, la cicatrice laissée par le couteau quand il est devenu frère de sang avec ce gamin. Il savait que c'était un mensonge. Et il savait que Baitsakhan mentait lui aussi. Il caresse la crosse de son pistolet. Il pourrait prendre l'oreiller, le plaquer sur la tête du garçon et tirer, on n'en parlerait plus. Il pourrait s'emparer de la Clé de la Terre et continuer le jeu.

Il pourrait.

Le garçon endormi renifle.

Et sourit.

Son frère vient de mourir. Il devrait le pleurer. C'est quoi, son problème ?

Maccabee prend l'oreiller d'une main, le pistolet de l'autre. Il enfonce le canon dans l'oreiller. Il ôte le cran de sécurité et exerce une légère pression sur la détente. L'oreiller étouffera la détonation.

Baitsakhan hurle. Maccabee fait un bond. Le coup ne part pas. Il cache l'arme derrière l'oreiller pendant que le gamin se débat avec ses draps comme s'ils étaient infestés de serpents, de rats et de scorpions.

— Ça va ?

Baitsakhan hurle de nouveau et glisse ses mains sous ses vêtements pour sortir le globe devenu incandescent. Il jongle avec comme s'il faisait 1 000 degrés et le lance à travers la chambre. Maccabee l'attrape au vol. La lumière intérieure faiblit. Il n'est absolument pas chaud. Au contraire, il est même légèrement frais. Baitsakhan jette des regards affolés autour de lui, comme s'il était assailli par d'autres horribles créatures rampantes. Finalement, ses yeux se posent sur Maccabee.

— Comment tu fais pour tenir ce truc ?

— Pourquoi tu n'y arrivais pas ?

— Il me brûlait.

Le jeune Joueur tend les mains. Elles sont rouges, des cloques apparaissent déjà.

— Pas moi.

Maccabee examine le globe en le faisant tourner.

— Je crois qu'il y a un message.

— Où ?

— Là.

Le Donghu s'avance.

— Je t'avais bien dit que c'était la Clé de la Terre.

— Je ne dis pas le contraire, mon frère.

— C'est juste une question de temps avant que kepler 22b le confirme.

— C'est peut-être ce qu'il est en train de faire. Regarde.

Baitsakhan scrute l'intérieur du globe. Il le touche timidement, du bout du doigt. Sa peau grésille et il retire son doigt.

— La vache !

— Je le tiens, mon frère. Ne t'inquiète pas.

Baitsakhan se penche en avant pour regarder, hésitant. Un symbole apparaît tout d'abord.

Puis un visage.

— L'Aksoumite ! s'exclament-ils en chœur.

La carte du monde apparaît dans un tourbillon, puis grossit, grossit, grossit. Ils sont en train de contempler une zone rurale d'Éthiopie. Pendant une fraction de seconde, un point s'illumine, comme s'il y avait une étoile à l'intérieur du globe. Puis il s'éteint. Maccabee regarde Baitsakhan, Baitsakhan regarde Maccabee. L'un et l'autre sourient.

En même temps.

— C'est le moment de Jouer.

SARAH ALOPAY, JAGO TLALOC, CHIYOKO TAKEDA, CHRISTOPHER VANDERKAMP

Hôtel résidence Millennial, Istanbul, Turquie

Sarah remet en place le genou déboîté de Christopher dans la voiture, avant qu'ils descendent dans un hôtel quatre étoiles situé dans la partie européenne d'Istanbul. Ils prennent chacun une chambre. Sarah a besoin d'espace, ne serait-ce qu'une nuit. Christopher est solide sur ses béquilles et une injection de cortisone ferait certainement des merveilles, mais elle ne veut pas lui donner des raisons supplémentaires de rester, alors elle n'en parle pas.

Alors qu'ils se dirigent vers les ascenseurs en traversant le hall très animé de l'hôtel, semblables à des rock stars qui auraient trop fait la fête, Christopher demande à voix basse :

— Sarah, je peux te parler ?

— Pas maintenant. Je suis crevée.

— C'est important.

— Prendre un bain, manger, dormir… c'est plus important.

— OK.

Christopher secoue la tête.

— Je suis désolée.

— Laisse tomber, dit-il par-dessus son épaule.

Ils s'entassent dans un ascenseur. Christopher et Jago chacun d'un côté de la cabine, Sarah au milieu et Chiyoko devant la porte. Personne ne parle. Leurs chambres sont situées au dernier étage. *Ding ding ding ding ding ding ding ding*. La porte s'ouvre. Ils sortent de l'ascenseur et se séparent.

Christopher commande un burger.

Chiyoko s'assoit sur le sol pour méditer.

Sarah se fait couler un bain.

Jago frappe à sa porte.

— Je peux entrer ?

Elle s'écarte.

Jago fait cinq pas dans la chambre et se retourne.

— Il faut leur fausser compagnie. Ce soir.

Sarah referme la porte et s'y adosse. Elle est vannée.

— Je sais.

— Alors, allons-y.

— Je ne peux pas.

Jago fronce les sourcils.

— Pourquoi ?

Un silence.

— Chiyoko doit voir le disque avant qu'on l'abandonne. On a conclu un marché. De plus, elle pourrait nous apprendre quelque chose.

— Elle n'a rien à nous dire.

Sarah lève les yeux au ciel.

— Elle pourrait nous aider à trouver la Clé de la Terre.

— Bon, OK, soupire Jago. On ira la chercher en passant. Mais *lui,* on le laisse. On ne peut pas l'emmener.

— Ne sois donc pas si jaloux.

— Je suis pas jaloux.

Elle le regarde.

— Bon, d'accord, peut-être un petit peu, avoue-t-il.

Sarah soupire. Et Jago reprend :

— Tu seras obligée de le laisser tôt ou tard. À moins que tu aies l'intention de passer tout Endgame à le secourir.

— Il est capable de se débrouiller seul, répond Sarah, mais ses paroles sonnent faux.

— Parce qu'il était capitaine de l'équipe de foot ? ricane Jago. S'il reste, il mourra. Tu sais que j'ai raison.

— Peut-être. Probablement.

— Allons-nous-en. Considère ça comme un geste charitable.

Sarah se laisse glisser contre la porte, jusqu'au sol. Jago s'avance, s'accroupit devant elle et lui caresse le bas du visage. Elle se frotte contre ses doigts.

— Si j'étais sûre qu'il rentre chez lui, on partirait, mais il ne le fera pas. Il continuera à me suivre. Il continuera à se mettre en danger, et moi aussi, et toi aussi, tant que nous Jouerons ensemble. Alors, non. Pour l'instant, il doit rester.

La main de Jago retombe. Il ne sait pas comment la raisonner. Il ne sait même pas pourquoi il se soucie de son sort ou de celui de Christopher. C'est un tort. Sarah lève les yeux vers lui, comme si elle lisait dans ses pensées.

— Tu ne vas pas me laisser, hein, Feo ?

Il réfléchit, il se souvient de la mise en garde de Renzo lui disant de ne pas tomber amoureux. Mais il sait aussi qu'il Joue de la manière qu'il a choisie. Et si Christopher est un poids, Sarah a prouvé son utilité et elle l'a sauvé à plusieurs reprises. Avec Christopher, ce qui sera, sera. Avec elle aussi, quoi qu'il se passe entre eux. Et il veut que ça se passe.

Finalement, il dit :

— Non, je ne te laisserai pas. Je le jure, sur ma lignée et sur mon honneur. Pas avant…

— Pas avant la fin.

Un silence.

— Merci, Jago. Maintenant que c'est commencé, je sais que je ne peux pas y arriver seule. C'est trop… macabre.

— Oui, dit Jago, tout bas. Ce n'est pas aussi glorieux qu'on nous l'a fait croire, hein ?

Sarah secoue la tête. Ils restent muets pendant un moment, chacun pense à l'avenir, et à l'autre.

— Si on trouve la Clé de la Terre, peut-être qu'on pourra deviner quand et où l'Épreuve va débuter. Plus que gagner, je veux sauver les gens que j'aime. Je n'ai pas parlé à mes parents depuis que je suis partie de chez moi. Ça me ferait trop mal.

Sarah s'interrompt, puis regarde Jago.

— C'est pour ça que je t'ai choisi. Tu es honnête. Tu m'aimes bien. Peut-être que tu m'aimes tout court. Je… J'aime la vie, Feo. Pas Endgame. Je déteste ce jeu. Et Christopher, même si c'est un insupportable boulet pour le moment, est mon ami. Et je veux que ma famille, que mes amis vivent.

Nouveau silence.

— Je veux que tes proches aussi vivent. Que dire ? C'est ma faiblesse.

Jago secoue la tête, très lentement.

— Non, Sarah, ce n'est pas une faiblesse. C'est ce qui te rend humaine. Et c'est pour ça que je t'ai choisie.

Elle tend la main, il la prend dans la sienne.

— Qu'est-ce qu'on va faire ? demande-t-elle.

— Gagner, répond Jago. D'une manière ou d'une autre, on va gagner… ensemble.

MACCABEE ADLAI, BAITSAKHAN

Pistes de l'aéroport international de Bole,
Addis-Abeba, Éthiopie

Maccabee et Baitsakhan descendent l'étroite passerelle du jet qu'ils ont affrété d'Ankara à Addis-Abeba. Le soleil est éclatant. L'air est plus chaud que chaud, chargé d'odeurs de kérosène et de goudron. Baitsakhan a autour du cou un keffieh noir et blanc acheté en Turquie. Il porte un jean, un T-shirt blanc tout neuf et des bottes de cheval poussiéreuses. Maccabee arbore un de ses coûteux costumes en lin. Sans cravate. Avec des Adidas blanches. On dirait un clubbeur. Ils montent à bord d'un Land Rover qui les attend, avec leurs bagages, peu encombrants mais lourds. Maccabee prend le volant. Assis à la place du passager, Baitsakhan affûte son couteau.

— C'est comme ça qu'il faut faire, dit Maccabee en se tournant brièvement vers son jeune associé.

— Quoi donc ?

— Jouer, répond Maccabee, qui aimerait bien les voir tous les deux à travers l'objectif d'un appareil photo. Avec classe, mec.

Baitsakhan fronce les sourcils et hausse les épaules.

— Je préfère les couteaux.

Maccabee secoue la tête.

— Pas moyen de discuter avec toi.

SARAH ALOPAY, JAGO TLALOC, CHIYOKO TAKEDA, CHRISTOPHER VANDERKAMP

Ristorante Piccolo Gato, Trieste, Italie

Avant de quitter Istanbul, Chiyoko montre à Sarah et à Jago l'image de la grille composée de lettres, de chiffres et de signes provenant de la salle souterraine tout en or près de Göbekli Tepe. Christopher dit qu'il y était lui aussi.

— C'est la chose la plus extraordinaire que j'ai jamais vue.

Ils n'ont aucune idée de la signification de cette grille.

Mais ils savent qu'elle en a une.

Ils quittent leur hôtel. Ils roulent vers l'ouest, sortent de Turquie. Traversent la Bulgarie. Franchissent la Serbie. Visitent la Croatie. Foncent à travers la Slovénie. Presque sans parler. Christopher rumine sur la banquette arrière et Sarah fait mine de ne pas s'en apercevoir. Jago et Chiyoko se relayent au volant, pendant que Sarah s'interroge, s'interroge et s'interroge encore au sujet de cette grille et de son énigme, en se demandant si elles s'assemblent d'une manière ou d'une autre. Elle ne progresse guère. Aucune illumination. Elle trouve cela très frustrant. Après de nombreuses heures et de nombreux kilomètres de silence, ils arrivent en Italie et s'arrêtent à Trieste pour la nuit. 1 600 km 994,19 miles. 20 heures 43 minutes et 29 secondes, en comptant les arrêts.

Ils trouvent un hôtel. Ils vont voir l'Adriatique. Ils vont dîner. Un énorme saladier de *penne rigate*, dans le style familial, avec une sauce épaisse et relevée, sur une table en plastique sur le trottoir. Ils regardent déambuler les Italiens. *Ce serait un moment agréable si on était en vacances*, pensent-ils. Tous à l'exception de Chiyoko. Elle ne se fait aucune illusion sur la vie normale, elle attend son heure, simplement.

Jago a commandé un verre de vin. Chiyoko boit du thé. Christopher étend sa jambe en savourant une bière. Puis une autre. Puis une autre. Sarah se contente d'*acqua con gas*, avec des rondelles de citron. Le silence gêné se poursuit. Durant tout le dîner, Sarah continue à travailler en griffonnant dans un carnet. Christopher se dévisse le cou pour regarder, il espère pouvoir l'aider. Jago lui jette des regards glacials. Chiyoko reste indifférente à ce drame. À vrai dire, elle se réjouit de cette tension entre ses trois compagnons : ça les empêche de parler.

Au moment du dessert, Jago demande :

— Tu veux le voir, Chiyoko ?

Celle-ci frappe une fois dans ses mains. Elle boit délicatement une gorgée de thé en s'efforçant de ne pas paraître trop excitée. Jago ramasse son sac à dos. Il l'ouvre, glisse la main à l'intérieur et en sort le disque de pierre.

Sarah lève les yeux de son carnet.

Chiyoko finit par laisser transparaître son émotion en tenant le disque dans ses mains. Elle promène les doigts sur les sillons. Elle examine les marques.

Chez toi, pense-t-elle. *Bientôt, tu seras chez toi.*

Elle le pose sur ses genoux et incline la tête pour remercier Jago.

— De rien, dit-il en se tournant vers Sarah. On avait conclu un marché, non ?

Sarah sait ce que signifie le regard de Jago : ils ont tenu parole, maintenant ils peuvent passer à autre chose. Laisser Chiyoko et Christopher. Sarah fait comme si elle n'avait rien vu, elle regarde ailleurs.

— Chouette caillou, commente Christopher qui donne l'impression d'avoir trop bu.

Chiyoko sort son téléphone et tape rapidement un message. Elle le tend à Jago. *Merci de me l'avoir montré. J'aimerais avoir un peu de temps pour l'étudier.*

Jago fronce les sourcils. Il passe le téléphone à Sarah. Quand elle a lu le message, Jago et elle se regardent. *On dirait qu'ils communiquent sans parler,* pense Christopher. *Comme Sarah et moi dans le temps*. Il est jaloux soudain de ce Joueur, de son accent ridicule, de sa vilaine cicatrice, de ses dents grotesques. Il arrache le téléphone des mains de Sarah.

— Étudier quoi ? lance-t-il. C'est un caillou !

Ils l'ignorent. Sarah regarde Chiyoko.

— Tu crois qu'il peut nous conduire à la Clé de la Terre ?

Chiyoko hoche la tête frénétiquement.

— On a le nom d'un type qui est un spécialiste de ces disques. C'est pour ça qu'on est ici, en Italie, confie Jago. On va aller le voir demain. Tu pourras l'étudier en chemin.

Chiyoko penche la tête sur le côté. *Qui ?* articule-t-elle. Jago lui sourit avec suffisance.

— On ne peut pas te le dire, évidemment. Tu le sauras en temps voulu.

Chiyoko hoche la tête, comme si elle comprenait. En réalité, elle connaît déjà l'identité de leur prétendu spécialiste : elle a entendu leur conversation avec l'espèce de troll au musée des Guerriers de terre cuite. Musterion Tsoukalos.

Oui, il faut que quelqu'un lui montre ce disque, pense-t-elle.

Jago le lui reprend, elle le retient un peu trop longtemps sans doute. Jago le remet dans son sac.

— Si ça se trouve, tu sais des choses que ce spécialiste ignore, dit-il. Pour le moment, on peut continuer à s'entraider, OK ?

Chiyoko reprend son téléphone à Christopher. Elle tape un autre message. *Si je découvre quoi que ce soit, je le partagerai avec vous.*

Jago hoche la tête.

— Bien.

— Merci, Chiyoko, dit Sarah avec un sourire.

Elle se replonge dans l'énigme en faisant défiler les feuilles de son carnet. Christopher étend le bras sur le dossier de la chaise de Sarah. Celle-ci ne semble pas s'en apercevoir. Ou bien elle choisit de l'ignorer, pour se concentrer sur son travail. Jago, lui, l'a remarqué. Il se lève brutalement.

— La journée a été longue. Je rentre me coucher.

Il fait demi-tour et se dirige vers l'hôtel. Son sac à dos rebondit de façon anodine sur ses épaules.

Quelques minutes plus tard, Chiyoko dépose une poignée d'euros sur la table et se lève à son tour. Elle tape une fois dans ses mains. Sarah lève les yeux de son travail et se masse les tempes.

— Toi aussi ?

La jeune muette hoche la tête, les yeux fixés sur le carnet de Sarah.

— Oui, tu as raison. Je devrais faire une pause.

Sarah se tourne vers Christopher.

— Qu'est-ce que tu en dis ?

— OK pour retourner à l'hôtel. Mais je veux qu'on parle.

Chiyoko ne s'intéresse pas à ces… sentiments. Elle frappe dans ses mains, pivote sur elle-même et s'en va. Sarah ferme le carnet et pose la main dessus.

— Très bien, Christopher. Parlons. Mais ici.

Il se frotte le visage, encore tuméfié après le coup de Maccabee.

— Je ne rentrerai pas à la maison.

— Je sais.

— Je… Attends un peu. Quoi ?

— Je sais que tu ne rentreras pas. Tu es trop têtu pour faire la seule chose sensée.

Christopher n'en revient pas. Il s'attendait à une dispute. Un jeune couple passe sur le trottoir. Ils sont séduisants. Les talons hauts de la fille claquent sur le bitume. La chemise à moitié ouverte du garçon flotte au vent. Christopher ne peut s'empêcher de les suivre du regard.

— Bon sang, ça pourrait être nous, soupire-t-il.

Sarah secoue la tête.

— Autrefois peut-être, mais plus maintenant. Notre temps… notre chance… sont passés.

Sa voix tremble légèrement en disant cela.

— Ce n'est pas obligé.

— Si. Tu as peut-être l'impression de comprendre ce qui se passe, mais tu te trompes. Certes, tu nous as entendus parler, mais tu ne sais pas vraiment ce qui va arriver. Tu ne sais pas quel est l'enjeu.

Christopher repense à ce que lui a dit Kala au sujet de la destruction de la civilisation, de l'affrontement de chaque lignée qui se bat pour sa survie.

— J'en sais plus que tu le crois, Sarah.

Elle grimace, elle prend cela pour des fanfaronnades.

— Tu ne sais rien du tout, que dalle. Ni sur moi, ni sur Jago, ni sur Chiyoko, Kala, Maccabee ou Baitsakhan. Tu ne sais rien sur Endgame et ça, ça ne changera jamais.

— J'ai vu Kala se faire tuer, réplique-t-il en soutenant le regard de Sarah. Et avant cela, à bord du canot de sauvetage, Kala a tué une fillette et sa mère, sans raison. Alors, tu crois que je ne sais pas ce que vous faites ?

Sarah lui touche le bras.

— Je suis navrée que tu aies dû vivre ça. Mais ce n'est rien comparé à ce qui va se produire. Ça s'appelle l'Épreuve...

Il l'interrompt.

— Oui, tout le monde sur Terre va mourir à part le gagnant et les membres de sa lignée, c'est ça ?

— Oui, dit Sarah, stupéfaite. Tu as appris ça aussi ?

— Kala adorait parler. Mais je n'y crois pas, et tu ne devrais pas y croire non plus, Sarah. Des extraterrestres avec des vaisseaux fonctionnant à l'or ou je ne sais quoi ? Allons ! Rien ni personne n'a le pouvoir de détruire toute une planète.

— Tu n'as pas vu ce que j'ai vu, répond-elle avec un détachement teinté d'une certaine tristesse.

Elle aimerait ne pas y croire, elle non plus.

— Je veux que tu partes, Christopher, parce que je t'aime. Je veux que tu partes parce que je ne veux pas te regarder mourir. Je veux que tu partes pour avoir plus de chances de gagner. Et de te sauver. De vous sauver, toi, maman, papa et tous les gens que nous connaissons, là-bas chez nous. Le fait que tu sois là ne facilite pas les choses.

— En supposant que je croie à cette histoire d'Épreuve débile, pourquoi est-ce que je rentrerais à la maison pour attendre les bras croisés pendant que tu te bats pour sauver les gens qu'on connaît ?

Christopher secoue la tête, tout ça le dépasse.

— Si le danger est tel, il faut appeler l'armée ou je ne sais qui.

— Non, ça ne marche pas comme ça.

— Eh bien, ça craint.

Sarah ne peut pas argumenter. Ils restent muets. Les ululements d'une sirène de police leur parviennent d'une rue voisine, ils rebondissent contre les murs de pierre de la vieille ville italienne. Dans le port, un bateau fait mugir sa corne de brume. Un chien aboie. Quelqu'un passe en disant : « *Ciao, ciao, ciao* », dans son portable.

— Il faut que tu rentres. S'il te plaît.

— Non.

— Si.

— Pas question. Si tu ne veux pas que je passe mon temps à te courir après, tu as deux solutions : me tuer ou me laisser venir avec toi. Je m'engage auprès de toi, Sarah. Tu comprends ça ? Je m'engage auprès de toi.

— Endgame ne te concerne pas.

— Des conneries, tout ça. Si ce que tu dis est vrai, ça me concerne justement. Et tous les gens comme moi. Alors, je reste. Je peux t'aider.

— Non. Tu ne peux pas. Pas de cette façon.

— Si.

— Jago ne sera pas d'accord.

— J'emmerde Jago. C'est un branleur.

— Non.

Un long silence. Christopher l'observe. Sarah s'empresse de changer de sujet.

— Si tu restes, comment tu vas faire avec ta jambe ?

Il sourit.

— Trouve-moi de la cortisone. J'ai fait des matches en étant plus amoché.

Elle se lève. Elle est fatiguée, elle se sent vaincue. Impossible de le convaincre.

— D'accord. Faisons comme ça. Mais dans l'immédiat, il faut que j'aille me coucher.

Christopher la retient par le bras au moment où elle passe devant lui. Si c'était quelqu'un d'autre, elle réagirait, elle lui déboîterait l'épaule, lui arracherait les yeux, lui briserait la jambe. Mais ce n'est pas quelqu'un d'autre. Alors, elle se retourne vers lui. Il l'attire contre lui et l'embrasse fougueusement. Et malgré elle, malgré tout le reste, elle lui rend son baiser.

— Crois-moi, Alopay, dit-il. Ça peut être nous.

Elle secoue la tête et murmure :

— Non, Christopher. Ça ne peut pas.

32.398516, 93.622742[lxx]

HILAL IBN ISA AL-SALT

Avant-poste de communications aksoumite, royaume d'Aksoum, Éthiopie

Près de la très vieille église taillée dans la pierre, au milieu des grands cèdres, se trouve une banale hutte de bois et de boue avec un toit de chaume. Elle ne possède aucune fenêtre, uniquement une porte basse, qui oblige Hilal à se baisser pour entrer. Mais à l'intérieur de la hutte, les murs sont en métal. Et le sol en béton. Les meubles sont rares et fonctionnels. Plusieurs groupes électrogènes, enterrés pour que personne ne les entende, fournissent de l'électricité. Des antennes satellites à haut débit sont camouflées au milieu des arbres les plus hauts, elles ressemblent à des branches. Les données qu'elles envoient et reçoivent sont codées. Totalement. Jusqu'au moindre octet.

Hilal tente de localiser électroniquement le plus grand nombre de Joueurs possible. C'est seulement après avoir fait cela qu'il se rendra sur le terrain pour contacter les autres Joueurs. Un par un. Il espère disposer d'assez de temps.

Il sait que c'est un faible espoir.

Car les autres doivent approcher de la Clé de la Terre.

Forcément.

Néanmoins, il a localisé les comptes Gmail actifs de Shari Chopra, Aisling Kopp, Sarah Alopay et

Maccabee Adlai. Il les a piratés, il va ouvrir un document et rédiger son message sur chacun de ces comptes. Il ne prendra pas le risque de l'envoyer. Il préfère éviter le regard trop curieux de la police du Net, sous toutes ses formes. Il prie pour que ces quatre Joueurs consultent leurs mails et voient ce qu'il a écrit.

Il prie.

Il rédige son message. Il sélectionne le texte. Le copie. Se connecte à un navigateur. Accède au compte d'Aisling. Ouvre un nouveau document. Et au moment où il va le coller, l'électricité, fournie par le quintuple bloc électrogène, est coupée.

L'intérieur de la hutte est plongé dans l'obscurité. Le noir complet.

Hilal détache les yeux de l'écran d'ordinateur mort.

Le message n'a pas été transmis. Il est toujours le seul à savoir.

Comment une coupure a-t-elle pu se produire ?

Il tend l'oreille.

Et il comprend.

Ce sont les keplers.

Ils veulent que le jeu ait lieu.

Ils veulent voir ce qui se passe.

Ils le veulent.

Alors qu'il contemple l'écran noir, on frappe à la petite porte.

Un trou déchire le champ magnétique. Il agit comme un entonnoir. Tout le rayonnement du soleil à partir du moment de l'éruption.

Tout[lxxi].

Il étouffe toute la force, il fait tournoyer tous les électrons, il jongle avec tous les quarks.

Il affecte tout. Mais il est invisible.

Comme si ce n'était rien.

SARAH ALOPAY

Grand Hotel Duchi d'Aosta, chambre 100, Trieste, Italie

Sarah souhaite bonne nuit à Christopher et erre à travers l'hôtel. Elle ressort. Elle s'installe au bar et commande un verre de vin blanc dont elle ne boit qu'une gorgée. Ce baiser l'a laissée frustrée et désorientée.

Elle donne un billet de 100 € à la barmaid et traverse les couloirs. Tout ce qu'elle voit – le bois, le papier peint, le tapis, la peinture, le métal, les souvenirs – est d'ores et déjà condamné. L'Épreuve, les répercussions, la mort, la folie y veilleront.

Quand ses jambes cessent de bouger, elle contemple une porte qui n'est pas la sienne. Chambre 21. Elle sent sa présence derrière la porte. Elle sait qu'il ne dort pas. Elle repense à ce moment en Irak, sur le canapé dans le garage de Renzo. Dans les toilettes de l'avion. Elle appuie son front contre la porte de Jago. Elle est sur le point de frapper, mais se retient. Elle va rester avec Jago. Participer au jeu avec lui. Peut-être tomber amoureuse de lui, peut-être mourir avec lui. Mais elle sera avec lui jusqu'à la fin. Alors, ils ont encore le temps.

Elle repense à la fille d'Omaha. Celle que tout le monde aimait et admirait. La fille qui aurait pu mener une vie normale. Qui voulait une vie normale, et ne l'avait jamais eue en réalité. Loin s'en faut. Avec un soupir, Sarah fait demi-tour et s'éloigne dans le couloir. Elle s'arrête devant une autre porte. Elle va quitter le garçon qui se trouve de l'autre côté. Peut-être qu'elle ne le reverra plus jamais après lui avoir dit au revoir. Et même si elle l'aime, si elle l'a aimé, elle sait que leur histoire est terminée. Avec Christopher, il ne lui reste plus de temps. C'est fini.

Elle frappe.

Elle entend un mouvement derrière la porte et il faut un certain temps avant que celle-ci s'ouvre.

— Qu'est-ce qui se passe ? demande Christopher, surpris. Tu veux encore discuter ?

— Non.

Elle entre dans la chambre, appuie un doigt sur les lèvres du garçon, referme la porte avec son pied et dit :

— Tais-toi.

CHIYOKO TAKEDA

Grand Hotel Duchi d'Aosta, chambre 101, Trieste, Italie

An court.
Dans un champ de fleurs.
Elles entourent ses chevilles.
Il tombe.
Se relève.
Court.
Tombe. Se relève. Court.
Ses pieds nus sont tout crottés et glissants.
Le ciel est chargé de nuages qui tourbillonnent.
Il pleut des chiffres, des lettres et des signes.
Ils s'abattent sur sa tête, son cou et ses bras.
Un gros *O* de pierre le frappe dans le dos.
Il tombe.
Il ne se relève pas.
Il roule sur lui-même.
Et meurt.

Chiyoko ouvre brutalement les yeux à 2 : 12 du matin.

Elle avale une bouffée d'air semblable à un poignard.

Elle est allongée sur le drap, nue, seule ; elle a les poings serrés et les orteils recroquevillés. Les fenêtres sont ouvertes. L'air frais de la mer glisse sur sa peau. Le duvet sur son ventre se dresse. Elle a la chair de poule. Elle lève les mains et les tend vers le plafond.

Elle se détend.

Le rêve d'An s'efface.

Elle se redresse et balance ses pieds sur le sol. C'est exactement comme la nuit où la météorite est tombée sur Naha.

Comme la nuit où Endgame a fait ses premiers morts.

Il est temps de Jouer.

Elle se lève. Marche vers le fauteuil et enfile sa combinaison noire. Chaque chose est à sa place, comme toujours. Elle cache ses cheveux sous son col et met la capuche. Elle remonte le col sur son visage. On ne voit plus que ses yeux. Ses yeux sombres et vides.

Elle glisse ses pieds dans ses chaussures silencieuses, coince le Browning que lui a donné Jago dans sa ceinture et vérifie deux fois que le cran de sécurité est bien mis. Sur ce, elle se dirige vers la porte et y colle son oreille. Elle attend. Elle tourne la poignée. Elle pousse la porte. Et sort.

Elle avance sans bruit dans le couloir, elle entend la télévision du veilleur de nuit derrière le comptoir de la réception, elle entend le bourdonnement de la climatisation et les ressorts d'un lit qui grincent, quelque part tout près.

Personne ne peut l'entendre.

Elle s'accroupit devant la chambre 21, sort de sa manche un crochet de cambrioleur, avec lequel elle ouvre la porte, elle entre, laisse la porte se refermer lentement, en silence. Elle se retourne. La lumière de la rue filtre à travers un rideau. Jago dort seul, torse nu, sur le ventre. Chiyoko est étonnée. Elle pensait que l'Olmèque l'aurait emporté sur l'Américain abruti. Mais peu importe. Il vaut mieux qu'il soit seul. Elle avise le sac à dos sur un fauteuil près de la fenêtre.

C'est imprudent.

Elle le prend, l'ouvre, glisse la main à l'intérieur. Le disque est froid sous ses doigts. Elle tire sur les cordons du sac pour le refermer, s'agenouille et fouille dans les poches du pantalon de Jago. Elle trouve les clés de la 307 et s'en empare.

Très imprudent.

Elle s'approche du lit et toise Jago. Elle prend son *wakizashi*. Il est fait d'un acier vieux de 1 089 ans. Impossible de deviner combien de personnes il a tuées. Sa main glisse sur le fourreau, et elle songe comme il serait facile de le tuer, là, maintenant. Il va la pourchasser, elle le sait. Il sera furieux, à juste titre, il voudra se venger. Mais il a été honnête avec elle, Sarah aussi, et elle ne veut pas tuer un Joueur dans son sommeil.

Elle se retourne et, sans un bruit, saute par la fenêtre. Sa main gauche agrippe un tuyau de descente et elle glisse jusque dans la rue, aussi noire que la nuit, plus silencieuse que la mort.

Elle a laissé le *wakizashi*, une pénitence pour avoir manqué à sa parole. Avec un petit carré de papier dessus.

Elle marche jusqu'à la 307, déverrouille les portières, s'assoit au volant, met le contact et s'en va.

HILAL IBN ISA AL-SALT

Avant-poste de communications aksoumite, royaume d'Aksoum, Éthiopie

On frappe de nouveau à la petite porte de la hutte.

Les êtres essayent certainement de l'isoler. De l'arrêter, maintenant qu'il a compris le secret d'Endgame.

Mais il peut encore se battre. Si ce sont eux qui frappent à la porte, il peut encore se battre.

L'obscurité qui règne à l'intérieur de la hutte est son amie.

Il se saisit de ses armes préférées, glisse vers le mur près de la porte et attend.

Toc toc.

Toc toc.

Et ça s'arrête.

Un coup de pied enfonce la porte. Deux silhouettes pénètrent dans la hutte – une petite et une grande –, et lorsqu'elles sont totalement entrées, Hilal claque la porte derrière elles.

L'obscurité.

Il fait tournoyer ses bras et se déplace dans cet espace qu'il connaît par cœur. Il tient une machette dans chaque main.

Acier noir poli.

Manches en ébène.

Sur l'une est gravé *HAINE*, et sur l'autre *AMOUR*.

Il possède une bonne âme, mais il ne faut pas le pousser à bout.

Il heurte quelque chose et il entend un gémissement, puis un bruit sourd sur le sol. La chair et l'os, il connaît bien cette sensation.

Parfait.

Un coup de feu désespéré retentit. Le projectile ricoche contre les murs en métal et manque Hilal, mais, à en juger par le grognement de douleur à l'autre bout de la hutte, il a peut-être atteint l'un des deux autres. Il les sépare en traversant la pièce, et saute sur une table métallique que personne ne peut voir, mais il sait qu'elle se trouve à cet endroit. Il abat une de ses machettes, fendant en deux un écran d'ordinateur. Des étincelles éclairent la pièce pendant un millième de seconde. Suffisamment pour que Hilal sache qui il affronte.

Le Nabatéen.

Et le Donghu, à terre, blessé.

Hilal tend brutalement le bras droit, en tenant sa machette à plat ; il s'accroupit et tournoie à la manière d'un danseur. La machette décrit un arc de cercle vers la tête de Maccabee. Mais celui-ci a la bonne idée de se jeter à terre, et la lame tranchante comme un rasoir ne coupe qu'un demi-pouce de ses cheveux.

— La porte ! braille Baitsakhan. Ouvre la porte !

D'accord, le blessé, pense Hilal.

Il saute de la table en faisant un saut périlleux arrière, au-dessus du Nabatéen.

Nouveau tir. Éclair de canon. La balle file entre les jambes de Hilal. Il s'en est fallu de peu.

Je vais t'en donner, de la lumière.

Ses pieds retombent en silence sur le sol en béton. Il glisse jusqu'à la porte. Il approche sa bouche du mur en métal en sachant que l'acoustique de la hutte va transporter sa voix jusqu'à l'autre extrémité.

— Ici !

Encore un coup de feu, tiré en direction de l'écho de la voix de Hilal. Mais loin de la cible.

Nouveau ricochet. Hilal attend de savoir si la balle atteint l'un d'eux.

Non.

Tant pis.

Il ouvre la porte brutalement.

Maccabee se retourne pour tirer, mais Hilal s'avance et abat ses deux machettes sur le canon de l'arme, en même temps. Le pistolet tombe par terre. Hilal relève aussitôt les lames, il cherche ce qu'il peut découper, estropier. Maccabee lève les bras lui aussi, mais quand les machettes frappent ses poignets, elles rencontrent des bracelets métalliques cachés sous l'élégant costume en lin. Un sourire sinistre apparaît sur le visage du Nabatéen. Hilal recule dans la lumière du jour en grimaçant. Ces tueurs sourient en l'attaquant. Cela le dégoûte et il priera pour le salut de leurs âmes une fois qu'il se sera débarrassé de leurs corps.

Baitsakhan se lève. Son regard déborde de haine. Il se rue hors de la hutte et lance quelque chose, que Hilal détourne d'un large revers de la main.

La chose retombe dans la terre molle, sous les cèdres.

C'est une main.

La propre main de Baitsakhan.

— Tu as perdu quelque chose, dit Hilal.

Il sait qu'il ne faut jamais parler durant un combat, mais il sait aussi que les paroles peuvent faire plus mal que n'importe quelle arme.

Le poignet du Donghu crache le sang.

— Prends mon arme ! s'écrie-t-il en envoyant son pistolet à Maccabee qui l'attrape au vol.

Hilal lance sa machette, qui fend l'air – *whomp-whomp-whomp* –, et frappe le pistolet au moment où part le coup. Un petit geyser de poussière jaillit aux pieds de Hilal, là où s'enfonce la balle. Le pistolet vole en éclats. La machette emporte un petit bout d'un des doigts de Maccabee avant de finir sa course derrière lui dans un tronc d'arbre. Baitsakhan jette un petit objet noir en direction de Hilal. Celui-ci recule rapidement et, avec sa machette restante, il frappe dedans à la manière d'un joueur de base-ball. L'objet s'envole dans les cèdres verdoyants et explose.

Une grenade.

Hilal perçoit alors un bruit que lui seul peut identifier. Une porte de pierre coulisse. Ce n'est qu'un murmure. Baitsakhan s'avance vers lui, le regard vide maintenant. Il perd beaucoup de sang, il délire, il est habité par une folie meurtrière. Il lance une autre grenade. Puis une autre, puis encore une autre. Hilal les détourne toutes avec sa machette. Elles explosent au loin, projetant des éclats qui sifflent dans l'air. Maccabee, beaucoup moins emballé par cette opération brusquement, se met à l'abri.

Après la dernière explosion, Hilal court à reculons à une vitesse stupéfiante, sans jamais quitter des yeux ses agresseurs. Il fonce vers la clairière, vers l'église secrète taillée dans la pierre. Dont la porte vient de s'ouvrir.

Et où l'attend le maître al-Julan.

— Tu es mort ! aboie Baitsakhan, ivre de haine, en tenant son bras estropié. Son visage est livide.

La haine t'affaiblit, mon frère, pense Hilal.

Maccabee jaillit de son abri. Lui aussi tient une grenade, mais il se montre plus prudent que son jeune associé. Il ôte lentement la goupille, en prenant soin d'appuyer sur le levier pour qu'elle n'explose pas. Il attend le bon moment.

— Comment m'avez-vous trouvé ? crie Hilal à ses agresseurs, en continuant à reculer.

Il n'est plus qu'à 24 pieds de l'église, mais il faut qu'il sache comment ils l'ont retrouvé et pourquoi ils ont choisi cet instant.

— La Clé de la Terre nous a guidés, répond Baitsakhan.

— Vous n'avez pas la Clé de la Terre.

— Si.

— Impossible.

Je le saurais. Nous le saurions tous.

— Montre-lui.

Non, Maccabee ne lui montre pas le globe noir. Au lieu de ça, il lance la dernière grenade et, quand elle atteint son point culminant, il s'écrie :

— Maintenant !

Il se jette à terre et le Donghu l'imite. Cette grenade est différente. Hilal sait qu'il ne peut pas la repousser comme il l'a fait avec les autres. Celle-ci est une grenade incendiaire.

C'est du feu.

Alors que Hilal n'est plus qu'à quelques centimètres de l'entrée dérobée de l'église, l'air s'enflamme audessus de lui. Les langues ardentes lèchent, dévorent, avalent. Elles brûlent ses vêtements, ses épaules, sa tête. Elles le consument tandis qu'il descend, descend, descend dans la salle impénétrable sous la très vieille église.

Le feu s'éteint, les brûlures restent.

Encore l'obscurité, mais il est à l'abri maintenant.

Et il n'est plus seul.

La dernière chose dont il se souvient, c'est l'odeur des cheveux brûlés et la douleur.

La douleur fulgurante du feu, la douleur fulgurante de l'enfer.

C'est Endgame.

SARAH ALOPAY, JAGO TLALOC, CHRISTOPHER VANDERKAMP

Grand Hotel Duchi d'Aosta, Trieste, Italie

Sarah se réveille à 5 : 24 du matin.

Elle a fait des rêves géométriques. 9 466 formes. Rectangles. Tétraèdres. Spirales. Polygones déformés. Cercles. Lignes paraboliques s'étendant à l'infini.

Elle est tout près, tout près de comprendre le sens de cette grille de la salle en or en Turquie, et de comprendre le sens de son énigme.

Elle contemple le plafond.

Des formes.

Des chiffres.

Des lettres.

Des signes.

Christopher ronfle à côté d'elle. Elle l'avait complètement oublié. L'énigme domine toutes ses pensées. Leur bécotage de cette nuit l'a aidée à oublier Endgame. Pendant une nuit, elle a été une fille normale, comme celle de ce couple qu'ils avaient regardé passer devant le restaurant.

Ils n'ont pas fait l'amour. Ils sont restés enlacés, ils se sont embrassés et caressés. C'était cool, mais maintenant, alors que le jour va se lever, Sarah se mord la lèvre pour s'empêcher de hurler. C'est cruel, ce qu'elle a fait. Elle a passé la nuit avec lui car c'était la dernière fois qu'elle pourrait l'embrasser, mais surtout, parce que ce serait plus facile de filer en douce au petit matin. Si elle était restée dans sa chambre, ou si elle s'était rendue dans celle de Jago, Christopher aurait été levé avant eux. Il les aurait attendus.

Mais ce qu'elle a fait ne servira pas à éloigner Christopher, bien au contraire. Jago avait raison. Tôt ou tard, Endgame tuera Christopher. Et Sarah ne veut pas le regarder mourir.

Jago avait raison, là aussi. Elle n'est pas normale. Il est temps de le reconnaître.

Mais cette confusion n'est que passagère car, présentement, alors qu'elle est allongée dans ce lit, l'énigme occupe le premier plan dans son esprit. Elle y est presque. Si seulement ce martèlement incessant dans le couloir voulait bien s'arrêter…

Attends un peu… Un martèlement ?

Sarah se lève sans réveiller Christopher. Elle porte encore ses affaires de la veille. En sortant dans le couloir, elle découvre Jago devant sa porte de chambre, sur le point de l'enfoncer à coups de pied, dirait-on. Il semble à la fois enragé et paniqué. Il tient le sabre de Chiyoko dans une main et un petit bout de papier froissé dans l'autre.

— Jago, murmure-t-elle en se précipitant vers lui.

Il se retourne et la rejoint au milieu du couloir.

— Le disque ! Elle l'a pris ! La muette !

— *Quoi ?*

Jago lui tend le mot. Quand elle le lit, Sarah sent l'angoisse lui nouer le ventre. *Je ne vous suivrai plus. Sur mon sabre et mon honneur, c'est la vérité.*

— Nom de Dieu, Feo ! Comment elle a fait pour le prendre ?

— Je ne sais pas…

En disant cela, Jago laisse dériver son regard vers la chambre de Christopher, par-dessus l'épaule de Sarah, il vient de comprendre d'où elle est sortie.

— Rattrapons-la.

Jago palpe les poches de son jean.

— Oh, non !

Il pique un sprint dans le couloir.

— Où tu vas ? lui crie Sarah.

— Les clés ! répond Jago, juste avant d'enfoncer la porte de l'escalier. Cette salope a pris les clés !

Sarah se retourne vers la porte fermée de la chambre de Christopher, avant de s'élancer à la poursuite de Jago. Elle débouche dans la rue cinq secondes après lui, c'est suffisant pour qu'un Jago enragé brise d'un coup de poing une vitre de la voiture la plus proche. Sarah reste sur les marches de l'hôtel pendant qu'il fait les cent pas comme un lion en cage, en serrant son poing meurtri. Il fait encore nuit. L'air est frais et humide. Une bouée mugit au loin.

— Tout a disparu ! aboie-t-il. La bagnole. Le disque. Elle a tout emporté, à part son putain de sabre !

Constatant qu'il tient toujours le sabre à la main, il le lance par terre avec mépris.

Sarah descend les marches.

— On va se débrouiller.

Elle ramasse le *wakizashi* et tapote l'épaule de Jago.

— Montre-moi ta main.

Jago se libère d'un geste brusque.

— Ça sort d'où, ce « on » ? Toi aussi, tu me manipules, comme la Mu. Mais pire encore.

— Je ne te manipule pas. Calme-toi.

— J'ai merdé, d'accord, je l'ai laissée prendre l'avantage sur moi. Mais toi, tu couches avec ce gamin stupide ! Cette équipe n'existe plus, c'est fini !

— Il faut que tu te calmes, dit Sarah, en s'efforçant de garder son sang-froid elle aussi.

— Qu'est-ce qui se passe, bordel ? demande Christopher en sortant de l'hôtel.

Il semble fatigué encore, mal réveillé, ce qui ne l'empêche pas de descendre les marches avec une certaine arrogance. Jago serre les dents, les veines saillent dans son cou. Sarah craint qu'il brise une autre vitre, ou pire.

— Chiyoko a emporté le disque et notre voiture, explique Sarah, sèchement.

Elle aimerait que Christopher retourne à l'intérieur.

— Mais comment est-ce que… ?

Christopher se tait devant l'expression de Jago.

— Merde, alors. Tu t'es endormi en plein boulot ?

Il ne voit rien venir. La main de Jago jaillit, à plat, tranchante, droit vers sa gorge. Heureusement, Sarah, elle, a vu venir l'attaque et elle intervient pour détourner le coup. Christopher, pris par surprise, trébuche sur sa jambe blessée et tombe sur le trottoir.

— Putain, tu… !

Sarah le fait taire avant qu'il aggrave encore son cas.

— Rentre, Christopher. Va chercher nos affaires. Il faut filer.

L'Américain se relève lentement. Jago continue à le foudroyer du regard et Christopher devine que, s'il ne lui saute pas dessus, c'est uniquement parce que Sarah se dresse entre eux.

— Tu es sûre ? demande-t-il.

— Dépêche-toi.

Il retourne à l'intérieur de l'hôtel en boitant, pendant que Sarah et Jago se font face sur le trottoir. Six pieds les séparent seulement ; on dirait deux boxeurs hésitants ; aucun n'a envie de frapper le premier.

— N'essaye plus jamais de lui faire du mal, avertit Sarah.

— Si tu le gardes avec nous, j'en déduis que tu veux le voir mourir. Alors, je me suis dit que je pouvais accélérer le processus.

Excédée, Sarah décoche un direct au visage de Jago. Celui-ci détourne le coup et lui saisit le poignet. Elle pivote et lui enfonce son coude dans les côtes. Elle l'entend cracher ses poumons, mais l'étau de sa main ne se relâche pas. Il la tire violemment vers lui et lui tord le poignet dans le dos. Une douleur fulgurante lui vrille l'épaule. Jago glisse son autre bras autour de son cou. Avec son bras libre, Sarah lui décoche un coup de coude en visant le visage, mais il a le réflexe de baisser la tête et le coude rebondit contre son crâne.

Tout cela a duré 2,7 secondes. Ils sont collés l'un à l'autre maintenant. On dirait une étreinte amoureuse, mais c'est plus une prise d'étranglement. Elle le sent respirer dans son dos. Lui sent battre son cœur.

Il lui murmure à l'oreille :

— C'est vraiment ce que tu veux ?

— Promets-moi de ne pas lui faire de mal.

— Pourquoi je ferais cette promesse ?

— Pour moi.

— Pour toi ? Tu viens de me trahir. Je devrais te tuer.

— Tu as déjà été amoureux, Jago ?

— Oui.

— De plus d'une personne ?

— Non.

— Ce n'est pas facile.

— Qu'est-ce que tu veux dire, Cahokienne ?

— Tu as très bien compris.

Il desserre l'étau.

— Si c'est une ruse, je te tuerai.

— Je ne mens pas, Jago, mais si tu penses que c'est une ruse, tue-moi maintenant. Je ne veux pas continuer avec quelqu'un qui pense ça de moi.

L'étau se desserre encore un peu plus.

— Je ne serai pas son ami et je ne l'aiderai pas.

— On le laissera en route, tôt ou tard. Je te le jure. J'allais le faire aujourd'hui… C'est pour ça que j'ai passé la nuit avec lui. Pour qu'on puisse filer en douce.

Jago sent qu'elle ne ment pas.

— OK.

— Je n'ai pas couché avec lui, Jago. On a juste...

Il sent qu'elle ne ment pas, là non plus.

— C'est bon.

— Promets-moi seulement que tu ne lui feras pas de mal, jusqu'à ce qu'on se débarrasse de lui.

— Je le promets, soupire Jago et il la relâche.

Ils s'écartent l'un de l'autre et se regardent, ils respirent vite, ils transpirent un peu. Un courant d'énergie passe entre eux, mais ils doivent se concentrer sur la tâche qui les attend.

— Il nous faut une autre voiture, dit Sarah.

Jago montre, sur le trottoir d'en face, une Porsche Carrera cabriolet dernier modèle.

— Celle-ci.

Il sort un couteau de sa poche arrière. Sarah traverse la rue derrière lui, au moment où Christopher ressort de l'hôtel avec leurs sacs. Il est obligé de presser le pas, malgré sa jambe estropiée, pour les rejoindre. Ils dérangent un groupe de 56 pigeons qui s'envolent et décrivent un large cercle dans le ciel. Jago tient son couteau au-dessus de la capote de la Porsche, il s'apprête à la découper pour pouvoir voler la voiture.

— Attends ! s'exclame Sarah.

Mais Jago commence à enfoncer la lame.

Sarah lui retient le bras pour l'empêcher de continuer.

Elle regarde les pigeons tournoyer au-dessus d'eux. À toute vitesse. Elle entend leurs battements d'ailes qui fendent l'air.

— Je crois que j'ai trouvé.

Jago a du mal à cacher son agacement.

— Quoi donc ?

— L'énigme, Feo ! L'énigme !

— À quoi bon, sans le disque ?

— Je ne sais pas. Mais si je l'ai vraiment résolue et si Chiyoko n'a pas trop d'avance, on peut peut-être encore la devancer.

Jago retire son couteau de la capote.

— Je vais la tuer.

Sarah contourne la voiture en direction d'un muret près du bord de l'eau.

— Elle ne t'a pas tué, fait-elle remarquer.

L'Olmèque ne répond pas. Il se met à faire les cent pas. Sarah s'assoit sur le muret. Elle sort ses notes, les copies de la grille de la salle souterraine des dieux. Christopher l'observe, en demeurant à distance de Jago.

Sarah écrit, lentement tout d'abord, puis de plus en plus vite. Elle annote une copie de la grille, froisse la feuille, en annote une autre, qu'elle jette aussi, puis une autre et une autre et une autre.

Elle s'arrête.

Et brandit la feuille.

— Voilà !

Jago la prend. Il ne comprend pas ce qu'elle a tracé par-dessus cet assortiment aléatoire de lettres et de chiffres.

— C'est quoi ?

— Regarde. Ici, ici et ici.

Elle montre successivement un trait, huit lettres et un trait.

— *EARTHKEY-*

— La Clé de la Terre ! Et maintenant. Ici, ici et ici.

Elle indique une autre configuration.

DIRECTIVES.

Jago la regarde, hébété.

— Tu as réussi ?

Elle acquiesce. Ils sont fous de joie.

— Attends, c'est pas tout. Regarde…

Jago récite à voix haute au fur et à mesure :

— « Cinq-un-point-un-huit, moins un-point-huit-trois, et quatre-six-point-zéro-neuf, un-zéro-point-un-deux. »

— Oui.

— Et le reste ? demande-t-il en montrant tous les chiffres qui couvrent les feuilles de Sarah.

— Le reste, on s'en fout.

— Ce sont des coordonnées, hein ?

Elle le regarde avec enthousiasme.

— Oui !

— Pour aller où ?

— Je ne sais pas exactement, mais dans un endroit relativement proche.

Jago sort son portable.

— Je vais regarder.

— Le premier endroit, je me souviens de l'avoir trouvé quand on était à Mossoul et que je repérais sur la carte tous les points de mon indice… C'est Stonehenge.

Jago lève les yeux de son téléphone, tout aussi excité que Sarah.

— Un cercle de pierres.

— Exact.

— Comme le disque : un cercle de pierre.

— Oui !

Elle lui prend le bras et le serre.

Il reporte son attention sur l'écran de son portable. Il entre les chiffres dans un outil baptisé ~geohack. Il le tend vers Sarah pour qu'elle puisse voir la carte, elle aussi. Christopher les observe. Ils n'ont pas fait attention à lui depuis plusieurs minutes. Sarah est à l'aise avec Jago, ils échangent des idées, ils sont complices. Il sent l'énergie qui se dégage d'eux. La nuit dernière lui semble vaine soudain. Il se rapproche, mais il ne sait pas quoi dire, il ne sait pas comment se rendre utile. Il ne sait pas comment faire pour que

Sarah le voie comme son partenaire, lui et non pas Jago.

Sarah pince l'écran pour zoomer.

— Les Alpes.

— Il n'y a pas de routes.

— Mais il y a un lac. Lago Belviso.

— C'est un avion qu'il nous faut, pas une voiture, dit Jago, songeur. Un avion capable de se poser sur l'eau par-dessus le marché.

Christopher écarte les bras dans un geste grandiloquent.

— J'ai un hydravion, annonce-t-il. Mais il est garé sur le lac Michigan.

Sarah le foudroie du regard.

— Ce n'est pas drôle, Christopher.

Ignorant cette remarque, il tend le doigt vers l'eau.

— Sans blague. J'ai le même que celui-ci.

Ils suivent la direction de son doigt et découvrent un Bush Hawk orange vif, à quatre places, qui flotte au milieu de la marina.

— La même couleur et tout. Franchement, je m'étonne que vous ne l'ayez pas vu. Vous, des *Joueurs* et tout ça.

Ils ne relèvent pas la pique. Sarah se tourne vers Jago.

— Finalement, nous n'allons pas voler une voiture, je crois.

— Non, répond-il avec un petit sourire satisfait. On va voler un avion.

34.341568, 108.940175[lxxii]

CHIYOKO TAKEDA

Domicile de Musterion Tsoukalos,
20 Via Cereto, Capo di Ponte, Italie

Chiyoko s'engage sur une route de gravier avec la 307 et s'arrête à côté d'une Ferrari noire vintage. Devant elle se dresse une superbe villa italienne entourée de cyprès et de bouleaux. Totalement isolée.

Elle reste assise dans la voiture un instant, afin d'établir les grandes lignes de cet entretien. Pour ce faire, elle écrit des phrases sur diverses fiches. Ce n'est pas la première fois qu'elle interroge quelqu'un juste avec ses cartes. Chiyoko sait que certaines personnes sont intimidées par son silence. Ces cartes renforcent ce sentiment, pense-t-elle. Une fois prête, elle descend de voiture en prenant le sac à dos de Jago sur le siège arrière.

Elle s'est changée : jupe plissée courte, babies en cuir et polo jaune. Elle s'est fait des couettes. Elle a une fine couche de maquillage et elle porte ses lunettes en forme de cœur très « lolitesques ». Elle se dirige vers l'énorme porte en chêne à double battant. Elle regarde l'heure : 7 : 36 du matin. Elle sonne. À l'intérieur, plusieurs gros chiens se mettent à aboyer. Soixante-dix-huit secondes plus tard, elle entend le cliquetis de leurs griffes sur le sol. Un œilleton s'ouvre et une voix d'homme demande :

— *Chi è ?*

Chiyoko montre la première fiche. Elle est rédigée en anglais. *Je suis muette.*

— Ah…, fait l'homme, hésitant.

La 2e fiche demande : *Parlez-vous anglais ?*

— Oui.

Chiyoko affiche un grand sourire. Elle déplace le sac à dos sur son épaule pour que l'homme voie bien qu'elle n'est pas venue les mains vides. Nouvelle fiche : *Je viens de la part de Cheng Cheng Dhou.*

— *Dio*, dit l'homme d'un ton inquiet, et il ferme l'œilleton.

Chiyoko sort le disque du sac. Avisant une caméra fixée en hauteur dans un coin de la véranda, elle le brandit au-dessus de sa tête. Elle sait que Musterion a peur, alors, elle tourne les genoux vers l'intérieur, comme le ferait une fillette.

— *Dio*, répète l'homme derrière la porte.

Un des chiens aboie. Elle baisse le disque pour tendre une autre fiche vers la caméra. *Je suis sa nièce. Il voulait vous remettre cette chose.*

Vingt-sept secondes s'écoulent.

Un verrou est tiré.

Un autre.

Un autre.

Chiyoko range le disque dans le sac et balance celui-ci sur son épaule. Elle tire sur le bas de sa jupe. Le chien aboie, la porte s'ouvre.

Un petit homme coiffé d'une banane impeccable tient deux Cane Corso massifs. Il est encore en pyjama. Chaussé de pantoufles en cuir fin. Chiyoko mime une révérence. L'homme lui offre un sourire timide.

— Entrez, je vous en prie. Excusez-moi pour les chiens. Je… ne vous attendais pas.

Les chiens grognent. Musterion les tire en arrière. Chiyoko concentre son *chi*. Elle regarde chaque chien dans les yeux. Et ils s'assoient. Celui de gauche gémit.

Elle s'agenouille pour le gratter sous la gueule. Les yeux noirs de l'animal s'adoucissent. Elle se retourne vers Musterion avec un sourire désarmant. Elle lui tend une autre fiche.

Êtes-vous seul ?

Les mains de l'homme tremblent quand il lit ce message.

— Il n'y a que moi et mes chiens. Pourquoi ?

Les Cane Corso grognent de plaisir maintenant, leurs queues fouettent gaiement le sol. Ils ne sentent pas l'appréhension soudaine de leur maître. Il commence à regretter d'avoir laissé entrer cette fille chez lui. Elle lui tend une autre fiche.

Ce disque vient de Stonehenge, n'est-ce pas ?

— Je pense… Je vous demande de vous en aller.

Musterion claque des doigts, mais les chiens l'ignorent. Une autre fiche.

Comment dois-je l'utiliser ?

— Vous êtes l'un d'eux ! s'exclame Musterion, d'une voix remplie de terreur maintenant.

Il recule, en tirant sur les laisses. Chiyoko se lève. Les chiens la regardent avec l'air d'attendre quelque chose, comme si elle allait leur donner un biscuit. Au lieu de cela, elle sort un rouleau de corde. Son *hojo*. Musterion lâche les laisses, fait demi-tour et s'enfuit en courant. Chiyoko lance son *hojo*, qui va s'enrouler autour du cou de l'homme. Elle tire d'un coup sec et il tombe lourdement sur le sol. Les chiens aboient joyeusement, comme si c'était un jeu. Musterion tente de se relever, mais Chiyoko le toise. Elle appuie son talon sur un point de pression dans la poitrine et le poumon droit fait un collapsus. Pendant que l'homme cherche à respirer, elle lui met une fiche sous le nez.

Comment dois-je l'utiliser ?

Une fois qu'il a répondu à la question, elle lui montre la dernière fiche.

AISLING KOPP, SARAH ALOPAY, JAGO TLALOC, CHRISTOPHER VANDERKAMP

Lago Belviso, Lombardie, Italie

Aisling n'a pas encore décidé ce qu'elle devait faire. Se rendre à Stonehenge ? Ou rester ici et attendre, en sachant qu'elle est à l'abri et que d'autres Joueurs vont mourir ? Maintenant qu'elle est installée et qu'elle a peut-être déchiffré le message des peintures rupestres, elle apprécie cet à-côté. Le camping lui convient.

Aisling est partie à la chasse. Elle en a marre de cette caverne avec ses prophéties morbides. L'air frais lui nettoie la tête. Elle en profite pour essayer de déterminer combien de temps elle va tergiverser et ce qu'elle croit précisément.

Quand elle était enfant, son père l'a enlevée pour l'amener dans cet endroit. Elle se dit qu'elle aurait pu être heureuse ici.

Soudain, un bruit de moteur se répercute entre les montagnes. Aisling ne s'en inquiète pas. Milan est relativement proche, à l'ouest, et elle a entendu passer pas mal de petits avions depuis qu'elle a commencé sa veille. Elle se concentre sur sa tâche : elle libère le lièvre du collet, l'ouvre en deux et le vide. Elle saisit un bout de peau et tire dessus. Elle s'arrête.

Il y a quelque chose de différent.

L'avion vole bas.

De plus en plus bas.

Le moteur grogne et crachote. Elle comprend.

Quelqu'un arrive.

Pour voir ce qu'elle a vu.

Elle essuie ses mains pleines de sang sur son jean et récupère son fusil.

Son attente est terminée.

Sa tranquillité est brisée, comme l'a été celle de son père.

Lago Belviso est un grand lac bordé de montagnes escarpées. Christopher est aux commandes de l'avion. Il cumule plus d'heures de vol que Sarah ou Jago. Il prenait des cours de pilotage pendant que les deux jeunes assassins apprenaient le krav maga.

— Il est quand même bon à quelque chose, marmonne Jago, mais Christopher l'ignore.

Il se sent bien. Il va jusqu'à poser la main sur le genou de Sarah et elle ne la repousse pas. Ils survolent Belviso, du nord au sud, et tournent. Il descend et décélère, puis l'avion rebondit à la surface du lac. Il le dirige vers la rive ouest et coupe le moteur. Dès que l'appareil s'est arrêté, Jago saute dans l'eau et patauge jusqu'à terre en consultant un GPS. Il s'aventure dans les bois. Sarah saute dans l'eau à son tour pour le suivre. Christopher se penche par la portière.

— Je vous attends ici. La pente est trop raide pour mon genou.

— On revient le plus vite possible, lui lance Sarah. Bravo pour le pilotage.

Christopher essaye de réprimer un sourire. En voyant Sarah et Jago déchiffrer cette énigme à la con – qu'il n'a toujours pas comprise et ne comprendra sans doute jamais –, il avait senti le désespoir l'envahir. Mais maintenant, peut-être qu'il peut se montrer utile, finalement. Jago a déjà disparu au milieu des arbres. Sarah se retourne. Elle lui sourit, avant de s'attaquer à la pente au pas de course.

Aisling cherche une position. Le fusil est lourd, les mousquetons accrochés à son harnais s'entrechoquent. Le descendeur Pirana est fixé par deux boucles serrées. Elle doit trouver un endroit d'où elle verra distinctement ces visiteurs.

Ces Joueurs.

Pop lui a appris à tirer d'abord et à poser les questions ensuite. Un principe qu'elle avait eu l'intention d'appliquer à Endgame. Mais après avoir longuement contemplé ces peintures sur le mur de la caverne, elle a revu sa tactique. Elle vole à travers les bois en sautant par-dessus les troncs couchés, les pierres et les creux.

Et s'ils viennent en alliés ? Si tout cela peut être évité ?

Sa main se crispe sur le canon du fusil.

Mais si ce n'est pas le cas ?

Monter, monter, monter.

Vite et de plus en plus vite. Sarah marche en tête, en bondissant comme un cabri. Jago la suit, mais non sans mal. Sarah s'arrête. Jago aussi. Elle s'accroupit. Et tend le doigt. Jago voit ce qu'elle désigne : une petite corde verte forme une boucle sur le sol. Un collet. Il ricane.

— Il y a un Joueur dans les parages.

Sarah hoche la tête et sort son pistolet.

— Mais ce n'est pas Chiyoko. Elle n'a aucune raison de poser ce piège, pas maintenant, pas depuis ce matin.

— Je suis d'accord.

Il consulte le GPS.

— On approche. Une centaine de mètres.

À l'exception du pistolet, leurs seules armes sont leurs corps et le sabre de Chiyoko. Tout le reste du matériel se trouvait dans la 307.

Sarah fait craquer sa nuque.

— Allons-y.

Aisling s'arrête en dérapage au sommet d'une falaise qui domine l'entrée de la caverne. Elle prend la corde, vérifie les points d'assurage et sort d'un étui fixé à sa ceinture une petite paire de jumelles ultrapuissantes. Elle scrute le flanc de la montagne : rien. Elle laisse les jumelles pendre autour de son cou et fait glisser la corde à travers le descendeur, elle balance le fusil par-dessus son épaule, tourne le dos au lac, règle le frein, écarte les pieds et saute dans le vide, effrayant un faucon tout proche qui s'enfuit dans le ciel.

Sarah et Jago atteignent la lisière d'une petite clairière au moment où un faucon s'envole au-dessus de leurs têtes. Quelque chose, ou quelqu'un, lui a fait peur. Ils s'interrogent : *Qui ?*

Il y a des empreintes de pas partout.

Ce n'est pas un Joueur au physique imposant. Ni Alice, ni Maccabee, ni Hilal.

C'est une fille.

Des branches forment un petit tas près d'une entaille dans la roche. Une caverne. Sans se concerter, ils sont d'accord pour penser qu'elle renferme ce que l'indice veut leur faire découvrir. Sarah lève trois doigts.

Deux.

Un.

Le poing.

Ils se ruent par l'ouverture. Le faucon pousse des cris stridents qui résonnent dans toute la vallée.

Le faucon gémit. Aisling freine à l'aide de son descendeur et effectue une rotation à 180 degrés. Elle regarde à travers ses jumelles. Le camp est toujours désert, mais elle l'a perdu de vue durant 46 secondes. Elle reste suspendue dans le vide pendant encore une minute, elle guette un signe. En vain.

Elle se retourne et poursuit sa descente.

Sarah allume une lampe électrique pour inspecter la caverne. Du matériel de couchage. Un sac appuyé dans un coin. Un feu circulaire. Une pile de bois. Un tas d'os d'animaux. Des dessins et des notes au fusain sur une paroi de pierre.

— Personne, dit Jago.

— Pas Chiyoko, en tout cas.

— Elle a de la chance.

Jago traverse la salle avec sa propre lampe.

— Regarde ça.

Sarah le rejoint devant la peinture qu'Aisling a contemplée pendant presque une semaine.

— C'est nous, commente Sarah, stupéfaite. Tous les douze.

— Ou quelque chose d'approchant, confirme Jago.

— Les monolithes… Stonehenge.

— Il y a même un des lointains cousins de kepler 22b.

Jago fourre le GPS dans son pantalon et sort son smartphone pour photographier la peinture.

Sarah passe sa main dessus.

— Ce personnage, cette femme, tient un disque. On dirait… on dirait qu'elle le pose sur cette pierre.

Elle appuie le doigt sur une pierre où est dessiné un poignard.

Jago baisse son téléphone.

— Ou qu'elle l'introduit *dans* la pierre.

Ils se regardent sans rien dire.

Ils sont face à leur histoire, leur avenir, leur passé.

Tout et rien.

Tout le temps.

Ici et ici et ici.

— Tu penses…

Sarah laisse mourir sa voix.

— C'est comme ça que nous sommes censés utiliser le disque pour obtenir la Clé de la Terre…

— Oui, forcément, murmure Sarah, impressionnée.

Jago prend des gros plans de la peinture.

Sarah montre la boule rouge qui domine la scène.

— C'est quoi, ça ?

— Le soleil ? La lune ? La maison de kepler 22b ?

Sarah secoue la tête.

— C'est une de leurs météorites. À coup sûr. C'est notre histoire, ou une partie du moins.

— Oui, sans doute.

Sarah prend Jago par la main.

— J'en ai assez vu, Feo. Partons d'ici.

L'Olmèque hoche la tête, le visage fermé.

— Il faut récupérer ce disque.

Ils passent totalement à côté de la 2de peinture. Celle de la femme dérivant seule sur l'océan, après Endgame.

Ils n'ont pas la révélation.

Contrairement à Aisling.

Aisling s'arrête sur une étroite corniche au-dessus du camp. Ils sont là, en bas.

Ils sont deux.

C'est inattendu.

Elle épaule son fusil. Elle règle la lunette, actionne la culasse, vide ses poumons et s'immobilise. Tous ces gestes lui viennent naturellement, elle les a accomplis si souvent. Tuer de loin ne lui pose aucun problème. Mais cette fois, elle ne va pas tuer. Pas tout de suite. Elle ôte son doigt de la détente. Elle veut les observer avant de prendre une décision.

La vie ou la mort ?

D'où elle se trouve, elle ne peut pas viser la fille, mais elle voit le garçon. C'est un des maigrichons. Jago Tlaloc ? Ou le Shang ? Difficile à dire. Si c'est l'Olmèque, il n'avait pas l'air trop méchant. Contrairement au Shang, il n'a fait sauter personne lors de l'Appel. Le Shang, en revanche, mérite de mourir. Elle caresse la détente, elle sent le ressort se tendre sous son index. Elle plisse les yeux.

— Allez, murmure-t-elle, retourne-toi. Montre-moi ton beau visage…

Sarah ressort de la caverne derrière Jago. Elle regarde, par-dessus son épaule, la falaise qui se dresse derrière les arbres. Un éclat attire son attention à mi-hauteur : une lunette.

— Cours ! hurle-t-elle. Vers les arbres !

Jago n'a pas besoin de demander pourquoi, il lui fait confiance. Il s'élance immédiatement. Sarah fonce elle aussi, en tirant des coups de pistolet derrière elle, vers la falaise.

Un morceau de roche explose à côté de l'épaule d'Aisling. Elle tressaille. Un tir de couverture pour leur permettre de se mettre à l'abri. Elle aurait dû les liquider tous les deux quand elle en avait la possibilité. À moins que…

Comment réagirais-je si je voyais l'arme d'un sniper pointée sur moi ?

Elle entend la voix de son père : *Tout est un cycle.* Ce qui signifie qu'il peut peut-être être brisé.

Aisling tire un coup de feu en l'air. Pour attirer leur attention. Elle décolle sa joue de la crosse.

— Je suis Aisling Kopp, la Laténienne de la 3e lignée. Qui que vous soyez, écoutez-moi !

Sarah et Jago se tapissent derrière un gros arbre. Ils se dévissent le cou pour essayer de localiser leur ennemie, mais la falaise est cachée maintenant.

— Elle ne peut pas nous voir, dit Jago.

— Avez-vous le disque ? crie Aisling d'un ton pressant.

Sarah regarde Jago en fronçant les sourcils.

— Comment elle sait ça ? Elle n'a pas pu te voir prendre le disque lors de l'Appel.

— Écoutez-moi ! Si vous l'avez et si vous savez comment l'utiliser, ne vous en servez pas !

— Elle nous baratine, dit Jago. Elle veut juste nous empêcher de récupérer la Clé de la Terre.

— Je répète : N'UTILISEZ PAS LE DISQUE !

Sarah chuchote :

— Qu'elle aille se faire foutre. Tirons-nous d'ici.

Jago approuve en baissant la tête.

— Si vous avez le disque, n'allez pas en Angleterre. Il…

La voix d'Aisling est couverte par le vrombissement guttural du moteur du Bush Hawk qui démarre.

— Chris a dû entendre les coups de feu, dit Sarah.

Jago se lève et tourne le dos à la clairière.

— Il faut filer d'ici et intercepter Chiyoko.

Il commence à descendre la pente, furtivement.

Sarah le suit, en jetant un seul coup d'œil pardessus son épaule. Elle entend encore la voix de la Joueuse qui braille sur la falaise, mais ses paroles sont inaudibles. Quelque chose la tracasse dans tout ce qui vient de se passer, sans qu'elle puisse dire quoi.

Aisling continue à s'époumoner, mais le bruit de l'avion invisible est trop fort et sa voix ne porte plus. D'un geste rageur, elle frappe contre la falaise en s'agitant dans son harnais. Ils ne l'ont pas écoutée jusqu'au bout et elle ne les a pas tués. Pas très productif comme journée. Le lourd fusil se languit devant elle. Aisling le regarde comme si elle venait de remarquer sa présence.

— Bon, dit-elle, j'ai encore le temps.

Elle épaule le fusil. Il est déjà chargé. Le lac s'étend en contrebas. Le bruit du moteur enfle. Ils vont devoir s'élever pour fuir. Des cibles faciles.

— J'ai essayé de discuter, dit-elle à voix basse. Maintenant, on va essayer autre chose.

Christopher est soulagé de voir Sarah et déçu de voir Jago sortir des bois. Ils pénètrent dans l'eau et grimpent à bord de l'hydravion.

— Qu'est-ce qui s'est passé là-bas ?

— On s'est fait tirer dessus, dit Jago.

— Avec une arme de gros calibre, j'ai l'impression.

— Décolle, dit Sarah. On a ce qu'on est venus chercher.

— Cool, dit Christopher sans même demander quel autre colifichet de mythologie extraterrestre ils ont déterré cette fois.

Ils mettent leurs casques sur leurs oreilles, Christopher prend les commandes et effectue un demi-tour avant de mettre les gaz.

— Reste caché derrière les arbres le plus longtemps possible ! lui crie Sarah dans son micro.

Christopher tire sur le manche à balai, en continuant à accélérer, et l'hydravion s'élève, mais il prend soin de le maintenir près de la surface de l'eau, jusqu'à ce qu'ils atteignent l'extrémité du lac.

— C'est parti !

Il tire à fond sur le manche et ils montent, montent, montent.

Aisling colle son œil à la lunette.

Ah, vous voilà.

Elle souffle.

Tire.

Arme.

Recommence.

Un hublot vole en éclats lorsqu'une balle traverse le fuselage. Christopher remue le manche à balai et l'appareil se met à tanguer. Des étincelles jaillissent de l'hélice frôlée par un autre projectile.

— Tu maîtrises ? demande Sarah, livide, en agrippant le bras de Christopher.

— Je maîtrise, répond-il, les dents serrées.

Il n'y aura pas de second crash. Il vire sur l'aile, à gauche.

— Qu'est-ce que tu fous ? hurle Jago.

La montagne se dresse juste devant eux, semblable à un mur.

— Je réduis ce putain d'écart.

Jago scrute la paroi de la falaise et voit jaillir un éclair. Une balle transperce l'aile gauche.

Christopher accélère de plus belle.

— Grimpe, grimpe, grimpe ! hurle Sarah.

Aisling abandonne la lunette et fait feu à volonté.

Elle tire sa 5e balle.

Encore l'aile.

Cent mètres et il se rapproche.

6e.

Un flotteur.

7e.

Une pale.

8e.

Le fuselage.

Il est au-dessus d'elle et gravit la montagne en hurlant lorsqu'elle tire sa 9e balle. L'avion grogne, poussivement. Des gouttes de kérosène pleuvent.

Aisling sourit.

Vous n'irez pas très loin.

CHIYOKO TAKEDA

Aéroport international de Malpensa, Milan, Italie

À l'aéroport de Milan, en attendant son avion pour Heathrow, Chiyoko rédige un mail.

Mon très cher An,

Je suis en route pour Stonehenge. La Clé de la Terre sera bientôt en ma possession. J'aurai gagné le premier round. Avant de poursuivre le jeu, je viendrai te voir, mon cher An. Et je te donnerai encore un peu de moi. Promis.

À toi jusqu'à la Fin,

C.

Elle appuie sur « envoyer ».

Elle va bientôt gagner.

Elle sera bientôt là-bas.

Elle sera bientôt avec lui.

Bientôt.

HILAL IBN ISA AL-SALT

Église de l'Alliance, royaume d'Aksoum,
Éthiopie septentrionale

— Ils ne peuvent pas, ils ne peuvent pas, ils ne peuvent pas.

La voix de Hilal ibn Isa al-Salt est faible et étouffée, délirante.

— Chut ! Calme-toi, Hilal.

Eben est près de lui, sur un tabouret, penché au-dessus d'une table d'opération en acier inoxydable. Un petit christ en étain accroché au mur les regarde.

— On le saurait.

Hilal est couvert de blessures. Ses bras, son visage, son torse et sa tête sont enveloppés de bandes de gaze non serrées.

— Ils ne peuvent pas l'avoir. On le saurait.

— Oui, Hilal. Tais-toi maintenant.

— Je peux… je peux… je peux me tromper…

Il s'évanouit. Eben ibn Mohammed al-Julan garrotte le bras valide de Hilal. Il prend son poignet, le retourne et lui tapote l'intérieur du coude. Hilal revient à lui brutalement.

— Je peux me tromper !

— Silence, Joueur.

Eben prend une seringue sur la table, presse sur une veine gonflée avec un doigt, appuie l'acier froid de l'aiguille contre la peau, tire sur le piston, puis l'enfonce lentement.

— Je peux me tromper, dit Hilal. L'Épreuve est peut-être inévitable, elle est peut-être...

Sa voix s'estompe, il s'évanouit de nouveau. Eben retire l'aiguille et appuie sur la veine. Le pouls est toujours bon. La respiration se stabilise, il n'y a pas de douleur. Eben se tourne vers le christ. La lumière de la lampe vacille. Le courant n'est pas revenu. Les groupes électrogènes sont toujours en sommeil. Mais il s'est entretenu avec quelqu'un grâce à une radio à dynamo et il a appris qu'une éruption solaire avait tout fait sauter, mais uniquement dans le nord de l'Éthiopie.

Il prie.

Cette chose qui est là-bas serait donc capable de diriger une éruption solaire ? Et comment aurait-elle su ce que Hilal essayait de faire ?

Il continue à prier.

En serrant les dents.

Les êtres ne sont pas censés intervenir.

AN LIU

Domicile d'An Liu, 6, rue Jinbao, appartement 66, Pékin, Chine

An Liu lit 134 fois le mail de Chiyoko.

Son corps ne cesse plus

FRISSONclignecligneFRISSONFRISSON FRISSON

FRISSONcligne-FRISSONFRISSONFRISSON-FRISSON

CligneFRISSONclignecligne-cligne-cligneFRISSON-clignecligneclignеFRISSON-cligne

FRISSONFRISSON-cligne

ne cesse plus de trembler.

Il rampe à travers sa planque de Pékin jusqu'aux restes de Chiyoko disposés sur le bout de tissu rouge. Il lui faut 22 minutes pour parcourir 78 pieds. Jamais ça n'a été aussi grave. Jamais.

CligneFRISSONFRISSONcligne-cligne FRISSONclignecligne-cligne-cligneFRISSON-clignecligneclignе-cligne.

Il touche la mèche de cheveux, son corps continue à trembler, mais moins violemment.

Il ne veut pas *clignecligne* ne veut pas attendre.

Depuis qu'il a fait sauter sa bombe sale à *FRISSONcligne* à Xi'an, sa patrie est devenue un endroit trop dangereux, de toute façon.

Il *cligne* va partir.

Clignecligne il va emporter ses jouets *FRISSON* et aller retrouver son amour.

Il va changer sa manière de Jouer.

Et quand il la retrouvera, quand il sera en sa présence, le calme.

SARAH ALOPAY, JAGO TLALOC, CHRISTOPHER VANDERKAMP

Aéroport international de Malpensa, Milan, Italie

Une des balles tirées par Aisling a entaillé le tuyau d'arrivée d'essence et ils ont dû se poser en urgence sur un autre lac, 17 km plus à l'ouest. Après avoir abandonné le Bush Hawk, ils ont marché jusqu'à la petite ville de Bondione où ils ont volé une vieille Fiat. Depuis leur atterrissage forcé sur le lac, il leur a fallu cinq heures et 17 minutes pour atteindre l'aéroport.

C'est trop.

Sarah s'engage sur le parking couvert au nord du terminal et gravit la rampe. Le trio est silencieux. Ils sont irritables, épuisés, sales.

Ils passent devant des rangées de voitures. Ces véhicules appartiennent à des gens. Des gens en voyage. Des gens qui travaillent. Des gens en vacances. Des gens qui vivent leur vie.

Sans penser que tout ça va s'arrêter.

Sarah freine brutalement.

— Putain !

— Quoi ? s'exclame Jago en cherchant déjà des tireurs embusqués autour d'eux.

Elle tend le doigt.

— La Peugeot !

Elle se gare sur un emplacement vide à côté de leur ancienne voiture. L'énorme fleur sur le capot semble se moquer d'eux.

— Au moins, ajoute Sarah, on sait que Chiyoko est passée par ici.

— Et on sait qu'elle a une méga-avance, ajoute Jago.

Repensant au crash qu'il a vécu avec Kala et à l'atterrissage forcé aux commandes du Bush Hawk, Christopher dit :

— C'est peut-être le signe qu'on devrait continuer en voiture.

Sarah coupe le moteur.

— Non. Ça veut dire au contraire qu'on *doit* prendre l'avion. Il faut rattraper notre retard.

— Elle va s'emparer de la Clé de la Terre à la première occasion, dit Jago. Et à ce moment-là, il faut qu'on soit présents.

— Bon, fait Christopher, déçu.

Jago se retourne sur son siège.

— Mais *toi*, tu peux continuer en voiture. On se retrouve là-bas.

Sarah pouffe, malgré elle. Christopher fronce les sourcils, mais il s'efforce de ne pas y voir une attaque personnelle. Il a décidé de supporter Jago jusqu'à ce que Sarah se lasse de lui. Car il est certain qu'elle finira par se lasser de lui, tôt ou tard.

— Va te faire voir, Tlaloc. Je ne suis pas parti jusqu'à présent et je ne vais pas partir maintenant.

Jago ouvre sa portière.

— Dommage.

Ils descendent de voiture et examinent la 307 en récupérant la clé de secours cachée dans un compartiment secret derrière le pare-chocs arrière. Ils l'ouvrent ; tout est à sa place : les armes, les ordinateurs, leurs vêtements, leurs affaires personnelles. Leurs différents passeports et visas, leurs cartes de crédit. La trousse de soins qui contient notamment cinq piqûres de cortisone toutes prêtes. Sarah fait deux injections dans le genou de Christopher. Il grimace, mais se sent mieux immédiatement. Il laisse une de ses béquilles dans la voiture, une seule lui suffira. Après un brin de toilette, ils préparent leurs sacs.

— Qu'est-ce qu'on fait des armes ? demande Sarah.

— Vous ne pouvez pas les prendre avec vous dans l'avion, souligne Christopher.

— Tu as trouvé ça tout seul ? ironise Jago.

— Je t'emmerde.

— Je plaisante, *amigo*.

Jago ouvre une mallette d'où il sort un petit pistolet semi-automatique comme Christopher n'en a jamais vu. Il est entièrement blanc mat.

— Ça, on *peut* le prendre dans l'avion, déclare-t-il fièrement.

— Oh, je les avais oubliés, dit Sarah.

— C'est quoi, ce truc ?

— Des pistolets en céramique et graphène-polymère, explique Jago en en faisant tourner un dans sa main. Il n'y a absolument rien de métallique dedans, pas même les balles. Ils sont donc totalement indétectables.

— Et vous… vous allez embarquer avec ?

— Non, on va enregistrer un bagage.

— OK, dit lentement Sarah.

Elle prend le 2e pistolet, introduit un chargeur et en prend un autre. Jago en fait autant.

Jago regarde Christopher.

— Tu en veux un ?

L'Américain secoue la tête.

— Non, ça ira.

Jago ricane avec mépris.

— Tant mieux, on n'en a que deux.

Sarah pose sa main sur son bras.

— Prêt ?

— Et comment !

À contrecœur, ils abandonnent les autres armes et tout le matériel électronique. Jago lance également le sabre de Chiyoko dans le coffre. Ils le referment et verrouillent les portières.

— Je reviendrai te chercher, ma jolie, dit Jago en tapotant affectueusement le capot.

Ils marchent jusqu'au terminal. Par automatisme, Sarah compte le nombre de personnes armées qu'elle croise. Quinze agents tout de noir vêtus avec des Beretta ARX 160. Deux unités K-9 accompagnées de gros bergers allemands. Deux agents en civil qui fument une cigarette et dont les blousons sont déformés par leurs holsters. Tous observent la foule.

En suivant le regard de Sarah, Christopher repère les policiers lui aussi.

— Peut-être qu'on devrait demander à un de ces types s'ils n'ont pas vu une petite voleuse japonaise ?

— Pas de plaisanteries, répond Sarah en regardant droit devant elle. On n'a pas de temps à perdre.

Christopher marche quelques pas derrière elle et Jago, en traînant la patte. Il s'aperçoit que lui-même représente une sérieuse perte de temps. Alors, il essaye de suivre. Ils font la queue au guichet de British Airways. Ils attendent patiemment. Ne pas faire d'histoires. Ils avancent quand ça avance. Ils ne parlent pas. Ils gardent les yeux fixés sur leurs smartphones, comme tout le monde. On n'a pas du tout l'impression qu'ils participent à un jeu qui va décider du sort du monde. Ils n'ont pas l'air de personnes qui pourraient prendre l'avion avec des armes ultra-sophistiquées.

— *Avanti !* lance l'employée.

Sarah et Jago rangent leurs téléphones et s'approchent du guichet, pas plus suspects qu'un couple d'adolescents un peu négligés qui s'accordent un an de voyage à la fin de leurs études. Christopher s'accoude au comptoir près d'eux. Il tend son vrai passeport. Sarah et Jago utilisent les faux que Renzo leur a donnés. De nouvelles identités. Ils achètent des billets pour Heathrow. Le premier vol part dans deux heures. À l'enregistrement, personne ne leur pose de questions et le sac contenant les armes disparaît sur un tapis roulant. Jago ricane lorsqu'ils s'éloignent du guichet.

— Au fait, l'ami, dit-il à Christopher, notre bagage est à ton nom.

— Salopard !

— Ce n'est rien, dit Sarah pour calmer Christopher, tout en regardant Jago d'un air de réprimande.

En vérité, elle trouve que ce n'est pas une mauvaise idée. Au cas, peu probable, où les armes seraient repérées, c'est Christopher qui serait interrogé. Jago et elle pourraient en profiter pour filer. Ils reviendraient le chercher après s'être occupés de Chiyoko.

Alors qu'ils se dirigent vers la porte d'embarquement, Sarah et Jago distancent de nouveau Christopher. C'est la nuit dernière seulement que Sarah a dormi avec lui, et pourtant, tout cela est déjà oublié. À part l'instant où elle l'a laissé poser sa main sur sa cuisse à bord de l'hydravion, ils ne se sont pas touchés, et maintenant, elle se sent plus proche de Jago manifestement. Les deux Joueurs sont concentrés, mais aussi excités, ils dégagent une énergie qu'il ne peut pas comprendre.

Le voyage à Stonehenge ne l'excite pas. Il se contrefiche de la Clé de la Terre, de l'Épreuve et du Peuple du Ciel. Il ne s'intéresse qu'à Sarah.

Il a peur.

Peur pour elle et peur pour lui.

Il a peur parce qu'il ne peut pas s'empêcher de penser qu'un de ces deux Joueurs va mourir.

MACCABEE ADLAI, BAITSAKHAN

Hôpital Saint-Gabriel, Addis-Abeba, Éthiopie

Baitsakhan a perdu deux cousins, un frère et maintenant une main. Mais il lui reste Maccabee Adlai. Ils sont dans un hôpital privé d'Addis-Abeba, payé par Maccabee. Assis dans son lit, Baitsakhan sirote de l'eau glacée à la paille. Au cours de l'opération pratiquée en urgence, il a reçu 12 pintes de sang, dont deux fournies par le Nabatéen lui-même, donneur universel.

— L'Aksoumite d'abord, l'Harappéenne ensuite, dit le Donghu qui pense déjà dans quel ordre il va régler ses comptes.

Assis sur une chaise en bois à côté de lui, Maccabee examine attentivement le globe qu'il tient dans ses mains.

— Je ne suis pas sûr.

— Le sang appelle le sang, mon frère. Le sang appelle le sang.

Maccabee secoue la tête.

— Non. Il faut changer de tactique. Ça ne peut pas être une question de vengeance.

Baitsakhan frotte la bande qui enveloppe son moignon.

— Pourquoi ? Si on les tue tous, l'un de nous deux l'emportera. Il en reste huit à part nous. Peut-être moins.

Une lumière terne apparaît à l'intérieur du globe.

— Non, Baitsakhan. Tu n'as pas écouté kepler 22b. L'un de nous *peut* gagner si tous les autres meurent, mais rien n'est sûr. Il faut posséder les clés. Et il faut satisfaire les Créateurs.

Baitsakhan crache par terre.

— On a déjà une clé. Aie confiance, mon frère. Ma méthode est la bonne.

Maccabee ne dit rien. Le globe se met à luire, mais faiblement. Le Donghu est tellement obnubilé par ses fantasmes de vengeance et de meurtre qu'il ne s'en aperçoit pas. Des images tremblotent à l'intérieur du bloc sombre. Un sommet blanc dentelé. Un arbre mort. Un feu immense. Une petite fille qui joue dans un jardin, un paon, une personne qui hurle. Un cercle de pierres grossier. Un labyrinthe taillé dans un champ de blé. Trois grosses pierres disposées de manière distinctive.

Stonehenge.

L'image de Stonehenge demeure, grandit et se modifie pour laisser apparaître une silhouette, une personne, qui la traverse. C'est la fille du peuple Mu, Chiyoko Takeda.

Maccabee fait claquer sa langue. Il a une révélation.

— Ce n'est pas la Clé de la Terre, Baitsakhan.

— Quoi ?

— Ce n'est pas du tout une clé, dit le Nabatéen avec une lueur fulgurante dans le regard. C'est un émetteur.

— Un émetteur ?

— Oui.

— Et il émet quoi ?

Maccabee examine le globe encore une fois. Une moue retrousse ses lèvres tandis qu'il regarde la fille Mu avancer entre les pierres de Stonehenge.

— Il montre le déroulement d'Endgame. Il ne nous est pas destiné. Il est destiné à… *Eux*, les keplers.

Baitsakhan bat furieusement des paupières. Il commence à comprendre.

— Alors, c'est...

Maccabee se penche vers lui, survolté.

— Oui ! C'est mieux qu'une clé. Beaucoup, beaucoup mieux.

Il se lève et tient le globe devant Baitsakhan. Ensemble, ils regardent.

Ils assistent au début de la fin.

OK, regarde à travers et vois le cygne et ce qui vit au-delà de l'au-delà.[lxxiii]

SARAH ALOPAY, JAGO TLALOC, CHRISTOPHER VANDERKAMP

Rivière Avon, West Amesbury, Wiltshire, Angleterre

Il est 4 : 53 du matin quand ils arrivent. Sarah conduit leur voiture de location. Tous phares éteints. Les monolithes se dressent devant eux, ombres menaçantes, sombres et vides.

Stonehenge.

Très anciennes sentinelles de pierre.

Gardiens de secrets.

Veilleurs du temps.

Christopher se penche entre les sièges avant.

— Alors, ce site est l'œuvre du Peuple du Ciel ?

Sarah secoue la tête.

— Non, ce sont des humains qui l'ont bâti. Les Créateurs leur ont montré comment faire, et pourquoi.

Christopher ne comprend toujours pas.

— Ah… Comment, alors ? Et pourquoi ?

— On va bientôt le savoir, répond sèchement Sarah.

Jago observe les environs à travers la paire de jumelles qu'ils ont achetée dans une boutique de l'aéroport. Elles ne sont pas de très bonne qualité mais c'est tout ce qu'ils ont.

Jago plisse les yeux. Scrute.

— Rien.

Il baisse les jumelles. Tous les trois regardent passer un banc de nuages bas venant de l'ouest, dont l'extrémité masque les étoiles.

— Peut-être qu'il n'y a personne, dit Jago.

— Tu ne risques pas de les voir avec ces jumelles de pacotille, répond Sarah.

— Vous ne trouvez pas ça bizarre ? demande Christopher.

— Quoi donc ?

— C'est un site ultratouristique, non ? Il ne devrait pas être surveillé ?

— Exact, dit Jago.

— C'est Endgame, répond Sarah dans un souffle et ils savent qu'elle a raison.

D'une manière ou d'une autre, cet endroit a été dégagé en vue de leur arrivée, comme la Grande Pagode de l'Oie Sauvage l'avait été. Ce qui va se passer ici doit rester caché aux yeux des non-initiés. Mais surtout… ils vont regarder. Les keplers. Ils vont tenir le score.

Jago reprend ses jumelles.

— Peut-être qu'on l'a devancée…

Christopher tend le doigt.

— Là-bas !

Une silhouette humaine vient d'apparaître derrière un des monolithes. La personne tourne sur elle-même. En tenant un objet rond et lourd.

— Bingo ! s'exclame Sarah.

— Allons récupérer notre clé, dit Jago.

En allant de l'extérieur vers l'intérieur :

1 Pierre-Talon.
56 trous.
4 Pierres de Position.
29 trous.
30 trous.
30 pierres de sarsen.
60 pierres bleues.
5 trilithes de sarsen.
19 pierres bleues.
1 Pierre d'Autel de sarsen.
Stonehenge.

AN LIU

Route A344, Amesbury, Wiltshire, Angleterre

La moto hurle entre les jambes d'An Liu, dévorant l'asphalte et l'air vif de la nuit dans la campagne anglaise. Il est venu de Chine à bord de son jet privé, avec une escale pour faire le plein sur un petit aérodrome de Roumanie. Il ne pouvait plus attendre. Et depuis qu'il a décidé de ne plus attendre, ses tics ont disparu.

Chiyoko.

Si proche.

Je suis presque là, mon amour. Presque.

Quand il n'est plus qu'à deux km du vieux monument, il s'arrête. Il gare sa moto sur une route secondaire et récupère dans les sacoches ce dont il pourrait avoir besoin : des jouets qu'il a transportés en douce à bord de son jet. Après cela, il grimpe jusqu'au sommet d'une petite colline. Il scrute le paysage avec une puissante lunette de vision nocturne. Il voit les pierres. Mais pas Chiyoko. Pas encore. Il sait qu'elle est ici. Il la sent. Elle est comme un soleil créé uniquement pour lui, qui dispense de la lumière et de la chaleur, qui lui donne la vie.

Il continue à observer. Encore. Ici et ici et ici.

Et là.

Une petite voiture. Stationnée dans un léger creux sur le bord de la route, à environ un km du site. Trois individus à bord. Deux armés.

Il zoome.
Il en reconnaît deux.
Des Joueurs.
La Cahokienne.
L'Olmèque.
Il les regarde discuter et se préparer ; il regarde.
Il abaisse sa lunette.
Il se réjouit d'avoir apporté quelques jouets.

SARAH ALOPAY, JAGO TLALOC, CHRISTOPHER VANDERKAMP

Rivière Avon, West Amesbury, Wiltshire, Angleterre

Jago introduit un chargeur dans l'arme en céramique et polymère. Il fixe l'étui à sa ceinture. Sarah attache son pistolet autour de sa cuisse et rassemble ses cheveux en queue-de-cheval. Elle glisse son chargeur de rechange, son seul chargeur de rechange, dans sa poche arrière de pantalon. Pendant ce temps, Christopher ronge son frein. On lui a confié le rôle de chauffeur en cas de fuite précipitée. Cela ne lui plaît pas trop, mais il comprend.

Sarah se tourne vers lui.

— *Bang, bang... bang*. Deux coups de feu, puis un troisième une seconde plus tard. C'est le signal. Si tu l'entends, tu viens nous chercher.

— Pigé.

Jago demande à Sarah :

— Prête ?

— Oui.

Il sort du creux pour observer les environs du site. Sarah prend le bras de Christopher. Et le serre.

— Attends dans la voiture.

— OK.

— Et tends bien l'oreille.

— Si vous ne donnez pas le signal, combien de temps je dois attendre avant de venir vous chercher ?

Sarah secoue la tête.

— Si tu n'entends pas de signal, c'est qu'on est morts. Tu peux t'en aller. Il *faut* que tu t'en ailles, compris ? Ça deviendra trop dangereux ici. N'essaye pas de nous retrouver. Mon Endgame sera terminé.

Il hoche la tête d'un air solennel.

— Tu ne vas pas me plaquer maintenant ? Tu pourrais très bien récupérer ce que tu cherches et ficher le camp sans que je le sache.

Elle le fixe avec gravité et franchise.

— Non. Promis.

Elle regarde ses pieds.

— Écoute… Ce qui s'est passé à l'hôtel…

— On en parlera plus tard, dit Christopher, envahi par une nouvelle bouffée d'angoisse.

Plus tard, pense-t-il. *S'il y a un plus tard.*

Jago siffle. Ils se retournent. Il fait tournoyer son doigt en l'air. Sarah se penche vers Christopher pour lui faire une bise.

— Je dois y aller. Désolée que ça se passe comme ça. Ce n'est pas du tout ce que j'ai toujours voulu ou attendu.

Avant qu'elle puisse s'en aller, Christopher la serre dans ses bras.

— Moi aussi je suis désolé, Sarah. Va leur flanquer une raclée et reviens vite.

— Je reviendrai.

Ils sourient. Sarah pivote et, sans un regard en arrière, elle rejoint Jago à petites foulées.

— Je t'aime, dit Christopher en se parlant à lui-même. Je t'aime.

CHIYOKO TAKEDA

Stonehenge

C'est Endgame.

Chiyoko pose le disque. Lève les yeux vers les cieux. Des nuages gris écrasent l'Angleterre et le monde entier. Des nappes de brouillard flottent au-dessus du paysage verdoyant et vallonné. Les étoiles et le ciel clair ont disparu. Les nuages recouvrent le monde.

Elle contemple le disque, posé dans une forme en creux à peine visible sur le dessus de la Pierre d'Autel. Personne avant l'arrivée de Chiyoko, quelques instants plus tôt, n'a jamais su pourquoi cette forme était là. Le disque s'y insère, mais pas parfaitement. Elle tend le bras et laisse ses doigts l'honorer, elle sourit, elle sait que c'est la dernière étape avant d'acquérir la Clé de la Terre. Les deux mains posées sur le disque, elle appuie.

Appuie.

Appuie.

Elle lève les mains et les maintient au-dessus de la surface creusée de sillons, elle rassemble son *chi* dans l'extrémité de ses doigts. La Pierre d'Autel se met à vibrer très légèrement.

Le sol gronde.

Ses jambes tremblent.

Une perdrix crie au loin.

Elle pense à An.

An torturé.

An absent.

Tu devrais être avec moi. La vie n'est pas la même chose que la mort. Tu devrais le voir.

C'est Endgame.

CHRISTOPHER VANDERKAMP, AN LIU

Rivière Avon, West Amesbury, Wiltshire, Angleterre

Assis à la place du conducteur, Christopher pianote nerveusement sur le volant. Ses jambes tressautent. Il embraye, débraye, embraye, débraye. Il passe les vitesses. Il regarde le ciel d'un air impatient.

Il a du mal à tenir en place.

Sarah est partie depuis 23 minutes.

Avec lui.

L'imagination de Christopher s'emballe. Il ne sait pas quoi faire. Il a envie de se lancer à leur recherche. Il descend de voiture. Fait le tour. Se rassoit au volant. Il met sa ceinture. Referme la main sur la clé de contact et commence à la tourner. Mais il ne le fait pas.

S'il fumait, il fumerait.

Il baisse sa vitre. Le ciel s'éclaircit très légèrement, mais reste sombre. L'aube sera sinistre. Appropriée au contexte.

Il est gris à l'intérieur.

Il attend, il agrippe le haut du volant à deux mains, le serre de toutes ses forces.

— Et puis merde !

Il tend la main vers la clé et, au moment où il commence à la tourner, il sent un morceau de métal rond et froid appuyer contre sa tempe.

— Ne fais pas ça, dit une voix d'homme, jeune, teintée d'un fort accent.

Le regard de Christopher glisse vers le rétroviseur extérieur. Il y voit, sous une combinaison noire couverte d'attaches, de babioles, de grenades et de petites boîtes, la poitrine creuse d'un gamin maigrelet. Un gamin qu'il pourrait expédier au tapis en quelques secondes.

S'il n'avait pas une arme.

— Mains sur le volant, ordonne An Liu dans un anglais rudimentaire.

Comment a-t-il fait pour approcher sans que je l'entende ? Oh, d'accord, c'est encore un de ces putains de Joueurs.

Christopher obéit. An s'écarte de la voiture.

— Ouvrir la porte. Montrer les mains. Descendre. Trop vite, je tirer. Pas montrer les mains, je tirer. Silencieux. Compris. Dire oui.

— Oui.

— Bien. Maintenant, tu fais.

Christopher s'exécute. Il se redresse et se tourne vers An, en laissant ses mains bien en évidence. Il est surpris de ne pas être plus nerveux. C'est le 4e gamin d'Endgame qu'il affronte – sans compter Jago et Sarah – et c'est le 4e qui veut l'enlever. C'est aussi celui qui paraît le plus faible.

— Attrape !

An lance un objet en direction de Christopher, qui le rattrape par réflexe.

C'est une grenade.

— Elle est armée. Tu lâches, ça explose.

— Tu mourras aussi.

— Non. Je fais elle spéciale. Petite explosion. Pour arracher tes bras, le ventre, peut-être cœur et poumons aussi. Moi, je crains rien. Juste éclaboussé. Dégoûtant, oui. Mais je meurs pas. Si tu comprends, dis oui.

— Oui.

— Bien. Retourner. Pas regarder.

Christopher sent son cœur s'accélérer. Il se demande si tous ces gamins d'Endgame ne connaissent pas des trucs pour contrôler le rythme cardiaque. Il faudrait qu'il pose la question à Sarah. Il se retourne face à la voiture et, sans le moindre bruit, An s'approche dans son dos, lui passe une corde autour du cou et serre. Sur ce, il s'écarte de sa proie et lâche la laisse. Il y a neuf pieds de mou.

— Je fabrique bombes. Bombes spéciales. Cette corde spéciale aussi. La partie autour du cou, c'est bombe. J'ai déclencheur. J'appuie, tu perds ta tête. J'ai autre déclencheur. Biométrique. Je meurs, tu perds ta tête. Activé maintenant. Si tu comprends, dis oui.

— Oui, parvient à articuler Christopher.

La laisse est serrée, il a les mains moites, son cœur cogne.

J'aurais dû écouter Sarah, pense-t-il une fois de plus. *Je ne devrais pas être ici.*

— Tu peux lâcher grenade maintenant.

— Elle ne va pas exploser ?

— Non. Je mens. Mais je mens pas pour la corde. Tu essayes, tu perds ta tête. Si tu comprends, dis…

— Oui.

An sourit. Christopher lâche la fausse grenade.

J'aurais dû écouter.

— Bien. Maintenant, marche. Marche vers Stonehenge. On va. On va voir nos amis.

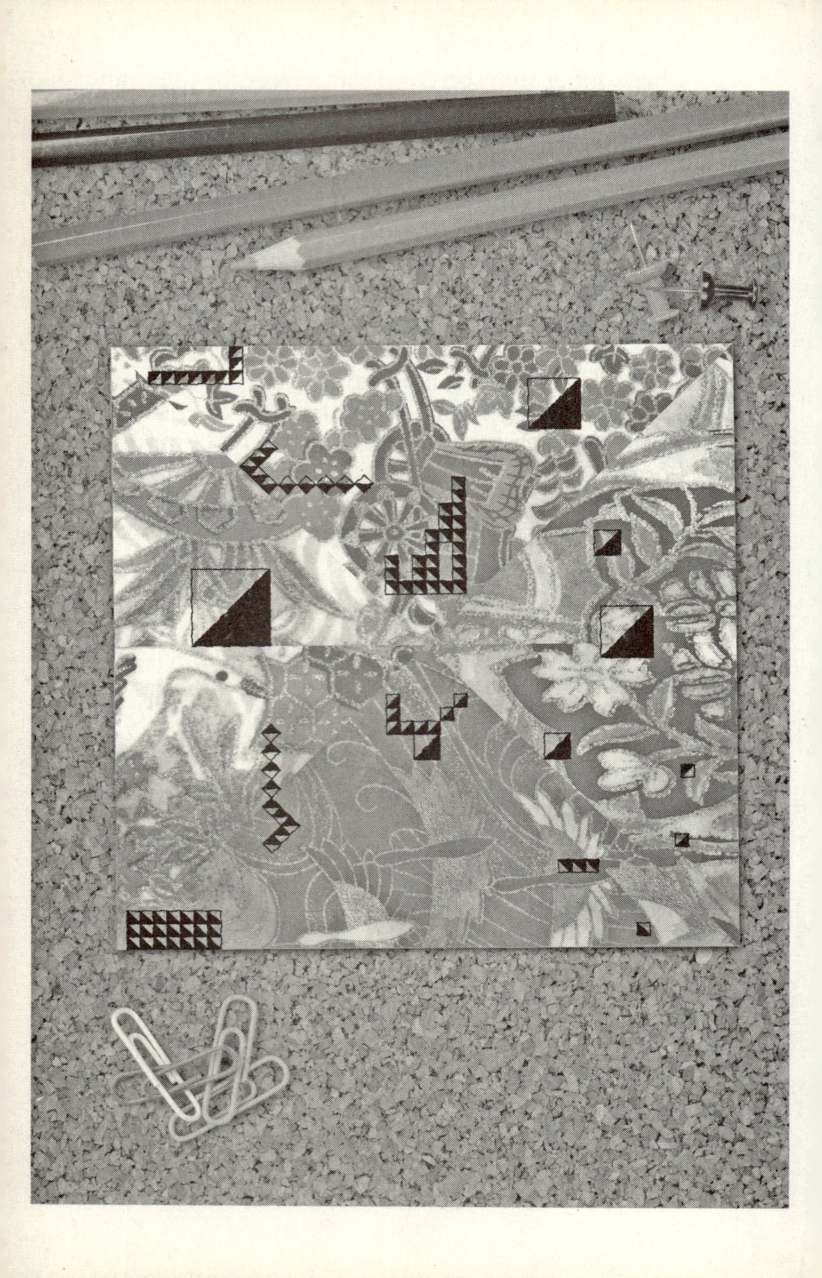

SARAH ALOPAY, JAGO TLALOC, CHIYOKO TAKEDA, AN LIU, CHRISTOPHER VANDERKAMP

Stonehenge

La Pierre d'Autel frémit.

Les extrémités des doigts de Chiyoko, chargées d'énergie, la picotent.

Ses genoux tremblent.

Mais soudain, ça s'arrête.

Elle recule et regarde le disque avec perplexité.

Il ne fonctionne pas.

Pourquoi ?

Une voix interrompt ses pensées.

— Tu t'y prends mal.

Elle se retourne vivement. Deux *shuriken*, cachés dans ses manches, jaillissent de ses mains. Sarah se penche sur le côté et attrape les lames de métal sifflantes entre le pouce et l'index de chaque main. Elle sourit.

— Tu n'es pas la seule à posséder des talents, Mu.

Chiyoko montre ses paumes en signe de paix. Sarah s'avance.

— Tu es surprise de me voir ?

La tristesse se lit dans le regard de Chiyoko. Elle tape dans ses mains, une fois, pour dire oui, et s'incline pour s'excuser. Elle montre Sarah, lève deux doigts et penche la tête : elle demande où sont les autres.

— Ici, dit Jago en surgissant de derrière le trilithe vertical le plus au sud, celui dans lequel est gravé un poignard.

Son pistolet est braqué sur la tête de Chiyoko.

La muette demeure immobile, mais ses yeux vont et viennent entre Jago, le disque et Sarah. Cette dernière dit :

— Je t'explique ce qui va se passer. On va récupérer le disque et empocher la Clé de la Terre. Tu as le choix. Tu nous laisses prendre la clé tranquillement et tu t'en vas. Ou bien, tu fais un seul geste de travers et Jago te fait sauter la tête.

— Avec un immense plaisir, ajoute l'Olmèque. Je suis réveillé, cette fois, *puta*.

Pour Chiyoko, cela ne ressemble guère à un choix. Elle ne peut pas leur donner le disque, elle ne peut pas les laisser s'emparer de la Clé de la Terre. Ce disque appartient à sa lignée, à son peuple. Il en a toujours été ainsi et il en sera toujours ainsi. Elle garde les mains bien en évidence, sa respiration est régulière. Son *chi* se trouve maintenant au creux de son estomac, ramassé, prêt. Elle entend le ressort de la détente de l'arme de Jago se comprimer.

— C'est trop long, dit-il.

Chiyoko fait un geste en direction du disque de pierre et de l'autel, pour exprimer son incompréhension, puis elle hausse les épaules, paumes ouvertes, avant de joindre les mains en signe de supplication.

— Arrête de bouger ! lui crie Jago.

— Tu veux savoir comment ça fonctionne ? demande Sarah. C'est ça ?

Chiyoko lance un regard hésitant en direction de Jago, puis hoche la tête.

— J'ai résolu mon énigme. Ça m'a fourni des réponses. Si tu étais restée avec nous, peut-être qu'on les aurait partagées avec toi.

— Mais maintenant, tu peux aller au diable, ajoute Jago.

Chiyoko enrage en silence.

J'ai agi sur un coup de tête. J'ai été stupide. J'ai manqué de patience.

Elle recule d'un pas. Jago presse sur la détente : 0,7 mm la sépare du coup de feu ; Chiyoko baisse la tête pour reconnaître sa défaite et elle montre le disque. Sarah s'avance.

— Tu as fait le bon choix.

Jago ordonne à la muette de se déplacer, en agitant le canon de son arme.

— Va te mettre là-bas, Mu. Lentement.

Chiyoko observe le pistolet, jauge la distance, cherche un moyen de le désarmer. Jago prend cela pour de l'appréhension.

— Ne t'inquiète pas, je ne vais pas tirer. Contrairement à toi, quand je conclus un marché, je tiens parole.

Chiyoko obéit, pendant que Sarah glisse les *shuriken* sous sa ceinture et s'approche de la Pierre d'Autel. Elle referme les mains sur le disque. Elle sent son pouvoir, mais elle sait qu'il n'est pas bien placé.

Elle le soulève en murmurant :

— Ça y est.

Mais avant qu'elle puisse tourner le disque, une voix au fort accent chinois, pleine d'outrecuidance, se fait entendre :

— Non, Cahokienne. Pas encore.

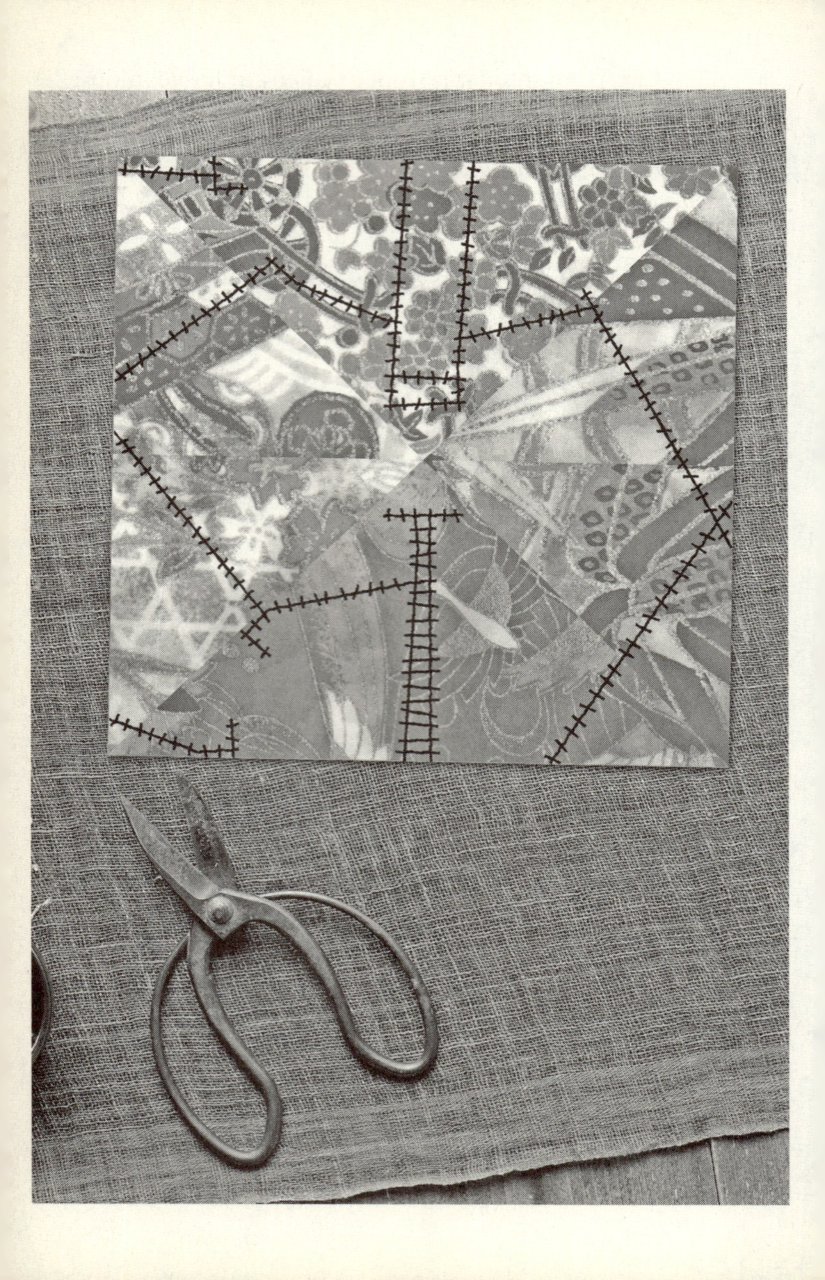

TOUS LES JOUEURS

Angleterre, Inde, Italie, Chine, Turquie, Éthiopie, Australie

Sarah fait volte-face, sort son arme et tire. Jago garde son pistolet braqué sur Chiyoko. Celle-ci ne bouge que les yeux, mais Jago voit qu'ils débordent d'émotions. Elle est triste et soulagée. Elle est curieuse.

Christopher apparaît derrière le cercle de pierres le plus excentré, au nord. Il semble à la fois calme et provocateur. Une corde noire lui enserre le cou. L'arme de Sarah le suit et attend. Au bout de 2,3 secondes, An Liu apparaît à son tour. Son front est dans le viseur du pistolet de Sarah. Elle est sur le point de tirer.

— Non, dit An. La corde est bombe. Elle tue garçon si je meurs. Commutateur biométrique. J'ai aussi déclencheur manuel. Vous faites ce que je dis ou garçon meurt. Il perd sa tête. Vous comprenez ?

— Qu'est-ce que tu fous ici ? demande Jago. Il est avec toi, Chiyoko ?

— Chiyoko m'aider en Chine, explique An. Je l'aide maintenant. Vous lui donnez ce qu'elle a besoin pour trouver Clé de la Terre. Vous faites tout de suite ou garçon meurt.

— Bute ce cinglé, Sarah, dit Christopher d'une voix ferme, brutale. Il bluffe.

An tire sur la laisse.

— Silence. Pas bluffer. Faites pas stupides.

Sarah accentue la pression sur la détente. Elle connaît Christopher mieux que n'importe qui d'autre sur Terre. Et elle sait qu'il ment : il ne pense pas vraiment qu'An bluffe. Il veut qu'elle tue An car il a peur de ce qui va se passer si elle ne le fait pas. Il a peur qu'elle ne gagne pas. Ses yeux la supplient. Sarah déglutit avec peine.

Chiyoko frappe dans ses mains avec insistance. An tourne la tête dans sa direction. Elle lui adresse un geste apaisant, en secouant la tête. *La vie n'est pas la même chose que la mort*, lui dit-elle mentalement en obligeant An à l'écouter. Celui-ci comprend qu'elle ne veut pas que ça arrive. Pas de cette façon.

Mais il ne voit pas les choses ainsi.

Jamais Chiyoko n'a éprouvé une telle envie de parler.

Jago tire une balle au-dessus de la tête de Chiyoko. Elle la sent frôler un petit épi.

— Je t'ai dit de ne pas bouger.

Elle se fige.

La voix de Christopher se brise lorsqu'il s'écrie :

— Tue-le ! Il bluffe !

— Pas de bluff.

— Tue-le !

Sarah toise An Liu. Le disque est derrière elle. Le poignard de pierre est juste à sa droite. Elle n'a besoin que d'une seconde.

— Tue-le ! Fais-le !

An glisse un peu plus derrière Christopher. Il n'offre plus une cible isolée.

— Non, dit-il. Sinon, il meurt.

— Ne bouge plus ! braille Sarah.

An s'immobilise. Elle ne voit plus qu'un petit bout de son visage, son oreille.

— Il baratine, Sarah. Bute-le. Vas-y.

— Je ne peux pas l'atteindre.

— Bien sûr que si. Tu es Sarah Alopay. Tu atteins toujours ta cible. Vas-y.

Sarah est prise de nausées soudain. Elle observe An. Jago observe Chiyoko. Chiyoko observe An. An observe tout le monde, son regard saute de l'un à l'autre. Christopher garde les yeux fixés sur Sarah. Celle-ci regarde son petit ami du lycée. Beau, téméraire et entêté. Qui n'a rien à faire ici. Elle se souvient des paroles de Jago lui disant que son amour ne la rendait pas faible. Il la rendait forte. Il la rendait humaine.

Mais c'est Endgame.

Elle ne peut plus se permettre d'être humaine. Elle ne peut plus être normale. Elle doit être quelque chose d'autre. Quelque chose de plus. De moins.

C'est une Joueuse, une Cahokienne, qui combat pour sa lignée.

Pour sa famille.

Pour son avenir.

Pour *l'*avenir.

— Je t'aime, Christopher, dit-elle tout doucement.

Il hoche la tête.

— Moi aussi, je t'aime, Sarah.

— Donne disque à Chiyoko ou il meurt ! aboie An.

— Je t'aime depuis que je t'ai vu, et je t'aimerai toujours.

— Moi aussi. Depuis toujours et pour toujours. Maintenant, liquide-moi ce petit merdeux.

— Donne disque à Chiyoko ou il meurt ! répète An.

Sarah regarde Christopher avec un sourire triste et tendre.

— Tu aurais dû m'écouter. Ça ne devrait pas se terminer de cette façon.

Une expression de crainte ou de résignation envahit le visage de Christopher.

— Je sais. Je suis navré.

Le sourire de Sarah s'évanouit ; ses traits se modifient. Christopher voit la fille qu'il aime disparaître et devenir autre chose. Une chose qu'il ne reconnaît pas. Dure, efficace et impitoyable. Qui lui fait peur. Il ne veut pas vivre dans un monde où la Sarah Alopay qu'il a connue et aimée est remplacée par celle-ci. Elle le regarde intensément, ses yeux ne bougent pas, son arme non plus. Ils ont toujours su ce que l'autre pensait, sans avoir besoin de parler. Et à cet instant, Christopher sait qu'elle va le faire. Elle va tirer. Elle va saisir sa chance, sa seule et infime chance d'éliminer An.

— Tu parlais toujours de choix, Sarah. Tu disais qu'il fallait choisir qui on était et ce qu'on allait faire. Mais tu avais tort. Tu n'as pas le choix. Tu ne l'as jamais eu. Tu es née pour faire ça, pour faire ce que dicte ton destin.

Elle ne le quitte pas des yeux.

— Alors, fais-le. Je te pardonne. Et je regrette de t'avoir placée dans cette position, dit-il d'une voix proche du murmure. Fais-le et gagne. Gagne pour moi.

Sarah hoche la tête et dit, tout bas :

— Je le ferai.

Christopher ferme les yeux. Sarah presse la détente. La balle jaillit, fend l'air et atteint Christopher James Vanderkamp en pleine tête, traverse son crâne, son cerveau et le tue instantanément.

La balle poursuit son chemin à travers l'arrière du crâne, traverse l'espace entre Christopher et An et frappe celui-ci au milieu du front. La chair éclate, sa nuque est projetée en arrière et il tombe à la renverse.

Et au moment où An s'écroule, Christopher Vanderkamp, mort, mais toujours debout, explose. *Poof !* Tout le haut de son corps disparaît. Pulvérisé sous forme d'embruns rouges. Son bassin et ses jambes tombent en tas sur le sol.

An ne bluffait pas.

Le temps ralentit.

Tout le monde se fige, sauf Sarah.

Elle se retourne prestement vers l'autel, se saisit du disque et plonge vers la pierre dans laquelle est gravé le petit poignard. Elle fait glisser le centre du disque sur la sculpture. C'est comme sur cette peinture dans la caverne en Italie, à cette différence près que ce n'est pas la représentante du peuple Mu qui réclame la clé, c'est la Cahokienne. Elle maintient le disque en place, mais s'aperçoit au bout d'un moment que c'est inutile : la gigantesque pierre de sarsen bleu enveloppe le disque, comme si l'un et l'autre étaient faits de mercure. Le disque se met à tournoyer, très vite, et le centre, un petit globe couvert de hiéroglyphes, de la taille d'une bille, s'en détache et tombe dans la main de Sarah. La gigantesque pierre de sarsen bleu avale le reste et il se produit une énorme explosion qui se répercute dans toute la campagne anglaise.

Chiyoko se précipite vers An. Jago a du mal à garder son arme braquée sur elle. Le sol gronde, tout tremble. L'air se charge d'électricité, et bien que l'aube se lève, le ciel s'obscurcit. Le sol tangue si violemment qu'ils ont du mal à se tenir debout.

Arrivée devant An, Chiyoko se laisse tomber à genoux. Elle doit prendre appui sur la pierre la plus proche.

Mais celle-ci n'est pas stable.

Elle bouge aussi.

Elle se soulève, elle sort de terre.

Des fissures s'ouvrent sous leurs pieds, mais pas en ligne droite ou brisée comme lors d'un tremblement de terre. Elles forment des cercles. Des cercles qui s'entraînent les uns les autres, tels les rouages d'une gigantesque machine. Tout bouge, tandis qu'une chose demeurée enfouie pendant longtemps sort de terre en écartelant Stonehenge.

Sarah se trouve sur le cercle intérieur. Agenouillée, elle pleure, sanglote, sa poitrine se soulève, les larmes ruissellent sur son visage. Elle a la clé. La Clé de la Terre. Une des trois. Elle vient de remporter la première étape d'Endgame. La première étape de ce jeu qui va décider du sort de tous ceux qu'elle connaît et qu'elle aime, ses amis, sa famille. Elle a une chance de les sauver, tous. Tous sauf un. Celui qu'elle aimait le plus. Christopher. L'inconscient, l'entêté, le beau Christopher. Certes, elle l'avait mis en garde, elle lui avait demandé de ne pas la suivre, de rentrer chez lui, elle lui avait expliqué qu'Endgame était un jeu dangereux et qu'il risquait de mourir. Elle savait qu'An allait le tuer, quoi qu'elle fasse. N'empêche. N'empêche. L'inconscient, l'entêté, le beau Christopher est mort. Tué d'une balle dans la tête. Une balle tirée par elle. Il allait mourir, alors elle a décidé de le tuer elle-même. Dans un geste d'amour. Et même si cela lui brise le cœur, elle sait qu'il a compris. Elle l'a vu sur son visage, elle l'a entendu dans ses dernières paroles : « Fais-le et gagne. Gagne pour moi. » Alors oui, elle va gagner. Elle serre la Clé de la Terre dans sa main, elle sanglote et elle se jure qu'elle honorera Christopher, elle honorera leur amour, et ses dernières paroles. Elle gagnera. Pour lui. Et tandis que la pierre sur laquelle elle se trouve l'éloigne du sol, elle jure sur son cœur, sur sa famille et sur sa lignée, de gagner et de gagner pour lui.

Jago, Chiyoko et An sont sur le deuxième cercle. Eux aussi s'élèvent dans les airs, mais moins haut que Sarah. Chiyoko essaye de conserver son équilibre, tout en caressant le visage d'An, en quête de signes vitaux. Elle croit sentir le pouls qui faiblit. Les ultimes tiraillements de vie quittent son âme torturée. Elle est heureuse qu'il soit venu jusqu'à elle, mais pourquoi ? Pourquoi fallait-il que ça se termine ainsi ? Pourquoi n'a-t-il pas compris ? Pourquoi refusait-il de Jouer pour la vie ?

À cet instant, Chiyoko hait Endgame. Dans une existence consacrée à l'entraînement et à la mort, remplie de haine envers son fardeau et son destin, elle hait ce jeu plus que tout le reste. Elle sourit, se penche vers An et l'embrasse sur les joues. Le sol tremble furieusement maintenant. An semble paisible. Il n'est plus torturé. Et au moins, ils sont réunis. Au moins, ils sont réunis. *La vie n'est pas la même chose que la mort*, pense-t-elle.

Chiyoko remue les lèvres. Elle essaye de parler. Les larmes lui montent aux yeux. « Je dois m'en aller maintenant, voudrait-elle dire. Je dois m'en aller, mon amour. »

Elle se relève et se retourne. Le sol se révolte. Le monument qui pousse sous leurs pieds est une monstruosité. Alors qu'elle s'apprête à lever les mains en signe de reddition et à marcher vers Jago, le ciel s'assombrit encore dans son dos.

— Attention ! crie Jago, tache floue et tremblante à moins de 20 pieds.

Chiyoko pivote. Un souffle de vent frais lui cingle le visage, juste avant qu'un bloc de pierre de 21 tonnes ne lui tombe dessus, lui broyant tout le bas du corps en dessous de l'estomac.

Elle gît à côté d'An, dont le corps inanimé a été épargné par le très ancien bloc de pierre. Chiyoko a encore la force de lui prendre la main.

Elle lui prend la main et elle meurt.

Jago la regarde mourir. Malgré lui, malgré Endgame, malgré son entraînement et malgré la trahison de Chiyoko, il a de la peine pour elle. Mais l'heure n'est pas aux sentiments.

Il essaye de repérer Sarah au milieu des cercles tourbillonnants de Stonehenge transformé en toupie et il l'entrevoit debout dans le cercle central. Les pierres en sarsen bleu disposées en fer à cheval se dressent au-dessus d'elle, tels les barreaux d'une cage.

Elle s'avance vers l'extrémité de son cercle mouvant, le cœur battant, les larmes aux yeux, elle pense à Christopher, à la clé, aux suivantes. Elle regarde le sol, alors que les monolithes tournoient, et elle découvre ce qui était caché dessous : un nouveau Stonehenge, massif, neuf et immaculé. Une structure irréelle, restée ensevelie pendant des siècles. Imitée par la main de l'homme à la surface. Mais celle-ci n'a pas été créée par l'homme, elle a été créée par des dieux, par les Annunakis, par le Peuple du Ciel, ou quels que soient le visage et le nom qu'on leur donne. Elle a été créée par ceux qui nous ont créés. Et elle n'est pas en pierre, mais en métal, en verre, en or, dans des matériaux inconnus, grâce à des procédés inconnus. Tandis qu'elle continue à s'élever sur les cercles qui se télescopent, les pierres qui se trouvent au niveau du sol s'effondrent comme des dominos de plusieurs tonnes, dans un grondement assourdissant, chaque fois que l'une d'elles s'enfonce dans la terre. Au milieu de tout ce chaos, Sarah constate qu'elles tombent en dessinant un schéma qui désigne la Pierre-Talon, toujours intacte, à 256 pieds de là.

Au-delà, il y a le ruban gris de la route, le parking, la campagne, l'Angleterre, l'Europe, le reste du monde. Un monde qui ne sera plus jamais le même, qui va bientôt sombrer dans un chaos irrémédiable, qui ne comprendra jamais pourquoi cette folie a jailli subitement de terre et qui ne voudra jamais croire qui est le responsable.

— Sarah ! hurle Jago, mais sa voix est noyée sous un bang colossal.

L'un et l'autre se trouvent projetés à terre, tandis que le ciel s'illumine. Sarah a les oreilles qui bourdonnent et la tête qui tourne, mais elle parvient à se relever. La Pierre-Talon a disparu. À sa place, il y a un trou parfait de 15 pieds de diamètre. La Pierre-Talon s'est arrachée du sol, elle s'envole, tel un missile, dans un faisceau de lumière blanche, franchit une trouée dans la couverture nuageuse et s'élève vers les cieux dans un rugissement.

En l'espace de quelques secondes, elle a disparu.

Mais la lumière blanche demeure. Une balise qui fonce vers l'espace. Sarah repense au faisceau jaillissant du sommet de la Grande Pyramide Blanche en Chine. Elle est attirée par cette lumière, elle ne peut en détacher son regard. Quelque chose là-bas l'appelle. Alors qu'elle se met en marche, le bourdonnement dans ses oreilles s'amplifie, devient assourdissant. Elle s'arrête à la lisière du faisceau, tend la main.

Oui.

Oui.

Oui.

Une voix dans sa tête.

Oui.

Jago crie son nom, mais elle ne l'entend pas. Elle n'entend que le bourdonnement, et la voix dans sa tête qui répète : *Oui oui oui*. Elle se laisse tomber à terre, aimantée par la lumière. Elle tend la main, son bras pénètre à l'intérieur du faisceau. La lumière est cinglante, froide, elle lui mord la peau et l'appelle *Oui Oui Oui*. Sarah y entre *Oui Oui Oui* et elle est immédiatement soulevée dans les airs, à 30 pieds du sol. Ses yeux deviennent blancs – une blancheur aveuglante, terrifiante, écrasante – et mentalement, elle voit :

Marcus, suppurant, la chair dévorée par des buses et des vers.

Kala, en décomposition, à moitié calcinée dans une salle tout en or.

Alice, endormie, un chien tacheté roulé en boule à ses pieds.

Hilal, en pleurs, couvert de bandages, veillé par un vieil homme.

Aisling, qui marche dans la forêt, sur les traces d'un cerf, son fusil à la main.

Baitsakhan, bouillonnant de rage, en train de fixer un crochet en acier au bout de son bras.

Maccabee, hypnotisé par le globe de lumière blanche incandescente qu'il tient dans ses mains.

Jago, agenouillé près du cadavre de Christopher, impressionné et admiratif.

Chiyoko, morte, serrant dans sa main celle d'An. L'autre, tendue, indique 175°21'37".

Shari, en train de faire la cuisine, pendant qu'une fillette la tire par son pantalon.

Elle voit kepler 22b, entouré d'êtres semblables à lui, à elle, qui sourient et applaudissent.

Et elle voit la lumière, infinie, traversant l'espace, parcourant des millions de kilomètres, des milliards de kilomètres.

La Clé est dans sa main.

Elle est devant les autres.

S'ils veulent gagner, ils devront l'éliminer.

Mais elle les attendra de pied ferme.

Sarah Alopay, fille du Roi Oiseau et de la Reine du Ciel, 4 240e Joueuse de la 233e lignée, les attendra de pied ferme.

Elle sent la clé dans sa main.

Elle sent Christopher dans son cœur.

Elle sera prête.

Pour lui.

Pour lui.

Elle ouvre les yeux.

La lumière disparaît.

Elle retombe sur Terre.

Sarah Alopay.

Fille du Roi Oiseau et de la Reine du Ciel.

Détentrice de la Clé de la Terre.

Tombe.

C'est Endgame.

Il y a si longtemps, mon amour,
Que bientôt le moment viendra
De laisser notre fille sans foyer…
Elle est comme sa Mère, mon amour, as-tu dit :
À son âge, je m'étais mariée depuis longtemps…
Il y a combien d'années, mon amour,
Combien d'années ?

SHARI CHOPRA

Domicile des Chopra, Gangtok, Sikkim, Inde

11 jours seulement se sont écoulés depuis que Shari Chopra a démêlé l'énigme que les Dieux du Ciel ont introduite dans sa tête. Présentement, elle écrase des pois chiches avec la lame de son hachoir sur une planche à découper en plastique et cela fait 58 heures qu'elle n'a pas pensé à Endgame, une prouesse.

Un petit téléviseur noir et blanc surmonté d'un cintre en guise d'antenne diffuse l'unique chaîne qu'il peut recevoir. Un numéro de danse *made in Bollywood* lutte contre la neige qui envahit l'écran. La chanson vante les merveilles de l'amour. Une poule brune grassouillette traverse le sol carrelé de la cuisine et la Petite Alice lui court après en criant :

— Viens ici, repas, repas ! ici, repas, repas !

Toutes deux disparaissent dans le jardin.

Shari rit toute seule – sa fille ressemble tellement à l'enfant qu'elle a été – et elle ne remarque pas que la musique de la télé s'est arrêtée. Mais soudain, elle entend la voix…

« Chers Joueurs de toutes les lignées, écoutez-moi. »

C'est lui.

Elle.

Ça.

kepler 22b.

Elle se retourne vers l'écran. On y voit le visage d'un homme âgé, mais beau, vaguement asiatique, avec des yeux ronds et des pommettes saillantes, un nez fin et des lèvres épaisses. Ses cheveux bruns sont séparés par une raie au milieu. Il porte une chemise dont le col est ouvert.

Étrange déguisement.

La Clé de la Terre a été trouvée, le Faisceau a été envoyé, l'Épreuve est déclenchée. Félicitations à la Cahokienne de la 233ᵉ lignée qui l'a trouvée, qui la détient et qui apporte l'Épreuve à des milliards d'individus qui n'ont rien demandé, et qui mourront pour la plupart. Cela se produira dans 94,893 jours. Maintenant, vous devez trouver la Clé du Ciel. Vivez, mourez, volez, tuez, aimez, trahissez, vengez. Faites tout ce que vous voulez. Endgame est l'énigme de la vie, la raison de la mort. Continuez à Jouer. Ce qui sera, sera.

Il disparaît et le film reprend. La musique est grotesque, désinvolte, insignifiante. Shari inspire à fond.

Déclenchée ?

La Petite Alice se tient sur le seuil de la cuisine.

Déclenchée ?

Elle montre la planche à découper.

Déclenchée !

— Maman, tu as un bobo.

Shari baisse les yeux et constate qu'elle s'enfonce la lame du hachoir dans le doigt.

— Oh oui, *meri jaan*, dit-elle en ôtant le hachoir et en enveloppant son doigt dans un torchon.

— Maman, c'était qui ce monsieur à la télé ?

Shari regarde sa fille d'un air triste.

— Ne t'inquiète pas pour ça, ma chérie. Ce qu'il a dit ne te concerne pas.

Elle soulève la Petite Alice, la serre dans ses bras et la conduit dehors, dans le patio où Jamal est en train de boire un verre de thé glacé. Il remarque immédiatement le teint livide de sa bien-aimée.

— Que se passe-t-il ?

— 94 jours, dit-elle.

— La première clé a été trouvée ?

— Oui, dit-elle en faisant sauter la Petite Alice sur ses genoux.

— Tu vas nous quitter ?

— Non, mon amour. Je resterai avec vous. Mon Endgame est différent. Ils vont se pourchasser, se traquer et se tuer. Moi, j'attendrai ici, avec toi. Et notre si jolie fille. Et ils viendront à moi. Tôt ou tard, il faudra qu'ils viennent à moi.

Jamal sait qu'elle lui cache quelque chose. Il attend. La Petite Alice rit en chassant un papillon qui passe.

— Ils seront obligés, à cause de ce que le Dieu du Ciel m'a dit.

— Que t'a-t-il dit ?

— Où se trouve la clé suivante. Et il m'a dit que j'étais la seule des douze à le savoir.

— Mais tu n'iras pas la chercher ?

— Non. C'est inutile. Car vois-tu, la Clé du Ciel est ici.

La Petite Alice saute de ses genoux pour courir après le papillon ; ses pieds martèlent l'herbe tendre du jardin.

— *Quoi ?* fait Jamal.

— Mon amour… Je suis la Gardienne.

La Petite Alice scande :

— Clé du Ciel ! Clé du Ciel ! Clé du Ciel !

Jamal tend le bras pour prendre la main de Shari. Ils se regardent et se sourient, ils se penchent l'un vers l'autre et échangent un long baiser tendre.

Il reste 94 jours.

94 jours.

94.

Notes

[i] http://goo.gl/fSY56u
[ii] http://goo.gl/zHrfYj
[iii] http://goo.gl/rUy2K8
[iv] http://goo.gl/mW1Ujm
[v] http://goo.gl/7CmnxY
[vi] http://goo.gl/eO75bR
[vii] http://goo.gl/WFFBxL
[viii] http://goo.gl/yKvD7S
[ix] http://goo.gl/0Jd79r
[x] http://goo.gl/qRHKVS
[xi] http://goo.gl/g08vg8
[xii] http://goo.gl/ZclYxr
[xiii] http://goo.gl/03wyVH
[xiv] http://goo.gl/nsDpUd
[xv] http://goo.gl/9UfHnE
[xvi] http://goo.gl/4eH8qy
[xvii] http://goo.gl/4Zvyyr
[xviii] http://goo.gl/iSxWzy
[xix] http://goo.gl/7fbd8f
[xx] http://goo.gl/dN5zT1
[xxi] http://goo.gl/Bxppok
[xxii] http://goo.gl/rCML6Q
[xxiii] http://goo.gl/KAqMtJ
[xxiv] http://goo.gl/NZrR9A
[xxv] http://goo.gl/JMbynN
[xxvi] http://goo.gl/trcuKd
[xxvii] http://goo.gl/AnsqvN
[xxviii] http://goo.gl/jldbxB
[xxix] http://goo.gl/W7ttrv
[xxx] http://goo.gl/IXA4gL
[xxxi] http://goo.gl/y7Ot8b

[xxxii] http://goo.gl/gRnH32
[xxxiii] http://goo.gl/nFDOKP
[xxxiv] http://goo.gl/jkCeh9
[xxxv] http://goo.gl/5LnY9E
[xxxvi] http://goo.gl/Xq7IZt
[xxxvii] http://goo.gl/2lXkal
[xxxviii] http://goo.gl/mWfUFX
[xxxix] http://goo.gl/0DeKBX
[xl] http://goo.gl/gQ1BHx
[xli] http://goo.gl/AX0Nyc
[xlii] http://goo.gl/BxGSS7
[xliii] http://goo.gl/9VM4Nc
[xliv] http://goo.gl/aw0DDa
[xlv] http://goo.gl/JxJJVK
[xlvi] http://goo.gl/lWBDOz
[xlvii] http://goo.gl/H4PqPk
[xlviii] http://goo.gl/n0XNKF
[xlix] http://goo.gl/fSY56u
[l] http://goo.gl/PWDfdL
[li] http://goo.gl/15ik6L
[lii] http://goo.gl/h4SMgp
[liii] http://goo.gl/hHq0QD
[liv] http://goo.gl/41d8TJ
[lv] http://goo.gl/QrM06C
[lvi] http://goo.gl/TXRDMF
[lvii] http://goo.gl/49dau2
[lviii] http://goo.gl/L2NUlv
[lix] http://goo.gl/STSyJS
[lx] http://goo.gl/VnC1ks
[lxi] http://goo.gl/7Dc2KZ
[lxii] http://goo.gl/qia5sb
[lxiii] http://goo.gl/jTAVgz
[lxiv] http://goo.gl/xwGqwd
[lxv] http://goo.gl/X8rmEY
[lxvi] http://goo.gl/UOh3zZ
[lxvii] http://goo.gl/mMurZ8
[lxviii] http://goo.gl/VJLCtT
[lxix] http://goo.gl/qa02uc
[lxx] http://goo.gl/x65wnj
[lxxi] http://goo.gl/RS3t9u
[lxxii] http://goo.gl/Sv75sw
[lxxiii] http://goo.gl/bsbWUU

Les auteurs

James Frey a écrit les best-sellers internationaux *Mille morceaux, Mon ami Leonard, L.A. Story* et *Le Dernier Testament de Ben Zion Avrohom*. Il est également à l'origine de la célèbre série pour adolescents *Numéro Quatre* (J'ai lu) parue sous le pseudonyme Pittacus Lore. Traduit en 42 langues, publié dans 118 pays, il est considéré comme l'écrivain le plus important aux États-Unis par le magazine *Esquire* et le meilleur écrivain de sa génération par le prestigieux quotidien britannique *The Guardian*.

Le coauteur, **Nils Johnson-Shelton,** a participé à l'écriture du roman mondialement reconnu *No Angel* (13e Note Éditions) et a signé la série pour jeunes lecteurs *Otherworld Chronicles* (HarperCollins).

Déchiffrez, décodez, interprétez.

Cherchez et recherchez.

Cherchez et recherchez.

Cherchez et recherchez.

Pour consulter les règles et la réglementation,
rendez-vous sur
www.endgamerules.com

L'or d'Endgame est exposé
au Caesars Palace
3570 S Las Vegas Blvd, Las Vegas,
NV 89109, États-Unis

www.endgamegold.com

Le concours de la chasse au trésor commencera à 9 : 00 du matin EST (soit 14 : 00 GMT) le 7 octobre 2014 et se terminera quand l'énigme aura été résolue ou le 7 octobre 2016 si elle n'a pas été résolue avant cette date. La valeur approximative du prix est de 500 000 $. Ce concours est organisé par Third Floor Fun LLC, 25 Old Kings Hwy, Ste 13, PO Box n° 254, Darien, CT 06820-4608, États-Unis. Retrouvez les détails du concours, la description du prix, le règlement officiel et les conditions de participation sur le site www.endgamerules.com
AUCUN ACHAT NÉCESSAIRE.

11245

Composition
NORD COMPO

Achevé d'imprimer en Italie
par GRAFICA VENETA
le 16 février 2016

Dépôt légal mars 2016
EAN 9782290117453
L21EPJN000123N001

ÉDITIONS J'AI LU
87, quai Panhard-et-Levassor, 75013 Paris
Diffusion France et étranger : Flammarion